Mila

Kann man lernen zu lieben?

von

Jaliah J.

Die Personen in diesem modernen Märchen sind alle frei erfunden und haben keinerlei Bezug zu irgendwelchen realen Personen oder Familien. Die Regierungsformen und Länderaufteilungen sind auch frei erfunden und stellen eine andere Welt dar ... Milas Welt.

Viel Spaß mit dem modernen Märchen um Prinzessin Mila.

Impressum

Alle Rechte am Werk liegen beim Autor
J., Jaliah
Mila - Kann man lernen zu lieben?

Berlin, Juli 2015
Erstauflage
Lektorat: Günter Bast, Paula, Sirin
Cover: Klaud Design – Marie Wölk
Herstellung und Verlag:
Books on Demand, Norderstedt

ISBN 978-3-7386-1564-7
www.jaliahj.de

حب

Der Gesandte Allahs (s.a.s.) sprach: "Es gibt ein Teil in unserem Körper, dessen Gesundheit bedeutet, dass auch der Rest des Körpers gesund ist, und dessen Krankheit bedeutet, dass auch der Rest des Körpers krank ist. Es ist das Herz.

(Mishkat al-Anwar)

الشجاعة

"Lege mich wie ein Siegel auf dein Herz, wie ein Siegel auf deinen Arm. Denn Liebe ist stark wie der Tod und Leidenschaft unwiderstehlich wie das Totenreich. Ihre Glut ist feurig und eine Flamme des HERRN, sodass auch viele Wasser die Liebe nicht auslöschen und Ströme sie nicht ertränken können."

Hoheslied 8,6-7a

Europa 2064

»Früher war so vieles anders!« Der alte Mann mit den grauen Haaren und den vielen Falten im Gesicht sieht erschöpft auf sie alle herab. Seine wenigen Haare hat er streng nach hinten gekämmt. Die blauen Augen verraten, dass er sicherlich nordeuropäischer Abstammung ist. Seine Haut trägt viele Falten. Einige davon an der Stirn lassen erkennen, dass er bestimmt so manche Sorgen in seinem erfüllten Leben hatte. Doch noch stärker sind die Falten ausgeprägt, die sich um seine Augenpartien erstrecken und verraten, dass er viel gelacht haben muss. Er hatte sicherlich ein glückliches Leben, doch nun sieht der Mann besorgt zu ihnen hinab und hebt warnend den Finger.

»Die Zeiten ändern sich, das war schon immer so, damit müssen wir alle leben. Es gibt viele Vorteile, doch es ist genauso wichtig, sich an die vergangenen Zeiten zu erinnern, nicht alles von damals war schlechter, als es heutzutage ist.« Es räuspert sich jemand im hinteren Teil des gefüllten Debattierraums hier an der University of Cambridge, ansonsten sind sie alle ruhig und hängen gebannt an den Lippen des Mannes, den ihr Professor eingeladen hat.

Es ist sein alter Lehrer. Der Mann ist 1981 geboren und hat die vielen Veränderungen, die Europa durchlaufen hat, hautnah miterlebt. Milas Vater ist etwas jünger als dieser Mann, er feiert bald seinen sechzigsten Geburtstag, doch auch er erwähnt oft, wie sehr sich alles verändert hat und wie viel besser früher einiges war.

Mila kann sich das nicht vorstellen. Die wenigsten hier im Raum können wohl begreifen, was für Veränderungen vor sich gegangen sind. Auch wenn sie darüber lesen und im Internet darüber Recherchen anstellen können, ist es noch einmal etwas ganz anderes, es von einer Person erzählt zu bekommen, die all dies miterlebt hat. Und da sie ihren Vater so selten wie es nur geht an die Vergangenheit erinnern möchte, ist Mila nun umso gespannter, was der Mann ihnen zu erzählen hat.

Die große alte Holztür am Eingang des Debattierraums quietscht und weil gerade niemand spricht, wenden sich alle um. Mila seufzt leise auf, als ihre Cousine Adina, mit dem Handy am Ohr und zwei Frappuccinos in den Händen, hereinplatzt. Sie nuschelt eine Entschuldigung und hatte sicherlich niemals erwartet, die Aufmerksamkeit aller zu bekommen. Mila bemerkt, wie ihr Professor sich etwas notiert, aber nichts weiter sagt.

»Das zum Beispiel ist eine gute Erfindung, die ich vollkommen befürworte.« Der Mann deutet zu den Frappuccinos, die Adina durch die Menge balanciert, doch als Milas Cousine lächelt und ihm einen anbietet, winkt er dankbar ab und wendet sich wieder allen zu. Adina schafft es, sich zu Mila durchzuschlagen und setzt sich neben sie. Während sie ihr ihren Frappuccino gibt, holt sie aus ihrer Tasche zwei Donuts. »Ich hatte doch gesagt, ich bin nicht hungrig.« Adina zeigt auf das Armband, was jeder von ihnen trägt. »Es ist egal, was du sagst, Mister Spock weiß es besser.«

Mila sieht auf das Bändchen, das bereits orange leuchtet und zieht es genervt über den Barcode an der Verpackung des Getränkes und des Donuts. Sofort wird ihr in blauer Schrift eingeblendet, dass sie ihren heutigen maximalen Zuckerkonsum erreicht hat. Sie denkt über diese Bewegung gar nicht mehr nach, doch sie weiß, dass es dieses Band früher nicht gab. Sie hat sich schon immer gefragt, wie die Menschen damals dafür gesorgt haben, dass sie gesund leben, doch sie hört auf, sich ihre eigenen Gedanken zu machen und wartet auf die Erzählungen des Mannes.

»Natürlich hat sich vieles zum Positiven entwickelt. Wenn ich daran denke, wie früher die Menschen in Afrika noch verhungert sind, wie schlimm die medizinische Versorgung in anderen Ländern war, bin ich wirklich froh, dass Europa und Amerika das Abkommen geschlossen haben, von jedem Bürger ein Prozent des Einkommens dafür zu verwenden, diese Länder zu unterstützen. Ich weiß, dass viele von euch gar nicht mitbekommen haben, wie gut dieses Abkommen der gesamten Welt getan hat. Europa hat viele Brücken gebaut, ist mit gutem Beispiel vorangegangen.

»Wisst ihr, als ich noch klein war, gab es in Europa noch Grenzen. Es gab die einzelnen Länder, Spanien, Italien, England, jedes Land hatte seine eigene Sprache, eigene Währung, eigene Gesetze. Jetzt ist alles eins. Zwar sprechen viele noch die Untersprachen der Abstammungsgebiete, aber niemals würde einer hier sagen 'ich bin Italiener!' Es gibt nur noch die Europäer, keine Grenzen. Die Sprache, die wir alle sprechen, ist Englisch. Hat jemand von euch noch eine Person in der Familie, die kein Englisch spricht?«

Mila sieht sich um. Natürlich weiß sie, dass es solche Zeiten gab, es jetzt aber so erzählt zu bekommen, ist trotzdem noch einmal etwas anderes. Ganz hinten meldet sich jemand, mit dem sie auch den Mathematikkurs besucht: Dimitrie. »Meine Oma, sie wird einundneunzig und sie weigert sich bis heute, etwas anderes als Griechisch zu sprechen, obwohl wir, die nächsten Generationen, die Sprache kaum noch beherrschen.« Der Mann lächelt matt, die Falten um seine Augen treten wissend hervor.

»Sie hält noch an der alten Zeit fest. Ich sehe auch, wie immer mehr junge Leute ihre Ursprungssprachen verlernen, es ist schade, es ist auch ein Verlust der Geschichte. Länder wie Griechenland, Spanien, Italien, sie alle verlieren ihre historische Bedeutung. Man muss versuchen, mit beidem zu leben, das Alte zu erhalten und das Neue mitzuformen. Ich denke, das ist die wirkliche Schwierigkeit der heutigen Zeit.«

Sofort meldet sich Fabian, sein Vater ist einer der Vorsitzenden der EU-Partei, die zusammen mit drei weiteren Europa führt. Die Regierungschefs früherer Länder, Adelsfamilien und andere Regierungen gibt es entweder schon lange nicht mehr, oder sie haben an Bedeutung verloren, darüber könnte Mila dank ihrer Familie ein Buch schreiben.

Der Professor erteilt Fabian das Wort. Da sie in einem Debattierclub sind, darf jeder seine Meinung frei äußern und es darf über die Vor- und Nachteile geredet werden. Auch wenn der Vortrag des Mannes noch nicht zu Ende ist, sieht dieser gespannt zu Fabian, der sich jetzt erhebt. Er streicht selbstsicher sein blaukariertes

Hemd glatt, das ohnehin keine einzige Falte aufweist, bevor er sich an alle wendet.

»Bei allem Respekt für die alte Zeit, es sind doch wirklich nur Veränderungen eingetreten, die sich positiv ausgewirkt haben. Bevor Europa wirklich eins wurde, gab es zu viele Machthaber, die sich nur bereichert haben. Europa ist mittlerweile die Nummer eins in der Weltordnung, wir haben Amerika schon lange abgehängt. Viele Länder nehmen sich ein Beispiel an unserer Lebensweise, der Gesundheitsvorsorge, der absoluten Gleichstellung der Menschen, egal woher sie ursprünglich stammen. Wenn du Europäer bist, ist deine ursprüngliche Sprache egal, die Religion ist absolute Privatsache. Denken Sie daran, was für Kriege und Konflikte es allein wegen der Religionen gegeben hat, immer noch gibt, woanders. In Europa hat das alles keinen Stellenwert mehr und ich sehe keinen Grund, wieso man der alten Zeit da noch hinterher trauern sollte.«

Mila schnauft leise auf, sie hasst Fabians überhebliche Art. Bevor der alte Mann darauf etwas erwidern kann, steht nun auch sie auf. Fabian lacht leise hart auf. »War ja klar, dass die Prinzessin etwas dazu zu sagen hat!« Mila beachtet ihn nicht weiter, als nun der Professor ihr das Wort erteilt. »Ich denke nicht, dass irgendjemand hier behaupten würde, die heutige Technik und der heutige Lebensstil hätten nicht ihren Vorteil, den wir alle natürlich gerne nutzen und auf den niemand mehr verzichten möchte. Doch wobei ich mit unserem Gast absolut übereinstimme, ist, dass wir nicht, wie es zur Zeit der Fall ist, alles Alte verdrängen, ausrotten und vergessen sollten. Es gibt Sachen, die einen so viel wichtigeren Wert haben als materielle Dinge. Alte Sprachen, Traditionen, die nicht in Vergessenheit geraten dürfen. Und dass sich niemand heutzutage bereichert, stelle ich mehr als in Frage. Die Menschen, die in den EU-Parteien arbeiten, verdienen sicherlich erheblich mehr als alle anderen.«

Mila will sich setzen, da lacht Fabian hart auf. »Sie arbeiten aber auch dafür, nicht wie die Adelsfamilien Europas, die nichts getan haben, als Geld einzustreichen und den Leuten zuzuwinken. Dass diese Familien mit ihrem Machtverlust nicht zurechtkommen, wird jedem klar sein, Prinzessin!«

Der Professor unterbricht sie. Mila spürt die Wut in ihrem Bauch wachsen, doch der Mittelfinger, den Adina Fabian zeigt, beruhigt sie etwas und lässt sie sich wieder dem Mann auf dem Podest zuwenden. Es ist eine alte zeitlose Geste ihrer Cousine, die jeder versteht und die sicherlich niemals in Vergessenheit geraten wird.

Der Mann auf dem Podest sieht lächelnd zwischen ihnen hin und her. Doch statt zu antworten, klickt er auf einem alten Laptop herum, der vor ihm auf dem Tisch steht. Der Raum wird abgedunkelt und es werden Bilder gezeigt. Eines zeigt den Mann in jungen Jahren mit einem alten Auto. Sie stehen an einem früheren Grenzübergang, über ihnen die französische Flagge. Mittlerweile sind diese Flaggen verpönt, wer solche Flaggen noch besitzt, zeigt, dass er nicht im europäischen Sinne denkt.

Es ist wieder ganz still im Raum, es werden Bilder gezeigt von bestimmten Anlässen und nur die Worte des Mannes wirbeln laut durch den Raum. Er erklärt ihnen die Situationen, in denen die vielen Bilder entstanden sind. Er vermittelt ihnen die Macht seiner Erinnerungen, die ihm niemals jemand nehmen kann.

Als er beschreibt, wie es sich damals angefühlt hat, von einem ins andere Land zu fahren, kann niemand es wirklich begreifen, für sie alle ist es ganz normal, hier im alten englischen Teil Europas zur Universität zu gehen, aber in den italienischen oder spanischen Provinzen zu leben. Schon seit langer Zeit sind die Flugbahnen so ausgebaut worden, die Flugzeuge so schnell, dass jeder fast täglich in einem Flugzeug sitzt, zumindest aber öfter in der Woche. Ihr Professor selbst arbeitet hier und fliegt jeden Morgen und Nachmittag eine Stunde zurück in den alten bulgarischen Teil, wo er mit seiner Familie lebt. All das ist für sie vollkommen normal, doch die Bilder und Erinnerungen des Mannes zeigen, dass dies nicht immer so war.

Er zeigt ihnen, wie die Menschen gefeiert haben, als der Papst gewählt wurde. Auch heute gibt es noch einen Papst, doch niemand hält öffentlich irgendwelche religiösen Zeremonien ab. Es gibt noch Kirchen, Moscheen und Synagogen, doch all das ist privat, man spricht nicht viel darüber und es bestimmt nicht das Leben der Menschen, so wie es das noch vor Jahren getan hat.

Es wird gezeigt, wie die Menschen Königinnen und Königen zujubeln. Milas Mutter entstammt dem nordeuropäischen Adel, genau wie auch Adinas Eltern. Milas Vater ist der höchste Vertreter des südeuropäischen Adels. Dass die Adelsfamilien heute kaum noch Bedeutung haben, weiß sie sicherlich besser als alle anderen.

Die Bilder werden immer lustiger. Eines zeigt den Mann, wie er mit Freunden einen riesigen Schokoladenkuchen isst, natürlich gibt es das auch heutzutage noch, doch alles in Maßen. Damit die europäische Gesundheitsreform funktioniert, muss jeder Bürger Europas die Gesundheitsbändchen tragen, ab dem fünften Lebensjahr. Es zeigt genau an, wann man essen sollte und was man noch zu sich nehmen muss und kann, um den Tag über ideal ernährt zu sein, es erinnert einen sogar, genug zu trinken. So sind Dinge wie zu starkes Übergewicht und zu ungesunde Ernährung fast komplett aus Europa verschwunden. Jeder hat hier ein relativ normales Gewicht. Frauen eifern aber natürlich nach ganz anderen Maßen und können sich das Armband darauf einstellen lassen, solange es die Gesundheit nicht gefährdet.

Es sind so viele Kleinigkeiten, die früher anders waren, doch bei einem Bild hält der Mann an. Es zeigt ihn als ganz jungen Mann mit einer bildhübschen Frau in einem Restaurant.

»Wie lernt ihr heutzutage eure Partner kennen? Die neuesten Studien zeigen, dass fast alle sich auf Internetportalen wie Meetbook treffen und sie so die Kontakte herstellen. Früher gab es all das nicht. Ich habe meine Frau damals noch in einem Supermarkt getroffen, diese Geschäfte die es heute nicht mehr gibt, zumindest nicht mehr viele, da alle online einkaufen. Ich musste noch schwitzen, mir einen Spruch einfallen lassen, um ihre Aufmerksamkeit zu erhaschen, sie mit Blumen zum ersten Date abholen. Wir haben uns getroffen und Stunden geredet, erst mit der Zeit viel von der anderen Person erfahren, haben viele Fehler gemacht. Es hat gedauert, den anderen wirklich kennenzulernen. Wir hatten keine ausgefüllten Listen, die wir aufrufen konnten, um nachzusehen, was die Lieblingspralinen sind und was für Essen der andere am liebsten mag.

Klar gab es auch damals irgendwann den Vorgänger von Meetbook, Facebook, aber all das war noch harmlos. Heute wird im Internet ausgesiebt, ihr lernt nur Leute kennen, die zu eurem Profil passen, euch werden Treffen vorgeschlagen mit Menschen, die die Technik für euch heraussucht ...« Fabian räuspert sich. »Das spart Zeit!«

Langsam geht das Licht wieder an und die Bilder verblassen. »Es fehlt das Persönliche, die Kommunikation, die Fehler die man begehen muss, um daraus zu lernen, und das zieht sich mittlerweile durch ganz Europa. Natürlich ist Europa eins geworden, doch es hat sich gleichzeitig auch immer mehr den anderen Ländern und Menschen verschlossen. Noch nie war Europa so abgegrenzt vom Rest der Welt wie zur Zeit. Noch nie war es so unpersönlich hier, wie in diesen Jahren zwischen den Menschen, auch das hat all der Fortschritt mit sich gebracht.«

Die Klingel unterbricht jäh den Vortrag. Mila ist noch immer beim Versuch, sich diese Szenen vorzustellen. Das Einzige, was sie kennt, ist, dass sie jemand auf der Straße anspricht, nach ihrem Meetbook-Account fragt und eine virtuelle Anfrage stellt. Dort wird dann entschieden, ob sie beide überhaupt irgendetwas haben, das sie verbinden könnte. Mila kennt viele solcher romantischen Geschichten, nicht zuletzt aus Büchern, doch auch ihr ist aufgefallen, dass die Romantik immer weniger eine Rolle spielt in der heutigen Zeit.

Nächste Woche wird der Mann noch einmal kommen und sie werden richtig beginnen zu debattieren. Mila nimmt sich auf dem Weg nach draußen vor, sich mit guten Argumenten zu versorgen und Fabian in seine Schranken zu weisen. Gerade als sie ihren Terminplaner herausholt, um sich für abends ein paar Recherchestunden einzutragen, klingelt eine Terminanfrage, die sie beantworten soll. Auch bei Adina neben ihr klingelt es und sie sehen sich beide verwundert an.

Sie haben die Aufforderung erhalten, sich im Sitz der alten westeuropäischen Adelsfamilie einzufinden, unter allen europäischen Adelsfamilien noch die einflussreichste, wenn auch bei Weitem nicht mehr wie früher. Da genau diese Familie die anderen eher meiden, sehen sich Adina und Mila fragend an und dann wieder auf ihren Terminplaner. Beide bestätigen den Termin und fragen sich, was da wohl wieder los ist.

Kapitel 1

»Bin ich die Einzige, die an diesem Ort eine Gänsehaut bekommt?« Mila lacht leise und schüttelt den Kopf, während sie auf das große Grundstück einfahren, das ungefähr eine halbe Stunde von ihrer Universität entfernt liegt.

Wenn sie diesen Termin hinter sich gebracht hat, möchte Mila direkt den nächsten Flug nach Hause nehmen, um das restliche Wochenende bei ihrem Vater zu verbringen. Zwei Wochen hat sie sich davor gedrückt, nach Hause zu fliegen und kommt jetzt nicht mehr drumherum. Auch Adina fliegt zu ihrer Familie, sie beide wollen hier so schnell wie nur möglich wieder weg.

Ihr kleiner grauer Stadtwagen passt so überhaupt nicht in das Bild dieses riesigen Vorgartens. Hier ist alles perfekt, jeder Strauch zu einer Figur geschnitten, nicht ein Blatt scheint hier falsch zu wachsen. Natürlich weiß Mila, wie mächtig das westeuropäische Adelshaus einmal war und auch, wie wenig ihnen noch geblieben ist von alldem, was sie einmal hatten. Und doch ist es immer noch so viel mehr als das, was ihrer Familie geblieben ist.

Ein älterer Mann mit grauen Locken und im feinen Anzug gekleidet tritt aus dem riesigen Backsteinhaus, öffnet ihnen die Autotüren und verbeugt sich dabei kurz. Mila ist diese vornehme Behandlung gar nicht gewöhnt und sieht an sich herunter. Vielleicht hätte sie ihre Jeans mit Löchern, das weiße Shirt, den roten Blazer und die roten Pumps doch lieber gegen etwas Feineres tauschen sollen, doch sie hat hier eh noch nie hingepasst und muss jetzt gar nicht erst versuchen, so zu tun.

Der Mann drückt auf einen kaum sichtbaren Knopf auf seinem Jacket. »Eure Hoheit, die Prinzessinnen Mila und Adina aus den Regionen Nordeuropa und Südeuropa sind eingetroffen.« Es knarrt einen Moment. »Wie immer als letztes, bringen Sie die beiden bitte zu uns, George!« Mila und Adina wechseln einen belustigten Blick, sie beide nehmen dieses ganze adelige Getue nicht sehr ernst. Dass sie damit aber die Einzigen sind, bemerken sie, sobald sie die anderen Prinzessinnen entdecken, die hier einberufen wurden.

Es sind so einige zusammengerufen worden. Mila kennt sie alle, zwei weitere Cousinen von ihr aus der südeuropäischen Adelsfamilie, Elise und Elena, begrüßen sie. Es ist noch eine weitere Prinzessin anwesend, die wie Adina vom nordeuropäischen Adel abstammt und fünf Prinzessinnen die aus den westeuropäischen und damit den mächtigsten Provinzen abstammen. Besonders Elisabeth, die Mila schon immer gemieden hat, lässt jeden spüren, dass auch jetzt noch immer sie die Macht über alles haben. Allein ein Blick von ihr genügt, um deutlich zu machen, was sie von allen Versammelten hält.

Elisabeths Mutter ist noch nicht da, nur die zehn Prinzessinnen versammeln sich im Vorraum zum Gartens des Anwesen. Elisabeth begrüßt alle stellvertretend für ihre Mutter. Sie trägt ein cremefarbenes Kleid, welches sich perfekt an ihren Körper schmiegt, aber trotzdem nicht zu aufreizend wirkt. Auch die anderen Frauen tragen alle Kleider, nur Mila und Adina fallen aus der Reihe mit ihren Alltagsklamotten, das sind sie aber schon immer.

Irgendwie kommt es Mila so vor, als würden nur sie begreifen, dass die europäischen Adelsfamilien kaum mehr ein Gewicht haben, deren Macht seit über dreißig Jahren immer mehr schwindet und sie weder hier in Europa noch sonst wo auf der Welt irgendeinen Einfluss auf irgendetwas hätten. Wenn sie sich heute als Mila Estelle Loth von Todos y los Santos vorstellt, schmunzeln vielleicht einige, die Namen der nordeuropäischen und südeuropäischen Adelsfamilien bewirken aber nicht mehr als das.

»Alle, die hier einberufen wurden, sind ungefähr im selben Alter, vielleicht müssen wir uns eine Strafpredigt anhören, wieso wir alle nicht schwanger und verheiratet sind.« Adina sieht sich um und reißt Mila aus ihren Gedanken. Auch sie hat keine Vorstellungen davon, was sie hier machen sollen, wozu sie hergebeten wurden. Mila war das letzte Mal vor ungefähr einem Jahr hier, am sechzigsten Geburtstag der höchsten Vertreterin der westeuropäischen Adelsfamilien. Das war das erste Mal, dass Presse dabei war, es waren nur einige Pressevertreter und die wirkten nicht sehr interessiert. Es wurde nur ganz nebenbei darüber berichtet, doch das erste Mal hat sie überhaupt bemerkt, dass die Menschen Europas noch etwas Interesse an ihren Adelsfamilien haben.

Mila sieht zu allen anderen Prinzessinnen, sie selbst ist im letzten Monat zweiundzwanzig geworden, alle anderen sind auch ungefähr in ihrem Alter, trotzdem bezweifelt sie, dass dies der Grund ihres Treffens heute ist. Es ist normal, dass Frauen nicht mehr so früh heiraten, richtig ausgebildet werden und arbeiten, diesen Fortschritt stellen selbst die Adelsfamilien nicht in Frage.

Bevor sie Adina antworten kann, baut sich Elisabeth vor ihr auf und streckt ihr die Hand hin. »Mila, wie lange ist es her? Du hast ja noch immer … diese Dinger auf der Nase, ich hatte dir doch damals die Adresse meines Arztes gegeben.«

Mila legt den Kopf schief, sie kann sich gerade noch beherrschen und widersteht dem Drang ihre Nase zu untersuchen. Einen Moment denkt sie ernsthaft darüber nach, was Elisabeth meint, bis ihr einfällt, dass sie von ihren paar Sommersprossen spricht. Es gehört sich nicht für eine Prinzessin, Sommersprossen zu haben, Falten, ein Gramm zu viel an Körpergewicht oder solche wilden Locken wie Mila sie hat. Diese Dinge verdrängt sie immer sofort, nachdem sie ihre kurzen Ausflüge in die adlige Welt beendet hat, und genau wie jetzt, holen sie Mila doch immer wieder hier ein.

Die Sommersprossen hat sie von ihrer Mutter, eine der wenigen Erinnerungen, die ihr niemand nehmen kann. Mila passt eh nicht in die Reihe der perfekten Prinzessinnen, damit hat sie sich schon lange abgefunden. Elisabeth ist perfekt, sie hat eine perfekte Figur, das perfekte Lächeln, eine makellose Haut, glänzende, lange blonde Haare und blaue Augen, die aus ihrem perfekten Gesicht strahlen.

Alle Prinzessinnen hier sind sehr hell, selbst ihre Cousinen aus den südeuropäischen Adelsfamilien sind heller als Mila. Eine Prinzessin hält sich nie viel draußen auf und alle versuchen, so hell wie möglich zu bleiben. Nur bei Mila klappt all das nicht. Als sich ihre nordeuropäischen Mutter mit der hellen elfenbeinfarbenen Haut und ihr Vater mit der goldbraunen Hautfarbe ineinander verliebt haben, ist dabei ihre Mischhaut entstanden, die ihr immer eine leichte Bräune verleiht. Da sie die Sonne nicht meidet, sondern eher von ihr angezogen wird, ist sie dunkler als alle anderen hier. Sie sieht aus, als wäre sie gerade von einem Strandurlaub zurückgekehrt und nicht wie die anderen Prinzessinnen, als hätte sie ihr Leben lang die Sonne gemieden. Trotz der Bräune hat sie einige Sommersprossen auf der Nase.

Elisabeths Schwestern, die neben ihr stehen, sehen aus wie ihre älteste Schwester, nur mit braunen Haaren. Sie sind genauso perfekt, auch alle anderen hier sind ohne Makel. Wie immer würde sich Mila am liebsten verstecken und von hier verschwinden. Was hat sie überhaupt dazu getrieben, diese Einladung anzunehmen? Hat sie im realen Leben nicht schon genug Momente, wo sie sich am liebsten vor allen und jedem verstecken würde und sie das Gefühl hat, nicht gut genug zu sein? Jetzt musste sie sich freiwillig die volle Dosis davon geben. »Ich mag meine Sommersprossen, Elisabeth, danke für deine Mühe.«

Adina neben ihr gibt Elisabeth auch die Hand. »Ich mag meine Sommersprossen auch, fang erst gar nicht an.« Sie beide stammen von der nordeuropäischen Adelsfamilie ab und haben beide die Sommersprossen ihrer Mütter geerbt, aber Adina ist sehr hell, zu ihr passen die Sommersprossen. Zwar haben sie beide auch die blonden Haare ihrer Mütter geerbt, durch Milas Vater allerdings ist sie zwar auch blond, aber eher mittelblond, nicht ganz so hell wie Adina, aber auch nicht so dunkel wie ihre Cousinen aus den südeuropäischen Provinzen Europas. Sie ist einfach eine Mischung ihrer Eltern. Ihre Mutter hat ihr immer liebevoll erklärt, dass sie das beste aus beiden sei.

Ihre Locken hat sie von ihrem Vater geerbt. Sie kringeln sich in wilden blonden Strähnen bis tief auf ihren Rücken, dazu hat sie die blauen Augen ihrer Mutter.

Sie mag sich, sie ist zufrieden. Selbstbewusst würde sie sich nicht nennen, aber sie hat gelernt sich selbst zu lieben und das lässt sie sich von niemandem nehmen, auch nicht von den westeuropäischen Barbie-Prinzessinnen. Bei Mila ist alles etwas außergewöhnlich und das ist gut so. Sie hat eine helle rote Narbe auf dem rechten Arm, die viele stört, die Mila aber weder versteckt noch entfernen lässt. Elisabeth sieht einen Moment darauf, seufzt leise und geht dann weiter.

Mila lacht in sich hinein und Adina zwinkert ihr zu. Ihre Lieblingscousine hat ihr schon öfter gesagt, dass sie das Gefühl hätte, Mila würde alles versuchen, um nicht als Prinzessin erkannt zu werden und aus der Reihe zu tanzen.

Elisabeth lächelt freundlich, begrüßt alle und deutet ihnen danach an ihr zu folgen. Sie hat natürlich ein perfektes Benehmen, die besten Noten. Mila würde die Hand dafür ins Feuer legen, dass ihre Pupse nach Rosen duften. Mila und Adina laufen hinten, halten sich abseits der aufgeregt miteinander plaudernden Gruppe. Sie kennen den riesigen Garten, den sie jetzt betreten, sehr gut, früher wurde hier oft gefeiert.

Mila entdeckt den Reitstall, während sie den Pavillon ansteuern, unter dem sie sicherlich Elisabeths Mutter, die höchste Vertreterin der westeuropäischen Adelsfamilien, empfangen wird. »Ich komme gleich nach!« Adina verdreht die Augen, als Mila sich abseilt und zum Reitstall läuft. »Beeil dich, wir müssen die schlechte Meinung der anderen nicht auch noch untermauern!« Mila hebt den Daumen und versucht so schnell und unauffällig wie nur möglich zum Reitstall zu kommen. Sie wird dank Adina eh nichts verpassen und Mila bezweifelt, dass es sie interessieren wird, was es zu besprechen gibt.

Mila hatte all das, was die westeuropäischen Adelsfamilien sich noch bewahren konnten, nicht. Ihr Vater ist immer mehr verarmt, besonders nach dem Tod ihrer Mutter wurde es schlimmer, doch Mila hätte ihr Leben nie mit Elisabeth oder einer ihrer Schwestern getauscht. Das Einzige, worum sie sie wirklich beneidet hat, war immer der Reitstall gewesen.

Mila liebt es zu reiten, es gibt nichts Schöneres, als auf dem Rücken eines edlen Pferdes durch die Natur zu reiten. Auf diesem Anwesen gab es immer viele schöne Pferde. Mila hat die Aufenthalte hier stets genutzt, um auf dem riesigen Gelände stundenlang auszureiten.

Als sie jetzt den großen Stall betritt, spürt sie sofort, dass etwas nicht stimmt, es ist ganz ruhig, zu ruhig. Mila sieht in die ersten Boxen und findet nichts vor, sie sind besenrein, kein Pferd, kein Stroh, kein Heu, nichts. Ungläubig läuft sie die vielen Boxen ab, doch es befindet sich kein einziges Pferd mehr hier. Ein junger Mann kommt herein, nimmt sich einige Holzpfosten von einem Stapel, nickt ihr zu und will wieder aus dem Stall hinaus, doch Mila eilt ihm hinterher.

»Warten Sie, wo sind die ganzen Pferde hin?« Der Mann lässt sich von seiner Arbeit nicht abbringen und Mila muss sich beeilen, um ihn einzuholen, was mit ihren Pumps auf der matschigen Erde nicht leicht ist. Der Mann ist vielleicht zwei Jahre älter als sie und trägt nur eine schwarze Arbeiterhose und ein völlig verschmutztes T-Shirt. Doch als er sie ansieht, während Mila dabei ist ihn einzuholen, grinst er und seine grünen Augen strahlen sie an. Eigentlich mag Mila eher etwas dunklere Männer, doch der Mann hat etwas sehr Anziehendes an sich und man spürt, dass er das auch ganz genau weiß.

»Die Pferde gibt es schon eine Weile nicht mehr. In Europa wird der Tierschutz immer wichtiger, wie du weißt, deswegen ist es nicht mehr gestattet, Tiere zum eigenen Vergnügen zu benutzen und sie ihrem natürlichen Lebensraum zu entziehen.« Mila stolpert über eine Wurzel, der Mann greift nach ihrem Arm und verhindert das Schlimmste, doch sie ist tief genug abgeknickt, sodass ihre Jeans einige schwarze Schlammflecken abbekommen hat.

»Mist ... aber den Pferden ging es doch gut hier. Besser als so manchen Menschen.« Nun bleibt der Mann stehen, als er ihren sarkastischen Unterton bemerkt und grinst erneut. »Ich weiß und ich befürchte, dass diese verwöhnten Dinger auch nicht so gut in Freiheit klarkommen, aber wir wollen uns ja nicht gegen ganz Europa stellen, oder Schätzchen? Also, falls Sie reiten wollen, auf dem Pferd wird das nichts, aber ich biete mich gerne an.«

Mila, die den Mann endlich zum Stehenbleiben gebracht hat und sich gerade ihre dreckige Hose ansieht, blickt überrascht auf und in die frech grinsenden grünen Augen, die von wuscheligen braunen Haaren eingerahmt sind. Bevor sie reagieren kann, hebt er schnell die Hände. »Ich bin übrigens Ryan ...« Mila stellt sich nun wieder ganz gerade hin und hebt bewusst ihre Nase etwas höher. Was denkt sich der Kerl?

»Mila, und ich bezweifle ...« Der Mann lässt sie nicht einmal richtig zu Wort kommen. »Sag nicht, du gehörst zu dem Haufen Prinzessinnen dort drüben?« Er zeigt hinter sie und erst da bemerkt Mila, dass nicht nur alle Prinzessinnen, sondern auch die höchste Vertreterin der westeuropäischen Adelsfamilien vor dem Pavillon steht, sie beobachtet und offenbar auf sie wartet. Das heimliche Davonschleichen hat ja ganz wunderbar geklappt.

»Scheiße, kann der Tag noch schlimmer werden?« Mila flucht vor sich hin. »So gar nicht prinzessinnenlike, du bist die süd–und nordeuropäische Prinzessin, oder? Mila, der Name hat mir gleich etwas gesagt. Interessante Mischung, ich adde dich auf Meetbook.«

Mila ignoriert den Kerl und geht schnell in Richtung der anderen, um Schlimmeres zu vermeiden. Doch auf halbem Weg piept ihr Handy. Eine Anfrage auf Meetbook 'Ryan McConnor möchte mit Ihnen befreundet sein, ihre Profile werden abgestimmt.' Mila wendet sich noch einmal um und sieht, wie Ryan ihr grinsend hinterher blickt und sein Handy etwas hochhält. Beim nächsten Piepsen gucken sie beide wieder auf ihre Handys. 'Entschuldigen Sie, sie haben keinerlei Gemeinsamkeiten. Meetbook blockiert diese Anfrage'

Mila blickt grinsend hoch. Auf Meetbook ist Verlass und ihr war klar, dass das niemals passen würde. Sie trifft direkt auf Ryans Blick, der schlecht geschauspielert, schmerzvoll das Gesicht verzieht und sich schockiert ans Herz fasst. Mila muss lachen, doch als sie sich wieder den anderen zuwendet und sie das schockierte Gesicht der höchsten Vertreterin der westeuropäischen Adelsfamilien sieht, vergeht ihr das Lachen so schnell, wie es gekommen war.

Auch wenn die höchste Vertreterin der westeuropäischen Adelsfamilien mittlerweile schon über sechzig ist, ist sie noch immer eine sehr schöne Frau. Kein Wunder, dass sie so hübsche Töchter hat. Egal wann Mila diese Frau getroffen hat, immer hat sie solch eine allmächtige Aura um sich, dass man sich neben ihr automatisch ganz klein fühlt.

»Mila, wie schön dich zu sehen. Geht es deinem Vater gesundheitlich besser?« Mila nickt nur knapp, nachdem sie die höchste Vertreterin der westeuropäischen Adelsfamilien höflich begrüßt hat. Egal wie schockiert sie gerade über ihr Auftreten war, sie lässt sich nichts mehr davon anmerken. Alle warten auf Mila, und die höchste Vertreterin der westeuropäischen Adelsfamilien will die Wahrheit wahrscheinlich gar nicht wissen, es ist nur Höflichkeit, die sie nach ihrem Vater fragen lässt. Sie sieht an Mila herab, auf ihre Kleidung, die schmutzige Jeans und räuspert sich kurz, bevor sie zurücktritt und so alle ansehen kann.

»Mila flirtet mit dem Stalljungen.« Adina stellt sich zu Mila und stupst sie von der Seite an. Mila will diesen ganzen Alptraum nur noch schnell hinter sich bringen. »Diese zehn?« Eine Frau neben der höchsten Vertreterin der westeuropäischen Adelsfamilien sieht sie alle der Reihe nach genau an, auch die höchste Vertreterin der westeuropäischen Adelsfamilien lässt noch einmal den Blick über sie alle schweifen und hebt die Arme.

»Wir haben leider keine andere Auswahl ...« Als hätten sie sie nicht gehört, lächelt sie wieder und wendet sich an sie. Man spürt, wie sie versucht sie warm anzulächeln, es fällt ihr schwer und Mila fragt sich, ob sie jemals so eine liebevolle Mutter für Elisabeth und ihre anderen Geschwister war, wie sie eine hatte. Ob sie jemals mit ihren Kindern schwimmen war, mit ihnen herumgetobt hat, sie in ihren Armen eingeschlafen sind? Als ihre Augen über die anwesenden Prinzessinnen schweifen und Mila die kalte Berechnung darin sieht, hat sie ihre Antwort auf ihre Frage.

»Also dann, meine Damen, es hat einen bestimmten Grund, wieso ich Sie zusammengerufen habe. Sie alle sollten sich genau anhören, was ich zu sagen habe, denn hiervon hängt die Zukunft des europäischen Adels ab!«

Kapitel 2

»Uhhuuu, na da hat es sich ja gelohnt herzukommen!« Adina verschränkt ihre Arme vor der Brust, als die höchste Vertreterin der westeuropäischen Adelsfamilien ausholt, um ihre Rede fortzusetzen.

»Wie ihr alle wisst, haben die europäischen Adelsfamilien über die letzten Jahre immer mehr an Macht verloren. Die Zeiten, in denen wir unsere Länder repräsentiert haben, waren vorbei, sobald die einzelnen Länder an Bedeutung verloren haben und nur noch das ganze Europa gezählt hat. Leider hat keiner von euch miterlebt, wie schön die Zeiten waren, als die Menschen ihre Königinnen und Könige noch geliebt haben. Wir waren die Herzen des Volkes und ich bin mir absolut sicher, dass das auch wieder so werden kann, wenn die Menschen nur wieder daran erinnert werden, dass es uns gibt und wie wichtig es ist, dass wir als Adlige uns zusammentun und Europa repräsentieren, nicht als west-, ost-, mittel-, nord- oder südeuropäischer Adel, sondern zusammen, als die Adelsfamilien Europas.«

Sie blickt sich um. Als sie nicht die gewünschte Reaktion erhält, die sie mehr als offensichtlich erhofft hatte, sieht sie sie eindringlich an. Einzig ihre Töchter nicken zustimmend. »Du hast absolut recht, Mama, die Menschen müssen wieder auf uns aufmerksam gemacht werden.« Mila sieht in den Himmel, der so aussieht, als würde gleich ein Sturm über sie hereinbrechen. Sie will nach Hause und muss sich hier die Zusammenfassung davon anhören, was sie eh schon weiß: Die Adelsfamilien gehören in Europa der Vergangenheit an. Falls die höchste Vertreterin der westeuropäischen Adelsfamilien denkt, sie könnte daran etwas ändern, muss sie Wahnvorstellungen haben.

»Ich suche schon lange nach einer Möglichkeit, die Menschen wieder auf unsere Seite zu bringen. Bei meiner letzten Reise auf unser Anwesen in Amerika habe ich einen guten alten Freund getroffen, den König des westarabischen Königreiches, er war gerade in Amerika und hat einige Handelsabkommen aufgelöst, da er sehr unzufrieden ist. Er bedauert es sehr, dass das westarabische Königreich und Europa sich so voneinander entfernt haben. Es bestehen kaum mehr Handelsbeziehungen, aber er würde das liebend gern ändern, allerdings ist zu viel Misstrauen bei den Europäern vorhanden, man ist sich mit den Jahren fremd geworden. Im westarabischen Königreich, sowie im ganzen arabischen Reich, herrscht, ganz anders als hier, das Königshaus komplett über das ganze Land und das in allen Bereichen. Unsere Adelsfamilien waren schon immer sehr befreundet und zusammen ist uns eine brillante Idee gekommen.«

Mila spürt langsam, dass sie Hunger bekommt, sie weiß nicht, ob sie hier noch essen werden. Das, was man im Flugzeug bekommt, ist ungenießbar. Adina stupst sie von der Seite an, als würden jetzt die spannenden Stellen kommen und Mila versucht, sich auf die Rede zu konzentrieren.

»Es gibt kein festeres Band, was zwei Länder verbinden kann, als eine Ehe zwischen ihren Adelsfamilien. Das war schon immer so und wir werden diese Tradition nun fortsetzen. Der König hat fünfzehn Söhne aus vier Ehen.« Adina neben ihr hustet, Mila ist sich sicher, dass sie ein Lachen übertönen will. »Aber weil es uns beiden ernst ist mit dieser Vorstellung, wird der Sohn, der sein Thronfolger sein wird, eine von euch heiraten. Prinz Rashid bin Khalid el Aziz, der zukünftige König des westarabischen Königreiches, wird eine von euch Glücklichen heiraten.

Das bedeutet zum einen, dass die Beziehungen zwischen Europa und dem westarabischen Königreich fester werden als jemals zuvor, was ganz Europa gut tun wird. Zum anderen werden aber auch die Menschen von der Hochzeit erfahren und beginnen, sich wieder für den Adel zu interessieren. Diese Hochzeit wird das größte Event der gesamten letzten Jahre, was rede ich da, Jahrhunderte. Von dieser Vereinigung werden alle etwas haben, auf diese

Idee sind aber natürlich nicht die Regierungen gekommen, nein, so etwas fällt nur dem Adel ein.«

Mila ist sprachlos, auch alle anderen schweigen, bis Adina die Arme vor ihrer Brust löst. »Ja, weil die niemals auf die Idee kommen würden, ihre Töchter zu verkaufen!« Mila kann nicht glauben, dass die höchste Vertreterin der westeuropäischen Adelsfamilien ernsthaft glaubt, so etwas durchziehen zu können. Heutzutage! »Von verkaufen ist hier gar nicht die Rede, jede von euch kann selbst entscheiden, ob sie mitreisen möchte. Wir fliegen nächste Woche in das westarabische Königreich, wir sind für eine Woche im Königspalast eingeladen. Es werden einige Empfänge gegeben, wo ihr den Prinzen treffen werdet, er wird auch mit jeder einzeln Zeit verbringen. Eigentlich sollte Prinz Rashid diesen Sommer die Prinzessin aus dem ostarabischen Königreich heiraten, auch sie kennen sich nicht, es geht um den Bund der Länder, nicht der Personen. All das wurde für uns abgesagt. Ich bezweifle, dass ihr die Bedeutung davon versteht.

Er wird sich dann eine von euch wählen, die er zur Frau nehmen möchte und diese Frau wird eine zukünftige Königin sein, in den schönsten Palästen der Welt leben, dem europäischen Adel auf die Beine helfen und ihn im Ausland repräsentieren - das ist wirklich ein schlimmes Los.«

Mila hebt die Augenbrauen. Sie wusste nicht, dass die höchste Vertreterin der westeuropäischen Adelsfamilien sarkastisch sein kann, doch diese redet sich gerade in Rage. »Dieses Vorgehen ist in Adelsfamilien ganz normal, man heiratet standesgemäß. Wenn ihr aber vorhabt, weiter mit euren Familien unterzugehen und Fischer zu heiraten, bitte schön. Es steht jeder von euch frei, ob sie uns begleiten möchte oder nicht.«

Sie sieht kurz zu Mila, die jetzt wirklich wütend wird. Ihre Schwester hat keinen Fischer geheiratet, ihr Schwager hat ein Fischunternehmen und die beiden haben sich verliebt, ein Wort, das in der Welt des Adels wohl offenbar keine große Rolle spielt. Sie möchte etwas sagen, doch eine der anderen Prinzessinnen kommt ihr zuvor. »Du sagtest, er entscheidet, wen er heiraten möchte, haben wir dabei keinen Einfluss oder ein Entscheidungsrecht?« Mila sieht die hübsche Blondine schockiert an. Denkt sie ernsthaft darüber nach, da mitzuspielen?

Die höchste Vertreterin der westeuropäischen Adelsfamilien deutet der anderen Frau, die sich im Hintergrund gehalten hat an, vorzutreten. »Wenn ihr diese Reise antretet, willigt ihr ein zu heiraten. Stellt jetzt eure Recherchen über Prinz Rashid an, guckt, ob er euch sympathisch ist. Auch dann könnt ihr noch absagen, aber wer mitfliegt, muss bereit sein zu heiraten. Der Prinz sucht sich dann die Frau aus, die am besten zu ihm passt.

Überlegt euch gut, ob ihr uns begleitet oder nicht. Doch egal was ist, dieses Gespräch bleibt hier im Garten, offiziell fliegen wir ins westarabische Königreich, um an den Veranstaltungen teilzunehmen. Ich übernehme die Aufgabe, euch etwas in die königliche Gesellschaft einzuführen. Offiziell wird es dann heißen, dass der Prinz und seine Auserwählte sich bei diesen Feierlichkeiten kennengelernt und Gefallen aneinander gefunden haben, was ja im Groben auch so ist.«

Mila schnauft leise auf. »Das ist doch widerlich, nicht mal die beste Autorin könnte aus so etwas eine einigermaßen gute Liebesgeschichte schreiben.« Adina neben ihr wird allerdings hellhörig, als d i e höchste Vertreterin der westeuropäischen Adelsfamilien erzählt, was sie im westarabischen Königreich erwartet und dass sie neue Kleider bekommen und komplett ausgestattet werden.

Noch einige andere hohe Vertreter des europäischen Adels sind eingeweiht. Sie alle finanzieren diese Reise mit, um so dafür zu sorgen, dass der Adel in Europa wieder interessant für die Menschen wird. »Vier weitere Prinzessinnen haben schon zugestimmt, wer von euch möchte daran teilnehmen? Eigentlich erwartet das Königshaus Westarabiens zwanzig Prinzessinnen zur Auswahl, wir haben aber leider nicht so viele in dem vorgegebenen Alter.«

Elisabeth klatscht begeistert in die Hände. »Ich begleite dich auf jeden Fall, Mutter. Es wäre mir eine Ehre, die Frau von Prinz

Rashid zu werden und meine geliebte Familie zu unterstützen.«
Mila sieht das Zwinkern, das die höchste Vertreterin der westeuropäischen Adelsfamilien ihrer ältesten Tochter zuwirft. »Dir ist klar, dass Elisabeth ihn heiraten wird, oder? Das alles ist doch schon längst abgemacht, wir sollen nur mitfahren, damit es für alle Adelsfamilien gleich gerecht ist. Denn wenn ihre Tochter diesen Typen heiratet, ist ganz klar, dass ihre Familie auch weiterhin die mächtigste im europäischen Adel bleibt.«

Mila sieht auf das zufriedene Lächeln, das sich Mutter und Tochter schenken und wendet sich an Adina. »Natürlich ist mir das klar, ich lege meine Hand dafür ins Feuer, dass es so kommt. Ich wette, die Verträge sind schon längst unterschrieben und die Hochzeit zwischen Prinz Rashid und Prinzessin Elisabeth wird schon geplant, die Reise dient nur dazu, alle anderen europäischen Adelsfamilien nicht zu verstimmen. Aber so wie es ist, ist es gut. Ich hatte nicht vor, mich an einen Prinzen verkaufen zu lassen. Du etwa?«

Adina lacht. Sie sieht, wie die andere Frau beginnt, die Prinzessinnen zu messen, um neue Kleidung für sie zu besorgen. »Niemals, aber das bedeutet nicht, dass wir nicht vom Prinzen profitieren können.« Mila sieht Adina verwundert an, dreht sie jetzt auch noch durch?

»Überleg doch Mila, Elisabeth wird ihn heiraten, das steht fest, und vielleicht haben sie sogar recht und es ist gut so, vielleicht hilft das unseren Familien etwas. Du weißt selbst, dass dies zumindest nicht schaden würde. Solange spielen wir einfach mit. Keiner von uns hat Europa jemals verlassen, lass uns das westarabische Königreich entdecken. Wir nehmen an den Empfängen teil, sehen zu, wie die beiden sich verlieben und machen unser eigenes Ding. Das ist unsere Chance, endlich mal etwas Neues zu erleben. Komm schon, wenn die meinen, die Zeit zurückzudrehen, bringt ihnen etwas, bitte, wir nutzen das für uns aus. Wir bekommen garantiert nicht noch mal so schnell die Chance, Europa zu verlassen, das wird lustig. Ich habe gehört, dass man nirgends so gut shoppen kann wie im westarabischen Königreich.«

Mila sieht sich um. Nach anfänglichem Zögern melden sich fast alle anwesenden Prinzessinnen, um mit ins westarabische Königreich zu fliegen, sie sieht, wie Elisabeth sich seelenruhig alles ansieht. »Ich weiß nicht, ich finde, wir sollten diesen Blödsinn nicht auch noch unterstützen.« Adina meldet sich. »Tun wir nicht, wir planen unseren eigenen Blödsinn.« Sie hebt Milas Hand auch mit hoch und diese gibt sich geschlagen. Die Aussicht, endlich mal aus Europa herauszukommen und ein Abenteuer zu erleben, überwiegt letztlich doch.

»Na schön, aber ich werde nicht auf diese komischen Empfänge mitgehen. Diese Kleider, die sie nähen lassen, brauche ich nicht.« Adina lacht. »Dann verkauf sie später, du kannst das Geld gut in deine Schrottkarre vor dem Haus investieren.

WIR KOMMEN MIT!«

Auch noch Stunden später beim Landeanflug kann Mila nicht aufhören, über das Vorhaben der höchsten Vertreterin der westeuropäischen Adelsfamilien den Kopf zu schütteln. Wie kann man nur so berechnend sein, die ganze Welt täuschen zu wollen. Mila ist bewusst, dass sie recht hat. Das wird garantiert die Aufmerksamkeit aller auf sich ziehen. Doch wie kann sie es verantworten, ihre Tochter in solch eine Ehe zu bringen? Ist ihr Glück ihr nicht wichtig? Natürlich gab es früher oft solche Hochzeiten und dass im arabischen Raum so etwas noch gang und gäbe ist, vor allem bei Königsfamilien, weiß sie auch. Doch sie hier leben in Europa. Die Freiheit, eigene Meinungsbildung und eigene Entscheidungen treffen zu können, sind hier Grundvoraussetzungen.

Vielleicht wird sie mit ins westarabische Königreich fliegen und mit Adina ihren Spaß haben, aber sie wird garantiert nicht als Zuschauer auf dieser Fake-Hochzeit tanzen, niemals! Sie denkt an die Worte der höchsten Vertreterin der westeuropäischen Adelsfamilien und wie normal es scheinbar ist, in ihren Kreisen solche Ehen zu schließen.

Ihr Vater und ihre Mutter haben sich auch auf solchen Feierlichkeiten kennengelernt, ob das ebenfalls arrangiert war? Mila schüttelt selbst über ihre absurden Gedanken den Kopf und steht auf, als sich die Gurte öffnen und das Flugzeug zum Stehen kommt. Ihre Eltern haben sich über alles geliebt, wenn sie mal heiraten sollte, dann nur, wenn die Basis dafür wahre Gefühle sind. Vielleicht mag sie darin altmodisch sein, doch bitte, dann ist sie das, auf so etwas wie das, was da geplant ist, würde sie sich niemals einlassen.

»Wo ist er?« Mila gibt ihrer drei Jahre älteren Schwester Mina einen Kuss auf die Wange und streicht über deren dicken Babybauch. Mina ist noch etwas dunkler als sie, sie kommt etwas mehr nach ihrem Vater, bei Mila haben sich beide zu gleichen Teilen durchsetzen können. Ihre Schwester sieht erschöpft aus. »Er ist beim Grundstück. Heute haben sie die Frist ein letztes Mal erweitert, es bleiben ihm nur noch drei Monate und es wird nicht noch einmal aufgeschoben.« Mila seufzt und lässt ihre Tasche auf den frisch gewischten Boden im Haus ihrer Schwester fallen.

Ihr Vater lebt hier bei ihr, ihr Mann verdient gutes Geld und sie kommen über die Runden, doch natürlich ist es nicht das, was ihr Vater gewohnt ist. Nur aufgrund ihres Namens darf Mila an der Universität mit einem Stipendium studieren, leisten könnten sie sich das nie. »Du musst öfter kommen, du fehlst ihm, mir … uns allen.« Mila lächelt und nimmt sich die Autoschlüssel ihrer Schwester. »Ich hole ihn schnell, dann mache ich dir deine Lieblingspfannkuchen. Ich muss euch etwas erzählen.«

Es sind nur zehn Minuten bis zu ihrem alten Anwesen und doch ist dort alles anders. Das Schloss, das sie früher bewohnt haben, erstreckt sich bildschön am Meer, es ist nicht ganz so groß wie das Anwesen in Westeuropa, doch dafür viel glamouröser. Alles ist verziert, den Eingang, der jetzt mit dicken Stahlketten verschlossen ist, verziert ihr Familienwappen. Sie haben das Schloss vor einigen Jahren verlassen müssen, die Kosten waren viel zu hoch. Nun will die EU-Regierung daraus ein Hotel machen, wenn ihr Vater es nicht zurückkaufen kann. Sie verschieben die Frist schon lange immer wieder aus Mitleid, doch Mila wusste, dass auch dieses Mitleid mal Grenzen haben würde.

Auch sie möchte ihr Zuhause nicht aufgeben, doch im Gegensatz zu ihrem Vater haben sie sich schon lange damit abgefunden, es bald tun zu müssen.

Es bricht Milas Herz, als sie ihren Vater ansieht, nachdem sie aus dem Auto gestiegen ist und auf ihn zugeht. Der höchste Vertreter der südeuropäischen Adelsfamilien steht vor seinem alten Schloss und streicht sich verzweifelt durch seinen grauen Bart. Es fällt ihm schwer, gerade zu stehen und Mila weiß, dass er wieder zu viel getrunken hat. Sie bleibt stehen, versucht sich ihn in Erinnerung zu rufen, wie er war, als ihre Mutter noch gelebt hat, wie liebevoll er zu ihnen war, zu seiner Frau. Seine Augen haben vor Liebe geglänzt, Mila und Mina waren alles für ihn, sein Sohn Juan sein größter Stolz.

Es hat sie alle zerbrochen. Juan und ihre Mutter gibt es nicht mehr, das Schloss gehört nicht mehr ihnen und Mila fragt sich, ob es ihnen jemals wieder besser gehen wird. Einen Moment denkt sie daran, dass die höchste Vertreterin der westeuropäischen Adelsfamilien recht haben könnte. Was ist, wenn diese Hochzeit zwischen Elisabeth und dem Prinzen aus dem westarabischen Königreich doch alles verändern könnte, ihr Ansehen wieder herstellt, die Bedeutung der Adelsfamilien wieder ändert? Wenn sie ihren Vater so sieht, wünscht sie sich das zumindest.

»Hallo, meine kleine Princesa, hast du den Weg nach Hause gefunden?« Mila lächelt und streckt ihrem Vater die Hand hin. »Ja Papa, komm jetzt auch du nach Hause.« Er nimmt Milas Hand und küsst sie. »Weißt du nicht, mein Schatz, das hier ist unser Zuhause. Wie viele glückliche Stunden wir hier verbracht haben, deine Mutter, mein Engel, hat es hier geliebt. Nur hier höre ich immer noch ihr Lachen, ich werde dieses Schloss hier nicht aufgeben!«

Milas Herz verkrampft sich, sie sieht auf das Grundstück, was auch ihr so viel bedeutet, doch sie weiß, dass es nichts bringt, sie muss ihren Vater hier wegbringen. »Papa, damals, als du und Mama euch getroffen habt, war das zufällig oder war es … gut für eure Familien, eure Hochzeit?«

Ihr Vater sieht ihr etwas verwirrt in die Augen. »Beides, mein Schatz, die südeuropäischen und die nordeuropäischen Adelsfamilien wollten einen größeren Konflikt abwenden. Es gab einige Feierlichkeiten, um sich näher zu kommen, dabei habe ich deine Mutter gesehen und sie …« Mila lacht, »...vom ersten Moment an über alles geliebt!« Sie beendet seinen Satz lächelnd, sie kennt seine Beschreibungen zu gut. »Sie war mein Leben!« Mila nickt traurig. »Ich weiß, Papa.«

Er begleitet sie zum Auto, auch wenn er sich immer wieder zu ihrem alten Schloss umwendet. »Lass uns zu Mina fahren, ich habe euch etwas zu erzählen. Kennst du den König des westarabischen Königreiches? Er hat uns Prinzessinnen eingeladen, sein Land kennenzulernen. Wir fliegen nächste Woche zusammen mit der höchsten Vertreterin der westeuropäischen Adelsfamilien ins arabische Königsreich.«

Kapitel 3

»Sieh dir das an.« Adina zeigt auf die sich vor ihnen ausbreitende Landschaft. Sie fliegen über ein Stück Wüste und danach tun sich tausende Lichter unter ihnen auf. »Atemberaubend, oder? Hier gibt es die höchsten Gebäude der Welt.« Auch Mila wollte sich über das westarabische Königreich genauer informieren, aber die Zeit ist viel zu schnell vergangen, am liebsten hätte sie den ganzen Trip abgesagt, denn eine Woche in der Uni zu fehlen, bedeutet danach nur doppelt soviel Arbeit.

»Hier gibt es nicht nur die höchsten Gebäude, Westarabien ist bei allem weit vorne, hier leben die reichsten Menschen, die Technik ist am fortgeschrittensten. Es gibt nichts, was es in Westarabien nicht gibt und vor allem gibt es hier Prinz Rashid.« Milas Cousine Elena hat sich gerade zu ihnen ans Fenster gesetzt und lächelt leise vor sich hin. »Hat Madame etwa jemanden ausspioniert?« Adina lacht und zwinkert Elena zu, die sofort rote Wangen bekommt. Adina ist die Tochter der Schwester von Milas Mutter, Elena und Elise die Töchter der Schwester von Milas Vater. Auch wenn Adina und Mila sich näher stehen, liebt Mila Elena und Elise nicht weniger, Adina und die beiden kennen sich ebenfalls sehr gut.

»Ihr etwa nicht? Wir sollten es doch machen, um uns zu entscheiden. Mich wundert es überhaupt nicht, dass fast alle mitgekommen sind, der Prinz ist wirklich ein guter Fang. Er ist bildhübsch und war mehrere Male der heißeste männliche Single laut dem People Magazine.« Elisabeth eilt an ihnen vorbei auf die Toilette des Luxusjets, der sie nach Westarabien bringt. Sie kann die vielen Kosmetiktaschen kaum tragen und ein seliges Lächeln liegt auf ihren Lippen. »Tja, das wird Elisabeth sicherlich bald ändern.«

Mila hat es nicht geschafft, sich über das westarabische Königreich zu informieren, also auch nicht über den Prinzen. Sie will diesen ganzen Blödsinn gar nicht erst unterstützen, deswegen versucht sie es so gut es geht zu ignorieren. »Oder jemand anderes tut es.« Ihre Cousine streicht sich ihre Haare glatt, und Adina und Mila werfen sich einen bedrückten Blick zu.

Nicht nur bei ihr haben sie echte Hoffnungen bemerkt, dass der Prinz sich für eine von ihnen entscheidet, dabei ist mehr als klar, dass er Elisabeth wählen wird, es ist alles bereits eine abgemachte Sache, da ist sich Mila absolut sicher.

Als sie gestartet sind, hat sie mitbekommen, wie die höchste Vertreterin der westeuropäischen Adelsfamilien, die sie natürlich begleitet, jemandem eine Nachricht geschrieben hat, dass sie nun auf dem Weg sind. Danach hat sie Elisabeth leise wissen lassen, dass sich alle freuen, ganz besonders Prinz Rashid wartet auf Elisabeth. Auch wenn es leise war, hat Mila es gehört und hofft, dass die anderen Prinzessinnen sich nicht zu große Hoffnungen machen. Sie sind nur dabei, damit es den Anschein erweckt, jeder hätte eine Chance, in Wirklichkeit ist schon alles geklärt.

Zwölf Prinzessinnen der europäischen Adelsfamilien sind mitgekommen, zwei haben abgesagt. Alle anderen werden nun nervös, als sie zum Landeanflug ansetzen. Mila streckt sich, sie sind fast sechs Stunden geflogen, früher soll dieser Flug sogar fast dreizehn Stunden gedauert haben. Auch wenn sie glücklich sein können, wie schnell die Flugzeuge mittlerweile sind, ist Mila ein Flug wie dieser einfach viel zu lang. »Guck, hier müssen wir hin, unbedingt, diese Wüstentour müssen wir auch gleich mitmachen, wenn wir da ankommen ...«

Adina hört erst auf, ihre Zeit zu verplanen, als die höchste Vertreterin der westeuropäischen Adelsfamilien sich vor sie stellt. »Denkt daran, eure Koffer sind mit genügend neuen Sachen aufgefrischt worden und vor größeren Veranstaltungen bekommt ihr Stylisten, benehmt euch eurem Titel entsprechend.« Sie zeigt auf Adinas Tanktop und gibt ihr ein blaues Jackett. »Die Schultern sollten verdeckt sein und die Röcke bis zu den Knien gehen. Und du ...« Ihr Blick huscht zu Mila, die mit einer bequemen Sporthose, einem weißen Shirt und einem unordentlichen Zopf weiß, dass sie nicht so zurechtgemacht wie die anderen ist, aber solch einen Blick hat sie nun auch wieder nicht verdient.

Alle Prinzessinnen tragen ein ähnliches Kostüm, einen Rock, der bis zu den Knien geht, eine weiße Bluse und den farblich zum Rock passenden Blazer, nur, dass jeder eine andere Farbe trägt. Die höchste Vertreterin der westeuropäischen Adelsfamilien hält ihr das Outfit in Korall hin und deutet zur Toilette. »Beeil dich, Mila!«

»Oh nein, ich glaub, ich seh nicht richtig, du bist eine von ihnen.« Mila kneift Adina in den Arm, als sie als letzte den Jet verlassen. Zwar hat sie jetzt das gleiche wie die anderen an, aber sie hat sich nicht geschminkt oder ihren Zopf nochmal neu gemacht, ein leiser Protest. Aber immerhin lehnt sie sich so gegen die höchste Vertreterin der westeuropäischen Adelsfamilien auf und das ist nicht so leicht, wie man es vielleicht vermuten würde, die Frau kann einen mit einem einzigen Blick zum Schweigen bringen. Vor dem Flieger stehen acht schwarze Limousinen. Da sie als letzte aussteigen, werden ihre vier Koffer in die letzte eingeladen. Eigentlich hatte jede nur einen Koffer dabei, doch einen weiteren hat jede von der höchsten Vertreterin der westeuropäischen Adelsfamilien mit den Sachen erhalten, die sie für passend hält.

Ihnen werden von Sicherheitsleuten die hinteren Türen aufgehalten und Mila wirft Adina einen beeindruckten Blick zu.

»Willkommen im westarabischen Königreich!«

Die Autofahrt dauert noch einmal eine halbe Stunde. Es ist hier mitten in der Nacht, sie lassen die getönten Scheiben herunter, die warme Luft weht ihnen um ihre Nasen, während sie diese atemberaubende Stadt auf sich wirken lassen. »Es ist so schön hier, es war eine gute Idee mitzukommen.« Plötzlich klingelt Milas Handy. »Ihr seid keine Touristen im Billigurlaub, Nase rein und Fenster zu!« Mila legt auf und schließt das Fenster, das kann eine harte Woche werden.

»Guten Morgen, wachen Sie endlich auf und genießen Sie das Paradies!« Mila weigert sich trotzdem weiterhin, die Augen zu öffnen, gestern war alles so neu und aufregend, sie sind vom Flughafen auf eines der Anwesen der Königsfamilie gebracht worden. Dies ist das Hauptanwesen, der König schläft hier auch irgendwo, wahrscheinlich wäre man einen ganzen Tag damit beschäftigt ihn zu suchen. Wenn sie dachte, die Grundstücke des Adels in Europa wären groß und edel, weiß sie nicht, wie sie das hier beschreiben soll.

Sie sind gestern von mehreren Bediensteten empfangen worden, die höchste Vertreterin der westeuropäischen Adelsfamilien wurde zum König gebracht, während sie auf zwei extra Häuser aufgeteilt wurden. Mila hat noch nicht alles gesehen, bei Weitem nicht, aber was sie gesehen hat, war purer Luxus. Hier im Garten stehen Palmen, es gibt mehrere Pools, die Gästehäuser haben sechs Schlafzimmer, alle mit eigenem Bad. Es ist unglaublich hier. Ihnen wurde Essen gebracht, von dem hundert Leute satt geworden wären. Es war so köstlich, dass alle Gesundheitsbänder schnell eingegriffen und sie davon abgehalten haben, sich kugelrund zu essen.

Adina und Mila haben nur das Gästehaus, in dem sie schlafen, erforscht. Die großen Schränke, vergoldete Wasserhähne, alles hier ist wie in einem Traum. Ständig waren Bedienstete da, die gefragt haben, ob sie irgendetwas tun können. Doch wie aufregend all das auch war, irgendwann sind sie schlafen gegangen, sie haben den Kampf gegen die Müdigkeit verloren, aber heute wollen sie wirklich alles erkunden.

»Na los jetzt!« Nur deswegen öffnet Mila langsam die Augen, sie ist noch immer müde, auch wenn ihre Handyuhr, die sie jetzt vom Nachttisch nimmt, zeigt, dass es bereits zwölf Uhr mittags ist. »Sind schon alle anderen wach oder habe nur ich das Vergnügen?« Mila setzt sich auf, Adina hat im Nebenzimmer geschlafen, außerdem sind bei ihnen im Haus noch ihre beiden anderen Cousinen Elena und Elise. Im anderen Haus sind die sechs anderen Prinzessinnen untergebracht, die höchste Vertreterin der westeuropäischen Adelsfamilien und zwei ihrer Töchter, natürlich auch Elisabeth, haben eine Suite im Haupthaus bekommen. Vielleicht merken jetzt langsam alle, was hier gespielt wird. Mila kann das nur recht sein, je weiter sie von ihnen entfernt ist, desto freier ist sie.

»Um neun waren welche da, die joggen gehen wollten ... ich habe sie wieder rausgeschmissen.« Elena steckt den Kopf zu ihr ins Zimmer. »Du warst sehr unhöflich.« Erst jetzt registriert Mila, dass Adina nur einen Bikini trägt, den sie sich im riesigen Spiegel vor Milas Kleiderschrank ansieht, es ist Milas Bikini. »Ich war müde, los komm jetzt endlich.« Mila steht auf, Adina gibt eh keine Ruhe, doch statt ins Bad führt sie der erste Weg in die Küche, aus der ihr der Duft von Kaffee, Eiern und Kuchen entgegenschlägt.

»Es ist schlimm hier, ich habe jetzt schon fast mein komplettes Tagespensum zu mir genommen.« Elisa, die jüngste ihrer Cousinen, sitzt am Tisch und hält einen Muffin hoch. Mila versucht erst gar nicht, das Armband zu überlisten. Es registriert, wenn man kaut und nichts eingegeben hat, es piept dann, bis man dies nachholt. Sie kann ihre Lebensmittel mit dem Barcode, mit einem Bild scannen oder einfach sagen, was sie gerade isst.

Dieses Armband ist von anderen Ländern scharf kritisiert worden, doch die Erfolge, die sich nach und nach dadurch ergeben haben, ließen viele Kritiker verstummen. Mila nimmt sich ein Croissant, ein paar Eier und einen Kaffee, macht ein Bild mit dem Armband und nimmt den ersten Schluck. Langsam wird sie wach. »Achten Sie auf Ihre weiteren Kalorien, es wäre gut, wenn Sie wieder etwas Obst zu sich nehmen würden.«

Mila ist daran gewöhnt, sie alle kennen es gar nicht anders, sie nimmt sich einen Apfel und das Armband gibt Ruhe. Während sie vom Croissant abbeißt, sieht sie in den Garten. Jetzt am Tag erkennt sie immer noch keine richtigen Grenzen, das Anwesen muss riesig sein. Allerdings ist ihr Haus durch einige Hecken abgetrennt, wahrscheinlich, damit man nicht gesehen wird, wenn man den Pool benutzt, doch dahinter scheint der Garten kein Ende zu finden. Adina ist gerade auf dem Weg zum Pool und deutet Mila auch zu kommen.

Mila geht aber zur anderen Seite des Hauses, öffnet die Haustür und sieht auf ein weiteres Stück Garten. Man erkennt von hier das Hauptgebäude, in dem der König wohnt, doch sind das bestimmt zehn Minuten zu Fuß, die zwischen den Häusern liegen. Zwei Prinzessinnen aus den westeuropäischen Adelsfamilien gehen gerade ins Nebenhaus und winken ihr zu. Sie waren anscheinend ebenfalls joggen, vielleicht sollte Mila sich auch anziehen und das Grundstück erkunden, statt an den Pool zu gehen, wiederum haben sie ja dafür auch noch später Zeit.

Zwei Männer in den hier üblichen weißen Gewändern laufen vorbei, beide tragen Säcke. Sie werden hier auf dem Grundstück arbeiten, nicken kurz in Milas Richtung, sehen aber nicht wirklich hin und ihr fällt ein, dass sie nur kurze Shorts trägt. Schnell schließt sie die Tür wieder und geht zurück in die Küche. Schon im Auto gestern hat sie bemerkt, dass fast alle Männer hier dieses weiße Gewand tragen, das ihnen bis auf die Knöchel fällt, dazu tragen sie auch ein weißes oder rotweiß kariertes Tuch. Die einheimischen Frauen sind fast alle verschleiert, während die Touristen insgesamt sehr freizügig herumlaufen. In einem Moment sieht alles aus wie Wüste, dann tauchen Hochhäuser auf, die man sonst nirgends sieht. Dieser Kontrast gefällt Mila, sie möchte unbedingt noch mehr darüber erfahren und entdecken.

»Was ist für heute geplant?« Ihre Cousine sieht durch die Terrassenscheibe Adina zu, wie sie im Pool schwimmt. »Wissen wir noch nicht, die höchste Vertreterin der westeuropäischen Adelsfamilien wusste es heute morgen selbst noch nicht, sie gibt uns später Bescheid.« Mila isst auf und zieht sich dann auch einen Bikini an. Da Adina ihren schwarzen Lieblingsbikini geklaut hat, nimmt sie den in lila. Weder sie noch Adina haben besonders auffällige Figuren, sie sind 'normal'. Viel zu normal. Mila betrachtet sich noch einen Augenblick im Spiegel. Sie bindet ihre langen Locken zu einem Pferdeschwanz. Mila schminkt sich eher selten, wenn, dann betont sie nur leicht die Augen und trägt etwas Lipgloss, doch diese Natürlichkeit, die sie versucht beizubehalten, wird in den Adelsfamilien nicht gern gesehen.

Es ist vollkommen normal in diesen Kreisen, etwas an sich machen zu lassen. Fast jede Frau, die Mila kennt, hat sich die Nase richten, die Falten verschwinden lassen, größere Brüste, hier was weg, da was zu, es ist ganz normal. Mila stört es auch nicht, doch sie möchte es nicht für sich. Selbst Milas Schwester hat sich früher mal die Brüste vergrößern lassen. Mila sieht auf ihren flachen Bauch, die Brüste, die vielleicht nicht riesig, aber dafür schön geformt sind. Sie hat einen Leberfleck an der rechten Brust, wenn sie einen Bikini oder ein Oberteil mit viel Ausschnitt anhat, sieht man ihn und sie hat schon oft gehört, dass es sehr sexy wirkt. Mila ist zufrieden mit sich und will diese perfekte Welt gar nicht so nah an sich heranlassen, dass es sie herunterziehen oder verletzen könnte.

»Was tust du da?« Elena sieht erschrocken von der Terrasse zu, wie Mila sich ein Buch nimmt und im Bikini auf eine Poolliege legt. »Du wirst noch dunkler, Mila, komm lieber wieder rein.« Mila beachtet sie gar nicht weiter. Während Adina ihre Runden schwimmt, liest sie sich den Stoff durch, den sie garantiert in der Uni verpassen wird. Erst als es ihr zu warm wird, flüchtet auch sie in den Pool. Es dauert keine zwei Minuten, dann geben auch Elena und Elise ihre sture Haltung auf und folgen ihnen. Es ist sehr heiß hier. Je später der Mittag wird, umso mehr bekommen sie diese Hitze und schwüle Luft zu spüren.

Als sie alle im Pool sind und sich etwas entspannen, kommen zwei asiatische Dienstmädchen. Sie erklären in gebrochenem Englisch, dass sie für das Haus zuständig sind. Während die eine im Haus für Ordnung sorgt, bringt die andere ihnen Getränke und Obst an den Pool. Mila legt entspannt den Kopf nach hinten, sie ist es gar nicht gewohnt, bedient zu werden. »So lässt es sich leben, oder?« Auch Adina ist tiefenentspannt, bis sich eine vertraute Stimme räuspert und sie alle vier aufschreckt.

»Wie ich sehe, habt ihr euch schon eingelebt. Wir treffen uns in einer Stunde vor euren Häusern, Prinzessin Naima, die Tochter des Königs, wird uns etwas auf dem Grundstück herumführen und euch ein wenig in die Sitten hier einweisen. Heute Abend wird es ein Essen geben, an dem auch Prinz Rashid teilnehmen wird. Dieses Essen ist aber belanglos, ihr müsst nicht anwesend sein. Es wäre zu empfehlen, euch auszuruhen. Morgen Abend ist der erste offizielle Empfang, wo alle teilnehmen müssen und wir vorgestellt werden, darauf bitte die volle Konzentration.« Sie klatscht in die Hände und geht.

»Na super, dann haben wir morgen Vormittag Zeit, etwas zu unternehmen, was willst du zuerst tun?« Mila sieht der höchsten Vertreterin der westeuropäischen Adelsfamilien hinterher und zuckt die Schultern. »Mir egal, entscheide du!« Adina lächelt zufrieden. »Wir machen Parasailing und fahren Jetski!«

Elena und Elise sehen sie ungläubig an. »Ihr solltet so etwas nicht tun, es gehört sich ...« Adina hebt die Hand. »Die höchste Vertreterin der westeuropäischen Adelsfamilien muss davon nichts erfahren, und wenn ihr euch mal etwas entspannen würdet, zeigen wir euch, wie man sich amüsiert und ihr werdet endlich etwas lockerer.« Mila lacht, sie zwinkert ihren drei Cousinen zu und taucht ab, aus Westarabiens heißer Sonne ins kühle Nass. Sie wird Adina helfen, die beiden locker zu bekommen und dafür sorgen, dass sie alle hier ihren Spaß haben, während sich die höchste Vertreterin der westeuropäischen Adelsfamilien und ihre Töchter auf den Prinzen konzentrieren können.

Mila zieht sich eine schwarze Hose an und ein einfaches weißes Shirt. Sie schminkt sich nicht, bindet sich einfach nur einen Zopf und setzt eine Sonnenbrille auf, als sie eine Stunde später vor ihr Gästehaus gehen. Adina hat sich nur Shorts und ein Top übergezogen, während Elena und Elise sich richtig zurechtgemacht haben. Als sie auf die anderen Prinzessinnen treffen, sind wieder nur sie die Einzigen, die aus der Reihe tanzen. »Wir sollten etwas mehr Interesse an dem Ganzen vortäuschen.« Adina sieht auch an sich herunter und nickt. »Heute Abend geben wir uns ganz viel Mühe!«

In dem Moment kommen mehrere kleine Wagen herangefahren, die man zum Golfspielen benutzt, um auf dem Golfplatz umherzufahren. Im ersten sitzt eine hübsche junge Frau. Sie trägt einen schwarzen Rock und ein passendes Shirt, ihre braunen Locken gehen ihr bis zum Kinn und wunderschöne dunkle Augen strahlen sie alle an. »Herzlich willkommen in unserem Haus, Ladies.«

Die höchste Vertreterin der westeuropäischen Adelsfamilien stellt die junge Frau als Prinzessin Naima vor. Mila weiß nicht wieso, aber sie hat sich vorgestellt, dass eine verschleierte Frau sie begrüßen würde. Naima ist zwar nicht aufreizend angezogen, aber sehr modern. Sie lacht und begrüßt alle, dabei ist nicht zu übersehen, dass sie alle ganz genau betrachtet. Mila begrüßt sie als letztes und gleich danach stellt sich auch schon Elisabeth zwischen sie.

»Wir sind so aufgeregt, Ihre Gastfreundschaft ist umwerfend, wir hoffen, wir können Ihnen das bald danken. Ich fühle mich wie zuhause und ich habe so viele Fragen, möchte alles sehen und kennenlernen.« Adina steht hinter den beiden und verdreht die Augen. Elena und Mila müssen sich zusammennehmen, um nicht loszulachen, die Schwester des Prinzen hakt sich bei Elisabeth unter und deutet ihnen an, sich auf die Wagen zu verteilen. »Dafür bin ich da.« Elena setzt sich zu Adina und Mila in einen Wagen.

»Habt ihr gehört? Während wir den ganzen Tag in den Häusern warten mussten, hat Elisabeth ein komplettes Schönheitsprogramm wegen heute Abend hinter sich. Sie wurde in ein Spa gebracht, wo sie von Kopf bis Fuß verwöhnt wurde und das alles nur, damit sie heute Abend perfekt aussieht.« Mila wundert das genauso wenig wie Adina, langsam begreifen alle, dass sie nur zum Schein hier sind. Doch während Mila und Adina es von Anfang an wussten und ihren Vorteil daraus schlagen möchten, stört es die anderen wirklich.

Sie fahren eine Weile herum und erfahren, dass sie hier im Frauenbereich wohnen. Außer einigen Angestellten dürfen keine Männer diesen Bereich betreten, deswegen können sie sich dort so frei wie sie möchten bewegen.

Dann wird ihnen der Bereich gezeigt, der für alle zugänglich ist. Es gibt einen Teich, einen Tennisplatz, dann entdecken sie einen riesigen Stall. »Oh mein Gott, können sie Gas geben?« Der Mann, der sie fährt, sieht sie nur verwundert an und Mila ruft nach der Schwester des Prinzen, die sich mit ihrem Wagen zu ihnen zurückfallen lässt. »Entschuldigung, dürfen wir hier ausreiten?« Die Schwester lächelt sie freundlich an. »Natürlich jederzeit, dahinter findet ihr eine große Ausläuffläche, ihr dürft hier machen, was ihr möchtet.« Jetzt ist Mila wirklich komplett begeistert von dem Anwesen.

Sie fahren zu einem großen Pavillon, unter dem sie sich alle auf viele weiße Kissen und Decken setzen und Tee gereicht bekommen. Langsam lässt die Mittagshitze nach, sie haben nicht mehr viel Zeit bis zum Essen. Die Schwester des Prinzen erklärt ihnen einige wichtige Dinge, die sie für den Abend wissen sollten. Hier im westarabischen Königreich gelten noch strengere Regeln als in Europa, sie wird ihnen in der Woche einiges darüber erzählen. Aber natürlich sind besonders die jüngeren genauso modern aufgewachsen wie alle anderen auch. Es ist hier noch eine ziemliche Mischung aus Modern, alten Traditionen und Religion vorhanden, die das Land aber sehr bunt und interessant macht.

Sie werden heute alle gemeinsam essen, dabei ist zu beachten, dass der Prinz alle begrüßen wird, aber einige sehr strenggläubige Männer Frauen nicht die Hand geben. Sie sollen einfach abwarten, wie sie begrüßt werden und nicht von allein ihre Hand ausstrecken, um unangenehmen Situationen zu entgehen. Die ganz offiziellen ersten Begegnungen finden erst morgen statt.

Sie hätte ihnen noch so viel zu erzählen, aber sie haben nicht mehr die Zeit dafür. Morgen Vormittag wird sie aber mit ihnen zu dem Haus fahren, das gerade für den Prinzen und seine zukünftige Frau errichtet wird. Diese Nachricht lässt alle Prinzessinnen bis auf Mila verzückt aufjauchzen und Adina kneift ihr in den Arm, bis auch sie versucht, begeistert zu lächeln. Danach fahren sie zurück zu ihrem Haus und alle beginnen sich fertig zu machen, bis auf Mila.

»Ich gehe reiten.« Adina zieht sich gerade ein hellblaues Kleid über. »Hatten wir nicht gesagt, wir tun wenigstens so, als würden wir das ernst nehmen?« Mila hilft ihr das Kleid zu schließen. »Ja, machen wir auch, du gehst doch dahin. Falls jemand fragt, sag, ich habe Kopfschmerzen. Dafür darfst du morgen ausschlafen und ich mache diese Hausbesichtigung mit, ok?« Adina schlägt bei ihr ein. »Abgemacht, aber hilf mir wenigstens noch, meine Haare zu machen, der Prinz soll ja nicht denken, in Europa gibt es keine hübschen Prinzessinnen.« Mina lacht leise. »Er hat Elisabeth, damit wird er vollkommen zufrieden sein.«

Mila hilft Adina und dann auch noch Elise, ihre Haare zu locken. Sie wartet, bis alle zu dem Essen aufgebrochen sind, erst dann zieht sie sich ein Top, eine Jogginghose und Turnschuhe an und geht schnell aus dem Haus. Es ist sehr ruhig, sicher kümmern sich alle um das bevorstehende Essen. Sie versucht den Weg zum Stall zu finden, doch vorhin mit den Wagen ging das alles viel schneller. Mila verliert etwas den Überblick. Als sie zwei Männern begegnet, die beide Kochschürzen anhaben, fragt sie nach dem Stall, der ja außerhalb des Frauenbereiches liegt. Die beiden Mitarbeiter erklären ihr den Weg und Mila findet ihn dann auch endlich.

Der Stall von Elisabeths Elternhaus war schon immer beeindruckend, hierfür gibt es keine Worte. Vor dem Stall stehen fünf prächtige Pferde. Mila hat noch nie solch edle Tiere gesehen. Sie sieht in den Stall, die Boxen sind riesig, den Tieren fehlt es an nichts. Sie sehen alle sehr gepflegt aus, es stehen mindestens dreizig Pferde hier, große, kleine, alte, junge ... Mila liebt es hier jetzt schon. Sie geht wieder vor den Stall und sucht sich von den Pferden einen Dunkelbraunen aus. Sie sind alle noch gesattelt und sind sicher bereits ausgeritten worden, doch Mila kann niemanden hier finden, der ihr weiterhelfen könnte.

Die Pferde sind hoch gewachsen, sie ist in den Turnschuhen höchstens 1,70 Meter groß und kommt so nicht hinauf, aber sie stehen an einem Zaun und Mila versucht, das Tier dorthin zu bringen. Die Pferde scheinen sehr gut trainiert zu sein und es folgt Mila. Doch plötzlich ertönt ein ohrenbetäubender Lärm in dem Augenblick, als Mila auf den Zaun klettert. Es hört sich an, als würde gerade ein Hubschrauber landen und das Pferd wird unruhig.

Sie wartet, bis der Lärm vorbei ist. Doch als sie dann versucht, auf das Pferd zu steigen, ist es immer noch so unruhig, dass sie abrutscht und auf den harten Boden stürzt. »Verdammt!« In letzter Zeit bringen Ställe ihr kein Glück. Das Pferd dreht seinen Kopf zu ihr, als wolle es sich entschuldigen. Mila streichelt seine Mähne und will aufstehen, um einen erneuten Versuch zu starten, da tauchen plötzlich fünf Männer in ihrem Blickfeld auf und sehen auf sie hinab.

Na super. Nicht nur, dass ihr Hinterteil schmerzt, sie wurde in diesem peinlichen Augenblick auch noch beobachtet. Die Männer tragen alle schwarze Anzüge und Hemden, als wären sie gerade von einem Geschäftstermin gekommen. Der Mann in der Mitte hält ihr die Hand hin. Erst jetzt kann sie ihnen richtig ins Gesicht sehen, die untergehende Sonne hat sie die ganze Zeit dabei geblendet und so verhindert, dass Mila sie richtig ansehen konnte.

Mila nimmt die Hand und lässt sich aufhelfen. »Alles in Ordnung? Geht es dir gut?« Der Mann, der ihr aufgeholfen hat, sieht an ihr herunter. Er ist sicherlich nur ein wenig älter als sie, überragt sie um einen Kopf und sieht auf ihre Jogginghose, die nun dreckig ist. »Ja danke, das Pferd hat sich nur erschrocken wegen des Lärms gerade.« Die anderen Männer wirken älter und sagen etwas auf Arabisch zu dem jüngeren, der noch immer genau vor Mila steht und die anderen Männer gar nicht weiter beachtet.

»Das tut uns leid, wir sind gerade angekommen.« Mila bemerkt, dass der Mann vor ihr sehr attraktiv ist. Er hat ein sehr hübsches Gesicht, markante Züge, eine feine Nase, schön geschwungene

Lippen und dunkle Augen, die hinter vollen schwarzen Wimpern belustigt zu ihr blicken. Er hat dichte schwarze Haare und einen gepflegten Dreitagebart. Ein sehr schönes Lächeln bildet sich auf seinen Wangen, es sieht frech und anziehend zugleich aus, doch sie sieht ihm genau an, dass er sich über sie amüsiert. Wahrscheinlich denkt er, sie wäre eine unerfahrene Reiterin, die keine Ahnung hat und lacht sich innerlich tot.

»Kein Problem, ist ja nichts passiert.« Mila wischt sich den Schmutz ab und dreht sich wieder zum Pferd, damit die Männer verschwinden. »Bist du eine der Prinzessinnen, die gestern angekommen sind? Ich hoffe, es ist nicht schlimm, wenn ich du sage.« Mila würde am liebsten nochmal losfluchen und kneift kurz die Augen zu. Da war ja noch etwas, sie sollte gar nicht hier sein, sondern beim Essen. Die Männer sind bestimmt auch dahin eingeladen, Berater des Prinzen oder sonst etwas. »Ähmm ja ... ich meine, nein, es ist nicht schlimm, und ja, bin ich, aber ich habe keinen Hunger und da sind genug Prinzessinnen für den Prinzen drinnen, deswegen dachte ich, dass ich etwas ausreiten könnte.« Mila lächelt verschämt und ist den anderen Männern dankbar, dass sie den jüngeren Mann auf Arabisch ansprechen. Es wirkt so, als hätten sie es eilig und dass sie den Mann drängen, endlich mitzukommen. Dieser sieht Mila verwundert an.

»Na gut, aber du musst wissen, dass das Araberpferde sind, sie sind viel temperamentvoller als die anderen Pferde.« Mila nickt. »Das weiß ich, aber danke für den Hinweis.« Der Mann lacht leise, er sieht ihr genau in die Augen und Mila hat das Gefühl, er merkt ihr an, dass sie schwindelt. Er deutet auf einige Tritte, die in einer Ecke des Stalles stehen. »Dann weißt du sicher auch, dass man die braucht, um auf die Pferde zu kommen. Im Stall sind rote Schilder an den Boxen von den Pferden, die noch keinen Auslauf hatten, die sind dir dafür bestimmt sehr dankbar.«

Mila nickt und sieht zu, wie die fünf Männer in Richtung Haupthaus verschwinden. Einen Augenblick denkt sie daran, trotzdem auf das Araberpferd zu steigen, doch dann hört sie auf den Mann und sucht sich eine schöne weiße Stute aus, die ein rotes Schild an der Box hat, auf die sie ohne Probleme aufsteigen kann und mit der sie zufrieden aus dem Stall trabt.

Es ist nicht schwer, die Auslaufstelle zu finden, das Pferd bringt sie zu einem atemberaubend großen Feld, auf dem sie beide in der untergehenden Sonne alles geben. Mila hatte als Kind Pferde, es gab vier davon auf ihrem Anwesen, doch nach und nach mussten sie alle verkaufen. Umso mehr genießt sie es jetzt, wie der warme Wind ihre Haare verweht und schließt die Augen. So fühlt sich Freiheit an.

Zufrieden halten sie am Ende des Feldes und sehen direkt auf das Meer hinab, genau in dem Moment, als die Sonne darin eintaucht.

Sie ist angekommen in Westarabien und hat das Gefühl, dass gerade ein großes Abenteuer beginnt.

Kapitel 4

Mila war bereits eingeschlafen, bevor die anderen zurück waren. So erfährt sie erst am nächsten Morgen, als Elena, Elise und sie zusammen mit den anderen Prinzessinnen und der Schwester des Prinzen in mehreren Limousinen zu dem zukünftigen Haus des Prinzen gefahren werden, wie der Abend gestern verlaufen ist.

Prinz Rashid soll etwas später erschienen sein. Er hat allen zugenickt, aber da erst heute die offizielle Begrüßung stattfindet, haben sie nicht die Gelegenheit gehabt, mit ihm zu reden. Sie saßen aber alle zusammen an einem Tisch und haben gegessen. »Der Prinz hat wahnsinnig schöne Augen. Als er mich angesehen hat, habe ich ganz weiche Knie bekommen.«

Mila lächelt und nimmt Elises Hand in ihre. »Wie hat sich Adina benommen?« Elena lacht leise. »Vorbildlich, ich glaube selbst auf sie hat der Prinz einen guten Eindruck gemacht. Er hat auch jeden von uns genauer angesehen. Die höchste Vertreterin der westeuropäischen Adelsfamilien hat übrigens nicht einmal gemerkt, dass du gefehlt hast, sie war die ganze Zeit damit beschäftigt, mit dem König zu reden. Elisabeth war die Einzige, die ganz zum Schluss, bevor wir gegangen sind, mit dem König und dem Prinzen gesprochen hat.«

Mila streicht ihr Kleid glatt, als die Limousine hält. Sie hat sich heute ein weißes Sommerkleid angezogen, das im Koffer der höchsten Vertreterin der westeuropäischen Adelsfamilien lag. Trotzdem hat sie sich weder geschminkt noch ihre Haare hochgesteckt wie fast alle anderen, sie trägt sie offen. »Versteht ihr langsam, dass es darauf hinauslaufen wird, dass Elisabeth ihn heiratet? Ich meine, ihr wollt doch auch nicht wirklich jemanden heiraten, den ihr überhaupt nicht liebt und der euch quasi aufgezwungen wird, oder?«

Sie steigen aus, halten sich aber noch etwas weiter hinten. »Mila, du glaubst doch nicht ernsthaft noch an die wahre Liebe? Unsere

Eltern wurden sich auch vorgestellt, weil ihre Eltern das so wollten und sie lieben sich über alles. So ist das in unseren Kreisen schon immer gewesen, und ich finde es gut. Ich hätte überhaupt kein Problem damit, wenn der Prinz mich auswählen würde. Was machst du denn, wenn er auf einmal sagt, er möchte dich heiraten? Wieso bist du hier, wenn du nicht vorhast zu heiraten?«

Mila zeigt nach vorne, wo die Schwester des Prinzen sich wieder bei Elisabeth einhakt, beide sind auch zusammen hergefahren. »Weil ich im Gegensatz zu euch schon lange kapiert habe, dass wir das nächste Mal, wenn wir ins westarabische Königreich kommen, zur Hochzeit von Elisabeth herkommen werden.«

Ihre Cousinen kommen nicht mehr dazu, etwas zu erwidern, Mila sieht ihnen aber an, dass nun auch sie endlich zu begreifen beginnen. Sie stehen vor riesigen Mauern. Wie auch schon im Hause des Königs, hat man von außen keinerlei Einblick auf das Grundstück. Sie gehen durch ein großes blaues Tor und alle bleiben stehen, als sie auf das wunderschöne Grundstück blicken. Es ist alles grün, nicht so riesig wie das Anwesen, wo sie gerade leben, aber trotzdem noch riesengroß.

Mittendrin steht ein Haus, das noch teilweise eingerüstet ist, daneben ein etwas kleineres. Ein großer Pool ist auf der Rückseite zu erkennen. Hinter dem Tor beginnt gleich ein gefliester Weg, der zu einer riesigen Garage führt. Der Prinz hat offensichtlich nicht vor, nur ein Auto hier unterzubringen. Es gibt auch hier einen schönen Pavillon im Garten, in einer Ecke steht eine weiße Hollywoodschaukel.

»Die Arbeiten stocken gerade, da weitere Entscheidungen die zukünftige Königin treffen soll, die Wahl der Küche, die Einrichtungsfarbe des Schlafzimmers. Es ist hier genug Platz für einen kleinen Spielplatz für die Kinder, es gibt ein Gästehaus, die Angestellten leben auf dem Anwesen des Königs und kommen täglich her, es liegen nur zwanzig Minuten Fahrweg zwischen den Häusern. Je nach Hobby der zukünftigen Frau meines Bruders kann man hier hinten noch einen Tennisplatz, eine Bibliothek oder einen kleinen Reitstall errichten lassen. Es ist wirklich an alles gedacht, ich mag das Grundstück sehr. Kommt, ich zeige euch das Haus.«

Mila läuft weiter hinten und hält sich im Hintergrund. Sie ist beeindruckt, Elisabeth wird sich hier sicherlich pudelwohl fühlen. Alle laufen auf dem gefliesten Weg zum Haus, direkt nach der Garage ist alles nur noch aus glänzendem weißen Marmor. Sie gehen drei kleine Treppen hinauf auf die große Veranda vor der Haustür. Hier gibt es zwei Säulen auf jeder Seite, in jede Säule ist R & eingemeißelt. Es fehlt wirklich nur noch die Frau hier, sonst ist an alles gedacht.

Sie betreten das Haus, auch hier ist alles aus Marmor, es ist weiß und hell, einige Möbel stehen schon herum. Sie gehen in einen großen Raum, der neben einer noch nicht eingerichteten Küche sicherlich der Essbereich werden soll, ein großer weißer Tisch mit weißen Stühlen wurde noch verpackt dort stehengelassen.

Dann gibt es zwei Badezimmer, ein bereits eingerichtetes Büro und einen riesigen Wohnbereich mit einem Kamin, weißem Klavier und großem, hellen Sofa. Man blickt von hier direkt auf einen Pool, der sogar einen kleinen Wasserfall hat. Mila hört immer wieder eine der Prinzessinnen aufjauchzen und kann sie vollkommen verstehen. Es ist traumhaft.

Im unteren Bereich des Hauses entsteht gerade eine Sauna, ein Hallenbad ist bereits da und es gibt zwei weitere Räume. »Der obere Bereich ist mit einem großen Schlafzimmer, einem Gebetsraum, drei Zimmern für Kinder, einem weiteren Wohnzimmerbereich, vier Badezimmern und einem zusätzlichen Raum ausgestattet. Doch das darf dann alles erst die zukünftige Braut sehen, wenn es soweit ist. Bei uns bringt es Unglück, wenn sich zu viele Frauen das Schlafzimmer ansehen.«

Mila kann darauf auch gerne verzichten. Während die anderen sich noch im Haus umsehen, setzt sie sich an den Pool, zieht ihre Schuhe aus und lässt die Füße ins kühle Nass, um sich abzukühlen. »Man gewöhnt sich an die Hitze.« Mila erschrickt, als plötzlich die

Schwester des Prinzen hinter ihr steht. Sie wendet sich halb um und sieht nach oben, Naima ins Gesicht, die sie freundlich anlächelt.

»Das glaube ich, in Südeuropa kann es manchmal ähnlich heiß werden, wie jetzt hier.« Naima hockt sich zu ihr hinunter und sieht sie fragend an. »Darf ich?« Sie deutet auf Milas Haare. Als Mila nickt, nimmt sie ihre langen Locken in die Hand. »Du stammst aus den südeuropäischen Adelsfamilien? Du hast etwas ganz besonderes an dir, deine Hautfarbe, die Augenfarbe, die Haare ... Ich mag das sehr, du bist wunderschön.«

Mila ist etwas überrascht, doch kann das nur zurückgeben, Naima ist ebenso bildhübsch. »Danke, du auch. Mein Vater ist der höchste Vertreter des südeuropäischen Adels und meine Mutter stammt aus den nordeuropäischen Adelsfamilien, vielleicht ist es diese Mischung, sie verwirrt viele.« Naima lacht leise. »Das ist wirklich außergewöhnlich, aber sehr schön.«

Elisabeth taucht neben ihnen auf. »Das Haus ist wunderschön, dein Bruder hat einen wunderbaren Geschmack. Da muss man nicht mehr viel ändern und ich finde die Idee mit dem Gebetsraum sehr gut. Er betet mehrmals am Tag, nicht wahr? Bei uns wird ja meistens nur einmal am Tag gebetet.« Mila sieht zu Elisabeth und zieht die Augenbrauen hoch. Keiner von ihnen ist sehr religiös, in Europa wird darauf nicht viel Wert gelegt, eher darauf, es wenn, dann bitte zuhause zu machen. Es ist Privatsache und jeder geht damit anders um, aber sie hatte nie das Gefühl, Elisabeth wäre sehr religiös. Ihr Vater und seine Familie sind die Einzigen, die Mila kennt, die regelmäßig in die Kirche gehen. Mila selbst geht, muss sie zugeben, auch nur dann, wenn sie zuhause ist. »Darüber erzähle ich euch gleich einiges, wollen wir dabei im Pavillon einen Tee trinken?«

Sie alle gehen hinüber und setzen sich unter die weißen, kühlen Tücher. Dieses Mal ist die höchste Vertreterin der westeuropäischen Adelsfamilien nicht dabei. Als sie alle es sich auf den Kissen bequem machen, ihren Tee bekommen und zu Naima sehen, wirkt alles irgendwie vertraulicher.

»Es sind sicherlich Tausende von Fragen, die ihr alle habt. Bevor ich anfange, erzähle ich vielleicht etwas über meinen Bruder.

Rashid ist der älteste Sohn der zweiten Frau des Königs. Mein Vater hat vier Ehefrauen, seine erste Frau hat er damals geheiratet, um sich der Tradition entsprechend mit dem Königshaus in Ostarabien gut zu stellen. Die beiden haben sich aber von Anfang an nicht sehr gemocht. Trotzdem sind aus der Ehe zwei Söhne entstanden, der Älteste wäre der rechtmäßige Thronerbe.

Bei einer Veranstaltung im Königspalast hat mein Vater dann meine Mutter gesehen und sich sofort in sie verliebt. Sie ist die Tochter eines angesehenen Scheichs aus Westarabien. Aber es war nicht so einfach, sie als Frau zu nehmen, doch zwischen ihnen beiden war es sofort anders. Bis heute lieben sich beide über alles, wir sind insgesamt sechs Kinder von König Khalid und Königin Schaimah, vier Mädchen und zwei Jungs. Mein Vater hat noch zwei weitere Frauen geheiratet, eine marokkanische Prinzessin und eine aus Syrien. Auch mit ihnen hat er Kinder, trotz allem ist und bleibt Schaimah seine Lieblingsfrau, und das hat seine erste Frau schnell gemerkt.

Sie hat einen Plan erstellt und wollte meine Mutter aus Eifersucht töten lassen, dafür hat sie sich auch heimlich auf einen anderen Mann eingelassen. Zum Glück kam alles raus, mein Vater hat sie rausgeworfen und des Landes verwiesen. Zwar durften seine Söhne bei ihm bleiben, aber da er sie nicht mehr als Frau anerkannt hat, ist meine Mutter nun seine rechtmäßig erste Frau und Rashid der Thronfolger.

Es gab und gibt deshalb viel Ärger mit dem Königshaus in Ostarabien, deswegen sollte Rashids erste Frau auch die Prinzessin aus dem ostarabischem Königreich sein, um die Wogen etwas zu glätten doch nun ist alles anders gekommen, was den Beziehungen zu Ostarabien nicht gerade gut tut, aber wir hoffen, dass es das wert ist.« Mila zieht die Beine an, sie hat das Gefühl, mitten in einem

spannenden Buch zu stecken. Sie dachte immer, ihre Familiengeschichte wäre schon außergewöhnlich.

»Nicht nur unsere Familiengeschichte ist kompliziert, generell ist
die arabische Welt gerade in einer tiefen Krise. Die Jahre, in denen
die IS-Milizen ihr Unwesen getrieben haben, haben bis heute noch
Nachwirkungen auf die gesamte arabische Welt. Gläubige Menschen sind vom Glauben abgekommen, weil sie Angst hatten, mit
ihnen verglichen zu werden. So viele haben sich ein Beispiel an
Europa genommen und die Religion, die immer das Fundament
der arabischen Welt war, abgelehnt, einfach, weil sie nicht wollten,
dass sich solche Sachen wiederholen.

Nicht nur in Europa ist vieles verändert, auch hier. Es gibt jetzt
die streng religiösen Länder wie das mittelarabische Königreich,
Iran, den Irak und die sehr modernen Länder wie Ägypten oder
Tunesien. Wir sind das einzige Land, dass bis heute versucht beides zu vereinen, etwas, was unserer Meinung nach geht und wichtig ist. Wir wollen ein modernes, religiöses Land sein, das offen für
alle ist und beides gut miteinander verbinden kann: Religion und
Moderne. Die Hochzeit zwischen dem westarabischen Königreich
und Europa soll diesen Grundgedanken verstärken.«

Elena räuspert sich. »Was ist mit den Religionen? Was darf die
Frau von Rashid? Wir sind in Europa ja alle Freiheiten gewohnt.
Was ist mit den Kindern? Es gibt so viele Fragen, die noch offen
sind.« Mila würden noch mindestens tausend einfallen, allen voran,
wie eine Ehe ohne Liebe funktionieren soll, aber sie hört erst einmal weiter zu.

»Mein Bruder Rashid ist selbst sehr modern aufgewachsen. Er ist
dieses Jahr fünfundzwanzig geworden, wie ihr wisst und hat erst
vor zwei Jahren sein Studium in den USA beendet. Seitdem kümmert er sich um die Familiengeschäfte, übernimmt schon einen
Großteil der Aufgaben meines Vaters als König. Rashid ist religiös,
er betet und versucht alle Sachen einzuhalten, er ist aber nicht
fanatisch und kennt sich auch sehr gut mit dem christlichen Glauben aus. Laut unserer Religion darf er eine Christin heiraten, viel-

52

mehr noch muss er ihre Religion respektieren, all eure Propheten gibt es auch im Koran. Der Koran nennt die Juden und Christen das 'Volk der Schrift', was bedeutet, sie sind diejenigen, die göttliche Offenbarungen vor der Zeit des Propheten Muhammad erhalten haben. Muslimen ist auferlegt, sie mit Respekt und Gerechtigkeit zu behandeln, deswegen wird es damit keine Probleme geben dürfen. Natürlich weiß man das vorher nie so genau, es sollte aber nicht so sein.

Die Frauen bei uns in der Familie sind sehr unterschiedlich, einige meiner Schwestern tragen die Abaya, freiwillig, niemand wird hier gezwungen. Ich selbst möchte auch irgendwann die Abaya tragen, doch momentan bin ich noch nicht so weit, aber das wird hier vollkommen respektiert. Es ist hier Sitte, dass die einheimischen Frauen die Abaya tragen, aber halt nur, wenn sie es selbst möchten. Die Männer tragen fast alle die Thawb. Es ist dieses weiße Gewand, was ihr sicher schon gesehen habt. Aber sie tragen es auch nicht immer, meistens nur in den arabischen Ländern. Dazu gibt es die Tücher, die Guthra, sie sind weiß oder rotweiß kariert und werden durch den Agal, einen schwarzen Strick, gehalten. Zu ganz besonderen Anlässen tragen sie noch einen schwarzen Mantel darüber, manchmal auch einen beigen, das kennt ihr sicherlich alle von Bildern. Gestern haben ihn einige getragen, diese Mäntel sind sehr wertvoll, die Stickereien sind aus Gold.

Wie gesagt, hier in Westarabien gibt es keinen Zwang. Da ja mit dieser Ehe auch das Moderne Einzug halten soll, wird auf keinen Fall verlangt, dass eine von euch die Abaya tragen muss. Vielleicht wird es derjenigen aber irgendwann angenehmer sein, zu gewissen Anlässen eine zu tragen, wenn z. B. alle anderen so erscheinen, aber das wird sich zeigen. Falls die Prinzessin Rashid aber mal ins mittelarabische Königreich oder in ein anderes Land begleitet, wo die Abaya Pflicht ist, muss sie die da anlegen, wie wir alle natürlich.

Es gibt noch so einiges, was zu klären ist. Als feststand, dass diese Hochzeit stattfinden soll, haben sich die Berater der Adelsfamilien getroffen, um sich zu besprechen. Normalerweise ist es so, dass die Kinder bei uns automatisch Muslime sind, durch den Vater, aber dies soll ja etwas ganz anderes werden. Es soll ja der Sinn sein, dass diese Kinder die Brücke bilden zwischen den arabischen Ländern und Europa und sie sollen mit beiden groß werden.

Sie sollen all das kennenlernen, die muslimische Welt und die christliche, sie sollen in Europa zurechtkommen und dem europäischen Volk nahestehen, genauso wie sie die muslimischen Feiertage mit ihrem Volk in Westarabien feiern sollen und ihnen irgendwann ein guter König oder eine gute Prinzessin werden sollen. Es ist neu und aufregend, doch es wird sicherlich für alles eine Lösung gefunden werden. Ich weiß, dass ihr alle noch viele Fragen habt, wir selbst haben noch nicht für alles eine Lösung, doch jeder hier glaubt an diese Idee.

Ich habe gleich noch einen Termin, aber jede von euch wird noch Zeit mit dem Prinzen allein verbringen, da könnt ihr einige Fragen mit ihm selbst klären. Auch, das ist eigentlich nicht üblich, normalerweise würde so ein Treffen überhaupt nicht stattfinden vor der Hochzeit, aber wir möchten, dass ihr euch so wohl wie möglich fühlt und euch eure Unsicherheiten genommen werden. Wir werden auch noch die Gelegenheit haben, uns weiter auszutauschen, übermorgen werdet ihr in ein paar Geheimnisse der arabischen Frauen eingeweiht.

Als ich von alldem erfahren habe, habe ich mein Studium in den USA kurz unterbrochen, um dabei zu sein. Rashid ist mein Lieblingsbruder, ich liebe ihn sehr und, was ich euch wirklich versprechen kann, ist, dass er ein sehr guter Ehemann sein wird.«

Die Worte der Prinzessin hallen bei Mila auch noch auf dem Rückweg im Kopf herum. Sie fand all das sowieso schon so abwegig, dass sie sich nicht einmal Gedanken darüber gemacht hat, wie kompliziert all das wird. Ob allen Beteiligten wirklich klar ist, worauf sie sich da einlassen? Selbst wenn Elisabeth alles hier toll findet und kein Problem damit hat, Rashid zu heiraten, wird sie hier wirklich glücklich werden können? So schön es hier auch ist, wie viel

Luxus es geben mag, es ist nicht Europa. Und wenn Rashid nur ein wenig wie sein Vater ist, wird sie nicht seine einzige Frau bleiben. Kann sie damit leben?

Mila fühlt sich merkwürdig, ihr könnte all das egal sein. Die höchste Vertreterin der westeuropäischen Adelsfamilien und Elisabeth sollten bemerken, worauf sie sich einlassen, doch wenn sie beim Aussteigen auf Elisabeths zufriedenes Gesicht sieht, bezweifelt sie, dass sie es wirklich wissen.

Eigentlich würde sich Mila am liebsten noch einmal hinlegen, doch dass daraus nichts wird, ahnt Mila bereits, als sie Adina am Parkplatz mit einer dicken Tasche abfängt und sie gar nicht aussteigen lässt. Elena, Elise und sie werden gleich wieder in die Limousine gesetzt. Adina sagt Elisabeth, dass sie noch etwas für den Abend besorgen müssen, doch alle sind so weit weg mit ihren Gedanken, dass gar keiner bemerken wird, wenn sie vier weg sind.

Adina sagt dem Fahrer eine Adresse und eine halbe Stunde später stehen sie an einem Bootssteg am Meer. Es ist ein abgetrennter Bereich. Wegen der Mittagszeit sind sie außer den zwei Mitarbeitern die Einzigen hier. Schon beim Umziehen protestieren Elena und Elise, doch als sie alle vier nebeneinander im Bikini an zwei Schnellbooten mit Fallschirmen auf dem Wasser auf Brettern stehen und die beiden Männer in den Booten Gas geben, blicken sie panisch zu Adina und Mila hinüber. »Das ist keine gute … ahhhhh …« Elena und Elise gehen in die Luft.

Mila lacht und nimmt Adina an die Hand, als auch sie abheben. Sie kreischen lachend auf; keine Sekunde später schweben sie mit Fallschirmen zu viert nebeneinander über dem Meer Westarabiens. Da hört jede von ihnen auf zu kreischen, zu lachen und zu schreien. Es ist atemberaubend hier oben.

»Hier stimmt das alte Sprichwort, es sind nicht die Momente, in denen du atmest, sondern die, die dir den Atem rauben, die das Leben lebenswert machen.«

Adina lächelt Mila zu und sie genießen ihre Aussicht.

Nachdem sie von den Männern zweimal lachend mit Fallschirm zum Absturz gebracht wurden, schnappt sich jeder von ihnen noch einen Jetski und sie machen ein Wettrennen auf dem Meer. Endlich genießen auch Elena und Elise ihren Ausflug, sodass sie erst eine Stunde vor der ersten offiziellen Begrüßungsveranstaltung in ihr Haus zurückkommen. Als sie dann die Kronen auf dem Tisch aufgereiht vorfinden, spüren sie alle sofort wieder, wie ernst es jetzt wird. Mila hat einen Kloß im Hals, als sie auf ihre Krone sieht. Sie hatte sie noch nie zu einer offiziellen Veranstaltung auf, bisher war sie noch auf keiner, wo es nötig war.

Alle Prinzessinnen haben ähnliche Kronen, aber jede Region hatte seine eigenen Merkmale, so sind die Steine der südeuropäischen Kronen rot, die der nordeuropäischen blau, der westeuropäischen grün. Die Prinzessinnen der jeweiligen Provinzen haben immer die gleiche Krone, für Mila und ihre Schwester wurden extra welche angefertigt. Sie nimmt die kleine feine Krone mit den roten und blauen Steinen in die Hand und will ins Bad, da kommen mehrere Frauen ins Haus, die sie schnell unter die Duschen schicken.

Sie hatte verdrängt, dass die höchste Vertreterin der westeuropäischen Adelsfamilien Stylisten für diese Veranstaltungen beauftragt hat. Nach nicht mal zehn Minuten sitzen sie alle vier auf Stühlen und ihnen werden gleichzeitig die Nägel gemacht, die Haare hochgesteckt und Schminke aufgetragen. Die Frauen, die sich um sie kümmern, betonen ihre Augen ganz besonders, sie pudern sie sonst nur ab und tragen einen leichten Lipgloss auf. Milas Haare locken sie noch etwas nach und lassen sie dann begeistert offen. »Solche Locken muss man zeigen!«

Mila zieht sich das rote Kleid an, das sie zu diesem Anlass bekommen hat. Es ist enganliegend, reicht aber bis zu den Knöcheln, mit den goldenen Verzierungen an der Taille passt es perfekt zu ihrer Krone. Das Kleid ist wirklich schön. Auch wenn sie ihre Tochter sicherlich aus allen herausstechen lässt, sorgt die höchste Vertreterin der westeuropäischen Adelsfamilien dafür, dass sie alle gut dastehen. Mila zieht sich die Pumps über und atmet tief ein, als sie Adina fertig sieht. Ihre hübsche Cousine sieht in einem traumhaften blauen Kleid aus, wie ihre Tante in jungen Jahren und Mila treten die Tränen in die Augen. »Jetzt sind wir wirklich richtige Prinzessinnen.« Adina macht einen leichten Knicks und lächelt. »Du bist wunderschön, Prinzessin Mila!«

Nun dreht sich Mila zum Spiegel um und muss sich eine Träne wegkneifen. Sie hat sich selbst nie so gesehen, nie hatte sie solch einen offiziellen Auftritt, auch innerlich hat sie sich nie so gefühlt. Doch als sie sich jetzt im Spiegel sieht, spürt sie, dass, auch wenn sie es immer verdrängt, dieser Teil ihres Lebens doch tief in ihr verwurzelt ist. »Du bist so hübsch, Mila.« Elise steht nun auch hinter Mila, das Kleid schmiegt sich perfekt an Milas Körper, ihre Haut funkelt golden und ihre blauen Augen stechen sehr heraus. Das Kleid ist nicht gewagt, trotzdem hat es einen schönen Ausschnitt und man sieht den Leberfleck, den Mila so mag, an ihrem Dekolleté. Mila fühlt sich wohl. Sie rückt die Krone zurecht und lächelt ihre Cousinen an. »Dann lasst uns den allen mal zeigen, wer die Prinzessinnen aus den südlichen und nördlichen Regionen Europas sind!«

Mila ist ganz fasziniert, als sie auch alle anderen so zurechtgemacht vorfindet. Sie werden in das große Haupthaus in den ersten Stock gebracht und sollen vor einer großen Tür warten, alle bis auf Elisabeth sind bereits da, als die höchste Vertreterin der westeuropäischen Adelsfamilien zu ihnen tritt. »Okay, meine Lieben, ihr werdet jetzt einzeln vorgestellt. Im Raum befinden sich König Khalil, Prinz Rashid und der Rest ihrer Familie, dazu noch Berater, einige Mitglieder anderer Königfamilien, Presse aus Westarabien und auch europäische Presse, also benehmt euch und blamiert unsere Adelsfamilien nicht.

Mila kommt gar nicht dazu zu fragen, wo Elisabeth steckt, da wird die Tür geöffnet. Die Frau, die die ganze Zeit an der Seite der höchsten Vertreterin der westeuropäischen Adelsfamilien ist, steckt den Kopf aus dem Raum und ruft die erste Prinzessin zu sich. Alle werden ruhig, als sich die Tür wieder schließt. Was passiert da drin? Sie hören eine Ansage durch ein Mikrofon. »Meine sehr geehrten Damen und Herren, ich darf ihnen voller Stolz und Freude die westeuropäische Prinzessin Martha vorstellen.« Dann hören sie nichts mehr. Mila wirft Adina einen hilfesuchenden Blick zu, sie hat keine Ahnung, was sie machen soll, wie man sich richtig verhält, da wird schon die nächste hereingerufen.

Milas Herz schlägt bis zum Anschlag, als nach und nach alle hereingerufen werden. Nur noch Elena, Elise und sie stehen vor der Tür, als sie gerade beschließt einfach zu gehen, sie kann das nicht. Doch da wird die Tür geöffnet und die Frau ruft sie leise zu sich.

Mila schließt die Augen, all das ist ihr egal, es bedeutet ihr nichts, sie lacht darüber, sie sollte es mit Humor nehmen, redet sie sich selbst zu, als sie hinter der Frau in den Raum tritt. Die Tür schließt sich hinter ihr und sie schluckt schwer. Sie steht auf einer Treppe, es sind mindestens zwanzig Stufen, die sie nach unten gehen muss, wo um die zweihundert Menschen stehen und sie ansehen.

Mila sieht zahlreiche weiße Gewänder, Kleider, hört Gemurmel, als sie neben der Frau an die Treppe tritt, aber dann sieht sie am Ende der Treppe alle anderen Prinzessinnen stehen und ihre Angst schwindet ein wenig. Adina steht da, lächelt und hält den Daumen hoch, da muss auch Mila lächeln, atmet durch und geht die erste Stufe hinunter.

»Meine Damen und Herren, ich präsentiere die Prinzessin Mila Estelle Loth von Todos y los Santos, sie ist die Tochter des höchsten Vertreters der südeuropäischen Adelsfamilien und stammt aus den Regionen Süd- und Nordeuropas.« Noch nie hat sich ihr Name so elegant angehört wie in diesem Moment, und Mila würde am liebsten ihre Nase noch höher strecken. Da entdeckt sie, dass am Ende der Treppe mehrere Männer nebeneinander stehen, alle tragen das weiße Gewand, einige auch den schwarzen Mantel, den Naima beschrieben hat. Sie entdeckt Naima, die sie anlächelt und neben ihr steht der Mann, der ihr am Pferdestall auf die Beine geholfen hat.

Als Mila ihm in die Augen sieht, bleibt sie kurz stehen. Oh nein, das darf nicht wahr sein, auf das hübsche Gesicht des Mannes legt sich ein wissendes Lächeln und Mila würde am liebsten umdrehen und weglaufen. Sie ist nicht von Prinz Rashid dabei erwischt worden, wie sie das erste Essen geschwänzt hat, lag vor ihm im Dreck und hat ihm auch noch frech erzählt, dass genügend Prinzessinnen auf ihn warten? So grausam kann das Leben nicht sein.

Mila hat leider die Treppe hinter sich gebracht und steht nun genau vor ihm. Jetzt, trotz ihrer hochhackigen Schuhe, überragt er sie noch immer. Er sieht ihr in die Augen. Mila atmet tief ein und erhascht einen Hauch seines angenehm würzigen Duftes. Ihr erster Eindruck hat sie nicht getäuscht, der Mann ist verdammt hübsch und wenn man sein Auftreten bewertet, weiß er das auch ganz genau.

Naima tritt neben ihn und unterbricht ihren intensiven Augenkontakt. »Prinzessin Mila, ich darf dir Prinz Rashid bin Khalid el Aziz, den zukünftigen König Westarabiens vorstellen.« Als Rashid ihr die Hand hinhält und Mila ihm ihre gibt, schließt sie einen Augenblick die Augen und beißt sich auf die Lippen. »Es tut mir leid, ich wusste nicht, dass Sie … also.« Der Prinz gibt ihr einen kurzen Kuss auf die Hand, eine Geste, die zur Begrüßung einer Prinzessin nicht unüblich ist, sich aber trotzdem merkwürdig anfühlt.

»Das ist nicht schlimm, wir waren außerdem, denke ich, bereits beim Du und es ist mir eine Ehre, dich hier begrüßen zu dürfen.« Er schenkt ihr ein echtes Lächeln und sie sieht ihn noch einmal entschuldigend an. Hinter Rashid räuspert sich jemand. Naima führt sie weiter zum König, der ihr ebenfalls die Hand gibt und vor dem Mila den angelernten Knicks macht. Als sie sich danach zu Adina stellt, hebt die überrascht die Arme. »Er hat jeder von uns nur die Hand geküsst und gesagt, dass er sich freut uns kennenzulernen. Was war da los bei euch, wieso das lange Gespräch, so, als wärt ihr die besten Kumpel?« Mila beobachtet, wie Elise die Treppe herunterkommt und danach Elena. Sie winkt ab. »Vergiss es, du willst gar nicht wissen, was für Peinlichkeiten ich schon wieder erlebt habe.« Sie kann nicht glauben, dass genau ihr so etwas wieder einmal passiert ist.

Als letztes erscheint Elisabeth. Es ist kein Wunder, dass sie nicht bei ihnen aufgetaucht ist, neben ihr verblasst alles andere. Sie trägt ein traumhaftes goldenes Kleid, sie sieht aus wie eine Königin und es wundert Mila auch nicht, dass sie lange beim Prinzen und beim König stehenbleibt und sich mit ihnen unterhält. Als sie sich alle um zwei lange Tische herum zum Essen verteilen, sitzt Elisabeth neben Rashid. Mila sitzt ihm schräg gegenüber, und es bedarf eigentlich keiner Worte mehr, die Sitzordnung zeigt, dass hier schon alles vereinbart ist.

Zum Glück sitzt Elena neben ihr. Auch wenn alle sich unterhalten und immer wieder neue Köstlichkeiten aufgetan werden, fühlt sich Mila nicht sehr wohl mit so vielen fremden Menschen am Tisch. Hin und wieder werden Bilder gemacht. Mila hat großen Hunger, nachdem die ganze Aufregung von ihr abgefallen ist und nach dem Nachmittag am Meer. Es wird wirklich alles geboten, auch sehr viel Fleisch. Da aber jeder Mensch Europas nur einen gewissen Anteil an Fleisch pro Woche zu sich nehmen darf, um die Tiere zu schützen, greift Mila zu den vielen verschiedenen Pasten, den Falafeln, Soßen, den herrlich duftenden Brotfladen und den ganzen anderen fremden und trotzdem so köstlichen Leckereien.

Elena neben ihr hat schlechte Laune bekommen und murmelt ständig, wieso sie alle überhaupt hergekommen sind, wenn sich eh alles um Elisabeth dreht. Mila hingegen ist es immer noch unangenehm, dass sie dem Prinzen so begegnet ist. Jetzt weiß er, dass sie sich nicht einmal die Zeit genommen hat, über ihn Nachforschungen anzustellen, wie sie es tun sollte und sicher auch alle außer ihr es getan haben. Sie hat nicht einmal ein Bild von ihm gesehen. Während des Essens sieht sie immer wieder zu ihm und Elisabeth, die ständig seinen Arm berührt, um seine Aufmerksamkeit zu bekommen. Wenn Mila ihn jetzt so ansieht, versteht sie, was die anderen so toll an ihm finden.

Er ist hübsch, das ist ihr schon bei ihrer ersten Begegnung aufgefallen. Doch jetzt in diesem arabischen Gewand ist alles, was er ausstrahlt, mächtig. Er hat Macht und das spürt man, dazu kommen seine dunklen Augen, die etwas faszinierend Bindendes an sich haben, so dunkel und gefährlich. Man könnte sich darin verlieren, und doch so wach und gebildet blicken sie umher und immer wieder, während Elisabeth mit ihm redet, blickt er zu Mila.

Jedes Mal schafft sie es, rechtzeitig wegzusehen. Jetzt spürt er noch, wie sie ihn anstarrt, super. Dafür, dass sie hier gar nicht hinwollte, muss sie aber mal wieder ganz besonders negativ auffallen.

Sie vermeidet es, während des restlichen Abends zum Prinzen zu sehen. Als das Essen vorbei ist, verteilen sich alle, manche bleiben sitzen, nehmen noch einen Nachtisch zu sich, andere gehen in den Garten. Mila steht auf, um mit Adina in ihre Unterkunft zu gehen. Der Tag fing früh an, morgen hat sie verplant und der Nachmittag am Strand und dieses köstliche Essen zeigen ihre Wirkung, Mila ist müde. Auch der Prinz ist nach dem Essen ziemlich schnell aufgestanden und wird jetzt im Garten von der Presse und einigen Prinzessinnen belagert.

Mila geht auch in den Garten, da sie gesehen hat, wie Adina dorthin verschwunden ist. Die höchste Vertreterin der westeuropäischen Adelsfamilien hält sie dabei auf und Mila erklärt, dass sie müde sei und schlafen gehen möchte. Wahrscheinlich ist es ihr nur recht, wenn sich langsam alle aus dem Staub machen und Elisabeth und den Prinzen allein lassen. Sie erklärt Mila aber noch, dass die nächsten drei Tage alle Prinzessinnen ein paar Minuten allein mit dem Prinzen verbringen können und sie noch zwei offizielle Termine haben. Der Tag morgen steht ihnen frei, übermorgen möchte Naima sie alle sehen und danach haben sie wieder einen Tag frei. Der Samstag ist dann fast den ganzen Tag über verplant, am Abend gibt es noch eine große Veranstaltung, bevor sie Sonntag zurückfliegen.

Mila nickt nur müde und geht dann auf die Suche nach Adina, als sich plötzlich Rashid in ihren Weg stellt. »Gehst du schon?« Mila blickt ihn verwundert an, sie hatte gerade noch gesehen, wie er in ein Gespräch mit drei Männern verwickelt war. »Ja, es war ein langer Tag. Entschuldige noch einmal unsere erste Begegnung, ich wusste nicht, dass du Prinz Rashid bist.« Er lächelt und Mila muss auch leise lachen, als sie an das Aufeinandertreffen zurückdenkt, so etwas kann nur ihr passieren. »Hast du danach noch das richtige Pferd gefunden?« Mila nickt. »Ja, aber ich werde mich die Tage noch einmal an die Araber heranwagen.« Der Prinz will etwas sagen, da kommt die höchste Vertreterin der westeuropäischen Adelsfamilien.

»Prinz Rashid, hier sind Sie. Ich muss Ihnen unbedingt noch ...« Sie hat den Prinzen so schnell von Mila weggebracht, dass sie nicht einmal blinzeln konnte, da tritt Adina zu ihr, nun hat ihre Cousine sie gefunden.

»Jetzt will ich aber wirklich wissen, woher du den Prinzen kennst und wieso ich davon nichts weiß!«

Auf dem Weg zu ihrem Haus erzählt Mila Adina alles und lässt ihr Lachen über sich ergehen, dann lästern sie beide noch etwas über Elisabeth und wie sehr sie an dem Prinzen herumgeklammert hat heute Abend, bevor Mila müde ins Bett fällt und endlich die Augen schließt. Ein weiterer aufregender Tag in Westarabien geht zu Ende und sie hat das Gefühl, es war nicht der letzte Tag, der so anstrengend und schön zugleich sein wird.

Kapitel 5

»Das ist doch nicht euer Ernst?« Mila deutet auf Elenas feine lange Hose. »Ich hatte dir gesagt, nimm Shorts mit.« Sie geht gar nicht auf Elenas schockierten Gesichtsausdruck ein. »Wir sollen keine Shorts anziehen!« Mila verdreht die Augen und nimmt eines der Tücher, die sie sich heute von den Dienstmädchen hat bringen lassen. »Wir sind heute keine Prinzessinnen, sondern Touristinnen, und hier muss man Shorts tragen.« Sie bindet Elena das Tuch, welches die arabischen Männer hier in rotweiß kariert manchmal tragen, in schwarzweiß kariert um die Haare. Als sie fertig ist, sieht es wie bei ihr, Elise und Adina aus, als wären sie sexy Piratenfrauen, doch es erfüllt ihren Zweck.

Sie nimmt das zweite Tuch und bindet es Elena um den Mund und die Nase. Nun sind nur noch ihre Augen und die Enden ihrer langen Haare zu sehen, wie bei ihnen allen auch. Sie muss zugeben, dass es wirklich sexy ist. Sie sieht an sich herunter, auf die schwarzen Shorts, das weiße T-Shirt, das Tuch auf ihrem Kopf, das aber nur so gebunden ist, dass die Haare trotzdem noch zu sehen sind, nur der Oberkopf soll vor der Sonne und dem Sand geschützt werden. Alle setzen sich, auch Mila geht auf ihre Position. Sobald sie auf ihrem Quadboot sitzt, bindet sie sich auch das Tuch um die Nase und den Mund.

Sie blickt neben sich, Elena, Elise, Adina und sie stehen nun alle auf den Quadbooten, die die normalen Quadautos vor einigen Jahren für solche Gelegenheiten abgelöst haben. Sie sind irrsinnig schnell gleitende Speedboote. Sie stehen auf einer von vielen Wüstendünen. Vor ihnen liegt die unendliche Wüste, viele Sandberge und eine Menge Spaß. Ein Mann, der hier arbeitet, kommt zu ihnen, sieht sich alles an und hebt dann den Daumen.

Elena bekreuzigt sich und Mila muss lachen. »Los geht's!«

Sie wollte das schon immer machen. Als sie die Motoren starten und wie die Wahnsinnigen die Sanddünen hinunterrasen, verstehen alle, wieso sie am Vormittag hergefahren sind und nun mit den Quadbooten hier herumrasen. Es ist ein wahnsinniges Gefühl, der Staub, der ihnen ums Gesicht herumfliegt, der Sand, die Geschwindigkeit. Adina kreischt laut auf, als sie als Erste unten ankommt und rast sofort den nächsten Hügel wieder hinauf. Als eine halbe Stunde später Elena lachend an Mila vorbeifährt, weiß sie, dass sie alle diese Auszeiten vom Prinzessinnen-Alltag hier genießen. Irgendwann machen sie Pause, sie stellen ihre Quads ab, öffnen die Tücher von ihren Gesichtern und holen ihr Essen und Trinken aus den Taschen.

Mila bereut es nicht, hergekommen zu sein. Vor zwei Wochen hätte sie nie daran gedacht, dass sie jetzt hier mitten auf einem Sandberg mit ihren drei Lieblingscousinen sitzen und auf die endlose Wüste blicken würde. Egal wie heiß es ist, wie staubig und schmutzig sie sind, noch immer müssen sie lachen. Doch auch hier holt sie schnell der Sinn ihres Besuches wieder ein, als Elise neben ihrer Flasche Wasser, dem Sandwich und dem Apfel auch zwei Zeitungen herauszieht.

»Guckt mal, was ich heute morgen noch schnell einstecken konnte.« Mila nimmt die englische Zeitung an sich, auf der einige Bilder von gestern Abend abgedruckt sind. Ein großes von Elisabeth, auf dem sie wirklich wunderschön aussieht mit der Überschrift 'Europas vergessene Prinzessinnen erobern die Herzen des mittleren Ostens'. Es ist noch ein Bild von Naima und einigen Prinzessinnen abgebildet mit der Frage 'Schaffen sie es, die unterkühlten Beziehungen Europas mit der Weltwirtschaftsmacht Arabiens wieder auftauen zu lassen?'. Und dann ist ein Foto von Rashid abgebildet, das aber nicht von gestern Abend stammt. Es zeigt ihn mit weiteren Männern.

Sie alle tragen Jeans und T-Shirts, lachen in die Kamera und stehen freundschaftlich beisammen. 'Prinz Rashid bin Khalid el Aziz hat viele Mitglieder der Adelsfamilien eingeladen, mit ihnen den Geburtstag König Khalids am Samstag zu feiern, darunter auch einige Mitglieder der alten europäischen Adelsfamilien.'

»Ich wusste gar nicht, dass der König Geburtstag hat. Sonntag fliegen wir zurück, das heißt, das letzte öffentliche Event wird dann seine Geburtstagsfeier werden.« Mila sieht lange auf das Gesicht von Rashid, alle Männer neben ihm sehen gut aus, doch er hat etwas Besonderes. Sein Lachen ist echt, selbst durch die Zeitung hindurch wirkt es, als würden seine dunklen Augen sie fesseln wollen. Auf dem Bild hat er den Dreitagebart noch nicht, es muss etwas älter sein.

»Hast du jetzt auch Gefallen an dem Prinzen gefunden?« Adina nimmt ihr die Zeitung weg. »Ist doch schon gruselig, wie schön sie ist.« Adina schnippt mit ihren Fingern gegen das Bild von Elisabeth und Mila sieht noch auf die arabische Tageszeitung. Natürlich kann sie da nichts lesen, doch auch hier ist ein Foto von Elisabeth allein abgebildet und ein Foto von ihrem Tisch gestern Abend, Elisabeth lacht gerade und Rashid ist ihr zugewandt und erzählt ihr etwas. Mila sieht auf die arabische Schrift darüber und ist sich sicher, dass sie bereits als Traumpaar gehandelt werden. »Na ja, so soll es ja sein, oder? Die europäische Presse berichtet schon darüber, das kommt uns allen zugute. Also los, wer die drei Hügel als erstes herunterkommt, darf als erstes unter die Dusche.«

Eine Dusche können sie nach drei Stunden dann wirklich gebrauchen. Sie sind hungrig, staubig, völlig erledigt und doch vollkommen glücklich und zufrieden, als sie sich am späten Nachmittag auf den Weg zurück zum Königspalast machen. Ihr Fahrer lächelt über ihren Anblick, als sie sandig mit den Tüchern im Haar lachend und zufrieden zurück zum Auto kommen. Milas Quad ist irgendwann steckengeblieben, so abrupt, dass sie mit dem Bein gegen das Metall gestoßen ist und sich ihr Knie ein wenig aufgeschlagen hat. Sie sollte es bald reinigen, aber es sieht schlimmer aus als es ist.

Sie haben ihren Spaß hier in Westarabien, das ist der Grund, weshalb sie hergekommen sind, doch offiziell gibt es einen anderen Grund, weswegen sich Elena und Elise auch schnell beeilen müssen. Elena hat am Abend noch ihr Treffen mit dem Prinzen, Adina hat ihres morgen Vormittag, Mila morgen Nachmittag, Elisa erst übermorgen. Mila weiß nicht einmal, ob sie sich auf dieses Treffen freuen soll oder es versuchen sollte zu umgehen.

Als sie in der großen Einfahrt des Königsanwesens halten, steht da einer der kleinen Geländewagen, die man Golfcars nennt, auf denen man sich auf dem Anwesen fortbewegt, wie auf einem Golfplatz, nur dass es hier sicher fünfmal so groß ist. Leider hat dieser Wagen nur zwei Plätze. Elena und Elise nehmen es und beeilen sich ins Haus zu kommen, damit sie beide Elena für ihr Date vorbereiten können.

Mila und Adina müssen laufen, sie wollen auf keinen Fall mit ihrem jetzigen Aussehen der höchsten Vertreterin der westeuropäischen Adelsfamilien in die Arme laufen. Deshalb gehen sie durch den Garten statt durch das Haupthaus. Noch immer albern sie herum und stocken erst, als sie an dem riesigen Pavillon vorbeikommen, unter dem sie bereits mit Naima Tee getrunken haben. Genau jetzt, als sie dort entlanglaufen, treten Rashid und eine Prinzessin des nordeuropäischen Adels aus dem Pavillon heraus. »Mist!« Adina spricht Mila aus der Seele, als nicht nur die beiden, sondern noch vier andere Männer, die um den Prinzen und die Prinzessin herum sind, alle etwas verwirrt zu ihnen gucken.

»Oh mein Gott, ist euch etwas passiert?« Die andere Prinzessin sieht sie schockiert an. Mila sieht an sich herunter, sie will gar nicht wissen, wie sie auf sie wirken. Total eingestaubt, mit den Tüchern auf dem Kopf, den zu kurzen Sachen, sie haben auch einige Ölflecken an sich. Mila lächelt verlegen, beide nicken den Männern nur kurz zu. »Nein, wir waren Quad fahren in der Wüste, und ihr?« Sie sieht zwischen dem Prinzen und der Prinzessin hin und her beim schlechten Versuch, von ihnen abzulenken. Rashid lächelt nun etwas belustigt, während die andere Prinzessin sie noch schockierter ansieht.

»Ihr habt das freiwillig gemacht?« Mila sieht zu Adina, die die Augen verdreht und die Arme in die Hüfte stützt. »Ich glaube wirklich nicht, dass Prinz Rashid denkt, wir würden alle nur zuhause sitzen und stricken. Wir hatten etwas Spaß, ist doch nichts weiter dabei.« Nun muss Mila leise lachen. »Es hat sehr viel Spaß gemacht, solltet ihr auch mal probieren. Wir wollten euch nicht stören bei eurem … Gespräch, wir sind schon wieder weg.«

Mila will nur noch weg hier, sie spürt den Blick des Prinzen brennend auf sich. Hatte sie gedacht, die Aktion am Stall wäre durch ihren tollen Auftritt gestern Abend wieder gut gemacht, weiß sie nicht, wie sie das hier gerade bügeln kann. Sie wird hier im westarabischen Königreich sicher bald als Prinzessin, die sich gerne im Dreck suhlt, verschrien sein. Auch wenn sie jetzt schnell weiter gehen will, ist ihr nicht entgangen, wie zurechtgemacht die Prinzessin in einem traumhaften gelben Sommerkleid ausgesehen hat und auch, dass der Prinz in einer feinen schwarzen Anzughose und einem engeren schwarzen Shirt ebenso gut aussieht. Er wirkt so viel nahbarer, als in seinem weißen arabischen Gewand, auch wenn ihm beides steht.

»Wartet kurz!« Adina und Mila stocken beide im Laufen, als Rashid sie anspricht, sie wenden sich noch einmal um. »Wir sind hier gerade fertig geworden. Mila, du blutest am Knie, das sollte sich unser Hausarzt ansehen.« Mila sieht an sich herunter, sie hatte die Wunde schon fast wieder vergessen. »Oh, danke, aber das ist nicht so schlimm, denke ich.«

Rashid trägt ein Jackett in der Hand, vielleicht hat er noch einen weiteren Termin. Er setzt sich eine Sonnenbrille auf und lächelt. »Unterschätze den Wüstensand nicht, der ist sicher überall in der Wunde, wir kümmern uns gut um unsere Gäste. Ich muss da entlang und bringe dich beim Arzt vorbei, er sieht sich das sicherheitshalber lieber an.« An die Männer gerichtet sagt er etwas auf arabisch und Adina stößt sie leicht an. »Nun geh schon.«

»Ahmad fährt die beiden anderen zurück.« Er verabschiedet sich mit einem Handkuss von der anderen Prinzessin. Es ist mehr als offensichtlich, dass sie das Einzeltreffen mit dem Prinzen begeistert hat. Ein Mann fährt Adina und sie in einem Golfcar weg und Mila sieht etwas genervt hinterher. Jetzt werden sie wieder das große Gesprächsthema sein, sie kann es gar nicht erwarten, nach dieser Aktion auf die anderen Prinzessinnen zu treffen.

Sie bemerkt gar nicht, wie auch die übrigen Männer in Richtung der Ställe gehen, während der Prinz plötzlich neben ihr steht. »Alles in Ordnung?« Er deutet ihr den Weg, den sie dann nebeneinander gehen. Mila streicht über ihren staubigen Arm. Auch wenn sie seinen Blick auf sich spürt, sieht sie ihn nicht an. »Ja, es geht schon.« Sie steuern auf das Haupthaus zu und Mila stöhnt leise auf. »Ich sollte da so nicht reingehen, wenn mich jemand sieht ...« Nun bleibt sie stehen und sieht doch zu Rashid, der seine Sonnenbrille abnimmt und ihr in die Augen blickt.

Es ist ganz anders, als er ihr jetzt in der Realität in die Augen sieht und nicht wie heute morgen aus der Zeitung, wo sie seinem Blick standhalten konnte. Nun blickt sie unsicher zur Seite. »Du bist verletzt und ich bringe dich zum Arzt. Ich hätte nicht gedacht, dass du jemand bist, der es sehr wichtig ist, was andere von ihr halten.«

Mila kann nicht verbergen, dass sie überrascht von seiner Antwort ist, sie kennen sich doch gar nicht. »Mir ist es auch egal, was die anderen Prinzessinnen von mir denken oder die höchste Vertreterin der westeuropäischen Adelsfamilien., aber alles was ich tue fällt auf meinen Vater und meine Familie zurück. Ich will ihnen keine Schwierigkeiten machen, verstehst du?« Rashid nickt und zeigt ihr einen anderen Weg. »Da sieht uns niemand. Kann es sein, dass ihr Prinzessinnen euch untereinander nicht besonders gut versteht?«

Mila läuft neben ihm zu einer kleinen weißen Seitentür, die neben den großen verglasten Eingängen kaum auffällt. »Na ja, also das ist schwer zu beschreiben, ich verstehe mich mit meinen richtigen Cousinen sehr gut, also Adina, die gerade mit mir zusammen war, und Elena und Elise aus der südeuropäischen Region, aber mit den anderen ist es schwerer. Das hier ist aber auch gerade keine normale Situation, in der wir uns hier befinden.« Rashid lacht leise und hält ihr die Tür auf, sie scheinen den Angestellteneingang genommen zu haben, denn sie laufen an riesigen Waschräumen vorbei und an mehreren großen Küchen. Ständig bleiben Angestellte stehen und verbeugen sich kurz vor ihnen.

»Ja, das stimmt, es ist merkwürdig, auch für mich, das muss ich zugeben.« Mila sieht zu ihm hoch. »Kennst du diese Sendung, die es vor einigen Jahren noch einmal gab, es ist eine alte Sendung, die hin und wieder wiederholt wird - der Bachelor.« Nun lacht Rashid und auch Mila muss lächeln. Er hat ein wirklich schönes Lachen und seine Augen funkeln sie an. »Die, wo der Mann die Rosen verteilt hat?« Mila lacht und nickt. »So kommt mir das hier etwas vor, zumindest verhalten sich einige so.« Rashid hält ihr eine weitere Tür auf. Als ihr jetzt die Essensgerüche entgegenkommen, blinkt ihr Armband auf, sie hat einen riesigen Hunger. Da sie aber schon so gut gefrühstückt hat, muss sie sich zurückhalten, das zeigt ihr das Armband auch an, das ihren Hunger natürlich registriert hat.

»Ihr müsst diese Armbänder hier nicht tragen. Möchtest du etwas essen?« Die Ablehnung gegen das Armband ist Rashid deutlich anzumerken. Mila weiß, dass sich fast alle Länder mit Ausnahme von Europa offen gegen dieses Gesundheitsband ausgesprochen haben. »Nein danke, ich habe nicht so großen Hunger.« Auf Rashids Stirn bildet sich eine kleine Falte, aber er sagt nichts weiter, sondern bringt sie über eine kleine Treppe zu einem Extragang, wo so etwas wie eine Arztpraxis eingerichtet ist. Es sieht so aus, als könnte man hier alles machen, auch schwerere Eingriffe. Ein Mann kommt ihnen entgegen und Mila merkt schnell, dass es ein Amerikaner ist, der sie freundlich begrüßt und sie bittet, sich auf eine Liege zu setzen, während er eine Spülung holt, mit der er die Wunde reinigen kann.

Als sie allein im Behandlungsraum sind, bietet Rashid Mila wieder seine Hand zum Aufstützen, als sie sich auf die Liege setzt. Dieses Mal fühlt es sich anders an, als sich seine große Hand um ihre zierliche schließt und er ihr mit seiner Kraft weiterhilft. Mila streift sich das Tuch vom Kopf und Rashid lächelt, als sie dann zu ihm blickt. »Ich muss los, ich habe noch einen Termin, bevor ich hier wieder …« Mila lächelt ebenfalls, »… Rosen verteilen muss?«

Rashid zieht sich das Jackett über. Auch wenn er kein Prinz wäre, seine Erscheinung würde auf jedermann Eindruck hinterlassen, er hat sicherlich einen sehr gut trainierten Körper. Als er sich die Sonnenbrille wieder aufsetzt, hat auch er ein Lächeln im Gesicht. »Ich habe das Gefühl, du denkst, ich genieße das alles hier.« Mila zuckt die Schultern. »Es gibt sicherlich Schlimmeres für einen Mann.« Rashid lacht leise und tritt näher an sie heran. »Prinzessin Mila, ich glaube, wir haben morgen unsere Zeit zusammen und dann kann ich dir vielleicht einiges erklären.« Wieder nimmt sie diesen würzigen Duft wahr, als er ihre Hand erneut nimmt und einen Kuss auf den Handrücken gibt.

Mila würde am liebsten zurückschrecken, aber es wäre unhöflich. »Nicht, ich bin zu staubig und …« Rashid lächelt immer noch. Sie kann zwar seine Augen nicht sehen, doch sie spürt seinen Blick ganz genau. »Mich stört es nicht, im Gegenteil, das Tuch hat dir sehr gut gestanden.«

Mila sieht ihm hinterher, als er aus der Tür gehen will, dann wendet er sich noch einmal um. »Oh … und im Gegensatz zum Bachelor verteile ich Rosen nicht einfach so an alle Frauen.« Rashid geht und Mila bleibt lächelnd zurück. Der Arzt betritt den Raum und säubert die Wunde, es dauert eine Weile. Als Mila sieht, was da wirklich noch alles aus der Wunde gespült wird, ist sie Rashid dankbar, dass er sie dazu überredet hat.

Danach wird Mila mit einem einfachen Verband zurück zu ihrem Gästehaus gefahren, wo Adina schon vor der Tür auf sie wartet.

»Es ist vor einer Stunde Essen gebracht worden für uns alle, vor zehn Minuten kam noch einmal eine extra Lieferung für dich vom Prinzen, damit du dich gut von deiner Verletzung erholen kannst. Hast du mir etwas zu sagen?« Mila lächelt unsicher. »Nein, er hat mich zum Arzt gebracht und ist gleich wieder gegangen, wir haben vielleicht zehn Worte gewechselt.« Sie betreten das Haus und Mila stockt, als sie den gefüllten Tisch sieht.

In der Küche stehen ein paar Platten, sicherlich ihr eigentliches Essen. Auf dem Tisch aber stehen duftende Teller, gefüllt mit Fleisch, Reis, vielen verschiedenen Salaten, Broten, Obstteller und auf dem Wohnzimmertisch stehen Pralinen und Kekse. Adina zeigt auf all das.

Elena nimmt sich gerade eine Praline und schüttelt den Kopf. »Da müssen diese zehn Worte dem Prinzen sehr gefallen haben.« Mila will etwas dagegen sagen, ihren Cousinen widersprechen, doch sie kann nur auf die riesige Vase mit den vielen roten Rosen sehen, die neben dem für sie gelieferten Essen steht.

Kapitel 6

Mila versucht sich den ganzen restlichen Abend einzureden, dass all das nichts zu bedeuten hat. Am nächsten Tag erfährt sie, dass eine der westeuropäischen Prinzessinnen erkältet ist und im Bett bleiben muss. Der ewige Wechsel zwischen den heißen Temperaturen und den Klimaanlagen setzt vielen zu. Elise erzählt, dass auch sie vom Prinzen etwas geschickt bekommen hat und dass diese Geste vom Prinzen wirklich nur als Trost und aus Sorge um die verletzten und kranken Gäste zu verstehen ist.

Mila ist neugierig und geht die Prinzessin besuchen. Als sie sieht, dass sie auch Pralinen und leckeren Kuchen bekommen hat und neben all dem auch ein großer Strauß Blumen steht, weiß sie, dass es wirklich nur eine besorgte Geste des Prinzen war. Dass sie Rosen bekommen hat, war sicherlich nur eine Anspielung auf ihr Gespräch. Auch ihre Cousinen vergessen das schnell wieder, was Mila sehr beruhigt. Trotzdem muss sie sich eingestehen, irgendwo tief in ihrem Inneren sticht es sie schon ein wenig, als sie erkennt, dass er alle hier gleich behandelt, alle, außer Elisabeth natürlich.

Elena erzählt ihnen auf dem Weg zum Treffen mit Naima von ihrem Einzelgespräch gestern mit den Prinzen. Adina ist nicht dabei, da nun sie ihr Einzelgespräch mit ihm hat. Es wirkt fast schon wie Fließbandarbeit und Mila stört es immer mehr. Elena erzählt, wie charmant der Prinz war, dass er sie auch nach Mila und dem Bein gefragt hat, ob alles in Ordnung sei. Er hat sie über die südeuropäische Region ausgefragt, wie ihr Leben so aussieht, was sie sich für die Zukunft wünscht. Leider war dann die Zeit auch schon um und der Prinz musste weiter, trotzdem ist Elena ganz begeistert vom Prinzen.

Mila weiß immer noch nicht, ob sie sich auf ihren Termin mit dem Prinzen am Nachmittag freuen soll, sie ist unsicher und wird es noch mehr, als sie von Naima zu einem Hamam gebracht werden. Mila hat noch nie etwas davon gehört und erfährt nun, dass es ähnlich wie eine Sauna sein soll. Nur Frauen dürfen dieses Haus betreten, für Männer gibt es extra Häuser. Naima erklärt ihnen, dass jeder in Westarabien mindestens einmal im Monat ins Hamam geht. Sie haben ein eigenes im Königspalast, doch es ist nur für höchstens acht Personen. Naima mag das, worin sie sich jetzt befinden, besonders gerne und wollte es ihnen zeigen.

Sie alle ziehen sich aus, Mila lässt ihre Unterhose an und ein Handtuch umgebunden, alle anderen Prinzessinnen tragen nur noch ihre Unterhosen. Zum Glück hat sich Mila heute morgen einen einfachen schwarzen Seidenhipster ausgesucht, jeder hier trägt sonst nur zarte Strings. Um nicht allzu sehr aufzufallen, lässt dann auch Mila ihr Handtuch fallen. Trotzdem sticht sie natürlich heraus. Sie weiß, dass jede Prinzessin hier mindestens eine Operation hinter sich gebracht hat, die meisten gleich mehrere, doch nun sieht sie die Resultate davon mit eigenen Augen.

Jede hat einen Traumkörper, perfekt gemachte Brüste, einen flachen Bauch, einen perfekten Po, helle Haut wie Seide. Selbst Naima hat keine natürlichen Brüste und alles an ihr ist aufs perfekteste hergerichtet. Diese Frauen haben nichts, keine blauen Flecken, kein Gramm Fett zuviel, keine Sommersprossen, keine Narben, keine Leberflecken, es ist alles perfekt.

Mila sieht an sich herunter, nur Adina und sie haben sich nicht operieren lassen, bisher hatte sie auch nie ein Problem mit ihrem Äußeren, jetzt hier neben all diesen perfekten Körpern fällt sie doch etwas aus der Reihe. Sie redet sich selbst so laut es geht in Gedanken gut zu und erinnert sich daran, dass ihr all das unwichtig ist.

Mila ist gebräunt, hat einen flachen Bauch, aber ist nicht ganz so schmal wie alle anderen hier. Ihre Brüste sind rund und fest, aber nicht C- oder D-Körbchen, wie es offenbar der Durchschnitt in der Chirurgie ist, sondern eher B. Sie hat ein paar Sommersprossen auf der Nase, Leberflecken, einen an der rechten Brust und einen genau neben dem Bauchnabel, ein paar kleine Narben, an ihrem Arm eine größere. Sie ist nicht perfekt und sie hat nie daran gedacht, ihre Makel entfernen zu lassen, doch nun sieht sie erstaunt, wie glatt und perfekt die Haut von allen hier ist, die haben nicht mal einen kleinen roten Fleck.

»Willst du nicht rein? Wie geht es deinem Bein? Rashid hat mir davon erzählt.« Naima tritt neben Mila, holt sie aus ihren Gedanken und entreißt sie somit dem Strudel von Selbstzweifeln, die sie gerade begannen zu verschlucken. »Es geht mir gut, doch ich komme, ich war nur in Gedanken.« Mila sieht schnell auf die gigantische Halle, die sie betreten, alles ist gefliest. Sobald man hier hereinkommt, beginnt man zu schwitzen. Es ist so heiß, dass ein leichter Nebel in der Luft hängt. Es stehen viele kleine Brunnen herum, alles ist blauweiß gehalten, überall kann man sich hinlegen oder hinsetzen und jeder verteilt sich. Frauen in Shorts und T-Shirts laufen herum und bringen ihnen Tee. Es riecht wunderbar nach Vanille und Erdbeeren, die Luft ist extrem warm, ähnlich wie in den Saunas, die Mila kennt und doch ist es ganz anders.

Sie schwitzt und setzt sich in die Nähe von Elena, nimmt dankbar den Tee an und versucht es zu vermeiden, die Körper der anderen Frauen anzusehen. Naima geht kurz zu jeder Prinzessin, sie bewegt sich völlig ohne Scham und ganz frei zwischen allen hin und her.

Mila schwitzt immer mehr, sie hat das Gefühl zu zerfließen. Da kommen die Frauen in Shirts und Shorts, dieses Mal mit Eimern und Handschuhen, wieder herein. Sie weisen alle an, sich auf den Bauch zu legen, das Licht wird etwas gedämmt. Zwar legt sich auch Naima hin, doch trotzdem beginnt sie gleichzeitig, ihnen allen zu erzählen, was man als Frau des Prinzen für seine Körperpflege tun sollte. Die Frauen beginnen in der Zwischenzeit, die Prinzessinnen mit duftendem Schaum einzureiben und gleichzeitig zu massieren, es duftet fantastisch und fühlt sich herrlich an.

Mila schließt die Augen. Sie blendet die Erzählungen aus, wie oft man ein Haman besuchen soll, dass die Frauen kein Haar an ihrem Körper tragen sollten, bis auf die Augenbrauen, dass die Frau des Prinzen ihr Bestes geben sollte, um ihm zu gefallen. Mila öffnet die Augen, blickt kurz zu Elisabeth, die auch gerade eingeschäumt wird und weiß, dass er die Perfekteste haben wird. Als sie dann ihre Augen wieder schließt, muss sie an Rashid denken, an die Nähe von gestern, an sein Lächeln, seine schönen Lippen und dass er sicherlich sehr gut küssen kann.

Mitten in ihren Gedanken an Rashid spürt sie plötzlich ein Ziehen am Bein. Als wollte man sie gleich für ihre Gedanken bestrafen, hat die Frau, die sich um sie kümmert, begonnen, ihr wirklich alle Haare vom Körper mit Wachs zu entfernen. Viel hat die Frau nicht zu tun, da auch in Europa viel Wert auf Pflege gelegt wird, trotzdem zieptes an einigen Stellen ganz schön. Mila setzt sich schnell auf, als die Frau fertig ist, doch ihr wird angedeutet, dass es noch nicht vorbei ist.

Wieder wird sie eingeschäumt und damit ihre Gedanken nicht wieder in solch eine Richtung schweifen, konzentriert sie sich wieder auf die Gespräche der anderen. Naima wird ausgefragt, ob der Prinz schon Andeutungen gemacht hat, wer ihm besonders gut gefällt, doch sie verneint dies und sagt, dass er alle sehr nett findet. Mila verdreht heimlich die Augen, so ein Blödsinn. Naima erzählt ihnen, dass sie selbst auch in drei Monaten heiraten wird, einen Prinzen aus Kuwait und dass die Hochzeit von Rashid und seiner Auserwählten noch davor stattfinden soll. Es wird keine richtige Verlobungsfeier geben. Wenn er sich entschieden hat, ist es die Verlobung und in ungefähr sechs Wochen wird die Hochzeit stattfinden. Einige klatschen begeistert in die Hand, Mila konzentriert sich auf den Handschuh, den sich die Frau bei ihr jetzt anzieht.

Mittlerweile ist ihre Haut so weich, dass die Frau ganz schön viel zu peelen hat, nur ihre Narbe am Arm und die frische Wunde am Knie spart sie aus. Mila muss zugeben, dass, als sie am Mittag alle zusammen das Hamam verlassen, sie eine ganz weiche Haut hat und sich herrlich entspannt fühlt.

Adina wartet bereits auf sie. Mila hat noch Zeit in Ruhe zu essen und hört sich gespannt an, wie Adina ihr fast das gleiche erzählt wie auch schon Elena. Sie hat den Prinzen unter dem Pavillon getroffen, sich über ihr Zuhause unterhalten, was sie vorhat, wie ihre Zukunftspläne sind. Auch bei ihr musste er irgendwann weg, wenigstens weiß Mila jetzt, was ihr bevorsteht.

Sie sind gerade mit dem Essen fertig geworden, Mila hat sich umgezogen und etwas zurechtgemacht, da kommt die höchste Vertreterin der westeuropäischen Adelsfamilien herein und ruft sie alle zusammen. Auch die Prinzessinnen des anderen Hauses und ihre Töchter kommen und Mila ahnt, dass etwas nicht stimmt.

»Ich habe gerade etwas erfahren, dass ich euch gleich mitteilen wollte. Heute Abend wird es, wie ihr bereits wisst, ein weiteres Essen geben. Dieses Bankett wird etwas größer als ursprünglich geplant, die letzten beiden Male habt ihr nur die wichtigsten Leute aus diesem Königshaus getroffen, heute Abend werden viel mehr dabei sein. Es hat sich herumgesprochen, dass so viele hübsche Prinzessinnen da sind, weswegen sich nun auch einige Prinzen aus anderen Ländern angemeldet haben. Das wäre doch großartig, wenn sich aus unserem Besuch hier noch weitere Hochzeiten ergeben würden, ich finde das ganz tolle Neuigkeiten.«

Mila ist vielleicht einfach mit dem falschen Fuß aufgestanden, denn sie kann sich ein kleines Aufschnaufen nicht verkneifen. »Wir können uns auch gleich Nummern auf die Stirn schreiben, so ist es einfacher für die Herren.« Als eine der Prinzessinnen sagt, dass es keine schlechte Idee ist, nur dass man die Zahlen auf Zettel schreiben und sie sich auf das Kleid kleben sollte, lacht Adina laut auf und Mila steht auf. Sie hat jetzt ihr … Date oder eher ihren Austausch von Informationen mit dem zukünftigen Ehemann von Elisabeth. Mila weiß nicht, wie sie es sonst nennen soll.

»Benehmt euch einfach heute Abend und zeigt allen, wie schön Europa sein kann. Mila … willst du so zu deinem Treffen mit Prinz Rashid?«

Die höchste Vertreterin der westeuropäischen Adelsfamilien stoppt in ihrem Vortrag und alle sehen zu Mila. Sie hat nur eine enge schwarze Hose, ein schwarzes T-Shirt und weiße Sommerschuhe an, ihre Haare trägt sie offen und sie hat sich nur ganz leicht geschminkt. Sie denkt daran, wie zurechtgemacht alle anderen waren, doch sie nickt und geht zur Tür. »Ja, genau so!«

Vor der Tür steht schon ein Mitarbeiter des Königspalastes mit einem Golfcar und bittet sie Platz zu nehmen, er bringt sie zu Prinz Rashid. Mila wird etwas unsicher, als der Mann nicht in Richtung Pavillon fährt, wo der Prinz nach Milas Kenntnisstand bisher alle empfangen hat, sondern sie zu den Ställen bringt. Als sie dann aber sieht, wie der Prinz und drei weitere Männer mit einigen Araber-Pferden dastehen, die gerade gesattelt wurden, schlägt ihr Herz schneller. Mila verlässt ganz schnell den Wagen, Rashid entdeckt sie und beobachtet zufrieden ihr überraschtes Gesicht.

»Ich dachte, du willst den Pferden noch eine Chance geben?« Mila nickt und tritt zu ihm. »Unbedingt.« Rashid lächelt und Mila erinnert sich an ihre Gedanken an ihn heute Morgen im Haman. »Na dann, Prinzessin Mila …« Mila hebt schnell die Hand. »Bitte nur Mila, momentan ist mir das alles zu viel Prinzessin hier, ich kann gut eine Pause davon gebrauchen.« Einen Moment zögert er, so ganz scheint er sie nicht zu verstehen, doch dann nickt er und Mila ist erleichtert. »Okay Mila, dann komm. Dieses Mal machen wir es richtig. Welches Pferd hättest du gerne?« Es sind fünf dunkle Pferde und ein helleres, Mila entscheidet sich für das hellere. Es steht ein Tritt bei den Pferden, den Rashid nun an das Pferd schiebt.

Bisher hat ihn Mila nur im Anzug oder dem weißen Gewand gesehen, jetzt trägt er einfach nur eine lockere Jeans und ein weißes Shirt mit V-Ausschnitt. Wieder erahnt man, dass er sehr durchtrainiert sein muss. Mila steigt auf den Tritt und hat trotzdem noch Probleme, sich auf das Pferd zu schwingen, da fasst Rashid ihr an die Hüften und hilft ihr. »Bist du bereit?« Mila setzt sich mit einigen Mühen und lächelt zu ihm hinab. Es ist sehr hoch, doch sie wird es schon schaffen. Rashid geht zu dem breitesten und größten Pferd und steigt ohne Probleme auf.

»Reitest du oft?« Rashids Pferd und ihres schreiten langsam nebeneinander her. Wahrscheinlich weiß der Prinz gar nicht, dass sie nicht mehr über solche Anwesen verfügen, fast niemand aus dem europäischen Königshaus, nur in den westeuropäischen Regionen können sich die alten Anwesen noch halten. »Nein, früher bin ich öfter geritten, doch jetzt komme ich nicht mehr dazu. Du hast ja hier genug Möglichkeiten, darum beneide ich dich wirklich.« Rashid sieht zu ihr hinüber. »Ich wohne nur jetzt gerade hier, wegen … all dem, was gerade passiert. Ich habe eine Wohnung in der Stadt, dort habe ich eigentlich gelebt, aber trotzdem reite ich mehrmals die Woche. Es ist eine meiner Lieblingssportarten.« Sie schreiten nun an dem Platz, wo Mila letztens ausgeritten ist, vorbei, einen kleinen Weg entlang. »Was machst du noch für Sport?« Rashid bringt sein Pferd dazu, etwas langsamer zu schreiten, damit sie nebeneinander bleiben. »Ich schwimme noch und mache Fitness an Geräten, wenn ich die Zeit dafür habe. Was machst du, um dich fit zu halten?«

Mila guckt kurz an sich herunter. »Ich … nehme die Treppe statt des Aufzuges. Aber ich habe mir fest vorgenommen, mehr Sport zu machen, wenn ich zurück in Europa bin.« Rashid lacht leise auf und greift zu ihrem Pferd und zieht es an den Zügeln etwas weiter zu seinem, als es immer enger wird. Mila merkt erst jetzt, dass die drei Männer ihnen mit einem gewissen Abstand auf anderen Pferden folgen.

Trotz des etwas holprigen und unebenen Weges scheinen die Pferde ihn zu kennen und dann erkennt Mila, dass der Weg parallel zum Strand führt. »Das ist ja schön, können wir hier einfach mit den Pferden entlang reiten? Ich wollte schon immer einmal am Strand reiten.« Sie beide müssen nun die Pferde etwas fester halten, da diese, sobald sie Sand spüren, aufgeregt werden.

»Das ist unser Privatstrand, wir sind hier alleine.« Mila blickt sich um und wirklich: Nirgendwo ist noch jemand zu entdecken. Sie dirigieren die Pferde zum Wasser. Mila fühlt sich eigenartig, sie fühlt sich wohl mit Rashid, trotzdem vermeidet sie es, ihm länger als nötig in die Augen zu sehen. Auch jetzt blickt sie schweigend ins Meer, als sie langsam weiterlaufen.

»Mila, darf ich dich fragen, was du von alldem hältst? Von dem, was geplant ist mit der Hochzeit, von den Vereinbarungen, die getroffen werden und von dem Kennenlernen jetzt gerade zum Beispiel. Ich habe jetzt schon einige der anderen getroffen und alle waren irgendwie aufgeregt, haben sich gefreut, sind begeistert … Ich sehe dich an und kann dich überhaupt nicht einschätzen oder erahnen, was du denkst, und um ehrlich zu sein, kenne ich das so nicht. Ich kann normalerweise Menschen sehr schnell einschätzen …« Milas Pferd läuft ein wenig im Wasser, Rashid und sein Pferd sind direkt neben ihnen, und sie spürt wieder seinen Blick auf sich.

Was soll sie tun? Soll sie ehrlich sein oder so antworten, wie es für das europäische Königshaus am besten wäre? Rashid erkennt ihr Zögern. »Sei bitte ganz ehrlich.« Mila blickt auf, direkt in seine Augen. Es fühlt sich sogar schon ein wenig vertraut an, seinen Blick so auf sich zu spüren. »Ich weiß nicht so recht, was ich dazu sagen soll. Ich meine, die Idee, dass sich Europa und das westarabische Königreich damit wieder annähern, wird sicherlich erfüllt werden, was gut ist. Ich glaube, die Situation, wie wir gerade in Europa leben, ist schwer zu erklären, wir jüngeren kennen unser Leben nur so, ohne den Einfluss der Adelsfamilien. Die ältere Generation trauert der Zeit, als sie noch in den Herzen der Bevölkerung waren, nach.«

Sie muss an ihren Vater denken, wie er völlig fertig vor ihrem Anwesen steht. »Mein Vater zum Beispiel, ihm geht es so gar nicht gut. Für ihn würde ich mir wünschen, dass all das wieder wie früher wird. Ich aber muss zugeben, dass ich es für mich gar nicht so sehr brauche. Es ist einfacher Mila zu sein als Prinzessin Mila, verstehst du?« Rashid nickt, er sieht die ganze Zeit zu ihr, auch Mila erwidert diesen Augenkontakt immer wieder, während sie sich versucht zu erklären. »Was diese Ehe angeht: Es fällt mir etwas schwer, an eine Ehe zu glauben, die so ganz ohne Liebe aufgebaut wird, doch ich habe da bestimmt umsonst Bedenken, wahrscheinlich habe ich einfach viel zu viele Liebesromane gelesen und bin zu romantisch. Wie siehst du all das denn? Ich meine, du bist ja eine … der Hauptpersonen.«

Mila hatte nicht vor, mit ihm darüber zu reden, sie sollte es sicherlich auch gar nicht. Die höchste Vertreterin der westeuropäischen Adelsfamilien würde ihr das sicher untersagen, aus Angst, sie könnte etwas Falsches sagen, doch nun ist ihre Neugierde geweckt. Rashid blickt aufs Meer. »Es ist nicht falsch, romantisch zu sein, ich muss zugeben, dass es für mich relativ normal ist. Eigentlich ist das, was ich gerade erlebe, eher unnormal. Hätte ich wie geplant die Prinzessin aus Ostarabien geheiratet, hätte ich sie vielleicht einmal kurz getroffen, wenn es um den Ehevertrag geht, sonst erst wieder bei der Hochzeit. Mit ihr Zeit zu verbringen, wie jetzt mit den Prinzessinnen der europäischen Adelsfamilien, wäre gar nicht denkbar. Ich finde es nicht schlecht, so kann man sich etwas kennenlernen, miteinander reden. Bei uns ist das aber nicht selbstverständlich, musst du wissen.«

Mila sieht auf sein hübsches Profil, als nun er auf das Meer blickt. Er wirkt so mächtig, er tut gar nichts, außer seinen Blick schweifen zu lassen und doch wirkt es, als würde er die Last der ganzen Welt ohne Probleme auf seinen Schultern tragen. Mila würde ihn gerne fragen, wie er denn wissen kann, ob er diese Frau jemals lieben wird, doch sie lässt es. Es geht sie nichts an. Eine Sache kann sie sich aber nicht verkneifen. Sie sieht auf seine dunklen, großen Hände, die die Zügel des Pferdes halten. Er ist ein hübscher Mann und Mila fragt sich, was er tun würde, wenn er kein zukünftiger König wäre.

»Rashid, darf ich dich etwas fragen? Du musst mir nicht antworten, aber wenn, dann sei bitte ehrlich, ich werde es auch niemandem weitersagen ...« Rashid blickt nun wieder zu ihr und lächelt. Kleine Falten bilden sich um seine dunklen Augen und machen das Lächeln noch schöner. »Ich werde ehrlich sein zu dir.« Mila blickt nach vorn, der Strand wirkt unendlich, der weiße Sand und das türkisfarbene Meer wie auf einer Postkarte. Und würde ihr nicht gerade diese bittere Frage auf der Zunge liegen, könnte sie dem Glauben unterliegen zu träumen, doch das tut sie nicht.

»Es war schon von Anfang an alles geplant, oder? Diese Treffen, all das hier sind eigentlich unnötig, es steht schon von vornherein fest, wen du heiraten wirst.« Rashid hält an, auch Mila bringt ihr Pferd zum Stehen. »Es tut mir leid, du musst darauf nicht ...« Auch wenn sie beide auf Pferden sitzen, sind sie sich sehr nah. Mila schluckt, als der Prinz sie ansieht und sich eine kleine Falte zwischen seinen Augenbrauen bildet. Er stockt kurz, fast als würde er mit sich selbst ringen. Sicherlich wurde er angewiesen, mit niemandem darüber zu reden, doch dann nickt er. »Ja, schon bevor ich wirklich eingeweiht war, stand fest, dass diese Ehe besonders das westeuropäische Königshaus und uns aneinander binden soll. So war es zumindest bisher geplant.«

Mila nickt, sie wusste es. »Das war mir klar, vieles hat darauf hingewiesen, doch na ja, die höchste Vertreterin der westeuropäischen Adelsfamilie war schon immer gut im Vertuschen, und heute Abend sollen dann die anderen verkuppelt werden?« Sie trabt weiter, Rashid bleibt noch kurz stehen, doch holt er sie schnell ein. »Das war nicht geplant, ich bin selbst nicht begeistert darüber, doch wir können auch niemanden ausladen, der sich quasi selbst eingeladen hat. Wenn eine von euch sich dabei unwohl fühlt ...«

Milas Pferd schnauft laut auf und hat recht. Diese Themen schlagen einem nur auf den Magen. »Nein, wir werden das schon überstehen. Ich versuche, vieles einfach mit Humor zu nehmen und ich glaube, das, was man verstehen muss, ist, dass man manches nicht ändern kann, man kann nur damit leben.« Mila blickt zu Rashid und lächelt. »Manches nicht, aber einiges kann man ändern.« Sie sind sich sehr nah und Mila Herz schlägt ein wenig schneller, sie muss die Situation im Guten auflösen.

»Na dann, Prinz Rashid bin khalid el Aziz, zukünftiger König von Westarabien, zeig mal, was du kannst.« Ohne ihm eine Chance zu geben, lässt Mila ihr Pferd losgaloppieren und lacht. Es ist herrlich.

Sie spürt das Wasser um sich herum spritzen, als sich ihr Pferd blitzschnell und begeistert im Wasser fortbewegt. Auch wenn sie noch im ganz flachen Wasser sind, spritzt es manchmal so hoch, dass Mila nass wird und noch mehr lacht. Ihre Haare fliegen im Wind, die warme Luft streicht um ihre Nase und die Sonne wärmt sie.

Es dauert einen kleinen Augenblick, doch irgendwann holt Rashid sie ein. Es macht Spaß, Mila wollte schon immer gerne am Strand entlang reiten, aber das jetzt fühlt sich schöner an, als sie es sich jemals vorgestellt hat. Rashid kann gut reiten, und eine ganze Weile galoppieren sie am Strand entlang. Sie muss lachen, als sie beide irgendwann langsamer werden, Mila sich umblickt und erkennt, dass die Männer ihnen nur schwer gefolgt sind. Langsam wenden sie. »Du bist eine gute Gegnerin, Prinzessin, und jetzt erkläre mir mal bitte, wie es einer Prinzessin zu viel sein kann, Prinzessin zu sein?«

Mila zeigt an sich herunter, sie ist nass gespritzt, genau wie auch Rashid einiges abbekommen hat. »Also langsam sollte dir aufgefallen sein, dass ich am wenigsten prinzessinnenhaft von allen hier bin. Um ehrlich zu sein, ist es für mich ziemlich ungewohnt, als Prinzessin zu handeln und aufzutreten. Hier bei euch ist das Königshaus noch aktiv, ihr lebt das alles tagtäglich, ich dagegen führe ein relativ normales Studentenleben. Es ist für mich ungewohnt, in so eine Welt hier einzutauchen.« Zurück traben sie etwas langsamer. Mila erzählt ein wenig von ihrem Studium, ihrem Vater und ihrer Schwester, auch wenn sie da nicht zu sehr in die Details geht.

Rashid erzählt ihr, dass er sich um die Geschäfte der Familie kümmert, sie überall vertritt und ziemlich viel zu tun hat. Als sie langsam den engen Weg zum Königsanwesen wieder hochreiten, hört Mila ständig die Handys der Männer klingeln, die ihnen folgen.

»Wieso folgen die uns eigentlich, brauchst du Schutz, bist du niemals alleine?« Mila findet den Gedanken grauenvoll. Rashid blickt sich ebenfalls um. »Nein, es ist eher so, dass sie uns … überwachen, gucken, dass nichts falsches passiert.« Mila sieht ihn verwundert an. »Du bist doch der Prinz, du sollst bald König werden … Wieso sollte einer dich überwachen? Hast du vielleicht doch nicht so viel Macht?« Sie zieht ihn auf. Auch wenn Rashid wissend lächelt, muss sie ein wenig seinen Stolz getroffen haben. Er sagt den Männern etwas auf Arabisch, dabei blickt er ihr in die Augen. Die Männer aber wenden sich sofort um und reiten woanders lang.

»Natürlich hört hier jeder auf mich, doch was sie jetzt denken …« Mila lacht leise und zuckt die Schultern, während sie weiterreiten. Rashid ist offenbar ein sehr stolzer Mann. »Was sollen sie denn denken?« Rashid greift nach ihren Zügeln und zieht die beiden Pferde wieder enger zusammen. Er lächelt, als sie sich immer näher kommen, wieder erhascht sie seinen würzigen Duft. Jetzt will er sie ärgern, seine Augen funkeln. Vielleicht denkt er, dass er sie so schockieren kann, doch dieses Mal weicht Mila nicht zurück und unterbricht den Augenkontakt auch nicht.

Rashid hebt seine Hand und streicht ihr eine Strähne ihrer langen Locken nach hinten zurück. »Bei keinem anderen Treffen habe ich sie weggeschickt und jetzt, wo ich mit dir alleine hier abgeschieden von allem anderen bin, schicke ich sie weg, um ungestört zu sein. Was glaubst du, denken sie denn?«

Mila stockt, sie stellt sich die Gedanken der Männer vor und was passiert, wenn die höchste Vertreterin der westeuropäischen Adelsfamilien davon erfährt. »Oh nein, ruf sie schnell zurück.« Nun lacht Rashid laut und bringt sein Pferd dazu loszugaloppieren. »Nein, nein, Prinzessin, jetzt ist es zu spät, zeig du jetzt mal, was du kannst!« Mila lächelt und folgt ihm, sie mag Rashid. Wäre nicht all das um sie herum, könnte sie sich mehr vorstellen. Doch sie darf nicht vergessen, wo und weshalb sie hier sind. Und sie hat es heute aus Rashids Mund gehört: Er wird Elisabeth heiraten.

Kapitel 7

Keine zwei Minuten später sind sie am Stall, wo auch schon die Männer warten. Sie waren so schnell, dass sich hoffentlich keiner etwas dabei denkt. Mila schafft es noch, kurz bevor sie ankommen, Rashid einzuholen. Als sie absteigen, bedankt sie sich bei ihm. »Es war traumhaft, vielen Dank.« Rashid deutet auf eines der Golfcars. »Jetzt kommt erst meine richtige Überraschung!«

Mila ist verwundert, doch natürlich auch neugierig, was nun noch auf sie wartet. Rashid steigt vom Pferd und hilft ihr, von ihrem wieder herunterzukommen. Seine Nähe wird immer selbstverständlicher. Es ist komisch, wie schnell man sie bei manchen Menschen zulässt und bei anderen wiederum niemals.

Sie fahren mit dem Golfcar allein in Richtung Haupthaus. »Warum kommen die Männer jetzt nicht mit?« Rashid lächelt, er weiß, dass er Mila damit verunsichert hat. »Weil wir hier eh niemals wirklich alleine im Haus sind und deshalb nichts passieren kann.« Mila schüttelt den Kopf. »Das hört sich so an, als wären wir sechzehnjährige wilde Teenager, die man ständig bewachen muss.«

Rashid fährt sie wieder zu diesem Hintereingang, durch den sie auch gestern schon ins Haus gekommen sind. »Ich glaube, das Alter spielt da keine Rolle, es kann immer passieren, dass sich Menschen so voneinander angezogen fühlen, dass Regeln und klares Denken schwerfällt.«

Er hält, steigt aus und bietet Mila seine Hand an, damit sie aus dem Golfcar aussteigen kann. Als sie auf die Tür zugehen, lässt Rashid ihre Hand noch nicht los. Milas Herz beginnt wieder schneller zu schlagen. Vielleicht hat er recht, vielleicht sollten sie doch besser kontrolliert werden, bevor hier noch Dinge passieren, die nicht passieren dürften.

Erst als er ihr die Tür aufhält, lässt er sie los und führt sie zu einer Tür ganz am Anfang des Ganges. Er bleibt vor ihr stehen und wendet sich zu Mila um. »Darf ich?« Er deutet auf ihren Arm und sie sieht ihn fragend an, lässt ihren Arm aber auf seine Hand gleiten. Rashid berührt das Gesundheitsarmband, welches farblich anzeigt, dass Mila etwas essen sollte, allerdings keine Kohlenhydrate und keinen Zucker mehr. »Das brauchst du jetzt nicht.«

Mila stockt, sie trägt das Armband immer. Es wurde so hergestellt, dass es im Alltag nicht stört, sie schläft damit, geht damit schwimmen, es ist immer an ihrem Handgelenk. »Ich weiß nicht, ob das so eine gute Idee ist.« Diese Armbänder gelten nur in Europa, man ist nur dort verpflichtet, eines zu tragen, doch sie hat es noch nie abgelegt, auch alle anderen benutzen es hier ganz normal weiter. »Bitte, tu mir den Gefallen, ich hasse diese Dinger. Sie nehmen einem das Menschliche.«

Mila beißt sich kurz auf die Unterlippe. Es reizt sie, doch gleichzeitig ist sie irgendwie an das Armband gebunden. Noch immer hält Rashid ihren Arm in seiner großen Hand und streicht kurz über ihre rote Narbe, dann nickt Mila. »Okay, kurz.« Rashid ist mehr als zufrieden, als er ihr das Armband abnimmt. Er öffnet die Tür und sie treten in eine leere Küche. Niemand ist hier, auch wenn man sieht, dass hier gearbeitet wurde.

Mitten auf einem dieser Tische steht ein großer Schokoladenkuchen, und was für einer. Mila lacht leise. »Ich darf auch mit dem Armband süße Sachen essen, nur halt nicht zuviel.« Sie gehen zu dem Kuchen und Mila setzt sich auf die Tischplatte neben den Kuchen, während Rashid nach zwei Tellern greift und ein großes Stück Kuchen abschneidet. »Wann hast du das letzte Mal mehr als ein Stück Kuchen gegessen, überhaupt irgendetwas gegessen, ohne darüber nachzudenken, ob du das jetzt kannst?«

Mila lächelt. Sie weiß, worauf er hinaus möchte und piekt mit einer Gabel in den Kuchen. »Ich hoffe, der Kuchen ist das Sündigen wert.« Schon beim ersten Bissen schließt Mila die Augen. Das ist kein normaler Schokoladenkuchen, er ist außen mit weicher Schokocreme umhüllt, hat einen lockeren Teig und innen einen weichen Schokoladenkern. Es schmilzt wie Butter in Milas Mund und sie öffnet die Augen wieder. »Wow, der ist köstlich.« Sie nimmt noch einen Bissen und Rashid lächelt. Bevor er sich ein Stück abschneiden kann, ist ihres schon halb weg.

Rashid geht zu einem der großen Kühlschränke, holt Erdbeeren und Vanillesoße heraus und tut Mila nicht nur ein weiteres Stück auf, sondern umgießt es noch mit Vanillesoße und tut Erdbeeren hinein. »Hast du vor mich zu mästen?« Rashid lächelt. Mila schließt noch einmal die Augen, die Mischung der Schokolade und der Vanille ist zu köstlich, dazu noch der süße Hauch der Erdbeeren. »Nein, ich wollte das sehen.« Er zeigt auf ihr glücklich strahlendes Gesicht.

Sie unterhalten sich über das Programm der nächsten Tage. Mila erzählt, dass sie heute im Hamam waren und sie morgen Vormittag shoppen gehen möchten, auch wenn sie gehört haben, dass in Westarabien alles überteuert sein soll. Mila weiß, dass sie sich nicht trauen wird, das Armband so schnell wieder abzulegen und isst wirklich zwei Stücken des leckeren Kuchens auf. Vielleicht hätte sie sogar noch ein drittes begonnen, doch Rashids Uhr piept.

»Triffst du jetzt die nächste Prinzessin?« Er hilft ihr von der Tischplatte herunter, indem er ihr wieder die Hand hinhält. »Nein, ich muss mich fertig machen und die anderen Prinzen begrüßen gehen, sie treffen bald ein. Komm, ich begleite dich.« Sie gehen zurück zum Golfcar und Rashid besteht darauf, ihr den Rest des Kuchens später bringen zu lassen. Mila bedankt sich gleich noch für das Essen gestern und die Blumen, die er ihr gestern geschickt hat, sie hatte es total vergessen. Als er vor dem Haus hält, wo sie zur Zeit drin wohnen, gibt er ihr das Armband wieder. »Bis später, Prinzessin Mila!«

Mila kommt nicht einmal dazu, die Tür wieder richtig hinter sich zu schließen, da schreckt sie zurück. Die höchste Vertreterin der westeuropäischen Adelsfamilien, Elisabeth, Adina, Elena und Elise sitzen angespannt da und stehen alle auf, nachdem sie den Raum betreten hat. »Mila … wir haben uns Sorgen gemacht, du warst sehr lange mit Prinz Rashid unterwegs.« Mila sieht zur Uhr und erschrickt selbst, sie waren fast drei Stunden zusammen, ihr kam es nicht so lange vor.

Adina deutet ihr hinter dem Rücken der höchsten Vertreterin der westeuropäischen Adelsfamilien an, nichts zu sagen. Elisabeth und ihre Mutter durchbohren sie mit neugierigen Blicken. »Dein Armband!« Mila sieht unsicher zwischen allen hin und her, als sie sich das Armband wieder umbindet. »Ähmm, ja, wir waren mit den Pferden unterwegs. Der Prinz wusste, dass ich es mir wünsche auszureiten und wollte mir diesen Gefallen tun.« Die höchste Vertreterin der westeuropäischen Adelsfamilien kommt näher. »So so, und sonst habt ihr nichts getan … außer zu reiten? Ich hoffe, Mila, du weißt, weshalb wir hier sind und dass all das eine große Bedeutung hat. Du siehst alles immer so … kindlich, naiv, willst Spaß haben, aber es geht hier um große Angelegenheiten, die du nicht verstehst.« Mila reicht es.

»Der Prinz und ich verstehen uns gut, mehr ist nicht dazu zu sagen. Keiner hat vor, sich diesen Plänen in den Weg zu stellen. Ich denke, dass ich mehr als jede andere hier verstehe, worum es geht, ich wohne nicht mehr auf einem zehn Hektar großen Anwesen und habe Bedienstete wie manch andere, also sollte man solche Unterstellungen vermeiden. Und ich weiß gar nicht, wo das Problem liegt … wir sollen uns doch mit dem Prinzen gut verstehen, oder doch nicht?«

Die höchste Vertreterin der westeuropäischen Adelsfamilien lächelt sie bitter an, dann winkt sie Elisabeth zu sich. »Macht euch für heute Abend fertig! Und vergesst nicht, worum es hier geht, besonders du nicht, Mila!« Als sie das Haus verlässt, knallt die Tür zu und Mila atmet tief durch. Das sieht ihr gar nicht ähnlich, sie behält immer die Fassung. Es ist das erste Mal, dass Mila sie so erlebt hat.

»So, bekommen wir jetzt die Cousinen-Version erzählt? Mila, der Prinz hat jede andere Prinzessin nur zwanzig Minuten getroffen, was ist da zwischen euch?« Mila ist durcheinander, verwirrt, doch dass etwas zwischen ihnen ist, dementiert sie sofort. »Ich mag ihn, wir verstehen uns gut … mehr ist da nicht und glaubt mir einfach, wenn ich euch sage, dass er Elisabeth heiraten wird.« Sie wird ihnen nicht sagen, was Rashid ihr im Vertrauen erzählt hat, aber sie weiß ja genau, dass er Elisabeth heiraten wird.

Die Stylisten treten ein, jetzt steht ihr auch noch das Bankett bevor. Der Schokoladenkuchen wiegt immer schwerer in Milas Magen. Adina hilft ihr, das Armband wieder umzulegen, eine Weile schweigen sie, während ihre Haare gemacht werden und sie Make -up aufgetragen bekommen. Erst da findet die jüngste von ihnen, Elise, ihre Worte wieder.

»Ich wünschte, es wäre nicht so, also dass er nicht Elisabeth wählt. Wenn er wirklich sie heiratet, bedeutet das, das westeuropäische Königshaus kommt noch mehr an die Macht und das wäre für niemanden gut. Ich meine, alle wären wieder mächtiger, doch die höchste Vertreterin der westeuropäischen Adelsfamilien hätte im europäischen Adel das Sagen. Würde unser Vorsitzender, dein Vater oder der nordeuropäische, egal wer … diese Macht haben, wäre es tausendmal besser, als wenn es in den westeuropäischen Regionen zu mächtig wird.« Mila sieht sich ihre fertige Frisur im Spiegel an. Ihre Haare sind wunderschön nach oben gesteckt, einige kleine Locken bahnen sich den Weg heraus. Mit der Krone wirkt all das noch viel edler, dieses Mal ist sie etwas mehr geschminkt.

»Vergesst das alles einfach, Rashid wird Elisabeth heiraten!« Mehr gibt es dazu nicht zu sagen.

Dieses Mal soll Mila ein grünes Kleid tragen, doch sie denkt nicht daran. Ihr gefällt es nicht und sie sucht sich ein weißes aus den Sachen von Elena heraus. Wieder liegt es eng an und weil es eines der privaten Kleider von Elena ist, ist der Ausschnitt auch ein wenig gewagter, als es die höchste Vertreterin der westeuropäischen Adelsfamilien zugelassen hätte. »Grrrr, also wenn nicht der Prinz, werden dir heute sicher hundert andere verfallen. Was denkst du, Schatz, sollen wir uns heute auch einen heißen arabischen Prinzen angeln?« Mila lacht, wenigsten schafft Adina es, die gedrückte Stimmung zu vertreiben.

Pünktlich stehen die Prinzessinnen vor einem neuen Saal, Mila kommt sich vor wie in einem Déjà-vu, als die gleiche Frau sie alle wieder nacheinander aufruft, doch dieses Mal ist sie nicht mehr nervös. Sie wartet, bis sie an der Reihe ist und sieht sich in der Zeit nach Elisabeth um, die wieder mal nicht da ist. Als sie aufgerufen wird, kommt sie in einen viel größeren Raum, als es beim letzten Mal der Fall war, sie muss auch keine Treppe herunter, sondern steht direkt vor mehreren Männern. Alle tragen das weiße Gewand, auch wenn sie alle etwas unterschiedlich wirken und jeder eine andere Kopfbedeckung trägt. Ganz am Ende der Reihe steht Rashid und sieht sie an.

Als sich ihre Blicke treffen, lächelt er und Mila atmet tief ein, bevor ihr nach und nach von der Frau alle anwesenden Prinzen vorgestellt werden. Es sind zwanzig, einige aus Ostarabien, Mittelarabien, Marokko, Libyen, von überall sind Prinzen angereist. Jeder gibt ihr die Hand. Mila lächelt nur freundlich und geht dann schnell weiter. Sie ist froh, als sie am Ende vor Rashids Vater steht, der sie liebevoll mustert, als sie einen kleinen Knicks macht.

Als Rashid ihre Hand küsst, ist es für andere vielleicht nicht ersichtlich, vielleicht bildet es sich Mila auch nur ein, doch sie hat das Gefühl, er hält ihre Hand einen Augenblick länger. Sein Blick wirkt etwas intimer und er lächelt etwas liebevoller zu ihr, doch sie muss sich das nur einbilden, alles andere ergibt keinen Sinn.

Dieses Mal ist alles anders aufgeteilt, es gibt mehrere runde Tische. Mila wird zu einem Tisch geführt, an dem nur die Schwester von Elisabeth bereits sitzt. Elena und Elise betreten nacheinander den Raum und setzen sich zu ihr, es ist aber immer ein Platz frei zwischen ihnen.

Mila ahnt es schon, Elisabeth kommt wieder als letzte, dieses Mal wirkt sie noch mehr zurechtgemacht, vielleicht sogar etwas zu sehr. Sie bleibt wieder länger bei Rashid stehen. Danach verteilen sich alle Prinzen und die anderen Leute im Raum auch auf die runden Tische. Mila würde am liebsten aufstehen und gehen, als sich nicht nur Elisabeth zu ihnen an den Tisch setzt, sondern auch Rashid, der Mila gegenüber sitzt und natürlich neben Elisabeth. Der Abend ist schon jetzt dazu bestimmt, grauenvoll zu werden.

Dann setzen sich noch zwei Prinzen aus dem ostarabischen Königreich dazu und Rashids jüngerer Bruder Issam. Zwar sind einige Geschwister von Rashid hier, auch Naima hat sie kurz gesehen, doch sind es zu viele Menschen, als dass man das alles genau erkennen und zuordnen könnte.

Ihnen wird als erstes eine Suppe gebracht. Kurz unterhalten sich die Männer auf Arabisch. Es ist merkwürdig, wie hart und laut die Sprache wirkt. Als sich die Prinzen dann auf Englisch an sie wenden, hört es sich komplett anders an. Mila isst ihre Suppe und versucht alles auszublenden, während die Prinzen aus Ostarabien neugierig anfangen, die Prinzessinnen über Europa auszufragen. Elisabeth ist ganz in ihrem Element, sie redet ohne Punkt und Komma, lächelt und legt immer wieder kurz ihre Hand auf Rashids Hand. Es wirkt jedes Mal zufällig, ungewollt, doch Mila kennt die Berechnung dahinter.

»Ich finde es faszinierend, die ganze Idee von Europa … auch wenn es natürlich gar nicht geht, was mit den Adelsfamilien passiert ist. Mein Vater hat in seinem Arbeitszimmer ein Bild mit dem höchsten Vertreter des südeuropäischen Adels hängen, ein stolzer Mann, dem man nur Respekt zollen kann.« Mila blickt auf und sieht dem Prinzen neben sich ins Gesicht, der sie freundlich anlächelt. Mila war so in Gedanken und so krampfhaft dabei, alles um sich herum auszublenden, dass sie keinen der anderen Prinzen wirklich angesehen hat. Der Mann neben ihr ist einer der Prinzen aus Ostarabien, er ist noch etwas dunkler als Rashid, hat Locken und sehr freundliche Augen. Er scheint zu spüren, dass Mila erst jetzt wieder richtig hier ist. »Es ist mir eine Ehre, neben der Tochter dieses Mannes zu sitzen.«

Mila bedankt sich und Elise, die neben ihr und Issam sitzt, nimmt Milas Hand in ihre. »Wir alle lieben unseren Vertreter sehr, und

Mila ist etwas ganz besonderes in unserer Adelsfamilie.« Mila lacht leise, besonders ja, nur nicht auf so eine Elisabeth-perfekte Prinzessin-Art. Kaum hat sie den Namen gedacht, mischt sie sich auch ein und erzählt vom westeuropäischen Adel. Mila blickt dabei auf und direkt in Rashids Augen. Zwar hat er sie vorhin angelächelt, doch jetzt wirkt er wütend, genervt.

Mila blickt wieder zu dem Mann neben sich, der immer wieder versucht, sie in ein Gespräch einzubinden. Er erwähnt, wie außergewöhnlich er ihre Mischung findet und irgendwann schlägt er vor, dass Mila, ihre Schwester und ihr Vater nach Ostarabien kommen sollen, sie sind eingeladen. Sein Vater, der König, wird sich freuen, den höchsten Vertreter des südeuropäischen Adels begrüßen zu dürfen.

Am liebsten würde Mila absagen. Sie weiß nicht, ob sie so schnell noch einmal Europa verlassen möchte. Es ist wunderschön hier in Westarabien, doch auch anstrengend, all die neuen Eindrücke zu verarbeiten, die Gefühle zu ordnen. Gleich danach wieder in ein neues Abenteuer zu stürzen, wäre etwas viel, aber allein der Gedanke daran, wie sehr sich ihr Vater freuen würde, mal wieder in ein anderes Königshaus eingeladen zu werden, lässt sie nur höflich nicken.

Es gibt Lammbraten, aber Mila schafft nur die Hälfte des Tellers. Es wird immer anstrengender. Elisabeth und der Prinz aus Ostarabien geben sich beide viel Mühe, Aufmerksamkeit zu erhalten. Elisabeth kämpft um Rashids Aufmerksamkeit, der Prinz aus Ostarabien um ihre. »Schon satt?« Es ist das erste Mal, dass Rashid Mila vor allen direkt anspricht. Sie muss lächeln, als sie sein Schmunzeln entdeckt, was seine Augen strahlen lässt. »Ich bin sehr satt, danke. Ich hatte heute schon mehr als genug.« Er lächelt zufrieden, nur sie beide wissen ja, weshalb sie bereits satt sind.

Die höchste Vertreterin der westeuropäischen Adelsfamilien kommt an ihren Tisch. »Wir hatten die Idee, ein Gruppenbild für die Presse zumachen, die jungen Prinzen und Prinzessinnen aus dem mittleren Osten und Europa.« Also erheben sie sich alle. Mila ist dankbar dafür, der anstrengenden Atmosphäre des Tisches entkommen zu können. Sie gehen in den Garten, wo wieder viele Vertreter der Presse anwesend sind. Erst werden einige Bilder der Prinzen gemacht.

Mila setzt sich auf eine Hollywoodschaukel mit Adina. »Er ist der Hübscheste, findest du nicht?« Mila hat wieder schneller geredet als gedacht, doch bei Adina kann sie ehrlich sein. »Rashid? Er ist sehr hübsch, aber hier gibt es viele gutaussehende Prinzen, doch das Aussehen ist nicht alles, das weißt du auch. Einige der Prinzen hier haben sogar schon zwei Frauen.«

Mila hebt nur die Augenbrauen und sieht wieder zu den Prinzen. Sie hat das ernst gemeint, von all den Männern da vorne sticht Rashid für sie heraus, aber sie weiß auch genau, dass es nicht nur für sie so ist.

»Jetzt die Prinzessinnen dazu.« Alle eilen zu den Prinzen und verteilen sich. Natürlich stellt sich Elisabeth zu Rashid und beide stehen somit in der Mitte von allen. Mila stellt sich ganz ans Ende mit Adina und lächelt. Der Prinz von Ostarabien stellt sich extra noch einmal um und zu ihr.

Als sie sich auflösen, hält Mila Adina am Arm zurück. »Lass uns verschwinden, wir wollen morgen shoppen gehen und ich halte keine halbe Stunde mehr mit Elisabeth am Tisch aus.« Adina verschränkt die Arme vor der Brust. »Ich wollte noch versuchen, die sechste Frau von Prinz 43 zu werden, was hast du mir dagegen zu bieten?« Mila lacht leise und hakt sich bei Adina ein. »Von mir aus darfst du morgen die Reihenfolge der Läden bestimmen.« Adina nickt. »Deal!«

Bevor sie gehen, verabschiedet sie der Prinz des ostarabischen Königreiches extra lange und fragt mehrmals nach, ob sie am Geburtstag des Königs übermorgen wirklich noch da sind. Elena und Elise bleiben länger, Mila bildet sich ein, immer mal wieder den Blick von Rashid gespürt zu haben, doch als sie sich noch einmal umwendet, sitzt er mit Elisabeth am Tisch und unterhält sich lachend. Sie muss aufhören, sich solche Sachen einzubilden.

Am nächsten Morgen steht Mila munter auf. Sie beschließt, die letzten zwei Tage in Westarabien noch zu genießen und dann wieder in ihr reales Leben zu fliegen, mit schönen Erinnerungen an diese Zeit. Sie muss sich einfach etwas mehr entspannen, so wie sie es von Anfang an geplant hatte. Sie kommt mit ihrem Vorhaben aber nicht einmal bis zum Frühstückstisch. Als sie sich gerade zu ihren Cousinen setzen möchte, klopft es und ein Mann mit einem riesigen Strauß Blumen steht vor der Tür.

»Für Prinzessin Mila von Prinz Selim aus Ostarabien.« Genau in dem Moment hält ein weiteres Golfcar und ein anderer Mann steigt aus. »Von Prinz Rashid für Prinzessin Mila und ihre Cousinen.« Er hält ihnen einen Umschlag hin.

Mila sieht zwischen den Männern hin und her und Adina hinter ihr beginnt zu lachen.

Kapitel 8

Irgendwie ist hier in Westarabien alles anders, als sie es geplant hatten. Der eine Mann stellt die Blumen in die Küche, während Mila den Umschlag öffnet.

> Macht euch als Gäste unseres Hauses einen schönen Tag.
> Rashid

Es liegt eine schwarze Kreditkarte dabei. Der Mann, der ihr diesen Umschlag überreicht hat, ist gerade dabei wegzufahren. »Warten Sie! Was ist das, was sollen wir damit?« Der Mann blickt auf die Karte. »Das sind spezielle Kreditkarten, die das Königshaus manchmal ihren Gästen zur Verfügung stellt. Ich glaube, das Limit sind 10.000 Dirham. Wenn dieses überschritten wird, wird Prinz Rashid angerufen und es kann nochmal aufgestockt werden, was er sicherlich tun wird. Viel Spaß beim Einkaufen.«

Mila sieht auf die Kreditkarte, während Elena und Adina sich abklatschen. Keiner von ihnen hat sehr viel Geld, sie alle haben mit ihren Familien fast all ihr Vermögen verloren. Mila hätte nicht einmal fünfhundert Euro zum Ausgeben gehabt. »Das können wir nicht ...« Adina schnauft auf. »Und ob wir das können! Wir sind hier, um uns die Show von Elisabeth und Prinz Rashid anzusehen. Und wie du gehört hast, ist es nicht ungewöhnlich, dass Gäste diese Kreditkarte bekommen, also gehen wir jetzt shoppen. Was macht eigentlich dieser leckere Schokoladenkuchen in unserem Kühlschrank?«

Mila lässt sich überreden, dieses überaus großzügige Geschenk anzunehmen. Gemeinsam mit Elena und Adina wird sie zu mehreren Shopping Malls gefahren. Elise wollte nicht mit und sich lieber etwas ausruhen. Sie haben eine Limousine zur Verfügung gestellt bekommen, die sie überall hinbringt.

Es ist alles so groß, edel, wirklich außergewöhnlich. Es gibt hier Läden, die man in Europa nicht findet. Sie kaufen fast überall etwas, aber nicht zu viel. Auch wenn Adina und Elena am Anfang sehr begeistert waren, halten sie sich doch zurück. Jeder kauft sich einige schöne Sachen, aber sie nutzen die Kreditkarte nicht zu sehr aus. Doch allein schon die riesigen Bauten zu sehen, die luxuriösen Straßen, die teuren Geschäfte, ist ein Erlebnis. Alles hier scheint aus Marmor und Gold zu sein. Sie werden zu einem Hochhaus gefahren, wo sie im achtzigsten Stock essen, mit einem atemberaubenden Blick auf Westarabien.

Bevor sie bei der langsam beginnenden Dämmerung zurück fahren wollen, beschließen sie noch, als letztes nach Kleidern für den morgigen Geburtstag zu suchen. Sie alle haben schon die Kleider gesehen, die die höchste Vertreterin der westeuropäischen Adelsfamilien ausgesucht hat, aber keiner von ihnen gefallen sie. Sie fahren zu einem Laden für Abendkleider und werden von der Auswahl fast erschlagen. Vier Frauen kümmern sich um sie, gucken nach ihrem Hautton, Haar und Augenfarbe, der Figur und suchen ihnen das passendste Kleid heraus. Als sie nach einer Stunde alle vor dem Spiegel stehen, hat sich dieser Abstecher gelohnt. Adina trägt ein türkises Kleid, worin sie umwerfend aussieht. Elena hat ein rosafarbenes an und für Elise haben sie sich für ein pfirsichfarbenes Kleid entschieden.

Mila hat wieder ein rotes Kleid an, diese Farbe scheint wirklich am besten bei ihr zu wirken. Dieses Kleid hat dieses Mal keinen besonderen Ausschnitt vorn, sondern am Rücken. Es passt perfekt und sie alle fühlen sich wohl mit ihren neuen Kleidern. Als Mila einen Blick in den Spiegel wirft, fasst sie einen Entschluss. Morgen Abend werden sie Elisabeth ihre inszenierte Show stehlen. Die höchste Vertreterin der westeuropäischen Adelsfamilien denkt ja, sie tragen die von ihr ausgewählten zimtfarbenen Kleidersäcke.

96

Auf dem Rückweg lässt Mila die Scheibe zum Fahrer herunter. »Können sie Prinz Rashid anrufen?« Der Fahrer sieht sie verwirrt an. »Nicht direkt, aber ich kann mich verbinden lassen, ist es etwas dringendes?« Mila lächelt. »Es wäre nett, wenn sie es probieren könnten.« Adina sieht sie fragend an. »Man sollte sich schon bedanken, oder?« Elena lacht leise, als der Fahrer auf seiner Freisprechanlage mit verschiedenen Personen auf Arabisch zu reden beginnt. Es wechselt hin und her, immer wieder klingelt es und dann hört Mila Rashids Stimme. Ihr Herz schlägt schneller, als der Fahrer ihr das Handy reicht.

»Hallo.« Sie schaltet den Lautsprecher aus. »Mila? Ist alles in Ordnung bei euch? Gib es ein Problem?« Mila muss lächeln. »Nein, wir sind auf dem Weg zurück, wir wollten uns nur bedanken für den schönen Tag.« Sie hört, dass auch er lächelt, als er weiterspricht, es ist laut bei ihm. »Gerne doch, ich hoffe, ihr habt alles bekommen, was ihr wolltet.«

Mila sieht auf den Stapel von Einkaufstüten, die auch bei ihnen stehen, weil es im Kofferraum zu voll war. »Ja, haben wir. Wo bist du denn, es ist so laut bei dir?« Sie hört einige Leute auf Englisch miteinander reden. »Bei meinem Haus, was gerade gebaut wird … mein Vater, die höchste Vertreterin der westeuropäischen Adelsfamilien und Elisabeth wollten es sich noch einmal in Ruhe ansehen.«

Mila schluckt leise, natürlich, sie hätte sich denken können, dass sie unpassend anruft. »Es tut mir leid, ich wollte nicht stören. Wir wollten uns nur bedanken, viel Spaß noch.« Mila legt schnell auf, bevor sie sich noch weiter blamiert. Sie hat sicher genau zu dem Zeitpunkt angerufen, als er mit seiner zukünftigen Frau in ihrem Schlafzimmer gestanden hat. Sie kann nur hoffen, dass die höchste Vertreterin der westeuropäischen Adelsfamilien nichts mitbekommen hat.

»Die heiraten echt, ich kann es immer noch nicht fassen!« Adina und Elena haben das Gespräch sicherlich mitgehört. Mila reicht dem Fahrer das Handy und bedankt sich, sie halten gerade auf dem Anwesen des Königshauses. »Ich werde Ihnen Ihre Tüten bringen lassen.« Sie bedanken sich und beschließen, in der etwas kühler gewordenen Abendluft zum Haus zu laufen und kein Golfcar zu nehmen.

Kurz vor ihrem Haus treffen sie auf zwei andere Prinzessinnen. Sie haben fast alle ihren Tag hier im Anwesen verbracht und nun erfahren auch sie den neuesten Tratsch. Sie erzählen, dass eine Prinzessin gestern, kurz bevor die Feier begonnen hat, im Haupthaus war, um sich Kopfschmerztabletten zu besorgen. Dabei hat sie gehört, wie es hinter einer Tür sehr laut wurde, mehrere Männer müssen laut auf Arabisch diskutiert haben. Dann kam Prinz Rashid heraus und hat wütend die Tür zugeknallt. Mila hebt verwundert die Augenbrauen, es muss nach ihrer Zeit zusammen gewesen sein. Vielleicht hat er sich, ähnlich wie sie von der höchsten Vertreterin der westeuropäischen Adelsfamilien, etwas dazu anhören müssen, dass sie so lange unterwegs waren. Außerdem erzählt sie, dass Elisabeth kein richtiges Treffen mit dem Prinzen haben wird, angeblich sollen sie jeden Abend zusammen Zeit verbringen.

Mila verschweigt, dass sie jetzt gerade dabei sind, sich ihr Haus anzusehen, wahrscheinlich trifft Elisabeth parallel dazu die Entscheidungen, welche Farbe die Küche haben soll. Sie kann sich förmlich vorstellen, wie sich die höchste Vertreterin der westeuropäischen Adelsfamilien zufrieden die Hände reibt und ist froh, als sie sich verabschieden und ins Haus gehen, sie will davon nichts mehr hören.

»Wo ist Elise?« Verwundert sehen sie sich im dunklen Haus um, bis sie plötzlich in ihrem gut abgeschirmten Garten Elise neben Rashids jüngerem Bruder Issam auf einer Hollywoodschaukel entdecken. Beide unterhalten sich und schrecken auf, als sie in den Garten kommen. »Sie muss sich ausruhen, aha.« Mila lacht, als sich Issam schnell verabschiedet. Beide sind förmlich auseinander gesprungen, als sie sie erwischt haben.

Elise hat ganz rote Wangen, und Mila zieht alle ins Wohnzimmer. Sie setzen sich in einem Kreis auf den weichen Teppich, legen alle ihre Armbänder ab und genießen zusammen den Schokoladenkuchen mit Vanillesoße und Erdbeeren, während Elise ihnen erzählt, dass Issam und sie sich sehr gut verstehen. Er möchte sie bald besuchen kommen und ihre Eltern kennenlernen. Auch wenn Mila diesen Augenblick mit ihren Cousinen voll und ganz genießt, hat sie ein merkwürdig ungutes Gefühl im Bauch. Sie spürt, dass ihr kurzer Urlaub hier, nicht ohne Folgen bleiben wird.

Sie sind erst sehr spät ins Bett gegangen und schlafen am Morgen länger als sonst. Sofort ist Hektik spürbar, alles auf dem Anwesen wird geschmückt. Alle sind auf den Beinen, aufgeregt, die Spannung auf den bevorstehenden Abend steigt und steigt. Die höchste Vertreterin der westeuropäischen Adelsfamilien ruft sie am Nachmittag noch einmal zusammen, um ihnen nochmals genau zu erklären, wie wichtig all das hier ist. Elisabeth ist nicht mehr da, sie wird sicherlich schon seit heute Morgen für ihren Auftritt später fertig gemacht. Mila hat sich etwas vorgenommen und will es auch einhalten. Den Rest des Tages verbringen sie entspannt am Pool.

Als die Stylisten am Abend zu ihnen kommen, sind sie alle schon fast fertig. Sie besprechen mit ihnen ein komplett anderes Makeup, als sie es aufgetragen bekommen haben. Statt ihre Haare hochstecken zu lassen, werden sie Mila seitlich zu einem langen Zopf geflochten. Dadurch, dass sie den Tag am Pool verbracht haben, wirkt ihre Haut noch goldener, ihre Augen strahlen und Mila sorgt dafür, dass sie alle sich heute von ihrer allerbesten Seite präsentieren.

Sie kommen fast zu spät, doch dieses Mal ist eh alles anders. Sie müssen nirgendwo warten, sondern werden direkt in den riesigen Saal geführt, wo sie letztens bereits gegessen haben. Es sind noch mehr Tische aufgestellt, die schon fast alle besetzt sind. Alles ist in den Farben der Flagge Westarabiens geschmückt. Sie werden zusammen mit anderen Prinzessinnen an einen Tisch gesetzt. Als sie sich jetzt umsehen, erkennen sie auch, dass viel mehr Menschen da sind. Einige sehr bekannte Persönlichkeiten, auch aus der Politik, aus dem Showgeschäft, Könige, sind da, hier ist wirklich alles vertreten.

Sie waren fast die letzten, langsam wird es ruhiger. Man spürt, dass gleich etwas passiert. Das Piano, auf dem die ganze Zeit gespielt wurde, verstummt, als die großen Saaltüren geöffnet werden. Sie erheben sich alle. Es treten einige Brüder und Schwestern von Rashid ein, sie alle tragen heute über ihrem Gewand den schwarzen Mantel mit Goldverzierungen, die Frauen lange bunte, schön verzierte Gewänder. Sie werden nach und nach vorgestellt. Mila fragt sich, ob das alle die Geschwister von nur einer Mutter sind oder von mehreren. Ihnen wurde außer Naima niemand weiter vorgestellt.

Issam lächelt Elise an, die an Milas Seite steht und die bekommt wieder ganz rote Wangen. Danach wird Rashid angekündigt, als zukünftiger König des westarabischen Königreiches und gleichzeitig auch, dass ihn die zukünftige und die jetzige höchste Vertreterin der westeuropäischen Adelsfamilien begleiten und dass sich das Königreich geehrt fühlt, sie hier als Gäste begrüßen zu dürfen.

Es fühlt sich komisch an, jetzt werden sie schon nicht mehr alle vorgestellt, nur noch die westeuropäische Region zählt. Mila ärgert sich über sich selbst. Es sollte sich für sie nicht so falsch anfühlen. Sie wusste doch, was hier passiert, wieso regt sie all das jetzt so auf? Als dann Rashid hereinkommt, neben sich Elisabeth und ihre Mutter, muss Mila leise schlucken.

Sie sind ein schönes Paar. Beide sind wirklich wunderschön und passen perfekt zusammen. Genau in diesem Moment blickt Rashid zu ihr, seine dunklen Augen blicken in ihre. Er sieht an ihr herab, stockt einen kurzen Augenblick und lächelt, doch Mila kann es nicht erwidern und sich gleichzeitig auch nicht von dem Anblick der beiden losreißen. Sie ist froh, dass die drei an einen Tisch gehen, der weit genug von ihrem steht. Dann kommt der König herein, allein. Obwohl er mehrere Frauen hat, lässt er sich alleine feiern.

Mila hat Rashids Vater jetzt schon einige Male gesehen. Sie hat zwar noch nicht viel mit ihm geredet, aber sie mag ihn. Er hat ein Lachen, das ansteckt. Die freundlichen Augen versprechen einem, dass man es hier mit einem sehr ehrlichen Menschen zu tun hat. Er wirkt fast etwas schüchtern, als ihm alle applaudieren. Dann beginnt der Teil des Abends, wo Geschenke überreicht und einzelne Glückwünsche übermittelt werden. Für sie macht es natürlich die höchste Vertreterin der westeuropäischen Adelsfamilien und Mila achtet nicht einmal darauf, was sie ihm aus Europa überreicht.

Das Ganze zieht sich eine Weile hin. Als sie dann Essen bekommen und das Klavier langsam wieder zu spielen beginnt, entspannt sich Mila etwas. Es ist schon spät, sie bleiben lange zusammen sitzen, wenigstens können sie untereinander den Abend noch genießen. Mittlerweile fragt sich eigentlich kaum noch eine Prinzessin, wen der Prinz nun wählen wird. Mila sieht nicht zu dem Tisch, an dem der König, Prinz Rashid und einige andere sitzen.

Sie spürt Blicke auf sich aus der Richtung dieses Tisches, aber auch von dem Tisch, an dem der Prinz aus Ostarabien sitzt, aber sie ignoriert all das komplett. Morgen früh geht ihr Flug zurück und gerade ist Mila sehr froh darüber. Die Stimmung im Saal ist gut, es wird überall gelacht, irgendwann werden alle gebeten, in den Garten zu treten. Mila hält sich bewusst hinten. Schon auf dem Weg nach draußen hat sie der Prinz aus Ostarabien abgefangen und überschüttet sie mit Komplimenten, fragt sie, ob sie ihren Vater schon gefragt hätte, ob er diese Einladung annehmen möchte. Doch sie erklärt, dass sie ihren Vater von hier immer nur ganz kurz angerufen hat, sie ihn aber morgen ja wiedersieht und ihn dann fragen wird.

Sie ist Adina dankbar, als sie ihr zu Hilfe eilt und der Prinz sich mit den Worten, dass er sich melden würde, verabschiedet und weiter nach vorne geht. Adina will auch nach vorn, aber Mila hält sich weiter hinten. Alle blicken zum Himmel, als plötzlich Kampfjets aufsteigen und mit buntem Rauch die Fahne Westarabiens auf den Himmel malen. Man hört ganz viel Jubel, wahrscheinlich kommt das von den Straßen, die Menschen feiern ihren König. Wieder fliegen Jets in den Himmel mit einigen Transparenten, die den König mit unterschiedlichen Altersstufen zeigen, auch eines, wo sich das Volk bei ihm bedankt. Der Jubel auf den Straßen wird immer lauter. Mila muss lächeln.

»Sie lieben ihn!« Mila schreckt zusammen, als plötzlich Rashid neben ihr steht. Er kommt gerade erst aus dem Saal, offenbar hat er da noch mit jemandem geredet, zwei weitere Männer treten nach ihm in den Garten. Mila sieht wieder in den Himmel. »Das merkt man.« Sie spürt Rashids Blick auf sich, doch sie weigert sich diesem nachzugeben, sondern sieht weiter zu, wie die Jets ihre Bahnen fliegen, noch einmal wird die Flagge Westarabiens gebildet. »Du siehst wirklich wunderschön aus heute.« Nun blickt sie zu ihm und räuspert sich leise.

Sie spürt eine unbekannte Wärme in sich aufsteigen und wundert sich über sich selbst. So kennt sie sich nicht, so ist sie nicht. Warum reagiert sie dermaßen auf Rashid, seine Anwesenheit und seinen forschenden Blick, der auf ihrem Gesicht ruht? Er steht nah bei ihr, sie nimmt wieder seinen anziehenden Geruch wahr, doch fast schon, um sich selbst an das zu erinnern, was nun mal eine Tatsache ist, zwingt sie sich zu lächeln.

»Das gleiche habe ich vorhin auch gedacht, als Elisabeth und du zusammen ins Zimmer gekommen seid, ihr passt sehr gut zusammen.«

Rashid reagiert nicht auf ihre Aussage. Es knallt am Himmel und alles wird in buntes Licht getaucht. Es beginnt ein wunderschönes Feuerwerk. Gerade will Rashid noch etwas zu ihr sagen, da tauchen Issam und Elise neben ihnen auf. »Elisabeth, unser Vater und die höchste Vertreterin der westeuropäischen Adelsfamilien suchen dich.« Rashid schließt kurz die Augen. »Wann fliegt ihr morgen zurück?« Elise antwortet an Stelle von Mila. »Ich habe gehört, dass uns gegen zehn Uhr verkündet wird, wen du dir ausgesucht hast und unser Flieger um elf Uhr gehen soll.« Rashid nickt und Mila spürt seine Hand einen Sekundenbruchteil an ihrem Rücken. »Bis Morgen.«

Mila sieht ihm hinterher und Elise wendet sich an Issam. »Irgendwie wirkt dein Bruder gar nicht glücklich. Sollte er sich nicht freuen? Es läuft doch alles gut für ihn.« Issam räuspert sich. »Keine Ahnung, was mit ihm los ist, er hat gerade ein wenig Streit mit meinem Vater und ist etwas neben der Spur. Ich schätze mal, nach der Hochzeit legt sich das wieder.« Die beiden bleiben bei Mila. Issam ist sehr niedlich, besonders wenn es um Elise geht, sie mag es, beide bei ihrer langsamen Annäherung zu beobachten. Dieses Mal kommt Adina zu ihnen und gähnt ihnen entgegen, sie möchte nach Hause und Mila zögert keine Sekunde.

Sie verabschieden sich bewusst von niemandem, irgendwie hat Mila das Gefühl, dass sie nach dieser Woche Westarabien, auch wenn sie noch so schön war, eine Weile alleine sein möchte.

Mila ist müde, doch sie findet keinen Schlaf. Dementsprechend erschöpft wirft sie am nächsten Morgen alles nur in die Koffer. Sie zieht eine Jogginghose und ein Top an, sie wird den Schlaf im Flieger nachholen. Da sie ja doch einiges eingekauft haben, lassen sie sich noch drei neue Koffer bringen. Als sie dann ihr Gepäck einem Fahrer geben, der es schon zum Flieger bringt und dann zum anderen Haus gehen, wo die höchste Vertreterin der westeuropäischen Adelsfamilien sie empfangen möchte, rumort es in Milas Magen immer mehr. Müssen sie sich das jetzt noch antun? Diese gespielte Freude bei der Verkündung, dass Prinz Rashid und Elisabeth heiraten werden? Vielleicht sollte sie ihr sagen, dass sie es schon vom ersten Tag an wussten, doch Mila ermahnt sich gedanklich selbst. Sie ist doch normalerweise gar nicht so, sie sollte sich für Elisabeth freuen, sie versteht ihre Launen zur Zeit selbst nicht.

Als sie eintreffen, ist Elisabeth bereits da und läuft nervös durch die Gegend, die höchste Vertreterin der westeuropäischen Adelsfamilien ist aber noch nicht anwesend. Mila setzt sich mit Adina hin, sie warten zwanzig Minuten. Man spürt, dass nicht nur Elisabeth nervös ist, offenbar machen sich trotz allem doch auch noch andere Prinzessinnen Hoffnung. Nach weiteren zehn Minuten sehen sich langsam alle verwundert an, mittlerweile sitzt Elisabeth auch und wirkt etwas ratlos.

Die Frau, die ständig bei der höchsten Vertreterin der westeuropäischen Adelsfamilien ist, kommt herein und sieht ziemlich blass aus. »Es gibt noch einiges zu klären, ihr sollt schon zum Flughafen fahren. Die höchste Vertreterin der westeuropäischen Adelsfamilien nimmt im Notfall einen anderen Flug und ruft euch auf dem Bordtelefon an.« Elisabeth wird lauter, sie will wissen, was los ist, doch die Frau zuckt nur die Schultern. Es sind noch einige Dinge zu klären, sie weiß es auch nicht, sie war nicht mit im Raum.

Nun ist Elisabeth wirklich aufgeregt und Mila froh, dass sie nicht in einem Wagen zusammen sitzen. Es werden sicher nur Kleinigkeiten zu klären sein, wie z. B., wann Rashid die nächste Frau heiraten darf. Mila schimpft sich innerlich selbst aus, sie sollte nicht so gehässig sein. Ihre Mutter hat ihr immer beigebracht, dass so etwas nur auf einen selbst zurückfällt.

Mila sieht aus dem Fenster auf Westarabien und verabschiedet sich von diesem schönen Land. Sie ignoriert die aufgeregten Prinzessinnen, die alle durcheinander reden, während das Flugzeug abhebt und Westarabien verlässt. Sie versucht zu schlafen, kuschelt sich etwas an Adina, die auch vor sich hin döst, aber die Aufregung der anderen lässt sie nicht zur Ruhe kommen. Mila will gerade durch das Flugzeug rufen, dass alle mal ihre Klappen halten sollen, da klingelt das Bordtelefon. Eine Stewardess nimmt ab und schaltet auf Lautsprecher.

»Prinzessinnen, seid ihr alle da?« Mila und Adina versammeln sich wie alle anderen um den kleinen Tisch mit dem Telefon. Die höchste Vertreterin der westeuropäischen Adelsfamilien hört sich anders an als sonst. Elisabeth ist ganz blass, doch nun faltet sie die Hände und springt einmal kurz hoch. »Ja sind wir, sag es endlich, Mama, wir wollen hören, wen Prinz Rashid in ein paar Wochen heiraten wird.« Stille, alle sehen auf das Telefon, die höchste Vertreterin der westeuropäischen Adelsfamilien räuspert sich.

»Es gab einige …. na ja, wie soll ich es sagen … der Prinz hat sich entschieden, er …« Jeder spürt, dass irgendetwas nicht stimmt, Milas Magen beginnt zu rumoren.

»Prinz Rashid bin Khalid el Aziz hat sich für Mila entschieden, Mila Estelle Loth von Todos y los Santos wird die zukünftige Königin des westarabischen Königreiches werden, an der Seite des Königs Rashid.«

Stille, Milas Herz, das gerade noch wie verrückt geschlagen hat, stockt, sie spürt alle Blicke auf sich, niemand sagt einen Ton. Sie spürt, wie sie sich selbst aufs Sofa fallen lässt, sieht hoch, sieht, wie alle sie verblüfft anstarren, sieht wie Elisabeth kreidebleich wird und sich ihr gegenüber aufs Sofa niederlässt. Dann blickt sie hilfesuchend zu Adina. Elena und Elise stehen neben ihr, alle starren sie mit offenem Mund an, bis Adina zu ihr kommt. »Atme, Mila, atme!«

Kapitel 9

»Geht es dir besser?« Mila sieht, wie sich langsam Europa unter ihnen auftut. Sie hat kein Wort mehr gesagt, ihr Innerstes spielt verrückt. »Wir sind hergekommen, um Spaß zu haben, Adina, weißt du noch, mehr war nicht geplant.« Sie flüstert und Adina nimmt den kühlen Waschlappen von ihrer Stirn. Mila war so weggetreten, dass die anderen Angst hatten, sie würde ihr Bewusstsein verlieren. Doch Mila weiß genau, wo sie ist, sie kann nur nicht begreifen, was sie vor einigen Stunden erfahren hat. Der Flug ging über fünf Stunden, und noch immer sind die Worte der höchsten Vertreterin der westeuropäischen Adelsfamilien nicht bei ihr angekommen. Sie hat während des gesamten Fluges nur aus dem Fenster gestarrt. Jetzt blickt sie das erste Mal Adina an, die die ganze Zeit bei ihr geblieben ist.

»Ich verstehe es selbst nicht. Ich meine, man hat gemerkt, dass du und Rashid euch gut versteht. Ich habe auch die Blicke gesehen, die er dir zugeworfen hat, aber eigentlich war doch klar, dass er Elisabeth heiraten wird.« Mila stöhnt leise auf, ihr Kopf dröhnt. Sie denkt an ihren Ausflug mit den Pferden, dort hat er ihr selbst gesagt, dass von Anfang an beschlossen war, dass er Elisabeth heiratet. Wie kommt er jetzt dazu, all das zu ändern? Er hat sie nicht einmal gefragt, was sie davon hält ... doch, hat er, aber sie dachte, sie antwortet für ihn und Elisabeth, sie hat nie damit gerechnet, dass es um sie und ihn gehen könnte.

»Aber Mila, ganz ehrlich jetzt mal unter uns, ich habe auch die Blicke gesehen, die du Elisabeth und ihm zugeworfen hast. Willst du mir jetzt sagen, dass du Rashid überhaupt nicht magst?« Mila sieht zu Elisabeth, die auf einem der Sessel sitzt und sie wütend anstarrt. Sie hat geschrien, besonders Mila hat sie angeschrien, dass das noch Konsequenzen haben wird, dass sie sich das nicht gefallen lassen werde. Sie wollte noch einmal mit Rashid sprechen. Sie hat ihre Mutter am Telefon angeschrien und darauf bestanden, mit Rashid zu reden.

Die höchste Vertreterin der westeuropäischen Adelsfamilien hat das Telefonat unterbrochen, Mila hat nicht auf den Wutausbruch reagiert. Irgendwann hat Elena Elisabeth gefragt, wieso sie sich so aufrege, immerhin war ja nie klar, für wen Rashid sich entscheiden wird, zumindest nicht offiziell. Das hat Elisabeth dann auch zum Schweigen gebracht, wenngleich sie Mila noch immer mit Blicken tötet.

»Ich mag ihn, Adina, und ich fühle mich wohl, wenn wir zusammen sind, doch das bedeutet noch lange nicht, dass ich heiraten möchte und nach Westarabien ziehen will. Ich kenne ihn doch überhaupt nicht. Ich verstehe gar nicht … wie all das funktionieren soll … ich meine …« Sie wird leiser. »Wir haben nicht einmal richtig zugehört, Adina, ich habe keine Ahnung, was jetzt auf mich zukommt. Kann man all das stoppen? Ich muss unbedingt mit Rashid reden, ihn fragen, was das soll. Und was wird mein Vater sagen?«

Adina setzt sich neben Mila. »Am besten, du redest zuerst mit deinem Vater. Vielleicht weiß er, was du tun kannst, wie du all das stoppen kannst, ohne zu viel Ärger zu verursachen. Aber möchtest du wirklich, dass Rashid Elisabeth heiratet?« Wieder rumort Milas Magen. Sie denkt an die Zeit mit ihm, wie wohl sie sich gefühlt hat, doch eine Hochzeit ist viel zu viel für das zarte Gefühl, was sich langsam in ihrem Herzen aufgebaut hat, viel zu viel. Als Mila nicht antwortet, nimmt Adina ihre Hand. »Warten wir erst mal ab. Ich denke, es ist wichtig, jetzt mit deinem Vater zu reden.«

In dem Moment kommen Elena, Elise und einige der anderen Prinzessinnen. Sie haben Sekt und Gläser dabei. Sie verteilen die Gläser und setzen sich um Mila herum. »Am Anfang waren wir etwas geschockt, wir haben erwartet … na ja, dass er sich für Elisabeth entscheidet, du ja offensichtlich auch. Doch nachdem wir darüber nachdenken konnten, ist es gut so.« Elena gießt allen ein und Mila blickt sich verwundert um.

»Du wirst eine tolle Königin und uns gut repräsentieren. Dein Vater wird somit die europäischen Adelsfamilien anführen und jeder hier weiß, dass er ein guter Anführer ist, es hätte gar nicht besser kommen können.« Elena und Elise lachen und heben die Gläser. »Auf die europäischen Adelsfamilien, das westarabische Königreich und eine erfolgreiche Zusammenführung!«

Mila trinkt das Glas in einem Zug leer. Es wird immer schlimmer, sie muss das Ganze stoppen, schnell, bevor alles nur noch folgenschwerer wird.

Der Flieger setzt zum Landeanflug an. Sie landen alle in Westeuropa. Mila wird direkt zu ihrem Vater weiterfliegen, die Uni muss noch warten ... Wird sie überhaupt zurück zur Uni gehen können? Mila stützt verzweifelt ihr Gesicht in ihre Hände. Am liebsten würde sie einfach losweinen, doch sie weint nicht, eigentlich nie, sie hat gelernt, dass es nichts bringt und sie steht auch viel zu sehr unter Schock.

Die Frau, die ständig bei der höchsten Vertreterin der westeuropäischen Adelsfamilien war, setzt sich zu ihr. »Mila, die höchste Vertreterin der westeuropäischen Adelsfamilien wird in einigen Tagen zu dir kommen, um dich in alles einzuweisen. Nun, da alles anders gekommen ist, werden sicherlich einige Dinge geändert werden müssen. Allerdings hat die Nachricht von eurer Verlobung bereits jetzt wie eine Bombe eingeschlagen ...« Mila unterbricht sie. »Von unserer ... was?«

Die Frau sieht sie genervt an. »Eurer Verlobung. Prinz Rashid und du seid jetzt offiziell verlobt, in sechs Wochen findet die Hochzeit statt.« Mila wird schlecht. »Auf jeden Fall hat die Presse sofort reagiert, auch die EU-Partei will nun offenbar mit dir reden und mit deinem Vater. Die Presse hat schon nach Interviews gefragt, es ist sogar mehr Interesse da als erhofft und die Verlobung ist erst seit fünf Stunden bekannt. Es kann nur besser werden.«

Mila schüttelt den Kopf. »Weiß mein Vater schon Bescheid?« Die Frau lacht leise. »Die ganze Welt weiß es, also sei darauf gefasst, dass sich jetzt alles ändern wird. Du solltest dich noch einmal umziehen, bevor du aus dem Flugzeug steigst.«

Mila hört auf die Frau, doch sie geht auf die Toilette und übergibt sich. Ihr ist schlecht, ihr Magen, ihr Verstand, alles spielt verrückt. Mila ermahnt sich selbst, dass sie sich zusammenreißen muss, sie darf nicht zusammenbrechen, nicht solange sie dieses Chaos nicht wieder in Ordnung gebracht hat.

Nachdem sie sich frisch gemacht hat und das Flugzeug gelandet ist, sieht sie, was die Frau gemeint hat. Auf dem Landeplatz stehen viele Leute von der Presse und sehen gespannt zum Flieger. Mila hat immer noch nur ihre Jogginghose und ein Top an und flucht. »Ich muss unbedingt sofort mit meinem Vater reden!« Adina stellt sich zu ihr und sieht aus dem Fenster. »Ach du meine Güte, sieh mal da.«

Mila sieht in die Richtung, in die Adina zeigt und erstarrt. Mitten zwischen den Reportern steht ihr Vater, neben ihm Adinas Eltern. Sie alle sind zurechtgemacht, ihr Vater trägt einen der Anzüge, den er immer bei öffentlichen Anlässen als höchster Vertreter der südeuropäischen Adelsfamilien getragen hat, Mila hat ihn bisher nur auf Bildern so gesehen. Nichts erinnert mehr an den gebrochenen Mann, der noch vor Kurzem vor seinem verlorenen Grundstück gestanden hat. Mila treten Tränen in die Augen, als sie den Stolz im Gesicht ihres Vaters sieht.

Die Flugzeugtür wird geöffnet. Die Prinzessinnen halten ein und sehen zu Mila. Sie weint nicht, doch sie eilt hinaus. Es ist ihr gleichgültig, wer alles bei ihrem Vater steht, wie das Blitzlichtgewitter losgeht, als sie aus dem Flugzeug steigt. Sie eilt die Treppe hinab zu ihrem Vater, der sie sofort in seine vertrauten Arme schließt. Für diesen kleinen Augenblick steht die Welt still, Mila schließt die Augen und alles ist wieder in Ordnung, doch es hält nur ganz kurz, zu kurz.

»Ich bin so stolz auf dich!« Mila spürt einen Kuss auf ihrer Stirn, dann öffnet sie die Augen wieder und wird geblendet, so viele Fotos werden gleichzeitig gemacht. »Lass uns sie hier wegbringen.«

110

Ihre Tante, Adinas Mutter, legt Mila ihre Strickjacke um und bringt sie schnell in die Flugzeugabflughalle, sodass Mila erst wieder richtig etwas mitbekommt, nachdem sie abgeschirmt von allen anderen zu einem Extraraum gebracht werden.

Sie sieht zu Adina, die genau wie Mila auf ihre Eltern blickt. Sie sind alle so stolz, erleichtert, glücklich, als wären ihnen mit der Bekanntgabe der Verlobung, die gar nicht stattfinden sollte, tausend Lasten von den Schultern genommen worden. »Ich war erst sehr überrascht, doch jetzt bin ich so stolz auf dich. Deine Schwester ist viel zu aufgeregt. Der Stress wäre ihr jetzt zu viel geworden, aber sie wartet zuhause. In zehn Minuten geht unser Flieger.« Ihr Vater ist ganz durcheinander, noch immer strahlt er. Mila weiß nicht, wann sie ihn das letzte Mal so glücklich gesehen hat, sie ist sprachlos, auch Adina räuspert sich nur und sieht auf den Boden.

»Wie kam das alles? Ich meine, ich kenne dich doch, Mila, du bist nicht gerade jemand, der sich nach einer Woche verlobt. So wie ich das verstanden habe, sollten doch Elisabeth und Prinz Rashid heiraten.« Adinas Mutter hat nach dem Tod ihrer Schwester und Milas Mutter oft deren Platz eingenommen und sich viel um Mila und Mina gekümmert.

»Ich weiß es selbst nicht, ich bin gerade mit all dem überfordert. Bis vor einigen Stunden dachten wir alle, dass er Elisabeth heiraten wird, doch das hat er sich auf einmal anders ...« Ihr Vater tritt zu ihr. »Natürlich hat er das, du bist so viel besser als Elisabeth. Ich wette, du hast sein Herz sofort erobert. Die höchste Vertreterin der westeuropäischen Adelsfamilien hat mich schon zweimal angerufen, damit wir einige Dinge besprechen. Sie platzt vor Wut, doch sie beherrscht sich.« Es klopft an der Tür und ihnen wird gesagt, dass sie zum Flugzeug müssen. Mila umarmt Adina, ihre Tante und ihren Onkel noch einmal fest, ihre Tante sieht ihr ins Gesicht. »Meine Güte, Schatz, du bist ja total fertig, ruh dich erst einmal aus. Wir kommen am Wochenende zu euch, dann besprechen wir alles in Ruhe.«

Adina deutet ihr an, dass sie sich schreiben, dann müssen Mila und ihr Vater los. Im Flieger werden sie zwischen den anderen Gästen durch in ein separates Abteil gebracht, wo sie auf Elena und Elise treffen. »Ab sofort müssen wir alle etwas geschützter fliegen!« Elena ist begeistert und begrüßt Milas Vater genauso freudig wie Elise. Mila hat die Blicke der anderen Gäste auf sich gespürt, aber es kann doch gar nicht sein, dass sich so schnell ein derartiger Hype gebildet hat. Sie ist einfach froh, wenn sie zuhause ist, sie sich ausruhen und endlich überlegen kann, was sie jetzt tun soll.

»Wo ist eigentlich dein Verlobungsring?« Ihr Vater sitzt ihr und Elena gegenüber und mustert seine Tochter. Seine dunklen Augen fahren sie genau ab, als erwarte er, dass sie diese ein paar Stunden alte Verlobung irgendwie verändert hat. Mila sieht auf ihre Finger, noch immer ist sie nicht imstande, klar zu denken. »So wie Elisabeth vorhin, bevor rauskam, für wen sich der Prinz entschieden hat, erzählt hat, hat sie ihn schon gesehen. Eigentlich sollte die höchste Vertreterin der westeuropäischen Adelsfamilien ihn mitbringen, da sich die Verlobten normalerweise erst wieder zur Hochzeit sehen sollten. Sie wird den Ring sicher vorbeibringen, wenn ihr sie trefft.«

Mila denkt nicht daran, weder will sie die höchste Vertreterin der westeuropäischen Adelsfamilien sehen, noch den Ring tragen, der eigentlich für Elisabeth gedacht war ... oder überhaupt irgendeinen Ring. »Sieh mal hier!« Elise hat im Internet Prinz Rashid und Prinzessin Mila eingegeben. Es werden viele Fotos gezeigt ... von Rashid. Trotz all der Gefühle, die gerade in ihr rumoren, oder auch vielleicht genau deshalb, schlägt ihr Herz schneller, als sie auf die Fotos von ihm blickt.

Es werden nur wenige Fotos von Mila gezeigt, es gibt ja kaum welche in der Öffentlichkeit. Einige, wo sie auf den Empfängen ist, bei einem wird sie neben dem Prinzen aus Ostarabien gezeigt, doch die meisten sind kaum eine halbe Stunde alt. Mila verflucht zum ersten Mal, wie schnell sich durch das Internet Sachen verbreiten und klickt auf ein Bild, auf dem gezeigt wird, wie ihr Vater ihre Stirn küsst. Es ist allerdings eine arabische Seite und Mila drückt auf übersetzen.

'Unsere hübsche Prinzessin wird von ihrer Familie in Europa empfangen'. Noch während sie das Bild ansieht, wird angezeigt, dass es Neuigkeiten gibt. Es ist ein Video hochgeladen worden. Elena legt ihren Kopf auf Milas Schulter, während sie warten, bis es vollständig angezeigt wird.

Es zeigt Rashid. Er verlässt gerade mit drei weiteren Männern ein Restaurant in Westarabien, die eingeblendete Zeit zeigt, dass es vor zehn Minuten aufgenommen wurde. Mehrere Reporter rufen Rashid etwas zu, es wird eine Übersetzung eingeblendet. »Prinz Rashid, Rashid … alles Gute zur Verlobung, zwei Fragen … eine Minute.«

Rashid lächelt und bedankt sich, da hält eine der Frauen einige Bilder hoch. »Sie haben eine hübsche und natürliche Verlobte ...« Nun wird Rashid anscheinend doch neugierig und kommt zu den Reportern. Milas Herz schlägt wieder schneller, als sein Gesicht in Großaufnahme gezeigt wird. Er nimmt die Bilder und Mila erkennt, dass es sie mit ihrem Vater zeigt, gerade am Flughafen. Als Rashid zu lächeln beginnt, nachdem er die Bilder betrachtet, seufzt Elena leise. »Wie süß, ich glaube, da hat sich einer ganz schön verliebt.« Die Reporter bemerken seine Reaktion auch. »Die Menschen Westarabiens sind ganz begeistert von der Prinzessin. Sind Sie glücklich? Wann sehen Sie sich wieder? Wie wird die Hochzeit ablaufen? Wird die Prinzessin zum Islam konvertieren?«

Rashid lacht leise, gibt die Fotos zurück und lächelt noch einmal. »Ich bin sehr glücklich, einen schönen Tag noch!«

Erst drei Stunden später liegt Mila endlich völlig erschöpft in ihrem Bett. Sie musste nach ihrer Ankunft auch ihrer Schwester alles erklären, was sie gar nicht erklären kann. Sie hat kaum mehr ein Wort gesagt. Mila muss unbedingt mit ihrer Familie sprechen, ihnen beichten, dass sie all das nicht möchte, doch ihres Vaters Stolz, den sie so selten gesehen oder gespürt hat, hat sie vorerst schweigen lassen. Sie muss so aussehen, wie sie sich fühlt, denn nach einer heißen Suppe haben ihre Schwester, ihr Schwager und ihr Vater sie dann endlich auf das Zimmer gehen lassen, welches für sie hier im Haus der Schwester bestimmt ist. Jetzt, nach einer Dusche und in der Dunkelheit des Raumes, sieht sie sich noch einmal das Video an, betrachtet jede Sekunde Rashids Gesicht. Wieso hat er das getan? Was soll jetzt werden? Die vielen Fragen, die die Reporterin gestellt hat, schwirren auch ihr durch den Kopf und darüber ganz groß, dass sie gar nicht erst darüber nachdenken sollte, da sie all das doch eh nicht möchte.

Vielleicht sollte sie gar nicht zu allererst mit ihrem Vater sondern mit ihm sprechen, fragen, was da passiert ist und was er jetzt erwartet. Mila hat noch immer ihr Handy in der Hand und schüttelt den Kopf. Sie hat noch nicht einmal seine Handynummer, sie soll den Mann in sechs Wochen heiraten und weiß noch nicht einmal, wie sie ihn erreichen kann. Das Einzige, was ihr einfällt ist, dass sie Naimas Nummer hat. Ganz am Anfang hat sie allen Prinzessinnen die Nummer gegeben, falls etwas gewesen wäre, hätte man sie darauf jederzeit anrufen können. Mila klickt die Nummer an und schließt erleichtert die Augen, als es zu klingeln beginnt.

»Hallo?«

»Naima? Hier ist Mila, die ...«

»Mila, hallo, wie geht es dir, ist alles in Ordnung?«

»Nicht so wirklich, ich ...bin ganz durcheinander, ist es ...«

»Du hörst dich gar nicht gut an, solltest du nicht als frisch verlobte Prinzessin rundum glücklich sein?« Mila hört ihr Lächeln.

»Das ist es ja. Ähmm, ich weiß nicht ... ich bin wie gesagt ganz durcheinander. Ich muss mit Rashid sprechen, dringend, ihn fragen, was passiert ist, was jetzt passieren soll. Du weißt selbst, dass all das so nicht geplant war, und jetzt habe ich das Gefühl, keine Luft mehr zu bekommen. Mein Kopf fühlt sich wie leergefegt an, mir fällt es schwer, überhaupt einen nächsten Schritt zu tun, ich muss dringend mit deinem Bruder reden, ihn fragen, was los ist und ...«

»Mila, atme ganz tief ein, du bist ja ganz fertig. Rashid ist nicht bei mir. Natürlich ist es kompliziert. Was denkst du, was hier los war? Du solltest wirklich mit ihm reden und ihr ...« Milas Handy bricht das Telefonat ab. »Ihre monatliches Guthaben ist aufgebraucht, bitte laden sie es wieder auf!«

Mila flucht. Würde sie ja, aber auf ihrem Konto ist gähnende Leere dank der Woche in Westarabien. Was für eine Prinzessin ist sie, die nicht mal Geld zum Telefonieren hat? Als sie bemerkt, dass sie noch nicht einmal ihre Nummer gesendet hat, schmeißt sie ihr Handy wütend aufs Bett. Das alles darf einfach nicht wahr sein.

Noch völlig übermüdet wacht Mila genau sieben Stunden später wieder auf. Sie hat Schlaf gebraucht, braucht ihn immer noch, doch die Erinnerungen an das, was gerade vor sich geht, lassen sie schnell aus dem Bett springen. Sie muss etwas unternehmen und zwar schnell. Mila zieht sich eine Leggins und ein Top an, bindet ihre Haare zum Pferdeschwanz und macht sich schnell frisch, bevor sie nach unten eilt. »Mina, ich brauche dein ...« Ihre Schwester sitzt am Tisch, auf dem zwei große Sträuße mit Blumen stehen und sieht ihr begeistert entgegen. »Er ist wirklich ganz bezaubernd. Erst habe ich dich nicht verstanden, doch jetzt verstehe ich dich langsam, ich mag ihn schon jetzt sehr.«

Mila sieht auf die Blumen. »Wovon redest du? Wer hat die Blumen gebracht?« Mina lächelt. »Na dein Verlobter natürlich, er ist vor einer Stunde angekommen und wollte zu dir, doch du hast noch geschlafen. Er ist jetzt erst einmal mit Papa zu unserem alten Anwesen gefahren. Papa ist ganz begeistert ...« Weiter kommt sie nicht, Mila schnappt sich die Autoschlüssel ihrer Schwester und rennt aus dem Haus.

Mila rast zu ihrem alten Schloss. Rashid ist da, sie kann jetzt alles klären und dieses hilflose Gefühl loswerden, was ununterbrochen an ihr nagt. Sobald sie allerdings in die Nähe des Grundstückes kommt, setzt auch wieder das Herzklopfen ein, das jedes Mal eintritt, wenn sie Rashid ansieht. Ihr Vater und er stehen genau vor dem geschlossenen Eisentor, noch ein weiterer Mann lehnt an einem schwarzen Mercedes. Mila ist sich sicher, dass Rashid nun schon einige Geschichten zu ihrem alten Leben hier kennt. Als sie hält, blicken alle zu ihr. Einen Moment bleibt sie sitzen und sieht zu ihrem Vater. Wieder trägt er stolz einen seiner alten Anzüge. Rashid an seiner Seite trägt ganz locker eine Jeans und ein weißes Hemd, er hat eine Sonnenbrille auf. Als er ihr jetzt entgegensieht, ist auch er ernst, vielleicht weiß er, was jetzt für eine Aussprache kommt. Natürlich weiß er das, was hatte er erwartet, wie sie reagieren wird?

Mila steigt aus und ihr Vater streckt ihr die Arme entgegen. »Da bist du ja, mein Sonnenschein. Dein Verlobter möchte mit dir reden, wir werden euch jetzt mal alleine lassen, aber du kommst später noch einmal mit ihm zu uns, okay?« Er sieht fragend zwischen Mila und Rashid hin und her, nachdem Mila ausgestiegen ist, hat Rashid seine Sonnenbrille abgesetzt und sie sehen sich an.

Auch jetzt nickt Rashid nur, sagt etwas auf Arabisch zu dem anderen Mann, lässt Mila aber nicht aus den Augen. Mila traut sich auch nicht, den Blick von ihm zu nehmen. So merkwürdig es ist, wenn sie Rashid jetzt ansieht, kehrt Ruhe in ihr ein, sie beruhigt sich wieder. Wie kann das sein? Er ist doch der Grund, weshalb sie so aufgewühlt ist, wieso das alles passiert ist. Sie stehen einige Schritte voneinander entfernt. Erst als sie hören, dass sich ihr Vater und der andere Mann mit dem Auto, in dem Mila gekommen ist, entfernen, tritt Rashid näher zu ihr.

Eine Million Dinge will Mila sagen, fragen. Sie versteht die Welt nicht mehr, alles staut sich seit dem Anruf der höchsten Vertreterin der westeuropäischen Adelsfamilien an, ihr Innerstes brodelt über und doch sieht sie Rashid an und alles scheint ihr zu entfallen.

Kapitel 10

»Naima hat mir gesagt, dass du angerufen hast und ganz durcheinander warst, deswegen bin ich gekommen.« Mila schüttelt den Kopf, versucht ihre Gedanken zu ordnen. »Ich bin … ich weiß gar nicht mehr, was ich denken oder tun soll. Was passiert hier gerade, Rashid?« Er steht sehr nah bei ihr und nimmt ihre rechte Hand in seine. Sie wirkt so schmal und zerbrechlich in seiner. Mila sieht auf das unwirkliche Bild, sie sollte eigentlich mehr Distanz zwischen ihnen schaffen, auch wenn es sich nicht anfühlt, als wolle sie diese Distanz. »Auch für mich ist all das nicht so einfach, aber ich hoffe, dass sich einiges nach einer Weile beruhigen wird. Hat die höchste Vertreterin der westeuropäischen Adelsfamilien Ärger gemacht?«

Mila wird jetzt nicht so tun, als würde sie Rashid nicht mögen. Sie mag ihn, fühlt sich noch immer wohl bei ihm. Ihr Herz schlägt schneller, sie lässt es zu, dass er ihre Finger miteinander verschränkt, ihr ist diese Berührung nicht unangenehm, doch all das bedeutet noch lange nicht, dass sie heiraten möchte.

»Nein, noch nicht, aber das wird sie bestimmt noch. Sie will die Tage vorbeikommen und mich in alles einweisen. Ich weiß von gar nichts, Rashid, verstehst du das? Ich bin die ganze Zeit davon ausgegangen, dass du Elisabeth heiratest. Ich habe niemals damit gerechnet, dass du … mich wählst.«

Rashid bekommt wieder diese kleine Falte auf der Stirn. »Wolltest du, dass ich Elisabeth heirate?« Mila weicht unmerklich zurück. »Ich … um ehrlich zu sein, nein, trotzdem habe ich damit gerechnet. Und als sie mir gesagt haben, dass ich jetzt deine Frau werden soll, bin ich aus allen Wolken gefallen. Ich meine, was denkst du dir dabei, genau ich? Wir sollten uns nichts vormachen, du hast doch gesehen, dass ich so … ganz anders bin.«

Rashid lächelt. »Eben deshalb.« Er begreift es nicht. »Rashid, ich meine es ernst. Ich bin das komplette Gegenteil von Elisabeth. Ich bin nicht so perfekt wie sie, in keinster Weise, weder vom Aussehen, noch vom Verhalten. Ich habe der höchsten Vertreterin der westeuropäischen Adelsfamilien nicht einmal zugehört, als sie von allem erzählt hat, was auf uns zukommen wird. Ich habe mit den Adelsfamilien …. Sieh doch, du siehst doch, was aus unserem Schloss geworden ist. Vielleicht bin ich als Prinzessin geboren, aber ich lebe überhaupt nicht danach. Ich lebe auf dem College-Campus oder im Haus meiner Schwester, ich habe ein Schrottauto. Ich kann keine zehn Fremdsprachen sprechen, wie man es tun sollte im Adel und ich weiß nicht einmal, wie man einen Hummer isst. Mein Handy ist nicht aufgeladen, denk doch nur an gestern, das erste Mal treffe ich auf die Presse und bin im Jogginganzug unterwegs. Alle anderen waren zurechtgemacht und ich sah aus wie … frisch aus dem Bett gefallen.«

Sie zeigt an sich herab. »Sieh doch wie ich bin, Rashid, ich bin keine Prinzessin, die in einem Königshaus leben kann. Ich mag dich wirklich sehr, vielleicht mehr als das. Würden wir ganz normal leben, nicht als Prinzessin und Prinz und du würdest mich um ein Date bitten, würde ich begeistert zusagen, aber wir reden hier gerade von einer Hochzeit. Ich habe dir doch gesagt, dass ich nicht heiraten möchte, wenn ich den Mann kaum kenne. Ich meine, da gehört doch Vertrauen und Liebe in eine Ehe und all das … Es ist mir zuviel, ich bin wirklich durcheinander.«

Anstatt sie loszulassen, als sie ihre Gefühle in Worte zu fassen versucht, hält er ihre Hand noch fester. »Ich verstehe, dass du durcheinander bist. Ich kenne das, was hier gerade passiert, so auch nicht, Mila. Ich bin von etwas ganz anderem ausgegangen. Hätte ich die Prinzessin aus Ostarabien oder Elisabeth geheiratet, hätte ich es getan, wie alle vor mir. Wir hätten uns in sechs Wochen bei der Hochzeit gesehen und sie wäre meine Frau geworden, ohne dass ich irgendwelche tiefgehenden Gefühle dabei haben würde. Ich hätte darauf gehofft, dass es später kommt, doch ich konnte es nicht mehr, nicht nachdem ich dich getroffen habe.

Ich bitte dich darum, dem Ganzen eine Chance zu geben. Ich sehe und spüre, dass du nicht daran glaubst, dass eine Ehe so funktionieren kann, doch ich verspreche dir, Mila, dass ich mich bemühen werde.

Ich werde alles dafür geben, dir ein guter Ehemann zu sein. Als ich gehört habe, dass etwas nicht stimmt, bin ich sofort gekommen. Ich habe in deinen Augen gesehen, wie verloren du dich gefühlt hast, als du die Treppe des Flugzeuges heruntergekommen bist. Ich werde alles dafür tun, dass du dich nie wieder so fühlst, weil du ab jetzt zu mir gehörst. Ich verspreche dir, für dich da zu sein und … ich werde mich wirklich bemühen, Mila. Ich sehe wie du bist und es macht mir nichts aus. Ich bleibe an deiner Seite und werde dir helfen, zu lernen was du wissen musst, aber auch ich werde noch einiges lernen müssen Es wird sicher nicht leicht, doch wenn es leicht wäre, wäre es nicht gut.«

Mila atmet tief ein, kann aber nicht aufhören, Rashid in die Augen zu sehen. »Aber mit Elisabeth wäre es einfacher gewesen, sie und du …« Rashid schüttelt den Kopf. »Es gab wirklich großen Ärger. Ich habe vom ersten Tag an gespürt, dass es nicht richtig wäre, Elisabeth zur Frau zu nehmen, doch weil ich wusste, wie fest diese Vereinbarungen waren, habe ich versucht es zu verdrängen. Bis zum letzten Abend war ich durcheinander, doch dann konnte ich es nicht mehr. Als wir die letzten Dinge besprochen haben, habe ich gesagt, dass ich sie nicht heiraten werde, sondern dich. Mein Vater war erst sehr wütend, aber er hat gemerkt, dass ich es ernst meine, auch die höchsten Vertreterin der westeuropäischen Adelsfamilien konnte mich nicht vom Gegenteil überzeugen. Ich wusste tief in mir genau, dass ich niemals hätte glücklich werden können mit Elisabeth, nicht, nachdem ich dir in die Augen gesehen habe, Mila. Es ging nicht.«

Mila berühren seine Worte, gleichzeitig verwirren sie sie noch mehr. Kann sie das? Soll sie dem wirklich eine Chance geben? Es spricht gegen alles, woran sie glaubt. Kann man das Lieben lernen? Rashid ist ihr sehr nah und noch immer kann sie nicht abstreiten, dass diese Nähe sich gut anfühlt. »Das ist verrückt. All das und es macht mir Angst.« Rashid lächelt, seine freie Hand legt sich auf ihre Wange und er nähert sich immer mehr. Sein verführerisch männlicher Geruch umhüllt sie, seine Augen fesseln sie und gleichzeitig wirken sie wie ein stummes Versprechen, als seine Hand ihre Wange streichelt. »Das ist es, doch ich bitte dich wirklich darum, dem eine Chance zu geben.«

Wenn Mila gedacht hatte, dieses Treffen würde alles klären, hat sie sich schwer getäuscht, es bringt sie noch mehr durcheinander. »Ich weiß nicht mehr, was ich glauben soll, was ich … ich bin nur noch durcheinander.« Rashid hält ihre Hand höher. »Aber im Grunde war doch allen klar, dass ich eine von euch wähle. Ihr alle seid doch gekommen, um zu heiraten, auch wenn du – und sicherlich nicht nur du – schnell gemerkt habt, dass etwas nicht stimmt und sich alles um Elisabeth dreht, wusstest du doch, worauf du dich einlässt, Mila. Jede von euch wusste das, einige haben sich ja bewusst dagegen entschieden, aber du nicht, du wolltest doch heiraten, oder?« Mila öffnet den Mund. Was soll sie dazu sagen? Dass Adina und sie nicht damit gerechnet haben, dass sie nur mitgekommen sind, um Westarabien zu genießen? Sie hat wirklich schon viel falsch gemacht, aber solch eine Demütigung kann sie ihrem Vater nicht antun. »Ich verstehe deine Nervosität, dass du jetzt Zweifel bekommst, denkst, man sollte so nicht heiraten, doch das brauchst du nicht.«

Rashid holt eine kleine Schachtel hervor. Milas Herz stockt, als sie erkennt, was er vorhat. Rashid streift ihr einen wunderschönen Ring an den Finger. Es ist nicht der Ring, den Elisabeth bekommen hätte, das erkennt Mila sofort. Auch wenn sie den ersten Verlobungsring nicht gesehen hat, kennt sie seine Beschreibung. Dieser Ring an ihrem Finger hat viele … Diamanten. Sind das echte Diamanten? Mila will es gar nicht wissen, er ist auf jeden Fall wunderschön, schlicht und doch sehr edel. »Nimm dir Zeit dich an den Gedanken zu gewöhnen, lass uns erst einmal etwas essen gehen. Ich muss in der Zeit noch ein Geschenk für deinen Vater organisieren, heute Abend muss ich zurückfliegen.« Rashid küsst Milas Hand und sie weiß nicht mehr, wo hinten und vorn ist. In was ist sie hier hineingeraten und wieso fühlt es sich nicht so schlimm an, wie es sollte? Hatte sie beim Aufwachen noch das Gefühl zu ersticken, ist sie jetzt nur noch beunruhigt. Was bewirkt Rashids Nähe nur bei ihr?

Sie gehen zu dem schwarzen Mercedes, Rashid hält ihr die Tür zum Beifahrersitz auf. Bevor sie sich aber setzen kann, hält er sie noch einmal auf. »Ich weiß, dass du mir vielleicht noch nicht wirklich trauen kannst, aber es ist schwer für mich, dich jetzt so bedrückt zu sehen, wo ich dich in Westarabien so fröhlich und frei erlebt habe. Ich bitte dich wirklich, mir das Vertrauen zu schenken, dass alles gut wird.« Mila lächelt, als sie sieht, wie sehr Rashid sich bemüht, dass es ihr gut geht mit der Situation und das bringt auch ihn dazu sie anzulächeln. »So ist es schon viel besser.«

Mila dirigiert Rashid durch die Gassen der Stadt am Meer in der sie leben, zu einem ihrer Lieblingsrestaurants. Es ist schönes Wetter. Da sie ja nur eine Leggins und ein Top anhat, geht Rashid ihnen einige Leckereien besorgen und sie wartet am Strand, direkt vor dem Lokal auf ihn. Es dauert einen Augenblick und Mila überlegt, ob sie das vielleicht doch kann. Vielleicht sollte sie all dem wirklich eine Chance geben. Was für eine Möglichkeit bleibt ihr sonst noch, wenn sie sich und ihre Familie nicht total zum Gespött aller machen möchte? Dass sie Rashid ablehnen oder nicht mögen würde, kann sie auch nicht behaupten.

»Du sollst nicht so niedergeschlagen umherschauen. Sollte es nicht die schönste Zeit für eine Frau sein, die Verlobungszeit?« Rashid setzt sich plötzlich zu ihr. Mila hat gar nicht bemerkt, dass er wieder da ist. Er hat ein großes Tablett bei sich, auf dem mehrere Teller mit leckeren Köstlichkeiten und zwei Limonaden stehen. Mila würde ihm gerne sagen, dass sie weder einen Antrag bekommen hat, noch mit jemandem verlobt ist, den sie seit langem kennt und liebt, doch sie lächelt nur und bedankt sich für die Gabel, die er ihr reicht.

Rashid setzt sich zu ihr in den Sand, er zieht ebenfalls seine Schuhe aus. Mila muss zugeben, dass er ihr mit seiner jetzigen Kleidung viel nahbarer vorkommt, als in seinen teuren Anzügen oder den arabischen Gewändern. Sie muss lächeln und deutet auf seine Füße. »Du hast sehr schöne Füße.« Rashid lacht auf, dabei bemerkt sie wieder sein schönes Lächeln und wie seine Augen funkeln, sobald er fröhlich ist. »Danke, achtest du auf Füße?« Er legt seine Gabel weg und deutet Mila, sich zwischen seine Beine zu setzen, so, dass ihre nackten Füße nebeneinander liegen, fast, natürlich sind seine Beine viel länger. Sie gibt sich einen Ruck und lehnt sich an ihn. »Ich weiß zumindest, dass Männer meist nicht so schöne Füße haben, deswegen ist mir das sofort aufgefallen.« Rashid lacht immer noch, während Mila sich einiges auf die Gabel spießt und sich dann an Rashids Brust zurücklehnt. »Guck dir den Unterschied an, so verschieden und doch bereit, ab jetzt den gleichen Weg entlangzugehen.« Mila muss auch lächeln, als sie ihre kleinen, zarten Füße neben denen von Rashid betrachtet.

Rashid zieht das Tablett enger an sie heran, sodass beide ohne Probleme essen können und Mila sich trotzdem an ihn lehnen kann. »Es ist schön hier, eine der Provinzen, die ich in Europa mag.« Mila hat ja noch gar nicht gefrühstückt, doch trotzdem piepst ihr Armband schnell und zeigt an, dass sie bald genug Kohlenhydrate für den Tag zu sich genommen hat. Rashid nimmt ihren Arm in seine Hand. »Sobald du ganz nach Westarabien kommst, werde ich dieses Ding abschneiden.« Mila verschluckt sich fast. »Wie soll das alles gehen? Ich meine, bedeutet es, dass ich jetzt nicht mehr zur Uni gehen kann? Was soll ich in Westarabien tun nach deiner oder eher gesagt eurer Meinung?

Rashid lässt ihren Arm nicht los, seine Hand streicht ihn weiter herunter und er verschränkt ihre Finger miteinander. »Mila, vielleicht haben andere dieses Abkommen getroffen, doch was in unserer Ehe passiert, bestimmen wir. Bitte denk nicht, dass wir nichts selbst entscheiden können, sonst wäre ich jetzt gar nicht hier. Bis zu unserer Hochzeit kannst du weiter hier zur Uni gehen, wenn du danach weiterhin hier auf die Uni gehen möchtest, können wir uns hier einen zweiten Wohnsitz kaufen. Doch ich würde dich bitten, nach der Hochzeit erst einmal nach Westarabien zu kommen. Du weißt sicherlich, dass wir eine der besten Universitäten der Welt haben. Wenn sie dir nicht gefällt, können wir wie gesagt gucken, dass wir sonst auch hier leben können, aber das kannst du selbst ganz in Ruhe dann entscheiden, wenn es soweit ist.«

Mila weiß, dass die Universität in Westarabien die beste der Welt ist. Nachdem Amerika in eine Wirtschaftskrise geraten ist, sind einige der allerbesten Professoren aus Harvard, Stanford und Yale nach Westarabien an diese Uni gegangen und haben sie zu dem gemacht, was sie jetzt ist. Mila schüttelt den Kopf. »Ich kann mir das gar nicht vorstellen. Ich glaube, ich muss das alles erst einmal sacken lassen und dann entscheiden, was ich dazu sagen soll.« Falls sie überhaupt noch die Möglichkeit hat, aus all dem herauszukommen oder sich doch darauf einzulassen, sie weiß es wirklich nicht.

Die Besitzerin des Restaurants, die ihre Familie schon länger kennt, kommt zu ihnen an den Strand. »Hier ist das Fax, es ist gerade angekommen … Mila, hallo, wusste ich doch, dass ich ihn schon einmal gesehen habe, herzlichen Glückwunsch.«

Die Frau blickt zu ihrem Verlobungsring und gibt Rashid einige Papiere, die er knickt und zur Seite legt. »Dankeschön, das Essen ist sehr lecker.« Die Frau lächelt und nimmt die bereits leeren Teller wieder zurück, auch Rashid bedankt sich noch einmal. Sie fragt, ob sie noch irgendetwas haben möchten, doch sie haben noch einiges auf ihrem Tablett und verneinen. Mila macht sich über die Creme C. her und schließt die Augen, als sie davon kostet. Wenn sie diese Creme isst, darf sie heute keinen Zucker mehr zu sich nehmen, doch die Creme C. ist es wert. »Hmm, hast du die schon probiert?« Sie hört Rashids Lächeln, sie kann ja sein Gesicht nicht sehen, da sie an seiner Brust lehnt.

»Nein, ich glaube ich passe, ich mag solche Puddings nicht.« Mila lacht auf. »Pudding? Wie kannst du das sagen.? Du musst die Creme unbedingt probieren.« Sie wendet sich zwischen seinen Beinen um, sodass sie ihn ansehen kann. »Das ist Creme C. Früher hieß sie Creme Catalana, da wir ja aber keine Länderunterschiede mehr machen möchten, auch nicht beim Essen, heißt sie nur noch Creme C. Aber es ist trotzdem noch immer die beste Creme, die es gibt, dieses Mal musst du mir vertrauen.« Sie hält ihm ihren Löffel hin und er probiert lächelnd. »Okay, ich gebe zu, sie ist lecker. Siehst du, so einfach ist dieses 'schenk mit Vertrauen'.«

Mila sieht Rashid in seine schönen braunen Augen. Dadurch dass sie sich umgewendet hat, sind sie sich nun sehr nah. Rashid wird plötzlich auch ernst, sieht ihr in die Augen und seine Hand legt sich an ihre Wange. »Du musst mir wirklich auch versuchen zu vertrauen.«

Mila kann nicht antworten, da er in dem Moment vorsichtig ihre Lippen vereint. Sie schließt die Augen, ist überrascht von den Gefühlen, die es in ihr auslöst, als sie Rashid so spürt. Seine Lippen liebkosen ihre, vorsichtig, nicht drängend, kurz aber mehrmals, als warte er auf ihr Einverständnis.

Mila rückt näher zu ihm. Ihre Hände umfassen seinen Nacken, seine wandern auf ihren Rücken, ziehen sie noch näher. Ihr Kuss wird intensiver und Mila genießt diese Nähe immer mehr. Sie lässt alle Bedenken, Ängste und Vorbehalte für diesen Moment fallen. Mila stoppt den intensiven Kuss einen Augenblick, sie weicht einen Millimeter zurück, ihre Lippen berühren sich noch immer fast, doch sie sieht ihm in die Augen, ihr Herz springt zufrieden in ihrer Brust, was Mila ein Lächeln ins Gesicht zaubert und sie ihre Lippen noch einmal vereinen lässt. Rashid ist sehr liebevoll und zärtlich zu ihr, sie fühlt sich jetzt schon so wohl mit ihm, das kann doch nur noch mehr werden. Als sie sich trennen, küsst er ihre Lippen noch einmal.

»Ich glaube daran, dass wir das schaffen und ich bin froh, dass ich auf mein Herz gehört und all das gestoppt habe.« Milas Hand geht dieses Mal an Rashids Wange, sie streicht über seinen Dreitagebart. Auch wenn sie sich sehr wohl fühlt, kann sie seinen Worten einfach noch nicht zustimmen. Vielleicht kommt das aber noch, jetzt gerade fühlt es sich danach an.

126

Mila will ihre Lippen gerade wieder vereinen, da hören sie auf einmal ein stetiges Klicken. »Oh Mann, ich dachte, wir würden verschont bleiben.« Mila versteht gar nichts, als Rashid aufsteht und sie vorsichtig mitzieht. »Was ist das?« Er zeigt vor das Restaurant, wo zwei Männer mit Kameras stehen und ununterbrochen Bilder von ihnen machen. »Wie wussten sie …? Was soll das …?« Rashid schirmt Mila mit seinem breiten, gut trainierten Körper ab und bringt sie schnell zum Mercedes.

Sobald sie losfahren, gibt Rashid ihre Adresse in den Bordcomputer ein und das Auto fährt alleine. Rashid greift nach ihrer Hand und küsst sie. »Das ist eine Sache, an die du dich gewöhnen musst, zumindest für die erste Zeit werden wir ziemlich im Mittelpunkt von allem stehen, was natürlich auch gut ist für die Adelsfamilien Europas. Nur so werden sie wieder anerkannt, aber für dich wird sich deshalb einiges ändern. Mit der Zeit wird dieses Interesse aber wieder nachlassen, hoffe ich zumindest.« Mila sieht aus dem Fenster. »Ich kenne so etwas überhaupt nicht, ich werde mich nie wieder ganz frei bewegen können?«

Rashid kramt in seiner Hosentasche herum. »Doch natürlich, du musst nur auf einige Dinge mehr achten und aufpassen. Wie viele Menschen haben deine Handynummer?« Mila zuckt die Schultern. »Auf jeden Fall habe ich deine nicht und du meine auch nicht. Soviel zum Verlobtsein und auf Meetbook hast du mich auch nicht geaddet.« Rashid lacht und gibt Mila eine schwarze Karte in die Hand. »Ich werde dir morgen ein neues Handy besorgen, was gesichert ist. Du brauchst mehr Schutz, sonst wird deine Verschlüsselung leicht geknackt und deine Nachrichten und alles andere gelesen. Die Presse liebt so etwas, damit habe ich automatisch deine Nummer und du meine. Du bekommst es morgen. Ich habe kein Meetbook. Ich habe aber gehört, dass ihr Europäer sehr viel Wert darauf legt, doch ich lasse lieber mein Herz darüber entscheiden, ob ich mit jemandem zusammenpasse und keinen Computer.«

Mila sieht auf die Karte, es ist eine Kreditkarte. »Was soll das hier bedeuten? Es gibt umfangreiche Studien, die eindeutig bewiesen haben, dass, wenn man auf Meetbook hört, die Ehen zu fast 90% nicht geschieden werden. Ich glaube daran.« Rashid zeigt auf den Namen, da steht ihr Name. »Es ist deine, du bist jetzt meine Verlobte, ein Teil von mir und ich komme für dich auf. Ich möchte, dass du tun und lassen kannst was du möchtest und dir alles kaufen kannst.« Mila will ihm die Karte zurückgeben, doch Rashid nimmt sie nicht an. »Bitte behalte sie, ich meine das ernst. Du gehörst jetzt zu meinem Leben und es ist mir wichtig, dass es dir gut geht … und zu Meetbook … Ich denke, dass ihr hier in Europa viele Fortschritte habt, aber einiges nimmt euch die Menschlichkeit. Ihr lasst ein elektronisches Band über euren Appetit bestimmen und einen Computer über euer Liebesleben.«

Er blickt ihr kurz in die Augen, dann wieder zur Straße. Mila schluckt schwer, er meint das wirklich ernst mit der Kreditkarte und mit Meetbook. Sie hat sich noch nie auf jemanden eingelassen, mit dem sie nicht auf Meetbook zusammengepasst hat ... Wieder hat sie das Gefühl, sie sollte sich für die nächsten drei Wochen einfach einsperren. Wie schön war es, als sie noch sechs war, sich unter ihrer Bettdecke versteckt hat und wenn sie wieder darunter hervorkam, war meistens alles wieder in Ordnung.

Sie halten vor dem Haus ihrer Schwester und der Mann, der Rashid begleitet, tritt lachend mit Milas Vater und ihrem Schwager heraus. »Rashid, unser Flug geht gleich, wir müssen direkt nach Beirut fliegen.« Rashid nickt und nimmt Milas Hand in seine. »Mila, das ist Omar, einer meiner ältesten Freunde und ein enger Vertrauter.« Sie geben sich die Hand. Omar lächelt sie an und Mila hat das Gefühl, dass er ein sehr lustiger Mensch ist, er hat einen schelmischen Witz in seinen dunklen Augen. Er trägt viel mehr Bart als Rashid.

Rashid wendet sich an ihren Vater. »Bei uns ist es normal, dass man bei dem Vater der Frau um ihre Hand bittet, Geschenke bringt, die zeigen, wie wichtig es einem mit dieser Bitte ist. Auch wenn jetzt alles etwas anders kam, möchte ich das noch nachholen. Dieses Geschenk kommt zwar nicht einmal annähernd dem Wert

128

des Wunsches nah, wie sehr ich mir Ihre Tochter als Frau wünsche, aber ich hoffe trotzdem, Sie nehmen es an.« Er übergibt Milas Vater die Papiere, die er vorhin von der Frau aus dem Restaurant bekommen hat.

Mila kann nicht erkennen, was darauf steht, doch als ihr Vater mit Tränen in den Augen von ihnen aufsieht, nimmt sie ihm die Papiere weg, um selbst nachzusehen. Rashid hat ihnen ihr altes Schloss zurückgekauft und wieder auf den Namen ihres Vaters überschrieben. Mila sieht zu Rashid, auf den Zettel, wieder zu Rashid, der jetzt ihren gerührten Vater umarmt. Sie blickt zu ihrer Schwester, die herausgetreten kommt und, als sie versteht, was passiert, auch zu weinen beginnt und wieder auf den Zettel. »Das ist viel zu viel … Mein Vater hätte sich auch über … eine neue Kaffeemaschine gefreut.« Mila kann nicht glauben was sie da sieht.

Rashid lacht auf, auch Omar lacht leise und geht schon zum Auto. »Du unterschätzt dich, Prinzessin Mila, du bist so viel mehr wert als das. Wir müssen wirklich los, sonst fliegt der Flieger ohne uns. Du bekommst morgen dein Handy, ich melde mich dann.« Respektvoll küsst er Milas Stirn und drückt noch einmal kurz ihre Hand, und schon sieht Mila dem schwarzen Auto hinterher, das ganz schnell aus ihrem Blickfeld verschwunden ist.

Mila streicht sich verwirrt über die Stirn. War sie beim Aufwachen heute morgen schon durcheinander, weiß sie nicht, was sie jetzt sein soll. Mit den Gefühlen, die Rashid in ihr aufgewühlt hat, mit ihrem Vater im Rücken, der vor Freude weint.

Wie ein Wirbelsturm ist Rashid für einige Stunden über ihr bescheidenes Leben hereingebrochen und hinterlässt noch mehr Verwirrung, neue Gefühle und wieder einmal Mila, die nach Atem ringt.

Kapitel 11

'Wieso bist du nicht in der Uni, sondern knutschst lieber mit einem Prinzen herum?' Mila sieht auf die Nachricht, die sie am Abend von Adina erhält, die bereits wieder an der Universität ist. Da ist ein Link beigefügt zu einem Artikel, der Rashid und sie am Strand zeigt. Zugegeben, dass Bild sieht wirklich süß aus. Rashid hält Mila fest in seinen Armen, als sie sich küssen. Ein Foto ist abgebildet, wie sie ihm über die Wange streicht und liebevoll ansieht. 'Die Gerüchte um eine berechnende Hochzeit werden mit diesen Aufnahmen widerlegt. Die beiden wirken schwer verliebt.'

Mila schaltet das Handy aus. Sie hat sich weder umgezogen, noch sonst irgendetwas getan, was sie weiterbringt. Sie kann nicht. Den ganzen Tag hat sie versucht, endlich zu einer Lösung zu kommen, doch sie ist nicht einmal einen Schritt weitergekommen. Mila geht hinunter, wo ihre Schwester am Herd steht und kocht. Sie wollte das übernehmen, doch ihre Schwester hat sich geweigert, den Kochlöffel abzugeben. »Sind die beiden immer noch in unserem alten Schloss?«

Mina nickt und lächelt. Sie sind zwar beide Schwestern, doch hat ihre Schwester mehr von ihrem Vater. Sie ist dunkler, hat dunklere Haare, aber die gleichen Augen wie Mila, die irgendwie mehr von beiden Elternteilen abbekommen hat und so ein merkwürdiger Mix geworden ist. »Sie wollen alle Sachen aufschreiben, die jetzt zu reparieren und neu fertigzustellen sind. Das wird schon eine Menge sein, immerhin ist das Grundstück viele Jahre nicht betreten worden.« Mila will gerade antworten, da klopft es an der Haustür. Als sie öffnet, erkennt sie zwei hohe Vorstandsmitglieder der südeuropäischen Provinzen, die nun zu den europäischen Parteien gehören.

»Oh, Frau Santos, schön Sie hier anzutreffen, ist Ihr Vater auch zufällig da?« In Europa gilt ihr ganzer Name nicht, nur der letzte Nachname zählt. »Nein, er ist gerade nicht da, was kann ich für Sie tun?« Der Mann räuspert sich, als Mila ihnen andeutet einzutreten. »Wir haben von Ihrer Hochzeit mit dem Prinzen Rashid aus dem westarabischen Königreich erfahren. Es ist in letzter Zeit immer häufiger von Geschäftsbeziehungen zwischen dem arabischen Königreich und Europa gesprochen worden. Nun da ja dieser Kontakt zu eurer Familie so fest sein wird, wollten wir einige Dinge mit Ihren Vater besprechen und ihn als Berater einstellen.« Mila schüttelt den Kopf, sie ist noch nicht einmal zwei Tage zurück aus Westarabien. Sie hat selbst nicht verstanden, was hier passiert, was sie denken oder fühlen soll, doch der Plan, den es die ganze Zeit gab, scheint voll aufzugehen.

»Unser Vater ist bei unserem alten Schloss am Meer. Sie haben ja sicherlich erfahren, dass es wieder im Familienbesitz ist. Sie werden ihn dort antreffen. Mein Mann ist mit ihm dort und hat vorhin Bescheid gegeben, dass dort immer mehr Menschen eintreffen, da sie die Adelsfamilie und ihr Anwesen sehen möchten. So schnell wie das Interesse an dem europäischen Adel verschwunden ist, so schnell ist es jetzt scheinbar wieder da.« Mina antwortet für sie, der Mann nickt und beide Männer treten wieder aus dem Haus. »Wir werden dahin fahren und auch dafür sorgen, dass für eure Familie Sicherheitspersonal bereitgestellt wird. Einen schönen Abend noch, die Damen.«

Mila sieht den beiden Männern hinterher und schüttelt den Kopf. »Alles in Ordnung? Du bist so blass.« Mila reibt sich die Augen, sie muss hier weg, sie muss von all dem weg. »Ich fliege zur Uni. Ich habe da einiges nachzuholen. Sag bitte Papa Bescheid.«

Auch nach zwei Tagen hat sich Mila noch nicht daran gewöhnt, wieder an der Uni zu sein, da sich auch hier alles verändert hat. Jeder hier sieht sie jetzt anders an, plötzlich wollen Menschen mit ihr befreundet sein, mit denen sie früher nie ein Wort gewechselt hat, doch trotzdem kommt sie hier wenigstens wieder etwas zur Ruhe. Sie stürzt sich auf die Arbeit, lernt ununterbrochen, alles, damit in ihrem Kopf andere Sachen arbeiten als Rashid, die Hochzeit und die Adelsfamilien. Sie weiß, dass sie sich eigentlich genau damit auseinandersetzen sollte. Doch gerade fühlt es sich so befreiend an zu verdrängen, dass sie es immer wieder aufschiebt, sich mit dem Thema zu beschäftigen.

Milas Handy klingelt. Sie weiß, dass sie aus dem Bett muss, sie hat gleich eine Vorlesung. Als sie entdeckt, wer sich meldet, verdreht sie die Augen. Ihre Schwester ruft sie jetzt dreimal täglich an, weil einige Pakete von Rashid angekommen sind und sie der Meinung ist, die können nicht warten.

Mila geht seitdem kaum mehr ans Handy und erzählt, wenn sie mal ein Gespräch annimmt, wie viel sie gerade zu tun hat. Da sie gestern ihr Handy komplett ausgeschaltet hatte, nimmt sie jetzt ab. »Mila! Wegen dir werde ich mein Kind noch viel zu früh bekommen. Wieso gehst du nicht an dein Handy? Rashid hat gestern besorgt bei Papa angerufen, weil du dein neues Handy noch nicht aktiviert hast. Die höchste Vertreterin der westeuropäischen Adelsfamilien hat sich gemeldet und für Samstag ihren Besuch angekündigt. Hier ist die Hölle los, Journalisten klingeln ständig und rufen an, wir werden alle zurück ins Schloss ziehen und es ist alles so … Du musst dich darum kümmern, Mila, es bringt nichts, vor allem davonzulaufen.«

Mila würde am liebsten unter die Bettdecke kriechen. Es fühlt sich aber so gut an, alles zu verdrängen, sie ist richtig sauer auf Mina, dass sie sie dabei stört. »Beruhige dich einfach, ich habe extrem viel zu tun hier, das müsst ihr auch verstehen. Ich war eine Woche nicht da und die Woche auch nicht alle Tage. Morgen ist schon Freitag und ich komme abends nach Hause, dann kümmere ich mich um alles, aber jetzt muss ich zur nächsten Vorlesung. Gib dem Engel in deinem Bauch einen Kuss von mir. Ich muss los!«

Sie weiß, dass sie sich noch einiges anhören müsste, deswegen legt sie schnell auf und schaltet das Handy wieder aus. So eine wohltuende Ruhe. Sie hat hier nur ein kleines Apartment, aber es ist ihr Reich und sie hat die beste Nachbarin der Welt. Mila geht zum Monitor ihres Kleiderschrankes und gibt Kombinationsvorschläge ein. Sie hat keine Lust, heute etwas zusammenzustellen und lässt sich alle Kombinationen ihrer Kleider zeigen, die sie lange nicht mehr anhatte. Als sie sich für eine rote Jeans und ein weißes Shirt mit passenden roten Ballerinas entscheiden konnte, geht sie in die Küche, während ihr Kleiderschrank ihr Outfit herausfährt.

Mila lässt ihren Kaffee aufbrühen und schaltet gleichzeitig auf ihrer Herdplatte das Internet ein um zu sehen, ob es irgendetwas Wichtiges gibt. Sie waren noch einen ganzen Tag das Top-Thema und Mila war richtig glücklich, dass gestern nichts über sie in der Zeitung stand. Heute ist in der Ecke der wichtigsten europäischen Zeitung ein kleines Foto von Rashid mit zwei weiteren Männern abgebildet. Sie alle tragen die arabischen Gewänder und sitzen auf goldenen Stühlen. 'Treffen des Prinzen Rashid in Beirut unter Argwohn beobachtet. Ist es überhaupt möglich, die europäische Mentalität mit der arabischen zu verbinden? Weiß Prinzessin Mila, worauf sie sich da einlässt?' Mila schüttelt den Kopf und nimmt einen Schluck Kaffee, bevor sie das Bild näher zoomt. »Nein, weiß Prinzessin Mila nicht!«

Rashid unterhält sich auf dem Bild gerade mit einem der Männer und lächelt dabei. Mila kann sich ein Schmunzeln nicht verkneifen und streicht über das Bild. Natürlich hat sie die Tage oft an ihn gedacht, an ihren Kuss, wie schön sich die Nähe zwischen ihnen angefühlt hat. Doch es hat so gut getan, alles andere zu verdrängen, dass dieses schöne Gefühl kaum zur Geltung kam. Auch jetzt schließt sie das Internet, springt unter die Dusche und zieht sich schnell an. Als sie aus ihrem Apartment stürmt, läuft sie fast in ihre Nachbarin hinein. »Wir haben noch drei Minuten für einen Weg von zehn Minuten, ich würde sagen, wir sind gut in der Zeit. Lass uns noch Muffins und Kaffee besorgen!« Mila küsst ihre Cousine Adina auf die Wange.

Auch mit Adina spricht Mila über Rashid, mehr als mit allen anderen. Ihre Cousine rät ihr, entweder ganz offen mit Rashid zu reden, ihm zu sagen, dass sie diese Ehe nicht möchte oder dass sie es wirklich versuchen soll. Mila mag Rashid, und sie sollte diese Gefühle, die sich zwischen ihnen aufbauen, vielleicht nutzen und allem eine Chance geben. Was Adina aber nicht bedenkt ist, dass sie keine zwei Jahre Zeit hat, um all das zu prüfen, sondern dass in ungefähr fünf Wochen eine Hochzeit stattfinden soll.

Mila weiß es nicht, immer noch nicht und sie wird immer besser dabei, alles zu verdrängen. Adina lässt sie weitestgehend in Ruhe damit. Da auf ihrer Universität einige Kinder von Prominenten sind, hat die Presse keinen Zugang zum Campus. Damit ist Mila vollkommen abgeschottet, sie ignoriert komische Blicke und versucht weiterzumachen wie zuvor. Als sie Freitag mittags gerade die letzte Vorlesung hinter sich gebracht und ein paar Sachen zusammengepackt hat, um nach Hause zu fliegen, rennt sie beim Verlassen ihres Apartments förmlich in eine ihr schon etwas vertraute durchtrainierte Brust hinein. »Rashid!«

Erst als er sie anlächelt, spürt sie, dass sie diesen Anblick irgendwie vermisst hat. »Hallo, meine Hübsche, ich habe dich gesucht und wie es aussieht, gerade noch rechtzeitig gefunden.« Mila ist vollkommen überrascht. »Was tust du hier? Ich wollte gerade los zu meiner Familie.« Rashid nimmt ihr die kleine Sporttasche ab. »Ich konnte dich ja nicht erreichen ...« Mila lächelt bei seinem etwas vorwurfsvollen Blick. »Deswegen bin ich hergeflogen. Ich bringe dich später zu deiner Familie, du musst davor helfen, schwere Entscheidungen zu treffen. Dafür machen wir einen kurzen Abstecher in die nordeuropäische Provinz. Ist das okay?«

Mila sieht auf die Uhr. »Okay, klar, können wir machen, was müssen wir da entscheiden? Muss ich mich umziehen?« Rashid hält ihr seine Hand hin und als sie ihre in seine legt, küsst er ihren Handrücken. »Du bist perfekt wie du bist.« Mila klopft bei Adina, die später auch nach Hause fliegen wollte und die sie gleich mitnehmen. Die Flugzeiten von den Provinzen sind mittlerweile so kurz, dass man ohne weiteres auf Komfort verzichten kann. Rashid ist aber mit seinem Privatjet hier und Mila muss zugeben, dass es doch etwas hat, auf diese Art zu reisen. Kleine Kühlschränke, ein kleines abgetrenntes Schlafzimmer, helle Sofas, ein Fernseher, mit diesen Annehmlichkeiten spürt man kaum noch, dass man sich gerade in der Luft befindet.

Mila findet es sehr gut, dass Adina und Rashid so nun endlich Zeit haben, sich etwas besser kennenzulernen. Adina ist für Mila einer der wichtigsten Menschen und ihre Meinung ist ihr sehr wichtig. Sie unterhalten sich über das Gesundheitsarmband, als sie einige belegte Brote im Flieger essen. Mila wusste nicht, dass Adina das Armband am liebsten sofort ablegen würde. Als sie über die höchste Vertreterin der westeuropäischen Adelsfamilien und ihren Besuch am Samstag reden, sieht Rashid sie beide verdutzt an. Er bemerkt, dass beide Respekt vor ihr haben, mehr als das. Er bittet sie eindringlich, keine Angst vor ihr zu haben, keine von ihnen hätte dazu einen Grund. Aber dieses Gefühl, das die höchste Vertreterin der westeuropäischen Adelsfamilien in ihnen auslöst, kann man nicht einfach abstellen. Er weiß nicht, wie sie sein kann.

Da der Flug nur so kurz ist und sie nach der Landung in eine andere Richtung als Adina müssen, verabschieden sie sich am Flughafen von ihr. Ein Mercedes steht ihnen zur Verfügung und sie fahren noch zwanzig Minuten aufs Land hinaus, bevor sie das Ziel erreicht haben, welches Rashid ansteuert. Während der Fahrt fragt Mila Rashid aus, was er in Beirut gemacht hat.

Er erklärt ihr, dass er Handelsabkommen mit anderen Ländern für Westarabien macht, es werden aber auch Abkommen über andere Dinge vereinbart, wie z. B. Einreiseerleichterungen und so weiter. »Dieses Mal ging es in Beirut darum, was man an den Gesetzen ändern sollte, um mehr Tourismus ins Land zu holen. Sie wollen sich einige Gesetzesvorlagen bei uns ansehen und prüfen, ob man sie bei sich umsetzen kann.«

Mila merkt, wie wenig sie doch wirklich über das Land weiß, wo sie vielleicht einmal leben wird. Sie weiß auch viel zu wenig über Rashid. Sie würde gern mehr erfahren, doch sie halten an einem roten Backsteingebäude, das auf den ersten Blick wie ein luxuriöser Bauernhof aussieht. Erst als sie das Grundstück betreten, merkt

Mila, dass es hier nur Pferde gibt, davon aber sehr viele. »Hier kaufen wir alle Pferde für unsere Familie, sie züchten fast alle Rassen, und die Pferde sind die besten, die man bekommen kann. Der Hof ist so etwas wie ein Geheimtipp, da in Europa offiziell nicht mehr mit Tieren gehandelt werden darf.«

Eine blonde ältere Frau in den typischen Reitstiefeln und Hosen begrüßt sie. Offenbar kennt sie Rashid schon länger. »Endlich willst du jetzt deinen eigenen Stall in deinem eigenen Zuhause eröffnen. Ich freue mich so für dich.« Rashid lächelt und legt seine Hand an Milas Taille. »Dankeschön. Wir sehen uns um und geben dir dann die Liste, wie immer.« Die Frau gibt ihnen ein Klemmbrett und Mila sieht Rashid verwundert an.

»Was meinst sie damit? Suchst du Pferde für dein Haus, das Haus, was Naima uns gezeigt hat?« Rashid lächelt und nimmt ihre Hand in seine, während sie auf eine Weide gehen, wo mindestens dreißig wunderschöne Pferde grasen. »Wir suchen Pferde für unser Haus.« Mila bleibt kurz stehen. »Oh, ja natürlich, aber da war noch kein Stall.« Sie blickt Rashid von der Seite an. Er hat ein schönes Profil, edel, selbstbewusst, seine schön geschwungene Nase, der perfekt getrimmte Bart, die langen Wimpern, er … Mila senkt schnell den Blick, als er sich zu ihr wendet und sein schönes Lächeln zeigt.

»Ich weiß, dass du Pferde liebst, wir haben genug Platz für ein großes Auslaufgebiet und auch einen langen Privatstrand. Ich dachte, es würde dir gefallen, eigene Pferde zu haben.« Mila bleibt stehen. »Natürlich, ich liebe Pferde, ich kann das gar nicht glauben. Wonach guckt man denn bei Pferden? Worauf müssen wir achten?« Rashid führt sie weiter auf die Weide, einige Pferde kommen zu ihnen, die meisten grasen aber in Ruhe weiter. »Da wir ja nicht züchten oder mit ihnen bei irgendwelchen Veranstaltungen antreten wollen, würde ich sagen, lass dein Herz sprechen.«

Das ist leichter gesagt als getan. Sie verbringen fast eine Stunde auf der Weide und danach gehen sie noch zu einer weiteren. Dort gibt es zwei Pferde, die Mila sofort in ihr Herz schließt. Eine etwas ältere Stute, sie steht ganz allein in einer Ecke und ihr trauriger Blick berührt Mila. Auf Rashids Einwand, dass man sie vielleicht nicht mehr lange reiten kann, schenkt Mila ihm einen fast genauso traurigen Blick und sie beschließen, die alte Dame mitzunehmen. Da sie die ganze Zeit nur Butterblumen frisst, bekommt sie den Namen 'Butterblume' verpasst und Mila hofft, dass sie nicht mehr allzu viel davon zu sich nimmt, da die nicht so gut für Pferde sein sollen. Das zweite Pferd finden nicht sie, es findet sie. Es ist ein noch sehr junges, schwarzes und schon ziemlich großes und kräftiges Pferd. Seitdem Mila die Weide betreten hat, ist er nicht mehr von ihrer Seite gewichen. Er stupst sie leicht von der Seite an und berührt mit seiner Schnauze ihre Wange, als wolle er sie küssen. Als sie die Weide wieder verlassen, blickt er sie so traurig an, dass Mila ihm einen Kuss auf seinen einzigen weißen Fleck auf der Stirn gibt. »Blacky kommt auch mit!« Rashid lacht nur leise über Milas neuen Freund und legt den Arm um sie.

»Das war's schon? Ein freches junges Pferd und eine alte Stute?« Mila zeigt zurück zu der anderen Weide. »Hast du die beiden gesehen?« Sie zeigt auf die hübsche braune Stute und den schwarzen Hengst, die seit ihrer Ankunft zusammen über die Weide laufen. Wenn sie stehen bleiben, reiben sie die Schnauze aneinander. Die Besitzerin des Hofes tritt zu ihnen.

»Wir nennen die beiden Bonnie und Clyde. Sie sind schwer verliebt und haben schon einigen Blödsinn zusammen verzapft, wir trennen sie kaum noch. Es wird bestimmt bald Nachwuchs von den beiden geben, das kann nicht mehr lange dauern.«

Mila lächelt Rashid an, der etwas auf seinen Bogen schreibt. »Dann werden Butterblume, Blacky, Bonnie und Clyde bald bei uns einziehen.«

Als sie kurze Zeit später im Privatjet sind, ist es bereits dunkel. Rashid erklärt Mila, dass er sie am Flughafen absetzt, ihr Vater holt sie dort ab. Er muss direkt zurück nach Westarabien, da morgen eine wichtige Besprechung für ihn ansteht. Rashid hat hier sogar einige Klamotten. Er verschwindet im Bad, da er sich etwas Gemütlicheres anziehen möchte für die Flugstunden, die jetzt vor ihm liegen. Er hatte die ganze Zeit einen schwarzen Anzug an. Mila ist einfach nur mit einer Jeans und einem schwarzen Shirt bekleidet, sie passen rein optisch kaum zueinander, man würde nie denken, dass dieser elegante Mann ihr Verlobter ist.

Schon als sie die Worte nur denkt, stolpert sie darüber. Mila geht an einen der Kühlschränke und holt sich etwas zu trinken. Als sie in das kleine Schlafzimmer kommt, liegt Rashid auf dem Bett und redet mit jemandem am Telefon. Mila zögert einen Augenblick. Sie waren sich heute nah, doch haben sie sich weder geküsst, noch war etwas von der Nähe zu spüren, die sie am Strand geteilt haben. Auch wenn sie nicht weiß was sie will, oder wohin all das wirklich führen soll, hat ihr das irgendwie gefehlt.

Rashid trägt nur eine graue Jogginghose und ein weißes Shirt, sie lächelt über diesen Anblick. Daran kann sie sich gewöhnen, an seine harten arabischen Worte, die er ins Telefon spricht, vielleicht nicht. Es klingt nach Streit, so hart und laut. Trotzdem gibt sich Mila einen Ruck und legt sich zu ihm. Selbstverständlich öffnet Rashid seinen linken Arm und sie legt sich an seine Brust. Wie auch am Strand ist ihr diese Nähe nicht unangenehm. Sie genießt es, seinen Duft wieder um sich herum zu haben. Seine Finger spielen mit einer ihrer Locken, während er weiter auf Arabisch redet, allerdings ein wenig leiser.

Mila hört seinen Herzschlag und schließt die Augen. Sie gibt es auch auf darüber nachzudenken, ob sie sich das für immer vorstellen kann, sie genießt einfach den Augenblick, die Ruhe, die trotz Rashids Stimme hier herrscht und seine Anwesenheit. Erst als er auflegt, öffnet sie die Augen wieder. Einen Moment herrscht Stille, bis Rashid ihre Hand mit dem Verlobungsring mit seinen Fingern verschränkt und so hochhält, dass er sie anblicken kann.

»Als ich heute zu dir geflogen bin, war mir klar, dass du die letzten Tage versucht hast, alles zu verdrängen. Ich kann nicht behaupten, dass ich das nicht verstehen würde und ich habe wirklich geglaubt, dass du ihn abgelegt hättest, zumindest für die Zeit an der Uni. Ich war sehr glücklich zu sehen, dass du ihn trägst.«

Mila sieht auch auf ihre verschränkten Finger, sie will etwas sagen, doch schließt den Mund wieder. Es würde nichts bringen, abzustreiten, dass es so ist, doch trotz aller Bedenken hat sie den Ring weitergetragen. »All das ist auch für mich nicht so leicht, doch solche Momente werden es uns hoffentlich leichter machen.« Er lächelt, lässt ihre Hand los und legt seine rechte Hand an ihre Wange, während der linke Arm sie noch näher an sich zieht. »Zumindest gibt es jetzt schon mal Butterblume, Blacky, Bonnie und Clyde in unserem Leben.« Mila stützt sich etwas auf, um ihn anzusehen. In dem Moment, als sie sich in die Augen blicken und Mila auf die schönen braunen Farbsprenkelungen sieht, die dicht umrahmt von schwarzen Wimpern zu ihr blicken, passiert etwas in Mila. Sie schluckt leicht, als sie spürt, dass etwas in ihrem Herzen passiert, was sie nicht einordnen kann. Rashid blickt ihr ernst in die Augen, seine Hand verweilt noch immer an ihrer Wange, als er sie dann zärtlich küsst.

Es ist genauso schön wie beim ersten Mal, ihn so zu spüren. Dieses Mal sind sie ungestörter und Mila gibt sich ganz diesem Gefühlschaos hin, das in ihr ausbricht, als Rashid sie intensiver küsst. Sie trennen den Kuss erst, als sie spüren, dass das Flugzeug langsam zum Landeanflug ansetzt. »Mir haben die Bilder vom Strand übrigens sehr gefallen.« Mila lacht leise, als Rashid noch einige Male ihre Lippen und ihre Wange küsst. »Es gab deswegen eine Menge Ärger, aber gefallen haben sie mir auch.« Mila setzt sich auf. »Wieso gab es Ärger?« Rashid bleibt noch immer liegen. »Weil, auch wenn wir verlobt sind, es nicht gern gesehen wird, dass wir uns schon so nah gekommen sind. Das ist bei uns im Glauben ... nicht so gut. Hast du dich eigentlich schon viel mit meiner Religion auseinandergesetzt? Ich bereite mich auch schon auf das Leben mit einer Katholikin vor.«

Mila legt den Kopf etwas schief. Einer Katholikin? Sie weiß nicht mal genau, wann sie das letzte Mal in der Kirche war und nein, sie hat sich eigentlich nur damit auseinandergesetzt, sich mit nichts auseinandersetzen zu müssen.

In diesem Moment landet das Flugzeug. »Wir sind gelandet!« Mila springt förmlich aus dem Bett, froh, diesem Gespräch und der Gefahr dabei erwischt zu werden, dass sie sich auf überhaupt gar nichts vorbereitet, zu entkommen. Rashid lacht laut auf.

142

Kapitel 12

»Erinnerst ihr euch noch? Ich weiß, dass ihr noch sehr jung wart.« Mila streicht über die rosafarbenen Wände, die mittlerweile überall graue Stellen haben und ganz staubig sind. Trotzdem erkennt sie dieses Zimmer, es steht noch eine alte rosa Kommode hier drinnen. Ihr Vater streicht darüber. Wieder trägt er einen seiner alten Anzüge, sein mit leichten grauen Strähnen durchsetztes Haar ist ordentlich zurückgekämmt und er ist frisch rasiert. Nach all den Sorgen, die sie sich die letzten Jahre um ihn gemacht hat, tut es gut, ihn so zu sehen. »Als wir das Haus verlassen mussten, hat eure Mutter in jedem Zimmer ein Möbelstück stehen lassen. Wir waren so sicher, dass wir spätestens im nächsten Jahr wieder hier einziehen würden. Sie wollte alle anderen, die das Haus betraten, daran erinnern, dass hier eine glückliche Familie lebt oder lebte.«

Mila lächelt und Mina neben ihr legt ihre Hand auf ihren Bauch. Heute ist es sehr heiß, und ihre Schwester streicht angestrengt ihre dunklen Locken zurück. Sie zieht ihre weißen Ballerinas aus, die Wassereinlagerungen machen ihr zu schaffen. »Ich bin mir ganz sicher, dass Mama hier ist und genau jetzt überglücklich auf uns hinab schaut.« Sie hören bereits, wie die ersten Bauarbeiter im Garten beginnen, alles wieder herzurichten. Es werden nun auch hohe Hecken gepflanzt, es kommen immer mehr Leute, um das Anwesen zu betrachten, und wenn sie Privatsphäre hier haben wollen, werden sie darum nicht herumkommen.

Mila ist gestern vom Flughafen direkt mit ihrem Vater zu ihrer Schwester gefahren. Sie hat die vielen Pakete gesehen, nicht nur die von Rashid mit neuem Handy, Prospekten für Küchen und anderen Möbelstücken, die sie für ihr Haus aussuchen soll, auch einige Broschüren zu der Uni in Westarabien lagen dabei. Sie hat all das weit weggeschoben. Pakete von einigen Designern, die ihr Kleidungsstücke geschickt haben, waren auch dabei, was Mina total verzückt hat, aber Mila nur den Kopf schütteln lassen hat. Kleidet sie sich so schlecht, dass andere jetzt schon Mitleid haben und sie einkleiden wollen?

Am Morgen hat sie dann endlich ihr neues kompliziertes Handy eingeschaltet. Nachdem sie die Nummer ihres alten Handys übernommen hat, wurden automatisch alle Kontakte über ihre neue Nummer benachrichtigt. Sie hatte außerdem eine Nachricht von einer unbekannten Nummer. 'Hi Prinzessin, melde dich, wenn du die Nachricht liest und somit endlich dein Handy aktiviert hast'. Die Nachricht ist drei Tage alt, Mila speichert Rashids Nummer und schreibt zurück. 'Aktiviert' mit einem lachenden Smiley. Gleich nach dem Frühstück sind sie dann zu ihrem alten Anwesen gefahren, ihr Vater ist nur noch dort, seit er es von Rashid geschenkt bekommen hat.

Mila hat sich extra etwas mehr zurechtgemacht. Mit schwarzer enger Hose und einer rosa Bluse kam sie sich auch nicht ganz so underdressed vor, als sie die Menschen aus dem Auto erblickte, die vor ihrem alten Schloss warten.

»Prinzessin Mila, Prinzessin Mila, können wir ein Bild mit Ihnen machen?« Eine Frau mit zwei kleinen Mädchen kam auf sie zu, als sie aus dem Auto steigen und durch das Eisentor gehen wollten. Mila blickte sich verwundert um, mit ihr? Warum? Wozu? Die Frau erklärte ihr, dass ihre beiden Mädchen immer Prinzessinnen spielen, sie haben bisher nur von den Prinzessinnen in den arabischen Ländern gehört und waren ganz erstaunt, dass es auch in Europa noch Prinzessinnen gibt, sogar hier bei ihnen. Jetzt sammeln sie jeden Schnipsel über Mila und ihre Familie.

Natürlich konnten sie diesen Wunsch dann nicht mehr abschlagen. Mina und sie machten mehrere Fotos mit den beiden kleinen Mädchen und ihren Plastikkronen, auch einige Fotografen nutzten die Chance und fotografierten. Als sie danach das Anwesen betreten haben, hatte Mila eine Gänsehaut. Sie sind hier ausgezogen als sie fünf war, sie hatte den Gedanken, hier wieder einzuziehen weit von sich geschoben. Alles hier erinnert sie daran, wie glücklich sie damals waren.

»Mila, dein Po klingelt.« Ihr Vater holt Mila wieder in die Gegenwart zurück, als er an ihr vorbei aus ihrem alten Kinderzimmer geht. Sie holt ihr Handy aus ihrer hinteren Hosentasche und sieht, dass eine Nachricht von Rashid angekommen ist. 'Ich hoffe, du lässt dir nicht bei allem soviel Zeit, der Innenarchitekt wollte schon deine Nummer haben. Er stirbt hier halb vor Ungeduld, die Möbelkataloge sind alle von ihm. Hast du schon mal reingesehen?'

Mila sendet ein lachendes Smiley 'Ich habe sie zumindest registriert.' Rashid schickt ein lachendes Smiley zurück. 'Du bist unglaublich, ich melde mich später. Ich habe jetzt ein Treffen mit meinem Vater.' Fast als hätte sie die Nachricht gelesen, steckt Mina ihren Kopf in Milas altes Zimmer, in dem sie noch immer steht. »Die höchste Vertreterin der westeuropäischen Adelsfamilien ist auf dem Weg zu uns, wir müssen zurück!«

Eine Stunde später sitzen sie mit der höchsten Vertreterin der westeuropäischen Adelsfamilien und zwei ihrer Angestellten, darunter auch die Frau, die sie alle in Westarabien begleitet hat, um den schönen alten Esstisch im Esszimmer ihrer Schwester. Ihr Vater ist auch da. Mina gießt allen Kaffee ein und sieht sich erneut um. Mila musste sie davon abhalten, noch einen Großputz zu starten und einige Sachen hier wegzustellen. Ihr Haus ist wunderschön, sie braucht sich wegen nichts zu schämen. Die höchste Vertreterin der westeuropäischen Adelsfamilien lässt beifällig ihr Armband über die Kaffeetasse gleiten, bevor sie einige Stapel Papiere auf den Tisch legt.

»Man konnte ja in der Presse gut verfolgen, dass es dir gut geht, Mila.« Mila weiß, dass ihr Lächeln nicht echt ist. »Ich habe gehört, ihr habt euer Anwesen wieder, es freut mich für euch, endlich scheint es bergauf zu gehen.« Mila räuspert sich. »Sind denn auch bei anderen Adelsfamilien bereits Änderungen bemerkbar geworden?« Ihre Familie hat ja nun wirklich sofort die Veränderungen gespürt. »Ja natürlich, vor allem bei uns ist viel mehr Interesse am Adelshaus zu bemerken, wir stehen in Verhandlungen mit den europäischen Parteien, besonders auch im nordeuropäischen und im osteuropäischen Adel ist das Interesse der Bevölkerung wieder gewachsen. Und die Hochzeit hat noch gar nicht stattgefunden. Da wird sicher noch mehr folgen.«

Mila lächelt leicht, wirklich freuen kann sie sich nicht, nicht, solange sie nicht weiß, ob sie all das halten kann, was von ihr erwartet wird. »Kommen wir zum Grund meines Besuches. Da ja alles … etwas anders geplant war, solltest du jetzt über die wichtigsten Punkte informiert werden, die in den Verhandlungen herausgekommen sind.« Mila rückt sich gerade, es wird Zeit, dass sie zuhört und diese Dinge nicht mehr verdrängt.

»Es ist wichtig, dass diese Hochzeit das größte Ereignis der letzten und der kommenden Jahre wird. Der gesamte europäische Adel wird anwesend sein. Alle arabischen Königsfamilien und auch andere wichtige Politikgrößen. Es wird dafür gesorgt, dass die ganze Welt an diesem Tag auf euch sieht.« Mila nimmt einen Schluck Kaffee, sie sollte jetzt aufstehen und einfach wegrennen.

»Es ist wichtig, dass in der Ehe sowie bei der Hochzeit beide Religionen respektiert werden, keine der anderen Seite darf benachteiligt oder durch falsches Verhalten verletzt werden. Ein sehr angesehener Imam und ein großer geistlicher Führer der katholischen Kirche werden zusammen die Trauung vollziehen, das ist sehr wichtig. Du verpflichtest dich ab der Hochzeit, am besten bereits nach der Verlobung, komplett auf Schweinefleisch und Alkohol zu verzichten, was etwas damit zu tun hat, dass du, falls du schwanger wirst und es noch nicht weißt, automatisch eurem Kind das zukommen lässt.

Eure Kinder werden mit beiden Religionen aufwachsen. Es ist wichtig, dass ihr beide dafür sorgt, dass sie zu gleichen Teilen in der Moschee und in der Kirche sind, sie sollen mit ihrem Volk die christlichen und islamischen Feiertage feiern. Sie werden die zukünftigen Brücken zwischen der europäischen und der arabischen Welt werden, eure Söhne, auch wenn sie mit beiden Religionen aufwachsen, müssen beschnitten werden. Diese Diskussion ging über mehrere Tage, wir haben uns jetzt darauf geeinigt, dass es in einer Klinik mit dem besten verfügbaren medizinischen Personal passieren soll. Mittlerweile ist ja auch erwiesen, dass die Beschneidung einige Vorteile hat.«

Nicht nur Milas Mund steht erstaunt offen. Vielleicht ist das jetzt der Zeitpunkt, an dem auch ihrem Vater und ihrer Schwester klar wird, was hier passiert. Waren Rashids Worte nicht, dass niemand etwas in ihrer Ehe zu sagen hat? Die höchste Vertreterin der westeuropäischen Adelsfamilien legt gerade mal ein Blatt von einem ganzen Stapel weg.

»Du brauchst dich nicht zu bedecken, es sei denn, ihr besucht Länder, wo es erforderlich ist, wie Mittelarabien. Du kannst dich weiter kleiden wie du möchtest, aber verpflichtest dich natürlich, dich nicht im Bikini in Westarabien öffentlich zu zeigen. Dieser Punkt wurde nicht sehr exakt ausgearbeitet, da Prinzessinnen sich eigentlich von Hause aus sehr passend kleiden. Nun, da du seine Auserwählte bist, hätten wir das doch noch einmal genau klären sollen. Ich denke, wir sollten dir eine sehr gute Stylistin besorgen, die dich am besten rund um die Uhr betreut. Was denkst du?«

D i e höchste Vertreterin der westeuropäischen Adelsfamilien sieht zu Milas Vater, der die Augenbrauen hochzieht. »Ich finde meine Tochter toll, sie braucht so etwas nicht, denke ich zumindest.« Mila schließt empört ihren Mund, doch sie kommt nicht dazu etwas zu sagen, sie fährt fort. »Der Prinz willigt ein, dich als seine erste Frau zu nehmen, somit stehen dir mehr Rechte zu als den anderen Frauen. Sollte sich Prinz Rashid aber weitere Frauen nehmen, musst du das akzeptieren. Wie vorgeschrieben, wird er sich um alle Frauen gleich kümmern, doch du als seine erste Frau wirst immer eine besondere Position einnehmen.« Die höchste Vertreterin der westeuropäischen Adelsfamilien hebt den Blick. »Du solltest über gewisse Eingriffe nachdenken, Mila, du hast Sommersprossen, Leberflecken und Narben, die wir noch sehr gut entfernen lassen können, zudem sollten wir deine Haare dauerhaft glätten. Bist du noch Jungfrau?«

Nun steht Milas Vater auf und läuft aufgeregt im Raum umher. »Ob das alles so eine gute Idee ist?« Mila sieht entsetzt zu der höchsten Vertreterin der westeuropäischen Adelsfamilien. »Das geht niemanden etwas an, wie ... ich glaube, ich bin im falschen Film. Ich werde auch keine andere Frau neben mir dulden.« Die höchste Vertreterin der westeuropäischen Adelsfamilien lächelt bitter. »Mila, ich bin nicht naiv, selbst Elisabeth hatte schon länger einen Freund, auch wenn das damals ein großer Fehler war. Ich weiß von einigen deiner Beziehungen, du bist zweiundzwanzig, es ist normal, nur musst du als Jungfrau in die Ehe gehen, deshalb habe ich hier ...«, sie zieht eine Karte aus dem Stapel, »die Adresse eines guten Frauenarztes, er näht es wieder zu.« Sie hört die Tür zuknallen und weiß, dass es ihr Vater ist, der nun den Raum verlassen hat. Sie haben nie über solche Themen geredet, das sollte auch so bleiben.

»Was fällt ihnen ein, herzukommen und mich vor allen nach meinem Jungfernhäutchen zu fragen? Ich würde niemals jemanden so betrügen und es wieder zunähen lassen. Gibt es so etwas wie Ehrlichkeit überhaupt noch?« Man sieht der höchsten Vertreterin der westeuropäischen Adelsfamilien an, dass sie am liebsten die Augen verdrehen würde, doch das wird sie sicherlich nie tun. »So ist es, Mila, wenn du keine Jungfrau bist, heiratet er dich nicht. Hast du dich eigentlich überhaupt mit seiner Religion und Kultur beschäftigt?«

Mila steht vom Tisch auf. »»Ich bezweifle, dass mein Jungfernhäutchen viel damit zu tun hat.« Die höchste Vertreterin der westeuropäischen Adelsfamilien lacht auf. »Mila, er wird dich so nicht heiraten, das haben sie von Anfang an klar gemacht. Es sind ein paar geheime Stiche, niemand erfährt davon, alles, was hier im Raum ist, bleibt hier. Ansonsten muss ich das Königshaus davon in Kenntnis setzen und dann wird die Hochzeit abgesagt.« Sie wirkt ganz bedrückt, doch Mila weiß, dass das nur gespielt ist.

»Das ist mir vollkommen egal, wenn mich jemand nicht heiraten möchte, wegen einer … Jungfernhaut und eh vorhat, weitere Frauen zu heiraten … das alles ist doch krank!«

Mila steht auf, doch die höchste Vertreterin der westeuropäischen Adelsfamilien auch und sie schlägt wütend mit ihrer Hand auf den Tisch. »Du hast nicht das Recht, alles zu zerstören, was wir erarbeitet haben, Mila. Rashid hätte eine wählen sollen, die sich dazu bereit erklärt hat, ihn zu heiraten. Wir haben euch nicht umsonst gesagt, informiert euch was passiert, worum es geht, über Rashid, seine Religion, die Sitten in Westarabien und so weiter. Wieso bist du mitgeflogen, wenn du dich jetzt gegen all das so sträubst? Es gibt Prinzessinnen, die hätten alles für deinen Platz gegeben und du mit deiner kindischen, verspielten Art zerstörst gerade alles.«

Mina steht nun auch auf. »Sie haben nicht das Recht, so mit meiner Schwester zu reden.« Nun hebt die Frau neben der höchsten Vertreterin der westeuropäischen Adelsfamilien die Hand. »So kommen wir nicht weiter, Vorwürfe bringen jetzt nichts. Mila, du verzichtest also auf die Hochzeit? Es ist vertraglich vereinbart, wenn du keine Jungfrau bist, ist all das nichtig. Rashid wird dich nicht heiraten.«

Mila ist so wütend, dass sie das Gefühl hat, jede Sekunde in die Luft zu gehen, am liebsten würde sie die beiden einfach aus dem Haus werfen. Sie sagt nichts mehr und die Frau nickt. »Gut, dann wenden wir das Blatt einfach. Machen Sie sich keine Sorgen, wir sind Profis, wir bekommen das hin.« Die höchste Vertreterin der westeuropäischen Adelsfamilien ist mehr als aufgebracht. »Die ganze Welt liebt das Pärchen Rashid und Mila bereits, sie glauben an eine romantische Liebesgeschichte …«

Mila unterbricht sie scharf. »Falls Sie sich erinnern, war all das vielleicht geplant, aber nicht das, was sich zwischen Rashid und mir entwickelt hat, das ist …« Sie stoppt. Die Frau verdreht die Augen, im Gegensatz zur höchsten Vertreterin der westeuropäischen Adelsfamilien kann sie es offenbar sehr wohl. Wollte Mila gerade sagen, dass das zwischen Rashid und ihr echt ist? Fühlt sie so? Nach dem, was sie gerade gehört hat?

»Ach, das bedeutet nur, dass es etwas mehr Zeit in Anspruch nehmen wird. Als Erstes werden wir uns jetzt im Königshaus melden. Wir erklären, dass es uns leid tut und wir gerade erst davon erfahren haben, dass Mila bereits intimen Kontakt zu anderen Männern ...« Mila könnte sich übergeben. »Männer? Ich hatte mit siebzehn eine längere Beziehung. Das heißt nicht, dass ich ... das geht doch niemanden etwas an. Ich glaube wirklich, ich bin im falschen Film.« Mina stellt sich zu ihr und legt beruhigend den Arm um sie, dabei streicht sie nervös über ihren Bauch. Mila kämpft gegen ihre Tränen, es tut ihr leid, dass sie ihrer Familie so etwas antut.

Die Frau und die höchste Vertreterin der westeuropäischen Adelsfamilien beachten sie gar nicht mehr. »Wie auch immer, wir werden neue Abkommen treffen. Rashid hätte ansonsten Elisabeth geheiratet, dem steht nichts im Weg. Wir können eine Geschichte an die Öffentlichkeit bringen, am besten etwas wie 'Wegen zu großer kultureller Unterschiede ist die Verlobung von Mila und Rashid zerbrochen'. Dann werden alle denken, wussten wir es doch, aber dann ...«, sie hebt die Arme, »... tauchen nach und nach Fotos von Elisabeth und Rashid auf, natürlich erst harmlos. Doch dann werden wir zeigen, dass man es doch schaffen kann, dass die beiden sich nun gefunden haben und dass, wenn man nicht sofort aufgibt und genug daran arbeitet, man zusammen alle kulturellen, religiösen und sonstigen Grenzen überwinden kann.«

Mila öffnet den Mund, schließt ihn wieder, es ist unfassbar, wie berechnend diese Leute sind. Die höchste Vertreterin der westeuropäischen Adelsfamilien klatscht begeistert. »Sie sind unbezahlbar, es ist brillant, so machen wir das. Mila, wir melden uns, sollte noch etwas sein. Vielleicht ist es am Ende sogar für alle besser, dass es so gekommen ist. Mina, alles Gute für die Geburt, so wie es aussieht, ist es ja bald soweit. Grüßt den Rest der Familie, wir müssen los und einiges wieder in Ordnung bringen.«

Mila und Mina bleiben schockiert zurück. Einige Sekunden starren sie den Frauen nur hinterher. Sie finden keine Worte für das, was gerade passiert ist, doch dann zieht Mina ihre jüngere Schwester in ihre Arme. »Du zitterst ja, es tut mir so leid, aber Mila, ganz ehrlich, wo ich gerade all das gehört habe ... vielleicht ist es wirklich besser so.« Mila muss schon wieder mit den Tränen kämpfen. »Mir tut all das so leid, dass Papa und du ... Was ist jetzt mit dem Schloss? Das wird Papa nicht überstehen.« Mina winkt ab und küsst Milas Wangen. »Wir wollen nur, dass du glücklich bist, alles andere ist egal. Willst du mit ihm reden, oder soll ich?« Mila ist fix und fertig. »Ich kann das jetzt nicht, ich gehe nach oben.« Mina nickt, benommen geht Mila die Treppen hoch. Ist all das gerade wirklich passiert? Sobald Mila alleine ist, friert sie trotz der Wärme. Ein merkwürdiges Gefühl bereitet sich in ihr aus. Sie setzt sich auf ihr Bett und ruft Adina an, um ihr alles zu erzählen.

Auch wenn es gerade erst passiert ist und Mila dabei war und es um sie ging, fühlt es sich so unglaublich an, als sie Adina alles haargenau erzählt. Auch Adina ist geschockt, sie bereut ihre dumme Idee, einfach so mit nach Westarabien geflogen zu sein, um Spaß zu haben. »Ist es denn nicht ganz gut so? Ich meine, nun bist du aus der Sache raus, Mila. Am Ende ist es vielleicht wirklich gut so, wie all das jetzt gekommen ist, oder?«

Mila legt sich müde im Bett zurück. Ja, eigentlich sollte sie doch froh sein, dass nun all das ein Ende hat. Sie schließt die Augen und versucht, das sich in ihr ausbreitende ungute Gefühl zu ignorieren.

Kapitel 13

Mitten in der Nacht wird Mila wach. Es ist ganz ruhig im Haus, es wirkt wie die Ruhe nach einem heftigen Sturm. Sie steht auf und öffnet die Balkontür ihres Zimmers. Mila ist nur mit viel Mühe eingeschlafen, hat aber noch genau gehört, wie ihr Vater und ihr Schwager wiedergekommen sind. Sie müssen gedacht haben, Mila würde schlafen. Ihr Schwager und ihre Schwester sind sogar erleichtert, dass sich nun diese Hochzeit erledigt hat. Sie fanden es schön, dass Rashid und Mila sich gefunden haben. Keiner von Ihnen hat auch nur eine Minute wirklich darüber nachgedacht, was es für Mila bedeuten würde, wenn sie nach Westarabien ziehen sollte. Nach den Worten der höchsten Vertreterin der westeuropäischen Adelsfamilien haben sie begriffen, was diese Ehe wirklich für Mila bedeuten würde und sind erleichtert, dass es nun nicht dazu kommt.

Ihr Vater war sehr ruhig, er hat nur gesagt, dass Mila den besten Mann der Welt verdient hat und er möchte, dass sie glücklich ist. Mila streicht sich die Haare nach hinten. Ein Schamgefühl kriecht ihr den Nacken hoch, als sie daran denkt, dass offen vor ihrem Vater ihre Jungfräulichkeit diskutiert wurde. Mila geht zurück ins Zimmer und an ihren Schreibtisch. Ein Blick auf ihr Handy zeigt, dass nur eine Nachricht von Adina angekommen ist. Sie schreibt ihr, dass sie morgen etwas früher zur Uni zurückkommen soll, sie machen sich dann noch einen gemütlichen Videoabend und können über alles reden, bevor die nächste Woche startet. Mila sieht müde auf die Uhranzeige auf ihrem Handy. Oder eher heute, es ist fünf Uhr am Morgen.

Ob Rashid schon Bescheid weiß? Sicherlich, die höchste Vertreterin der westeuropäischen Adelsfamilien wird sich das nicht entgehen lassen und diese Angelegenheit so schnell wie möglich wieder in Ordnung bringen. Mila würde alles darauf verwetten, dass Elisabeth und sie sich schon wieder auf dem großen Anwesen in

Westarabien sehen, wie sie sich von oben bis unten verwöhnen lassen und ihr neues Leben genießen werden.

Wenn Mila an die Panik denkt, die sie vom ersten Moment an ergriffen hat, nachdem sie erfahren hat, dass sie die Frau an Rashids Seite werden sollte und die auch nicht wirklich gewichen ist, egal wie nah Rashid und sie sich gekommen sind, müsste sie jetzt unendlich erleichtert sein. Zugegeben, sie spürt diese Panik nicht mehr, das stimmt.

Doch gleichzeitig fühlt es sich wunderbar an, wenn sie an Rashid denkt, nur an ihn, nicht als Prinzen und allem was dazu gehört, sondern nur an den Mann, der so liebevoll zu ihr ist, der immer, wenn er sie anblickt, ein zufriedenes Lächeln in den Augen hat. Wenn sie an ihren letzten Kuss im Privatjet denkt, wie er sie näher an sich gezogen hat und dass nun auch Elisabeth all das spüren wird, macht sich ein ganz anderes Gefühl in ihr breit. Sie ist traurig und enttäuscht, doch sie weiß nicht, was mehr Bedeutung hat: Die Panik, die nun fort ist oder die gleichzeitig damit eingesetzte Traurigkeit, die sie empfindet.

Mila nimmt einen Bleistift in die Hand, trommelt ungeduldig auf der Tischplatte ihres Schreibtisches herum und drückt auf die Starttaste des Schreibtisches. Im selben Moment bildet sich auf der Tischplatte eine Tastatur und ein Trackpad, an der Wand leuchtet ein Display auf. Mila tut das, was sie schon die ganze Zeit hätte tun sollen, sie informiert sich endlich einmal wirklich über den Prinzen Rashid bin Khalid el Aziz. Sobald sie den Namen eingegeben hat, werden ihr hunderte von Nachrichten und Fotos angezeigt. Mila atmet tief ein und beginnt, sich durch die vielen Informationen durchzuklicken.

Sie begreift schnell, dass die Zukunft des westarabischen Königreiches schon jetzt auf Rashids Rücken aufgebaut wird. Er repräsentiert sein Land überall, es gibt unzählige Fotos mit ihm und wichtigen Persönlichkeiten. Als Mila immer weiter in diese Richtung abdriftet, gibt sie Prinz Rashids Freundin unter Suchbegriffe ein, um wieder etwas mehr in die Richtung zu gelangen, die sie interessiert. Es gibt Fotos von Mila und ihm und sie muss lächeln, als sie diese sieht. Sie sehen wirklich schön zusammen aus, beinahe echt, hätte sie fast gedacht, doch dann schüttelt sie den Kopf. Das sind sie auch, sie haben sich nicht verstellt oder etwas vorgespielt. Bei all den Dingen, die hier eingefädelt und geplant wurden, vergisst sie selbst fast, dass diese Bilder echt sind.

Sie findet auch Fotos von Elisabeth und ihm und schiebt sie neben die Bilder von sich und ihn. Elisabeth und er werden ein hübsches Paar abgeben, dieser Gedanke trifft sie. Immer wieder taucht auch ein Bild einer weiteren blonden Frau auf. Mila klickt auf einige der Bilder. Rashid ist beliebt, das ist natürlich klar. Wenn man sich die zahlreichen Liebesbilder und Videos ansieht, die für ihn erstellt wurden, scheint er in Westarabien so etwas wie ein Popstar der Frauen zu sein, sie himmeln ihn alle an. Wenn man einigen Zeitungsberichten glauben kann, hat er in seiner Studienzeit in Amerika nichts anbrennen lassen. Es gibt diverse Fotos, auf denen er auf Partys zu sehen ist, in Shorts, mit Frauen im Bikini und halt eben immer wieder Bilder mit dieser blonden Frau.

In einem Artikel wird berichtet, dass diese Frau Stella McAndrew, eine Tochter eines bekannten amerikanischen Anwaltes sei und Rashid und sie über zwei Jahre eine festere Beziehung hatten. Mila zieht auch noch ihr Foto zwischen das von Elisabeth und ihr mit Rashid. Elisabeth und Stella könnten Zwillinge sein. Mila versucht, all das zu verdrängen. Sie liest den Artikel einer arabischen Zeitung über diese angebliche Beziehung, der zum Glück auf englisch ist.

In diesem Artikel wird sehr emotional darüber berichtet, wie die Führer der arabischen Staaten leben. Sie zeigen, dass es den islamischen Staaten nicht gut tut, so modern zu werden, sich mit anderen Kulturen zu vermischen, dass sie alle wieder dahin zurück sollten, was in Mittelarabien schon immer praktiziert wird und was für sie alle besser wäre. Rashid wird darin sehr stark für seine Studienzeit kritisiert.

Mila sieht auf ein weiteres Foto. Dieses Mal ist es eine wunderschöne arabische Frau, sie trägt nur einen ganz leichten schwarzen

Schleier, sie ist nicht besonders viel geschminkt, doch sie ist wunderschön. Unter dem Bild steht, dass seit Monaten über eine angebliche Hochzeit von Rashid und Samira, der Prinzessin des ostarabischen Königreiches, geredet wird. Da der Prinz sein wildes Leben in Amerika aber noch nicht aufgeben möchte, wird diese Hochzeit immer wieder verschoben.

Mila schüttelt den Kopf, als sie nun auch Samira zu den anderen Fotos schiebt. Der Artikel ist über drei Jahre alt und bis kurz vor dem getroffenen Abkommen mit der höchsten Vertreterin der westeuropäischen Adelsfamilien sollte er diese Samira doch noch heiraten. Wie lange hat sie auf ihn gewartet? Auch der Autor des Artikels kann nicht verstehen, wieso Rashid irgendwelche christlichen Frauen dieser frommen und gebildeten Frau vorzieht. Dann wird der Artikel immer dreister gegenüber der christlichen Welt und Mila klickt ihn weg.

Sie sucht weiter, doch dieses Mal informiert sie sich über den Islam. Wie das wirklich ist mit dem Thema als Jungfrau in die Ehe zu gehen oder ob ein Mann mehrere Ehefrauen nehmen kann. Wo sich alle einig sind, dass man als Jungfrau in die Ehe gehen sollte, wie es ja auch im katholischen Glauben ist, gibt es jedoch sehr widersprüchliche Aussagen zu dem Punkt, dass ein Mann sich mehrere Frauen nehmen kann.

Einige sagen, dass es nur für besondere Situationen gilt, wie zum Beispiel wenn Krieg herrscht, damit Frauen, besonders Witwen, versorgt werden. Deswegen kann dann ein Mann mehrere Frauen nehmen, wenn er alle gleich behandelt und versorgt. Es ist aber sehr umstritten, dass viele Männer das heute noch tun. In Westarabien ist es ganz normal, dass die Männer drei bis vier Ehefrauen haben, aber niemanden dort scheint das irgendwie zu stören. Mila liest noch etwas zum Thema der Ehe zwischen einer Christin und einem Muslim und was mit den Kindern passiert, dann schaltet sie alles wieder aus.

Wieso sollte sie sich jetzt noch damit befassen? Nun ist es eh zu spät. Ihr Kopf schwirrt nur noch mehr, als die ersten Hähne den

Morgen einläuten. Mila packt einige Sachen zusammen, die sie für die Uni braucht. Sie liebt ihre Familie über alles, aber momentan will sie keine Fragen mehr zu dem Thema Rashid beantworten oder das Mitleid aller in deren Augen lesen. In der Uni kann sie am besten von allem abschalten und deswegen schleicht sie sich nach unten.

Sie schreibt einen Zettel, dass sie alle liebt aber jetzt einfach die Ablenkung der Uni braucht, sowie dass sie sich melden wird und dass sich niemand Sorgen machen muss. Als Mila dann am Flughafen ist und auf ihren Flug wartet, zieht sie sich extra ein Käppi und eine Sonnenbrille auf, nachdem die ersten Leute sie unsicher ansehen, um nicht erkannt zu werden. All das wird hoffentlich bald wieder vorbei sein. Sie wird ihr altes Leben wiederhaben, als Mila, nicht als Prinzessin Mila, die nun im Interesse der Öffentlichkeit steht.

Sie verbringt den restlichen Tag mit Adina allein in ihrem Appartement. Sie kommen gar nicht dazu, sich einen Film anzusehen, die ganze Zeit drehen sich ihre Gespräche um die höchste Vertreterin der westeuropäischen Adelsfamilien und was passiert ist. Je mehr sie darüber reden, desto wütender wird Mila. Die Situation ist ihr so peinlich, auch jetzt noch. Wie demütigend es ist, dass all das vor ihrer Familie angesprochen wurde.

Adina versichert ihr immer wieder, ihr müsse gar nichts peinlich sein. Den anderen sollte es unangenehm sein, sie in solch eine Situation gebracht zu haben. Mila bezweifelt jedoch sehr stark, dass irgendjemand daran denkt, wie es ihr bei all dem geht. Sie werden viel zu sehr damit beschäftigt sein, neue Pläne zu schmieden.

Adina hat ja nun Mila und Rashid zusammen erlebt und kann sich eigentlich nicht vorstellen, dass er sich von solchen Kleinigkeiten leiten lässt. Doch Mila weiß ja mittlerweile, dass dies nicht nur eine Kleinigkeit ist: Nicht im westarabischen Königreich, nicht für diese Königsfamilien. Ihre Schwester und ihr Vater rufen an, zum Glück erwähnen sie diese Sache mit keinem Wort, sie fragen nur nach, ob auch wirklich alles in Ordnung ist. Mila wird all das hinter sich lassen, das nimmt sie sich fest vor.

Adina und Mila reden lange miteinander. Irgendwann schlafen beide auf der Couch ein, bis Milas Handy sie mitten in der Nacht weckt. Mila ist müde und hebt ab, ohne nachzusehen wer dran ist. Erst als sie verschlafen das Gespräch annimmt, registriert sie, dass es Rashid ist, der sie da gerade anruft.

»Hi.« Mila ist still und steht auf, mit einem Schlag ist sie hellwach.

»Die höchste Vertreterin der westeuropäischen Adelsfamilien hat uns gestern ... die Neuigkeiten mitgeteilt.«

Obwohl sie weiß, dass er sie nicht sieht, spürt Mila Schamröte in sich aufsteigen. »Und du hast jetzt angerufen, um es noch einmal bestätigt zu bekommen, oder was genau hast du vor? Ich denke, ich habe deshalb jetzt schon genug unangenehme Situationen gehabt, das hättest du dir sparen können.«

»Was erwartest du denn? Ich war ziemlich, oder vielmehr, ich bin ziemlich überrascht, enttäuscht, ich finde gar keine Worte dafür. Es war eine Grundvoraussetzung, dass alle, die diese ...«

Mila unterbricht ihn. »Ich bitte dich Rashid, wir alle sind über zwanzig Jahre und jeder hat seine Vergangenheit. Ich hätte dich auch einfach belügen können und du würdest die Wahrheit nie erfahren, doch ich habe nicht vor, irgendetwas auf Lügen aufzubauen, genauso wenig wie ich vorhabe, mit irgendjemandem etwas aufzubauen, der so ... festgefahren ist. Wenn du eine Frau an deiner Seite haben willst, dann musst du alles an ihr nehmen, ihre Vergangenheit und ihre Gegenwart. Du musst alles annehmen, um eine Chance auf eine glückliche Zukunft zu haben.

Ich finde es sehr dreist, dass ihr mich alle so schlecht fühlen lasst, mich so demütigt vor meiner Familie, weil ich ehrlich bin ... und noch etwas Rashid: Ich habe mich informiert. Bist du denn überhaupt noch Jungfrau, dass du solche Ansprüche an deine Frau stellst? Immerhin hast du selbst schon eine längere Beziehung hinter dir. Wie kommst du dann darauf, jemanden zu fordern, der noch keinerlei Vergangenheit hat? Weißt du was? Es ist mir auch egal, es ist eh besser so. Denn eine Sache weiß ich zumindest genau, ich würde niemals eine zweite Frau neben mir dulden. Mir ist klar, dass keiner von euch an eine Liebeshochzeit denkt, doch wenigstens … Wie kann man denn seinen Mann teilen wollen? Ich brauche mir darüber ja keine Gedanken mehr zu machen, doch dass ich vor meinem Vater und meiner Schwester so bloßgestellt wurde … wegen meiner Vergangenheit … Weißt du was, du hast recht, dafür gibt es einfach keine Worte. Ich wünsche dir viel Glück, Rashid. Ich hoffe, du findest deine perfekte Frau, ohne Vergangenheit und ohne Fehler.«

Mila legt auf, ohne ein weiteres Wort von ihm abzuwarten und atmet durch. Es hat wirklich gut getan, sich alles von der Seele zu reden. Sie weiß, dass sie alles durcheinander gebracht hat und verwirrt geklungen hat, doch genau das ist sie, all das was passiert, verwirrt sie. Mila blickt noch eine Weile auf das Handy, aber da es nicht mehr klingelt, scheint auch Rashid nichts weiter dazu zu sagen zu haben.

Es meldet sich die nächsten zwei Tage niemand mehr. Mila ist froh darüber, trotzdem lässt ihre innere Anspannung nicht nach. Sie sieht jeden Tag in den Nachrichten und den Klatschblättern nach, doch nirgends werden Rashid und sie noch erwähnt. Muss nicht bald die Bekanntgabe der Trennung erfolgen, soll sie sich darum kümmern? Sie war davon ausgegangen, dass sich andere darum kümmern. Eigentlich dürfte die höchste Vertreterin der westeuropäischen Adelsfamilien das alles gar nicht schnell genug bekanntgeben können.

Es verwundert Mila deswegen auch gar nicht, als am Nachmittag plötzlich ihr Vater vor ihrem letzten Kurs auf sie wartet. Er ist in die westeuropäische Region geflogen, da die höchste Vertreterin der westeuropäischen Adelsfamilien Mila und ihn sehen wollte, um diesen ganzen Vorgang endgültig abzuschließen. Mila kann es nur recht sein. Da Milas Universität nicht weit vom ihrem Anwesen entfernt liegt, fahren sie mit dem Mietwagen des Vaters dahin. Ihr Vater trägt ein schönes rotes Samtjackett und Mila zieht sich noch schnell ein knielanges rotes Sommerkleid an. Dabei nimmt sie sich fest vor, sich nie wieder so klein neben der höchsten Vertreterin der westeuropäischen Adelsfamilien zu fühlen.

Als sie am späten Nachmittag endlich in deren Haus eintreten, spürt Mila schnell, dass sie nicht die einzigen Gäste hier sind. Einige Männer sind hier, die sie auch schon in Westarabien gesehen hat und die ihr und ihrem Vater höflich zunicken, als sie durch zwei große vergoldete Türen in einen Empfangssaal geführt werden. »Der Vorsitzende des südeuropäischen Adels und seine Tochter Mila.«

Es verwundert Mila dann auch nicht mehr, als sie eintreten und neben der höchsten Vertreterin der westeuropäischen Adelsfamilien, Elisabeth und zwei Mitarbeitern, Rashid, sein Vater und zwei weiterer Männer stehen. Alle blicken zu ihnen. Mila wendet sofort ihren Blick auf Elisabeth, nachdem sie kurz in die Richtung der Männer aus Westarabien geblickt hat. Sie will gar nicht erst in deren Augen lesen können, was sie nun über Mila denken. Es ist dir egal! Diesen Satz sagt sich Mila immer wieder selbst auf, während ihr Vater alle Anwesenden begrüßt und sie sich alle um einen großen Tisch herum setzen.

»Gut, da nun alle anwesend sind, können wir direkt zum wichtigen Teil kommen. Mittlerweile ist ja allen bekannt, dass es einige … Komplikationen gibt und wir umdenken müssen.« Rashids Vater räuspert sich, er verschränkt die Arme vor der Brust. »Momentan wissen wir überhaupt nicht, ob dieses Abkommen noch sehr sinnvoll ist, wenn eure Seite nicht in der Lage ist, ihre Zugeständnisse einzuhalten. Wenn wir bei der Hochzeit zwischen Rashid und der Prinzessin aus Ostarabien bleiben, wird das alles, denke ich, nicht so ein hohes Risiko, aber wie bereits am Anfang gesagt, liegt es an meinem Sohn, das zu entscheiden.«

Mila blickt nun doch auf und sieht zu Rashids Vater, er hat Ähnlichkeiten mit seinem Sohn. Auch wenn seine Haare bereits einige graue Strähnen aufweisen, ist er noch immer ein sehr hübscher Mann. Auch ihm sieht man seinen Stolz an. Als er dieses Mal seinen Blick schweifen lässt und Mila kurz in die Augen sieht, erkennt sie darin aber nicht wie befürchtet Abneigung oder Missgunst, er sieht sie mitfühlend an.

Die höchste Vertreterin der westeuropäischen Adelsfamilien räuspert sich. »Natürlich ist es das. Am Anfang dachte ich auch, dass man all das vielleicht aufgeben sollte, doch meine Assistentin hat einen Plan entworfen, der fast noch besser als der erste ist.« Eine Frau kommt herein und bietet allen Tee an. Währenddessen sieht Mila einen kleinen Augenblick zu Rashid, sie hat die ganze Zeit seinen Blick auf sich gespürt. Er sieht gerade weg, lehnt höflich den Tee ab. Rashid sieht gut aus, wie immer. Er trägt wieder das weiße Gewand, das er in Westarabien öfter anhatte. Da Mila ihn jetzt so oft in normaler Kleidung gesehen hat, wirkt es fast wieder befremdlich auf sie. Trotzdem fällt ihr auf, dass er dunklere Augenringe als sonst hat und dass sein Bart nicht ganz so perfekt gestutzt ist, wie er es sonst immer war.

Rashid blickt nun doch zu ihr und für den Bruchteil einer Sekunde treffen sich ihre Augen. In diesem kleinen Augenblick, spürt Mila auch, dass sie nicht so tun sollte, als wäre Rashid ihr egal. Dieses Kribbeln im Bauch, was sich sofort gemeldet hat, kann nicht gespielt sein. Dennoch blickt sie weg und wendet sich wieder der höchsten Vertreterin der westeuropäischen Adelsfamilien zu, die sicherlich gerade anfangen wollte, ihren neuen Plan anzukündigen, da meldet sich einer der anderen Männer zu Wort.

»Ihre Pläne sind offenbar nicht ganz so gut, wie sie es glauben, sonst säßen wir jetzt nicht wieder hier.« Die höchste Vertreterin der westeuropäischen Adelsfamilien klopft ungeduldig mit ihrem Stift auf den Tisch und Mila sieht zu Elisabeth, die alles unbeteiligt verfolgt. Was muss sie jetzt denken und fühlen? Wenn das alles so eintritt, wie die höchste Vertreterin der westeuropäischen Adelsfamilien es neu geplant hat, wird sie darüber glücklich sein? Sie weiß doch, dass Rashid eigentlich nicht sie gewählt hat. Stört sie das kein bisschen? Ihrem Gesicht sieht man zumindest keine Emotion an, sie lächelt in Rashids Richtung und glättet noch einmal ihr perfekt sitzendes cremefarbenes Kleid.

»Machen sie sich keine Sorgen, meine Pläne funktionieren wunderbar. Rashid musste sich aber anstatt sich an meinen Vorschlag zu halten ... hat sich der Prinz die ... schwierigste und rebellischste Prinzessin Europas ausgesucht, dafür kann ich auch nichts. Da sind mir die Hände gebunden.« Alle blicken schnellen zu Mila, der sofort warm wird. Doch bevor sie reagieren kann, steht plötzlich ihr Vater auf.

»Wir sind hierhergekommen, um noch einmal zu hören, was unserer Familie hier gesagt werden soll. Solche Bemerkungen sind mehr als überflüssig. Meine Tochter Mila ist sicherlich ganz anders als alle Prinzessinnen aus Europa, das weißt du auch genau, Beatrix. Du hast diesen Vergleich zwischen Mila und Elisabeth so oft schon aufgestellt und niemals ist er für euch ausgegangen, du solltest das endlich sein lassen.

Das Wichtigste ist, Mila ist einzigartig, ich könnte nicht stolzer auf meine Tochter sein. Danke Rashid, für das Geschenk, doch in Anbetracht der Umstände gebe ich es zurück, das Glück meiner Tochter ist so viel mehr wert und ich werde nicht zulassen, dass irgendjemand sie schlechtredet.« Rashid steht nun auch auf. Mila sieht gar nicht mehr nach oben, sie wünschte, es würde sich ein Loch auftun und sie verschlucken. »Das war ein Geschenk, bitte behalten Sie es und ich versichere Ihnen, dass niemand hier ihre Tochter schlechtreden möchte, das würde ich niemals zulassen ...« Milas Vater hebt die Hand.

»Rashid, ich begreife mehr und mehr, dass meine Mila etwas ganz Besonderes ist. Wenn ich mich jetzt auch hier im Raum umsehe ...«, er sieht zu Elisabeth und der höchsten Vertreterin der westeuropäischen Adelsfamilien, »muss ich ganz ehrlich zugeben, dass Mila viel mehr wert ist als all das hier.« Milas Vater zeigt in die Runde. »Sie hat so viel Besseres verdient und deswegen möchte ich all das auch nicht mehr. Sie war immer das Lächeln ihrer Mutter und der Stolz ihres Vaters und das wird sich niemals ändern. Mila verdient mehr. Ich wünsche euch noch viel Spaß und Erfolg mit euren Plänen, doch all das ohne meine Tochter.« Er deutet Mila auch aufzustehen und ihm zu folgen.

Sprachlos hört Mila auf ihn, sie kann nicht fassen, was er da gerade für sie getan hat. Stolz geht ihr Vater zur Tür, doch dann dreht er sich noch einmal um. »Oh und Beatrix ... du solltest dir überlegen, ob du überhaupt die Macht dazu hast, ständig vom ganzen europäischen Adel zu sprechen. Du sprichst nicht in meinem Namen, merk dir das für deine weiteren Verhandlungen. Ihnen allen einen schönen Tag noch!«

Es ist totenstill, als sie den Raum verlassen. Mila dreht sich nicht noch einmal um und hat doch ein seliges Lächeln im Gesicht. Erst an ihrem Wagen springt sie ihrem Vater förmlich in die Arme. »Das war großartig, Papa!« Ihr Vater lacht und küsst ihre Stirn. »Das war die Wahrheit, mein Schatz, du bist so viel besser als all das, merk dir das und lass dir niemals etwas anderes erzählen. Und jetzt lass uns von hier verschwinden.«

Kapitel 14

»Warten Sie!«

Mila würde am liebsten laut losfluchen, als sie gerade einsteigen wollen und von einem Angestellten der höchsten Vertreterin der westeuropäischen Adelsfamilien zurückgerufen werden. »Können Sie bitte noch einmal zurückkommen, es gibt noch etwas zu besprechen.« Milas Vater zögert. »Lass uns fahren, Papa, wir haben alles gesagt.« Als er die Autotür wieder schließt, seufzt Mila leise auf, es wäre zu schön gewesen. »Nein Mila, wir rennen nicht davon, lass uns hören, was sie noch zu sagen haben.«

Als sie den Raum wieder betreten, steht die höchste Vertreterin der westeuropäischen Adelsfamilien an einem der Fenster, Elisabeth ist nicht mehr im Raum, alle anderen sitzen noch immer um den Tisch herum. Rashid steht auf. Mila hingegen setzt sich, ihr Vater bleibt neben ihr stehen und sieht zu Rashid, der Mila einen Augenblick in die Augen sieht und sich dann an ihren Vater wendet.

»Wenn hier der Eindruck entstanden ist, dass irgendwer Milas Ehre oder ihren Stolz in Frage stellen würde, so kann ich Ihnen versichern, dass niemand das hier jemals wagen würde. Mila ist meine Verlobte und wie ich es ihr und auch Ihnen versprochen habe, gehört sie jetzt an meine Seite. So wie sie das Lächeln ihrer Mutter war und der Stolz ihres Vaters ist, ist sie nun auch mein Stolz und ich werde mich immer vor sie stellen. Ich hoffe, dass Sie mir das glauben können.

Diese Ehe wird etwas ganz Besonderes werden. Ich weiß, dass Mila an einigen Dingen Zweifel hat und auch mir fällt einiges nicht leicht, weil ich es anders kenne, doch ich glaube daran. Ich glaube daran, dass wir das schaffen können und auch an den Plan, den die höchste Vertreterin der westeuropäischen Adelsfamilien mit meinem Vater ausgearbeitet hat, dass diese Ehe zwei Kulturen und Welten zusammenbringen kann, die sich leider sehr entfernt haben. Dass die Adelsfamilien in Europa wieder beliebter werden und dass es funktioniert, sieht man ja jetzt bereits.

Eine sehr kluge Frau hat mir vor Kurzem gesagt, dass wenn man einen Menschen an seiner Seite haben möchte, man auch seine Vergangenheit und Gegenwart akzeptieren und zusammen die Zukunft gestalten muss.« Mila hebt den Blick und sieht Rashid an. Sie kann nicht verhindern, dass sich ein Lächeln auf ihren Lippen bildet, auch wenn sie eigentlich sauer sein möchte. Rashid blickt ihr erneut in die Augen und dann zu ihrem Finger, an dem noch immer der Verlobungsring steckt. Mila hatte vor ihn abzumachen, muss es aber wohl vergessen haben, vielleicht konnte sie es auch einfach nicht.

»Ich stehe zu meinen Worten. Ich habe Mila gewählt. Wenn es nach mir geht, kann diese Hochzeit in drei Wochen stattfinden. Nein, vielmehr als das, ich wünsche mir sehr, dass sie stattfinden wird. Wir müssen alle Kompromisse eingehen. Es wird alles neu, so eine Hochzeit hat es noch nicht gegeben und deswegen müssen wir alle auf die anderen einige Schritte zugehen. Ich hoffe, dass Sie mir trotz allem noch die Hand Ihrer Tochter überreichen werden?«

Nicht nur Mila, auch ihr Vater ist überrascht von Rashids ehrlichen Worten. Alle anderen im Raum sind ruhig, die höchste Vertreterin der westeuropäischen Adelsfamilien sieht noch immer aus dem Fenster. »Mila ist meine Tochter, ich liebe sie über alles. Ich erinnere mich, als sie ungefähr sieben war, hat ihre ältere Schwester immer Hochzeit gespielt mit einigen Cousins, wie Mädchen das so tun. Mila sollte mitspielen, doch sie ist immer weggerannt und hat sich versteckt und hat alle angemeckert, dass sie niemals heiraten möchte.«

Rashid lacht leise auf, auch sein Vater schmunzelt. Mila sieht etwas empört zu ihrem Vater, das ist sicher nicht der richtige Zeitpunkt, von ihrer Kindheit zu erzählen.

»Ich hätte damals niemals gedacht, dass ich nun hier stehe, doch eins wusste ich damals schon, Mila kann ihre eigenen Entscheidungen treffen. Auch ich muss zugeben, dass ich den Plan begrüße, den die höchste Vertreterin der westeuropäischen Adelsfamilien und dein Vater gemacht haben, und da du mich um die Hand meiner Tochter bittest, bestehe ich auf ein 'du' zwischen uns. Auch ich glaube an diesen Plan, doch Rashid, Milas Glück ist mir wichtiger.

Als du gekommen bist, habe ich gesehen, wie du Mila angesehen hast, als sie vor dem Grundstück zu uns gekommen ist. Ich habe dich beobachtet und den Blick, den du ihr zugeworfen hast, habe ich erkannt. So habe ich auch immer Milas Mutter angesehen, als wäre sie ein kostbarer Schatz und das ist sie ja auch. Deswegen habe ich auch keine Bedenken gehabt, dein Verhalten jetzt untermauert das eigentlich nur. Du könntest es leichter haben, doch dein Blick liegt weiter auf meiner Tochter, als wäre sie das Allerwertvollste für dich und das, obwohl sicherlich einige Schätze vor dir ausgebreitet werden. Deswegen überlasse ich es Mila. Wenn sie zustimmt, werde ich dir aus ganzem Herzen am Tag eurer Hochzeit meine Tochter überreichen.«

Mila ist gerührt von den Worten ihres Vaters. Ist es das, was Mila immer in Rashids Blick bemerkt, wenn er auf ihr ruht? Aber wie kann er sie als etwas Besonderes sehen, neben Frauen wie Elisabeth und dieser Samira, die er alle haben könnte. Vielleicht hat ihr Vater doch recht und Rashid sieht etwas anderes in ihr, etwas, was vielleicht sonst niemand erkennt. »Mila?«

Erst jetzt merkt sie, dass alle zu ihr blicken. Natürlich, alle warten auf ihre Antwort. »Ich bin, um ehrlich zu sein, sehr durcheinander. Ich begreife, wie wichtig all das mit diesem Plan ist, doch ich kann damit nicht … Ich möchte jetzt nicht planen, wie meine Kinder … wann irgendwelche Eingriffe an ihnen vorgenommen werden. Das sind doch meine Kinder, ich möchte so etwas dann entscheiden wenn es soweit ist. Ich finde es krank, jetzt schon Regeln aufzustellen für Dinge, die noch gar nicht existieren. Alles so genau durchzuplanen, kann doch gar nicht gutgehen.

Ich verstehe, dass wir unsere Religionen gegenseitig respektieren müssen, doch es gibt Sachen, die da mit reingemischt werden, die, wie ich finde, nichts mit der Religion zu tun haben. So wie ich es verstanden habe, kann Rashid mehrere Frauen haben unter gewissen Voraussetzungen, er muss sich aber nicht mehrere Frauen nehmen. Das ist keine religiöse Vorschrift und ich werde keine andere Frau neben mir akzeptieren. Ich will nicht respektlos sein. Es mag sein, dass es bei einigen klappt und vielleicht auch gut ist, aber für mich geht das auf keinen Fall. Ich …«

Mila merkt sofort, wie diese Panik wieder zurückkehrt, die die letzte Tage verschwunden war. Rashid steht noch immer, wenn auch am anderen Ende des Tisches. »Ich habe Mila mein Wort gegeben, dass sie und ich die Sachen untereinander regeln, die unsere Ehe angeht. Wir werden die Vereinbarungen ändern. Es gibt Sachen, die müssen schriftlich festgehalten werden, Mila, auch wenn dir das komisch vorkommt, doch es ist auch zu deinem besten. Wenn sich zwei Adelsfamilien vereinen, muss das sein. Doch ich werde einige Punkte streichen lassen und wir werden diese dann später gemeinsam entscheiden. Außerdem verpflichte ich mich, auf eine weitere Frau neben Mila zu verzichten, das wird auch schriftlich festgehalten, ändert das.«

Ein Raunen geht durch die Leute, die Rashid begleiten. Offenbar ist das nicht so selbstverständlich, wie es das für Mila ist. Milas Kopf schwirrt. Was soll sie jetzt tun, sagen? Plötzlich dreht sich die höchste Vertreterin der westeuropäischen Adelsfamilien um. Auch wenn Mila und sie sich nicht immer besonders gut verstanden haben, scheint sie Milas Bedenken genau zu spüren. »Ich muss zugeben, dass ich nicht zufrieden bin, wie sich all das entwickelt hat. Mir wäre es lieber, wenn sich Prinz Rashid anders entschieden hätte, doch unabhängig davon glaube ich daran. Ich glaube, dass diese Ehe einiges verändern wird und dass sie das gesamte Ansehen der europäischen Adelsfamilien verändern wird.

Sieh doch, was sich schon in diesen paar Wochen geändert hat. Heute hat mich deine Tante angerufen, um mir mitzuteilen, dass nächste Woche eine große europäische Tageszeitung einen mehrseitigen Bericht über die alten und die neuen Adelsfamilien der nordeuropäischen Region bringen wird. Weißt du, wie glücklich sie

168

darüber ist? Das alles liegt jetzt in deiner Hand, Mila. Ich werde mich um einiges kümmern und bin bereit, die Verantwortung für all das mit deinem Vater zusammen zu leiten. Die süd- und west-europäischen Adelsfamilien werden die Adelsfamilien Europas wieder mit nach vorne tragen, aber all das liegt nun in deinen Händen.

Weißt du noch, als ich euch von der Entscheidung erzählt habe, Mila? Ich habe jeder von euch gesagt, überlegt euch gut, ob ihr das möchtet, ob ihr diese Ehe möchtet und du bist mitgekommen. Also kann deine Antwort eigentlich nur ja sein, oder möchtest du all das jetzt widerrufen, nachdem Rashid dir wirklich in allem ent-gegengekommen ist?«

D i e höchste Vertreterin der westeuropäischen Adelsfamilien nagelt Mila fest und das weiß sie auch ganz genau. Mila hat keine Chance mehr, aus dieser Sache herauszukommen, nicht ohne all das zu zerstören. Sie hat damals eingewilligt, indem sie diese Reise angetreten ist und da kommt sie jetzt nicht mehr heraus. Mila schluckt schwer, ihre Zunge fühlt sich wie Blei an, es fällt ihr nicht schwer Rashid anzusehen, im Gegenteil. Er berührt sie immer mehr, mehr als jemals ein Mann zuvor, doch alles andere will sie nicht. Wenn es nach Mila geht, würde sie mit Rashid zusammen sein, lange, bevor sie überhaupt über das Heiraten sprechen. Doch sie hat diese Wahl nicht, nicht mehr, das weiß sie genau, als sie nun einmal in die Runde sieht. Auch wenn sie weiß, dass ihr Vater zu ihr stehen würde, wie sie sich auch entscheiden mag, sieht sie auch bei ihm in den Augen die Hoffnung auf eine positive Entschei-dung.

Es sind nur ein paar Worte, doch die fühlen sich an, als würde sie damit einen Vertrag unterschreiben, der sie ihres eigenen Willens beraubt, und irgendwie ist es vielleicht auch so. Natürlich kann man sagen, sie hatte ihren eigenen Willen, doch wenn sie sich umsieht, weiß sie, dass sie ihn nicht hat. Sie blickt in Rashids Augen und erkennt den Blick darin, den auch ihr Vater bereits bemerkt hat. Ihre Ablehnung gegen das hier hat nichts mit ihm zu tun und sie lächelt schwach.

»Ja, ich werde Rashid heiraten.«

Die allgemeine Erleichterung zeigt Mila, dass sie sich richtig entschieden hat. Vielleicht muss sie anfangen, dem allen eine Chance zu geben. Vielleicht gibt es Dinge, die sie über ihre eigenen Bedürfnisse stellen muss. Es ist ja auch nicht so, als müsste sie ein schreckliches Monster heiraten. Sie heiratet Rashid, einen sehr hübschen Mann, der liebevoll zu ihr ist, der in ihr ganz neue Gefühle auslöst und bei dem sie sich wohl fühlt. Auch wenn es nicht die Liebesgeschichte ist, die sie aus Büchern kennt und die sie sich selbst immer gewünscht hat, heißt es nicht, dass es nicht klappen kann.

»Willkommen in der Familie!« Plötzlich steht Rashids Vater vor ihr und nimmt sie einen Moment in die Arme, bevor er ihrem Vater die Hand gibt. »Ich würde mich freuen, wenn ihr beide am Wochenende mit nach Ostarabien kommen könntet, es findet die Verlobungsfeier meines Sohnes Issam mit der Prinzessin Samra statt.« Mila stockt. Noch vor einigen Tagen hat sie mit Elise telefoniert, die ihr erzählt hat, dass sie beide weiter Kontakt haben und er sie bald besuchen kommen wollte. »Es ist wichtig, dass ihr von Anfang an sehr präsent seid in den arabischen Königsfamilien und man euch akzeptiert. Nicht nur Europa muss sich an Rashid gewöhnen, die arabische Welt muss auch Mila als Rashids Frau annehmen.«

Mila hat die Nachricht von Issams Hochzeit noch nicht verarbeitet, da kommt die nächste Bürde auf sie zu. Wie soll sie die arabische Welt von sich als Rashids Frau überzeugen, wenn sie selbst noch nicht überzeugt davon ist? »Ich werde dir helfen, dich darauf vorzubereiten.« Auch die höchste Vertreterin der westeuropäischen Adelsfamilien steht nun bei ihnen. Dann spürt Mila eine Hand an ihrem Rücken und Rashids Präsenz neben sich. »Ich bin mir absolut sicher, dass alle sie lieben werden.« Das erste Mal lächelt die höchste Vertreterin der westeuropäischen Adelsfamilien sie echt an, es wirkt nicht gespielt oder gekünstelt. »Natürlich werden sie das und wir werden sie dabei unterstützen, sie repräsentiert immerhin Europas Adel.« Das erste Mal hat Mila das Gefühl, dass die höchste Vertreterin der westeuropäischen Adelsfamilien es ernst meint und ihr einfach nur helfen möchte. Sie wird es annehmen, Mila kann jede Hilfe gebrauchen.

Milas Vater redet noch etwas mit Rashids Vater. Sie sollen in zwei Tagen früh am Flughafen sein, ein Privatjet bringt sie nach Ostarabien. Sie werden dort zwei Tage verbringen, es ist für alles gesorgt, sie brauchen sich um nichts weiter zu kümmern. Die höchste Vertreterin der westeuropäischen Adelsfamilien verspricht Mila, sich um ein passendes Kleid für die Veranstaltung zu kümmern und wird ihr eine sehr gute Stylistin dort besorgen. Mila macht all die Aufregung über diesen Besuch nervös. Rashid ist zwar die ganze Zeit in ihrer Nähe, doch sie haben es noch nicht geschafft, nach dem Streit am Telefon alleine miteinander zu reden.

Kurze Zeit später bringen Rashid und sein Vater Mila und ihren Vater zu ihrem Auto zurück. Sie konnte nicht mit Rashid allein reden. Auch jetzt gibt er ihr nur einen Kuss auf die Stirn, sein Vater gibt ihr einen Kuss auf die Wange. Sie sind noch keine zwei Minuten gefahren, da piept Milas Handy.

'Ich bin froh, dass du unsere Verlobung nicht aufgelöst hast.'

Mila lächelt, wahrscheinlich hätte Rashid auch gern noch einmal allein mit ihr geredet. Ihr Finger schwebt über der Tastatur, doch sie kann ihm einfach nicht antworten, dass sie auch froh darüber ist, es fühlt sich nicht so an. Noch immer hat sie Panik, wenn sie an alles denkt, was ihr bevorsteht, auch wenn sie beschlossen hat, dem Ganzen eine Chance zu geben und somit die Pläne zu verwirklichen, die für alle so wichtig sind. Sie will schreiben, dass sie sich langsam an den Gedanken gewöhnt, doch auch das kann sie nicht, sie gewöhnt sich noch immer nicht daran.

'Ich werde mein Bestes geben, dass alles gut geht.'

Das stimmt, sie wird sich bemühen, das nimmt sich Mila wirklich vor. Rashid antwortet ihr sofort.

'Sei einfach du selbst und alles wird gut.'

Mila legt das Handy weg und sieht aus dem Fenster. In zwei Tagen wird sie das erste Mal der arabischen Welt offiziell als die Frau an Rashids Seite präsentiert. Sie denkt daran, wie sie Rashid das erste Mal begegnet ist, mit aufgeschlagenen Knien und völlig ahnungslos. Wenn sie einfach sie selbst ist, dürfte all das eine reine Katastrophe werden.

Zwei Tage später besteigen Mila und ihr Vater todmüde den Privatjet, der am Flughafen für sie bereitsteht. Mila hat kaum geschlafen, sie ist noch einen Tag an der Uni geblieben und gestern erst zu ihrer Schwester nach Hause geflogen. Ihr Vater ist die ganze Zeit damit beschäftigt, auf dem Schloss Aufträge zu erteilen, bereits jetzt sieht man die ersten Fortschritte. Mina hat erwähnt, dass Rashid einen größeren Betrag bezahlt hat, damit sie das Grundstück wieder herstellen können, aber auch die europäischen Parteien haben etwas dazugegeben. Im Gegenzug dazu wird das erste Treffen zwischen den Parteien und Rashid im Beisein ihres Vaters kurz nach der Hochzeit stattfinden.

Mila versucht so wenig Einzelheiten wie nur möglich darüber zu erfahren, auch so fühlt sie schon enormen Druck auf sich. Wenn sie noch mehr darüber nachdenken würde, was alles dahinter steckt, würde sie sicherlich durchdrehen. Die höchste Vertreterin der westeuropäischen Adelsfamilien hat ihr Wort gehalten und ihr Bilder von einem traumhaften Kleid geschickt. Ihrem Vater hat sie einen extra dafür geschneiderten Anzug zukommen lassen. In Ostarabien wird sich dann eine Visagistin um Mila kümmern.

Mila konnte die Nacht kaum schlafen und der Flieger startet sehr früh, sodass sie sich verschlafen in dem Jet umsieht. Rashid ist am selben Tag noch nach Kairo geflogen. Dort gibt es einige Sachen, die er zu klären hat, er wird erst später ankommen. Er hat Mila nur hin und wieder schreiben können und scheint sehr beschäftigt zu sein. Auch wenn alles weitergeht, als wäre nichts gewesen, ist sich Mila sicher, dass dieser Streit noch zwischen ihnen stehen wird. Sie hätten sich die Zeit nehmen und das alleine klären sollen.

Der Jet ist fast genauso eingerichtet wie der, in dem Rashid und sie schon geflogen sind. Sie heben auch sehr schnell ab. Ihr Vater setzt sich bequem auf die Couch und sieht sich einen alten Film an, während Mila sich auf das Bett legt und einzuschlafen versucht. Sie fliegen nur eine halbe Stunde weniger als nach Westarabien, aber Mila schafft es immer noch nicht einzuschlafen. Dieses Mal will sie sich keinen Fehler erlauben. Bevor sie landen, sieht sich Mila noch einmal um. Sie zieht eine enge feine Hose, eine weiße Bluse und ein leichtes schwarzes Jackett über. Ihre Haare trägt sie offen. Sie schminkt sich nur ganz leicht und zieht sich Pumps an. An Schmuck trägt sie nur zwei weiße Perlen und den schönen Verlobungsring von Rashid.

Sie sieht noch einmal in den Spiegel und ist bereit, das erste Mal als die Frau an Rashids Seite die arabische Welt zu betreten.

Kapitel 15

In dem Moment, wo Mila im ostarabischen Königreich aus dem Flugzeug tritt, hat sie das Gefühl, dass sich das Land nicht sehr von Westarabien unterscheidet, doch eine Sache ist anders. Als sie damals in Westarabien angekommen ist, war sie eine Prinzessin unter vielen, nun ist sie die Prinzessin, die den Prinzen des westarabischen Königreiches heiratet. Es stehen unzählige Reporter an der Landebahn, denn hier in Ostarabien und auch in Westarabien herrschen die Königsfamilien noch immer und das Interesse an deren Leben ist sehr groß, ganz anders als in Europa, auch wenn sich das jetzt durch die letzten Wochen wieder langsam ändert. Zwei Securitymitarbeiter schirmen sie bereits auf der Treppe ab und bringen Mila und ihren Vater blitzschnell zu einer Limousine mit abgedunkelten Scheiben. »Daran werde ich mich niemals gewöhnen.« Auch Milas Vater ist etwas blasser, sie kennen solch ein Leben ja nicht wirklich.

Über eine Stunde fahren sie dann durch Ostarabien und schnell wird klar, dass Ostarabien zwar ähnlich luxuriös wie das westarabische Königreich ist, trotzdem wirkt es hier noch nicht ganz so modern. In Westarabien hat Mila der Mix fasziniert. Touristen und Einheimische haben zusammen an den belebten Promenaden gesessen, hier findet man eher seltener Leute, die wie Touristen aussehen. »Wo wohnen wir? In einem Hotel?« Milas Vater sieht auch aus dem Fenster. Er hat ihr erzählt, dass er als sehr junger Mann einmal mit seinem Vater einige arabische Staaten besucht hat, darunter auch Ostarabien.

»Nein, es gibt wohl auf dem Anwesen der Familie einige Gästewohnungen und wir werden dort wohnen, als Ehrengäste.« Mila würde lieber in einem Hotel schlafen. Sie kennen hier kaum jemanden, Rashid kommt erst am Nachmittag an und sie weiß nicht, wer noch hier sein wird, den sie bereits kennt. Doch Mila kann nicht weiter darüber nachdenken, sie fahren bereits in eine riesige

Anlage mit einem Haupthaus, das Mila zweimal hingucken lässt. In Westarabien waren die Häuser schon pompös und man hat gesehen, wie viel Geld dort hineingesteckt wurde. Doch dieses Haupthaus ist außen aus Gold. Mila zwinkert. »Papa, wir können jetzt auch einfach ein paar Türklinken abschrauben und uns aus dem Staub machen.« Ihr Vater lacht und zuckt die Schultern. »Jeder wie er es gerne mag.« Mila kommt aus dem Staunen nicht mehr heraus, wie kann man sein Haus vergolden lassen?

In dem Augenblick, als sie vorfahren, treten ein Mann und eine vollkommen verschleierte Frau aus dem Haus. Man sieht nicht einmal ihre Augen. Dann kommt noch eine jüngere Frau dazu, sie muss noch etwas jünger als Mila sein, vielleicht gerade mal achtzehn. Sie trägt ein langes Sommerkleid und hat ihre langen schwarzen Haare mit einer Hibiskusblüte nach hinten gesteckt. Ihnen werden die Türen geöffnet und sie steigen aus. Ihr Vater und der Mann geben sich die Hand und begrüßen sich, alle anderen werden vorgestellt.

Sie werden vom König aus Ostarabien und seiner ersten Frau begrüßt, die junge Frau ist Samra, sie wird sich morgen mit Issam verloben und begrüßt sie auch freundlich. »Wir hoffen, dass es Ihnen beiden hier gut gefallen wird. Sollten Sie irgendetwas wünschen, geben Sie bitte Bescheid. Momentan sind alle sehr mit der Feier zur Verlobung beschäftigt. Es ist nicht üblich, dass wir diese so groß feiern, doch da sich mit der Hochzeit auch zwei Adelsfamilien verbinden, haben wir uns spontan dazu entschlossen.«

Mila und ihr Vater nicken nur. Natürlich wissen sie alle von der eigentlichen Planung, dass Samras Schwester Rashid heiraten sollte und sie der Grund dafür ist, dass es nun anders gekommen ist. Samra ist ebenso schön wie Samira, die sie ja auf Bildern gesehen hat. »Samra bringt Sie in Ihre Unterkunft.« Mila und ihr Vater folgen dem schweigsamen Mädchen, nachdem sie sich beim König und seiner Frau bedankt haben. Hinter ihnen kam direkt ein weiteres Auto, es scheinen gerade mehrere Gäste einzutreffen.

Sie laufen an einigen prachtvollen Hallen vorbei. Mila erblickt goldene Tische, samtbehangene Wände, verzierte Gemälde. Es ist so bunt und glänzend, dass es fast schon in den Augen wehtut. Sie kommen in einen weiteren Trakt.

»Hier ist die Familie meines zukünftigen Mannes untergebracht. Du wirst ja bald meine Schwägerin sein.« Mila stockt kurz, das stimmt, wie immer hat sie gar nicht so weit gedacht. Einige Türen stehen offen, sie blicken in riesige Suiten. Mila erkennt Whirlpools und große weiche Betten darin. Eine Suite ist für den Vater gedacht, eine weitere für zwei Schwestern, eine für Issam und eine für Rashid. »Kommt die Mutter nicht?« Mila fällt in dem Moment ein, dass sie die Mutter von Rashid noch nie getroffen hat. Auch in der Presse hat man immer nur Bilder der beiden letzten Frauen gesehen, zwei hübsche, sehr moderne Frauen, eine aus Syrien, eine aus Marokko. Sie treten oft mit dem König in der Öffentlichkeit auf.

»Nein, die erste Frau von Issams Vater stammt aus unserer Königsfamilie, er hat sie damals verstoßen. Zwar wird sie auch morgen nicht dabei sein, doch Issams Mutter wird hier niemals herkommen. Aber die beiden Söhne aus der ersten Ehe sind bereits da, sie sind die ältesten Söhne von Issams Vater. Sie haben hier Häuser und leben dort. Man sagt, dass Schaimah, die Mutter von Issam und Rashid, eher selten in die Öffentlichkeit geht.«

Mila muss unbedingt mal richtig mit Rashid über seine Familie reden. »Hier ist euer Raum, wie gesagt, sollte irgendetwas sein, einfach melden.« Mila und ihr Vater sind es gewohnt, nicht sehr luxuriös zu wohnen. Doch als sie jetzt, nachdem sie in die vielen Suiten blicken konnten, auf ihren Bereich schauen, sieht Mila doch zweimal hin. Es ist ein kleiner Flur mit einem hellen Schrank, ein kleines Bad, ein kleiner Wohnbereich mit einer Couch, an den Seiten stehen zwei schmale Betten. Auch ihr Vater bleibt kurz stehen, bedankt sich dann aber und sie treten ein. Mila und er packen, ohne weiter ein Wort über das Zimmer zu verlieren, ihre Sachen aus. Es ist okay, sie kommen damit zurecht, doch wenn man die anderen Suiten gesehen hat, weiß man, was die Leute hier von Mila und ihrem Vater halten.

Milas Vater ist müde und legt sich hin. Er wird älter, und es kommt öfter vor, dass er mittags noch einmal eine Ruhepause einlegt. Mila überlegt gerade, wie sie an etwas zum Essen kommen kann, da klopft es an ihrer Tür. Leise, um ihren Vater nicht zu wecken, öffnet sie die Tür und Naima in Begleitung einer jungen Frau stehen davor. »Mila, hallo!« Naima umarmt sie kurz, während die andere junge Frau sie anlächelt. »Das ist Ranja, unsere jüngste Schwester. Wir haben gehört, dass ihr angekommen seid. Wollen wir einen Tee zusammen trinken?« Mila ist froh, ein bekanntes Gesicht zu sehen. »Gerne, nur hat mein Vater sich gerade schlafen gelegt, wir müssten etwas leise sein ...« Ranja winkt ab und nimmt Mila an die Hand. Sie ist überrascht von der herzlichen Art der kleinen Schwester von Rashid. »Ist nicht schlimm, komm zu uns, wir haben eine große Terrasse.«

Naima und Ranja bringen Mila in ihre Suite, und jetzt kommt sich Mila noch schäbiger vor. Die beiden jungen Frauen haben hier fast vier Zimmer, alle riesig, ausgestattet mit allem Luxus, den es gibt. Mit einem Bad, fast so groß wie die kleine Wohnung schräg gegenüber, in der Mila mit ihrem Vater schlafen muss. Sie setzen sich auf eine riesige Terrasse. Naima sagt etwas zu einer Frau, die die ganze Zeit in einer Ecke steht und wendet sich dann an Mila.

Beide Schwestern von Rashid sind hübsch, beide haben ebenso schwarze Haare wie er, genauso dunkle Augen mit den vollen langen Wimpern. Beide haben ganz feine schöne Gesichter. Naima hat kurze Haare, dafür hat die jüngere Ranja dichte schwarze Haare bis zu ihrem Po. Jedes Mal wenn Ranja lacht, erinnert sie Mila an Rashid und sie hat die Jüngste von allen schnell in ihr Herz geschlossen. »Ich war so aufgeregt, dich endlich kennenzulernen. Jeder redet über dich und was Rashid alles für dich tut.« Naima lacht leise. »Entschuldige die Kleine, Ranja redet ein wenig zuviel.«

Mila lacht auch, streift sich die Schuhe von den Füßen und setzt sich bequem hin. »Nein bitte, erzähl mir das alles ruhig, ich muss unbedingt mehr erfahren.« Naima lächelt, als sie sieht, dass es sich Mila gemütlich macht und streift ebenfalls die Schuhe von den Füßen. Während sie Tee und Kekse serviert bekommen, erzählt Ranja aufgeregt, dass sich überall alles nur noch um Rashid und Mila dreht. Alle sind verwundert, wobei Rashid alles nachgibt, dass er schriftlich eingewilligt hat, keine weitere Frau zu nehmen, hat alle erstaunt, so etwas passiert nicht oft. Alle haben Rashid abgeraten, Mila zu heiraten, sondern doch lieber Samira oder Elisabeth, doch Rashid hat seinen Willen durchgesetzt.

Er hat fast zwei Wochen lang mit seinem Vater deswegen Streit gehabt und das ist schon sehr selten, da Rashid und er sich sonst sehr gut verstehen. Jetzt weiß jeder, dass Mila Rashid wirklich viel bedeutet und alle sind umso aufgeregter und gespannt auf die Hochzeit.« Mila lächelt, ihr war wohl nicht so ganz bewusst, was Rashid alles für sie auf sich genommen hat und dass solche Dinge wie das gesamte Umändern der Verträge für ihn nicht so selbstverständlich sind wie für sie.

Naima fragt, ob es Mila recht wäre, wenn sie und Ranja nächste Woche zu ihr kommen, mit den Architekten. Die Zeit drängt und so können sie zusammen die letzten Möbel und Accessoires für das Haus aussuchen, was jetzt wirklich fertig werden muss. Mila stimmt natürlich zu, sie würde sich sogar sehr freuen, wenn die beiden sie besuchen kommen. Als Ranja dann aufgeregt nach dem Hochzeitskleid fragt, begreift Mila, wie wenig Zeit nur noch ist. Sie muss sich sofort um alles kümmern, wenn sie wieder zuhause ist.

Mila versteht sich zum Glück sehr gut mit den beiden. Als sie dann noch einmal ins Hamam wollen, schlägt Mila das aber aus, sie will lieber nach ihrem Vater sehen und sich vielleicht selbst noch einmal hinlegen. Auf dem Weg zurück zu ihrem Zimmer spürt sie außerdem, dass sie mittlerweile richtig Hunger hat. Sie will gerade durch ihre Tür schlüpfen, da schlägt eine andere Tür zu und Issam, Rashids jüngerer Bruder, tritt auf den Flur. »Issam.« Er lächelt, als er sie erblickt, kommt zu ihr und gibt ihr einen Kuss auf die Wange. »Herzlichen Glückwunsch, Issam.« Sie würde ihm ja gerne sagen, dass sie sich für ihn freut, doch Issam sieht aus, als würde er kurz vor seiner Hinrichtung stehen. »Ist alles okay bei dir?«

Issam atmet tief ein und nickt. »Ja danke. Wie geht es Elise, wann hast du das letzte Mal mit ihr geredet?« Mila zuckt die Schultern. »Ich habe letzte Woche mit ihr telefoniert. Da hat sie mir noch gesagt … da ging es ihr gut. Als ich das von deiner Hochzeit erfahren habe, wollte ich sie anrufen, doch ich konnte sie nicht erreichen. Ich werde sie gleich besuchen, wenn ich zurück bin.« Issam senkt den Blick und nickt. »Tu das, ich muss los. Ist Rashid schon da?« Mila schüttelt den Kopf »Er kommt später.«

Issams verstörtes Gesicht lässt Mila nicht zur Ruhe kommen. Sie versucht sofort Elise zu erreichen, doch weder bei ihr noch bei Elena klingelt das Handy, sofort springt der Anrufbeantworter an. Dafür hat sie eine Nachricht von Rashid, dass er schon etwas früher da sein wird. Die Nachricht hat er ihr schon vor einer Weile geschrieben. Mila kommt nicht zum Antworten, da klopft es wieder an der Tür. Wieder geht sie leise zur Tür, da ihr Vater immer noch schläft.

Eine Frau steht vor ihr, und Mila beginnt krampfhaft zu überlegen, wer sie ist. Die Frau starrt sie nur an und Mila weiß, dass sie sie kennt, nur nicht mehr, woher. »Hallo.« Mit ihrer Begrüßung weckt sie die andere Frau anscheinend aus ihrer Starre auf. Sie hört nicht auf, Mila ins Gesicht zu sehen. »Hallo, ich bin Samira, die Schwester von Samra.« Nun ist es Mila, die einen Augenblick erstarrt. Vor ihr steht die Frau, die so lange auf Rashid gewartet hat und ihn nun doch nicht heiraten wird. Sie hat sie ja schon auf Fotos gesehen, doch nun in echt ist sie noch schöner als auf den Bildern. Wie konnte Rashid sie immer ablehnen?

Man sieht ihr den Schmerz über diese Zurückweisung an. Mila bekommt Mitleid, doch man sieht auch den Hass, den sie Mila gegenüber trägt. Samira muss doch wissen, dass wenn es nicht Mila, dann eine andere europäische Prinzessin gewesen wäre. Beide schweigen sich an, dann lächelt Samira plötzlich zuckersüß. »Ich bin nur gekommen, um euch einen tollen Aufenthalt zu wünschen.

180

Ich habe Essen für euch zubereiten lassen, es wird euch gleich gebracht.« Mila bedankt sich und Samira dreht sich schon halb zum Gehen um, da hebt sie noch einmal die Hand. »Ach und Mila … ich habe Rashid noch nicht aufgegeben, ich werde ihn heiraten, komme was wolle und wenn es als seine Zweitfrau sein wird. Du schätzt ihn nicht und hast ihn nicht verdient. Ich werde nicht aufhören, gegen dich um ihn zu kämpfen.« Sie lächelt, als hätte sie diese Worte gerade gar nicht gesagt. »Lasst es euch schmecken!«

Mila schließt die Tür wieder und lehnt sich schockiert dagegen. Was war das gerade? Genau da klopft es erneut, eine Frau in einer Schürze schiebt einen vollen Speisewagen in ihr Zimmer, lächelt und geht wieder. Der komplette Raum füllt sich mit dem Duft des Essens, Milas Magen zieht sich hungrig zusammen, doch Samiras Worte hallen in ihrem Kopf nach. »Ich werde nicht aufhören, gegen dich zu kämpfen, lasst es euch schmecken.« Sie sieht auf die vielen Teller, gefüllt mit lauter Köstlichkeiten. Hat sie zu viele schlechte Filme gesehen und Krimis gelesen? Sie wird doch nicht wirklich denken, dass Samira sie vergiften möchte?

Doch egal wie hungrig Mila ist, sie kann jetzt nichts mehr von diesem Essen anrühren. Wütend schiebt sie den Wagen zurück auf den Flur, um den Kopf freizubekommen. Sie atmet tief durch. Am liebsten würde sie losweinen, auch wenn sie das sonst nie tut, doch sie ist hier in einem fremden Land, hat Hunger, ihr wird gedroht und sie spürt überall den Hass der ihr entgegengebracht wird. Wenn es nicht jetzt langsam mal an der Zeit ist, die Nerven zu verlieren, wann dann? Doch Mila reißt sich zusammen, sie sieht in der kleinen Kochnische nach und findet zum Glück einige Töpfe und Teller.

Leise, damit ihr Vater von all dem Chaos nichts mitbekommt, nimmt sie sich ihre Handtasche und geht durch die vielen Flure den Weg zurück. Zu ihrem Glück trifft sie am Eingang des Hauses auf kein Mitglied der Familie, dafür aber auf einen Mann, der hier zu arbeiten scheint und sie sofort fragt, ob er etwas für sie tun kann. Mila erklärt ihm, dass sie nur schnell wissen müsse, wo ein

Supermarkt ist, sie bräuchte einige Dinge, die sie vergessen hat. Der Mann versichert ihr, dass er ihr alles besorgen kann, doch Mila will sich nicht die Blöße geben und allen zeigen, welche Panik Samiras Worte in ihr ausgelöst haben.

Der Mann beschreibt ihr mit seinen paar englischen Worten, dass nur ein paar Straßen weiter ein Supermarkt sei. Er möchte ihr einen Fahrer zur Verfügung stellen, doch je weniger Leute etwas mitbekommen, desto besser, deswegen verlässt Mila schnell das Grundstück zu Fuß.

Sie hat das erste Mal Glück seit ihrer Landung hier, sie findet sogar schon früher einen kleinen Laden in einer Seitenstraße. Als sie diesen betritt, steht ein alter Mann an der Kasse, der sie abschätzig mustert, eine Frau mit dem schwarzen Gewand, das auch viele Frauen in Westarabien tragen und noch ein weiterer Mann, der etwas jünger ist.

Mila versucht alles andere auszublenden. Sie nimmt sich Nudeln aus dem Regal, Tomatenmark, etwas Gemüse, Brot, Oliven, eine Marmelade für morgen früh, Milch, Kekse und etwas zu trinken. Sie stellt alles in den Einkaufswagen, der wie in Europa alles bereits automatisch aufnimmt und addiert, sobald sie es in den Wagen stellt. Es dauert, bis sie alles Benötigte findet, doch Mila weiß, dass sie und ihr Vater so klarkommen werden. Ihr Hunger wird immer stärker. Sie steht vor dem Regal mit Olivenöl. Es gibt einige Sorten, doch eine Packung sieht so ähnlich aus wie sie es kennt und deswegen greift sie nach ihr.

Dabei stößt sie aus Versehen an die Frau, die sie schockiert ansieht. Mila murmelt eine Entschuldigung und geht schnell weiter. Sie will nur noch bezahlen und zurück, sie hat alles was sie braucht. Doch in dem Augenblick, wo sie an der Kasse ankommt, fängt die Frau furchtbar an auf arabisch loszuschreien. Die beiden Männer im Laden blicken von Mila zu der Frau, die immer wütender zu werden scheint.

Im ersten Moment sieht Mila nur hin und her, doch dann merkt sie, dass es um sie zu gehen scheint. Die Frau ist sauer, wegen ihr, auf sie, Mila versteht kein Wort. Sie versucht auf englisch zu fragen, was los ist, doch keiner hier versteht sie. Langsam wird auch der Mann wütend, er schreit die Frau zurück an und deutet immer wieder auf Mila, die sich zunehmend unwohler fühlt. Sie zeigt ihr Portemonnaie und dass sie zahlen möchte, doch der Mann schüttelt den Kopf und schreit die Frau weiter an.

Mila weiß nicht was sie tun soll. Sie will aus dem Laden treten, doch der jüngere Mann stellt sich ihr in den Weg. Mila bekommt Panik, die Frau wird immer noch lauter, irgendwann fällt immer öfter das Wort Polizei. Das versteht Mila wenigstens, und sie würde am liebsten wegrennen. Ihr wird immer heißer, hier gibt es keine Klimaanlage, es ist in der Mittagshitze und Milas Blut beginnt zu kochen, der Hunger rumort in ihrem Magen. Sie hat das Gefühl, jeden Moment umzufallen und greift nach ihrem Handy. Sie erinnert sich an Rashids Worte und wählt seine Nummer.

Nachdem er abnimmt, schlägt ihr Herz schneller. »Hi, ich wollte dir gerade schreiben, ich bin in zehn Minuten da ...« Mila schluckt ihre Tränen herunter. »Rashid, du hast mir gesagt, dass egal was ist, du ab jetzt immer für mich da sein wirst ...« Noch immer ist es laut um sie herum. Rashid hört es offenbar. »Was ist passiert, Mila, und wo bist du?«

Kapitel 16

Es sind nur ein paar Minuten, doch die kommen Mila wie eine Ewigkeit vor. Zum Glück kann sie von hier auf ein Straßenschild sehen, auf dem einmal auf arabisch und auf englisch der Straßenname steht. Sie konnte Rashid nichts erklären, nur den Namen der Straße sagen und dass sie hier in einem kleinen Eckladen ist. Dann hat die Frau ihr das Telefon entrissen und hat offenbar gedroht, irgendwen anzurufen, was den Mann ausrasten lässt. Er eilt zu der Frau und reißt dabei Mila um, die auf dem Boden landet. Bis sie sich wieder aufgerappelt hat, hat der Mann der Frau das Handy entrissen. Da kommt ein weiterer Mann in den Laden und mischt sich lauthals ein.

Mila versucht es noch einmal, tritt vor und bittet um ihr Handy. Plötzlich halten schlitternd mehrere Wagen und Mila fallen Felsbrocken vom Herzen, als plötzlich Omar und Rashid den Laden betreten, hinter ihnen noch ein weiterer Mann, der nach Security aussieht. Rashid trägt wieder sein weißes Gewand und blickt wütend zwischen allen hin und her, es ist sofort mucksmäuschenstill im Laden. Selbst Mila erschrickt, als sie Rashids wütenden Blick sieht. So hat sie ihn noch nie gesehen, unter diesem Blick sind sicherlich so einige starke Männer bereits gebrochen worden, doch als er auf sie schaut, tritt sofort wieder etwas ganz Weiches und Liebevolles in seine Augen.

»Komm her, was ist passiert?« Mila kämpft gegen die Tränen, sie nimmt ihre Tüten. »Ich wollte nur diese Sachen kaufen. Als ich bezahlen wollte, haben alle angefangen rumzuschreien. Ich habe keine Ahnung, was ich getan habe, ich verstehe kein Wort, sie haben mir das Handy ...« Rashid sieht ihr Handy in der Hand des Mannes und nimmt es ihm wütend weg. »Geh ins Auto, ich komme gleich.« Mila hält die Tüten hoch. »Ich muss noch bezahlen.« Rashid knallt einen Schein auf den Tisch und beginnt mit den Leuten auf arabisch zu reden, viel leiser, als sie es gerade getan hat, doch so scharf, dass Mila eine Gänsehaut bekommt.

»Komm!« Omar führt Mila nach draußen und hält ihr die Tür zu einer der zwei Limousinen mit getönten Scheiben. Sobald Mila sitzt, legt sie ihren Kopf in die Hände. Das darf doch alles nicht wahr sein, wieso passieren ihr immer solche Sachen? Es dauert noch eine Minute, da geht die Tür wieder auf und Rashid setzt sich zu ihr. Er sieht immer noch wütend aus, doch sein Blick gleitet über sie. »Ist alles in Ordnung? Haben sie dir wehgetan?« Mila atmet tief ein. »Nein, aber ich weiß nicht, wo das Problem lag.« Rashid sagt durch die heruntergefahrene Scheibe etwas zu dem Fahrer und sie setzen sich in Bewegung.

»Du konntest es nicht wissen, hier ist Alkohol für Einheimische verboten, deswegen wird es heimlich verkauft. Jeder weiß, dass in genau diesem Olivenöl Schnaps ist, statt Öl. Es ist ein offenes Geheimnis. Du konntest es natürlich nicht wissen. Als die Frau aber gesehen hat, dass du es kaufst, hat sie dem Besitzer vorgeworfen, dass sie jetzt immer schamloser werden und sogar Alkohol an Frauen verkaufen. Sie wollte die Polizei rufen, darum ging der Streit, du konntest es nicht wissen. Aber was hast du da im Laden getan? Wieso kaufst du Nudeln und Öl? Du bist ganz blass, Mila, was ist los?«

Mila schluckt schwer die Tränen herunter. In dem Moment fällt es ihr wirklich schwer, nicht zu weinen zu beginnen, es überrascht sie selbst, wie gut ihr Rashids Anwesenheit tut. »Mila, ich meine es todernst, du kannst mir hundertprozentig vertrauen.« Rashid greift nach Milas Hand und sieht sie besorgt an. »Mir ist schlecht, weil ich wirklich richtig Hunger habe.« Rashid zieht die Augenbrauen an, er versteht ihre Worte nicht. Sie zögert, doch als sie am Haus halten und bevor sie aussteigen, erzählt Mila ihm alles.

Rashid steigt nicht aus, der König, seine Frau, Samra, Samira und Issam stehen vor dem Haus, um Rashid zu begrüßen, doch er bleibt bei Mila und hört sich genau an, was passiert ist, wie Samira ihr gedroht hat und dass Mila sich so unwohl fühlt, dass sie sich nicht getraut hat, etwas von den Speisen zu essen. »Ich habe dann in der Küche in unserem Zimmer nachgesehen und beschlossen selbst zu kochen, deswegen war ich im Laden. Ich ...«

»Bei euch im Zimmer gibt es eine Küche?« Mila hat gesehen, dass Rashid noch wütender wurde, als sie ihm von Samiras Worten berichtet hat, jetzt hält er sie beim Reden auf. »Ja, bei uns gibt es eine Küche und na ja ...« Rashid sieht so aus, als würde er jeden Moment platzen. Er nimmt Milas Hand. »Warte, komm mit!« Omar und alle anderen stehen schon draußen, Rashid steigt aus, und als Mila auch aussteigt, sehen alle sie verwundert an. Der König will Rashid begrüßen, doch der hebt die Hand um anzuzeigen, dass sie warten sollen und geht einfach mit Mila an der Hand an allen vorbei. »Zeig mir euer Zimmer.«

Mila ist noch mehr verwirrt, doch sie bringt Rashid durch die Flure zu ihrem Zimmer. Issam holt sie ein. Da erst sieht Mila, dass alle anderen ihnen aufgeregt folgen, es scheint so, als fragen sie was los sei. Mila öffnet die Tür und alle sehen in den Raum, in dem ihr Vater sich gerade sein Jackett überzieht und ihnen verwundert entgegensieht.

Noch ehe Mila wirklich begriffen hat was hier abläuft, wirbelt Rashid herum und sieht die Königin, seine Frau und die zwei Töchter wütend an. »Was fällt euch ein, meine Frau in dem Raum für die Bediensteten wohnen zu lassen?« Omar sieht in den Raum und sagt etwas auf arabisch, was sich nicht freundlich anhört. Zwei Dienstmädchen kommen gerade um die Ecke. Omar sagt etwas zu ihnen, sie schlüpfen an allen vorbei in das Zimmer von Mila und ihrem Vater.

»Das war keine Absicht, Rashid, es war eine Suite für sie vorgesehen. Ich weiß nicht, wie das passieren konnte.« Rashid wendet sich an Samira. »Ich schon, geht man so mit meiner Familie um, Samira? Ist das eure Gastfreundschaft? Erwartet ihr, dass sich unsere Familien verbinden, wenn ihr meiner Frau droht? Wie kannst du es wagen, dich vor sie zu stellen und ihr zu drohen? Bei Gott, Samira, wenn ihr auch nur ein Haar gekrümmt wird, werde ich dich dafür verantwortlich machen, Samira, dich persönlich, hast du verstanden?«

Die Mutter schlägt sich schockiert die Hand vor den Mund. Mila glaubt ihr sogar wirklich, dass sie das nicht wusste. Der König redet auf Arabisch auf Rashid ein, doch der kocht vor Wut. Er wird lauter und Mila weiß nicht, was er noch alles sagt, doch Issam an ihrer Seite sagt keinen Ton. Mila ist es unangenehm, dass ihretwegen all das jetzt so eskaliert. Ihr Vater kommt dazu und versteht auch nichts mehr, als die Dienstmädchen die Koffer von Mila und ihrem Vater wieder aus dem Zimmer tragen. »Wir können hier schlafen, Rashid, das ist kein Problem.«

Rashid blickt Mila in die Augen. Egal wie wütend er ist, sie hat das Gefühl, dass er sie nicht einmal wütend anblicken kann. »Niemals, kommt mit.« Er sagt noch etwas auf Arabisch, dann bringt er Mila und ihren Vater aus dem Haus. Sie setzen sich in die Limousinen und fahren ohne ein weiteres Wort los. Issam bleibt zurück, aber Rashid hat ihm vorher noch etwas zugeflüstert. Mila fühlt sich elend, sie macht alles kaputt. Jetzt haben sich alle zerstritten. Sie wird sicher der meist gehasste Mensch in der arabischen Welt sein, wenn sie so weiter macht, dazu wird ihr bei der Autofahrt immer schlechter durch den leeren Magen und den Hunger.

Milas Vater versichert Rashid noch einmal, dass es in Ordnung ist und sie es nicht als schlimm empfunden haben. Rashid telefoniert kurz, wobei man ihm ansieht, dass es ihm unangenehm ist, wie sie behandelt wurden. Er entschuldigt sich immer wieder bei Milas Vater. Mila würde gerne etwas dazu sagen, doch sie muss sich zusammenreißen, um ihre Übelkeit in den Griff zu bekommen und nicht auch noch ihre allerletzte Würde zu verlieren.

Sie fahren zum Glück nur zehn Minuten und halten dann vor einem riesigen Luxushotel. Sie werden sofort empfangen und ganz nach oben gefahren. Die erste Tür, die geöffnet wird, ist für Milas Vater. Mila wirft nur einen kurzen Blick hinein. Alles was sie sieht, ist Samt und Luxus, gefüllte Obstteller und ihr Magen knurrt. Daneben werden Rashids Koffer in eine Suite gebracht, doch

Rashid bleibt bei Mila, als für sie eine Doppeltür geöffnet wird und sie in eine traumhafte Suite gebracht wird. Sobald sie auf den flauschigen Teppich tritt, streift sie die Schuhe ab, nimmt sich einen Apfel und sieht sich um. Es ist ein Wohnbereich, der so groß ist wie einige ihrer Lesesäle in der Uni. Mitten im Raum ist ein Whirlpool, überall liegen große Kissen, duftende Blumen, mehrere Sofas, alles ist weich und kuschelig. Sie sieht auf der Terrasse einen eigenen Pool und in ein riesiges Schlafzimmer mit einem mehr als drei Meter breiten Bett. Erst als sie das traumhafte Bad angesehen hat, bemerkt sie, dass nur noch sie und Rashid da sind. Als sie ihn anblickt, lächelt er und deutet auf einen großen Tisch in der Mitte des Wohnraumes, der gefüllt ist mit leckerem Essen.

Doch Rashids besorgter Blick und das Handy am Ohr lässt sie einhalten. Egal wie hungrig sie ist, ihretwegen ist einiges zerbrochen. Rashid sieht sie an und beendet das Gespräch. »Es tut mir so leid, ich wollte nicht, dass ihr alle jetzt streitet.« Rashid kommt zu ihr, umfasst ihre Taille und blickt zärtlich auf sie herab. »Dir braucht gar nichts leid zu tun und Mila … ich will, dass du eine Sache wirklich verstehst. All das, alle diese Leute, diese Verlobung morgen, was die alle von uns denken … momentan gibt es nur eine Sache, die für mich wichtig ist und das sind wir. Du und unsere Ehe. Es gibt nichts, was für mich wichtiger ist als das. Alles andere ist mir egal, ich werde immer hinter dir stehen, mich vor dich stellen, dich schützen oder dich unterstützen.

Wenn du einen Fehler machst, werde ich trotzdem zu dir stehen und es dir dann unter uns sagen, aber du hast alles richtig gemacht. Ich möchte, dass du dich hundertprozentig auf mich verlassen kannst und wirklich begreifst, dass das hier für mich das Wichtigste ist.« Er wird immer leiser, Mila fasst mit ihrer Hand an seine Wange. »Das weiß ich, ich habe mich heute sehr unwohl gefühlt, doch als du dann kamst, wusste ich, dass alles wieder gut wird.« Mila küsst Rashid auf seine Lippen und er erwidert den Kuss sofort sehnsüchtig. Durch den Streit wegen ihrer Vergangenheit ist es schon länger her, dass sie sich so nah waren und Mila spürt, dass sie ihn richtig vermisst hat.

Rashid umfasst sie ganz, zieht sie enger an sich und Mila berührt seine weichen Haare. Sie atmen beide schwerer, als sie sich lösen und wollen ihre Lippen sofort wieder vereinigen, da klingelt sein Handy. Mila lächelt, doch Rashid macht es aus und wirft es auf die Couch. »Lass und essen.«

Auch wenn Rashid Mila nichts spüren lassen möchte, weiß sie, dass jetzt sehr schlechte Stimmung ist. Sie essen zusammen, dabei überredet Rashid Mila erneut, das Armband abzulegen, dieses Mal fällt es ihr schon nicht mehr so schwer. Danach zieht sich Rashid in seine Suite zurück, um einige Telefonate zu erledigen. Mila weiß, dass sie nicht zu eng zusammen sein sollten vor der Hochzeit und auch, dass sie keinen falschen Eindruck entstehen lassen sollten. Trotzdem gibt Rashid ihr die Karte zu seiner Suite, damit sie jederzeit zu ihm kann, ohne anklopfen zu müssen.

Sie geht solange duschen, versucht noch einmal vergeblich, Elise zu erreichen und telefoniert dann mit Adina, bis ihr Vater zu ihr kommt um ihr mitzuteilen, dass er sich mit Rashids Vater und Omar treffen wird. Rashids Vater ist mittlerweile auch angekommen, ihm ist das alles mehr als unangenehm. Er lässt Mila grüßen. Als ihr Vater gegangen ist, will sie nachfragen, was jetzt mit der Verlobung morgen ist. Sie trägt nur eine kurze Shorts und ein Top, doch sie zieht sich nichts weiter über. Rashid und sie sind noch sehr vorsichtig miteinander, doch sie heiraten in einigen Tagen und sie muss sich langsam daran gewöhnen, sich frei vor ihm zu bewegen und ihn ganz an ihrem Leben teilnehmen zu lassen.

Barfuß schleicht sie über den edlen Hotelflur zu seiner Suite und öffnet sie leise. Sie steht gleich im Wohnbereich und bleibt stehen, als sie Rashid vor der geöffneten Terrassentür stehen sieht. Er hat auch keine Schuhe an und steht auf einem Teppich. Genau in diesem Moment geht die Sonne unter und Rashid kniet sich in diesem schönen Licht auf seinen Teppich und betet.

Mila ist ganz ruhig, auch wenn sie sich sicher ist, dass er sie bemerkt hat. Sie legt sich hinter ihm auf eine Couch und lässt dieses wunderschöne Bild auf sich wirken. Sie sieht auf die in das Abendrot getauchte Stadt und den betenden Rashid, dieses Bild ist so friedlich. Auch sie kennt die Folgen, die der Islam tragen musste, nachdem jahrelang der IS in einigen Regionen gewütet hat. Es ging über Jahre und sie konnten erst zurückgedrängt werden, nachdem sich die restliche islamische Welt zusammengetan und sie gemeinsam bekämpft haben. Doch sie haben Spuren hinterlassen in der islamischen Welt und auch in den Köpfen der restlichen Welt. Selbst Mila kann sich da nicht freisprechen, doch als sie jetzt auf dieses friedliche Bild schaut, weiß sie, dass das der richtige Islam ist.

»Hi Prinzessin.« Rashid steht auf und blickt sich zu ihr um. Mila lächelt, sie hat angefangen zu träumen. »Ich hoffe, ich habe dich nicht gestört.« Rashid rollt den Teppich ein. Mila geht auf die Terrasse, auch Rashid hat hier einen Pool. Sie sieht auf die Tausende von Lichtern nach unten. »Du störst mich nicht, du bist jetzt ein Teil von mir.« Sanfte Küsse treffen auf Milas Nacken und Rashid umarmt sie. »Was ist jetzt wegen morgen? Findet die Verlobung statt?«

Sie dreht sich nicht zu Rashid um, sondern genießt seine Arme um sich und lehnt ihren Kopf an seine Brust, während beide auf die Stadt hinabsehen. »Ja, es war nicht klar. Issam hätte die Verlobung auch abgesagt, doch die Familie hat sich tausendmal entschuldigt und am Ende steckte hinter all dem Samira.« Mila wagt sich weiter vor. »Wie kam es eigentlich, dass die Verlobung so plötzlich stattfindet? Ich meine, ich dachte, Issam und Elise....« Rashid küsst noch einmal ihren Nacken. »Ich weiß es auch nicht genau, ich war auch überrascht, doch scheinbar hat mein Vater ihn gefragt und Issam war bereit dazu. Er muss das selbst wissen.« Mila muss unbedingt mit Elise sprechen, sie versteht diesen plötzlichen Wandel nicht.

»Hast du Lust dahin zu gehen?« Rashid zeigt auf einen, zwischen all den bunten Farben, noch helleren Platz. Sie entdeckt ein Riesenrad, es ist ein kleiner Rummel. »Ja, unbedingt, aber nur wir beide. Ohne Security und all das drumherum. Wir lassen den Prinzen und die Prinzessin zuhause, nur Rashid und Mila. Denkst du, das geht?«

Dieser Plan braucht etwas Zeit, Rashid zieht sich eine einfache Shorts und ein unauffälliges Shirt über, ein Cap und eine Sonnenbrille. Mila trägt einen langen schwarzen Rock, ein rotes T-Shirt, ihre Haare zu einem Knoten nach oben gebunden und auch eine Sonnenbrille. Sie nehmen vor dem Hotel ein Taxi und lassen sich zu dem Rummel fahren.

Ihr Plan geht auf, sie verbringen unbeschwerte zwei Stunden dort. Es ist das erste Mal, dass sie beide ganz allein, ohne irgendwelche Leute um sich herum oder Unterbrechungen, Zeit zusammen verbringen. Mila genießt jede Sekunde. Sie laufen Hand in Hand über den Rummel, essen Zuckerwatte und Schokoladenerdbeeren, sie fahren Riesenrad und Rashid gewinnt für Mila einen weißen Teddybären, der fast so groß wie sie selbst ist. Es ist fast schon zu klischeehaft, doch trotzdem wunderschön. Mila könnte diese unbeschwerte Zeit mit Rashid ewig hinauszögern, doch sie haben ja morgen einen wichtigen Termin vor sich.

Als sie sich dann auf dem Hotelflur verabschieden, weiß Mila, dass es besser so ist, sie sollten sich an die Regeln halten und so gut es geht bis zur Hochzeit warten. Rashid küsst sie lange, er ist überhaupt keine Sekunde fordernd zu ihr und Mila spürt, dass sie dabei ist, sich in ihn zu verlieben. Sie vergisst, dass sie das auch muss, da sie bald verheiratet sind. Auch wenn sie all das um sich herum vergisst, spürt sie, dass ihr Herz sich immer mehr zu Rashid hingezogen fühlt.

Am nächsten Morgen schläft sie so lange, bis Rashid plötzlich neben ihrem Bett auftaucht und sie wach küsst. Er hat ihr Frühstück kommen lassen und muss los, um bei Issam zu bleiben, bis die Feier losgeht. Mila ist den ganzen restlichen Mittag entspannt in ihrer Suite. Ihr Vater kommt irgendwann zu ihr und sieht sich einige Fußballspiele an, während sie es sich am Pool gemütlich macht. Dann ruft die höchste Vertreterin der westeuropäischen Adelsfamilien an, die mittlerweile schon von dem Zwischenfall gehört hat. Merkwürdigerweise scheint sie ihre Einstellung wirklich überdacht zu haben, sie gibt Mila vollkommen Recht und schickt ihr die Visagistin ins Hotel.

Mila ist entspannt und spürt, dass das an Rashid liegt. Sie weiß, dass er bei ihr ist, dass er wirklich zu ihr stehen wird, und irgendwie gibt ihr dieses Wissen Kraft, dem Kommenden entgegenzusehen. Als Mila, kurz bevor sie los müssen, in den Spiegel sieht, ist auch sie überrascht. Es ist perfekt geworden. Das Kleid in hellrosa passt ihr perfekt, schmiegt sich an ihre Kurven und betont die richtigen Stellen, ihre Haare sind fein nach oben gesteckt und ihre Krone funkelt mit ihren Augen um die Wette.

»Die allerschönste Prinzessin der Welt!« Ihr Vater taucht neben ihr auf, auch er sieht sehr gut aus. Er trägt seine vielen Militärorden und den Stolz beim Anblick seiner Tochter in seinen Augen, als er dann mit Mila das Hotel verlässt und zu dem Haus gefahren wird, wo sie nicht wirklich willkommen waren. Dieses Mal sind nur Angestellte da. Sie sind spät dran und sollen vor einer großen goldenen Tür warten, offenbar werden sie wie damals in Westarabien schon vorgestellt. Jetzt wird Mila doch nervös. Was ist, wenn doch noch etwas passiert? Mila hatte nicht damit gerechnet, wieder so einen großen Auftritt zu haben, sie wird jetzt offiziell als Rashids Verlobte vorgestellt und … sie spürt vertraute Hände an ihrer Taille.

Rashid stellt sich neben sie, küsst Milas Wange und begrüßt dann ihren Vater, auch Rashids Vater kommt zu ihnen und küsst Milas Wange. Er sieht an Mila herab und lächelt. »Du hast alles richtig gemacht, mein Sohn, du bringst einen wunderschönen Engel in unsere Familie.« Rashid lächelt und nimmt Milas Hand in seine. Als ihr Vater und sein Vater zusammen aufgerufen werden und den Raum betreten, bleiben sie zurück vor der Tür.

»Du bist wunderschön, Prinzessin Mila … meine Prinzessin Mila!« Rashid küsst sie auf den Mund. Sie weiß, dass er es so frei hier nicht tun sollte, doch sie ist froh darüber und dass er jetzt bei ihr ist. Er trägt das weiße Gewand, doch dieses Mal noch viel feiner, mit einem goldenen und schwarzen Mantel drüber, er sieht atemberaubend aus. Mila tritt noch näher zu ihm. Jetzt ist ihr alles schon vertraut, seine Augen, sein Geruch, seine Berührungen, sie sieht zu ihm hoch.

»Was ist, wenn ich das nicht schaffe, wenn sie mich nicht …« Rashid hält weiter ihre Hand, mit der anderen fasst er an ihre Wange. Seine Augen halten ihre fest und in ihnen liegt das Versprechen, dass er für sie da ist.

»Das hier …«, er zeigt zwischen ihnen beiden hin und her, »ist wichtig! Es ist das Einzige was zählt, alles andere ist egal, hörst du?« Mila nickt und die Tür öffnet sich. Sie werden gebeten zu kommen und betreten einen überfüllten Raum.

Mila hört die Ansage. »Prinz Rashid bin Khalid el Aziz, der zukünftige König Westarabiens und seine Verlobte, Prinzessin Mila Estelle Loth von Todos y los Santos.«

Rashid streicht mit seinem Daumen über ihren Handrücken und Mila beginnt zu lächeln.

Kapitel 17

Mila muss an diesen Abend vor knapp zwei Wochen denken. Sie bezweifelt, dass sie es heute so einfach haben wird. Der Abend war am Ende sogar richtig schön, alle waren freundlich zu ihr. Samira und Samra sind ihr aus dem Weg gegangen, aber alle anderen haben sie willkommen geheißen. Sie waren mehrere Stunden da, haben zugesehen, wie Issam und Samra beglückwünscht wurden, haben gegessen und sich mit den verschiedensten Leuten unterhalten. Ihren Vater hat sie den ganzen Abend kaum gesehen, er war mit Rashids Vater ständig in Gesprächen mit wichtigen Persönlichkeiten verwickelt.

Mila hat Issam ganz genau beobachtet, auch Rashid und sie sind noch nicht so weit, dass Mila unter normalen Umständen über eine Hochzeit nachdenken würde, doch sie sind sich wenigstens etwas vertraut. Samra und Issam gehen sich so weit es geht aus dem Weg, sie reden fast gar nicht miteinander, meiden Blickkontakt. Als Mila Rashid deswegen angesprochen hat, hat er nur leichthin erklärt, dass das normal sei. Ihm wäre es normalerweise genauso ergangen. Issam und Samra kennen sich nicht, für gewöhnlich gibt es diese Feier der Verlobung gar nicht und sie hätten so nah wie in dem Augenblick erst am Tag ihrer Hochzeit zusammen gestanden.

Mila ist klar, dass sie Rashid noch lange nicht richtig kennt und noch viel mehr dazu gehört, als das, was sie bereits haben. Aber in diesem Augenblick hat sie das erste Mal begriffen, dass es auch anders hätte sein können. Rashid hat sich wirklich bemüht, es hätte auch sein können, dass sie sich nach Westarabien gar nicht mehr gesehen hätten, doch Rashid hat einiges für sie anders gemacht als es üblich ist.

Nachdem sie das in diesem Moment das erste Mal richtig verstanden hatte, hat sie ihren Kopf an seine Schulter gelegt und er hat ihre Stirn geküsst. Es ist nicht perfekt, nicht was sich Mila immer vorgestellt hat, doch es fühlt sich trotzdem nicht mehr verkehrt an, zumindest hat sie es in dieser Situation so empfunden.

Jetzt gerade fühlt sich alles falsch an. Mila ist heiß, sie hat das Gefühl, keine Luft mehr zu bekommen.

»Mila, atme!«

Sie sieht durch den Spiegel zu Adina, sie und Mina sind die einzigen bei ihr im Raum. Als die kleine Emilia anfängt zu schreien, will sich Mila automatisch umdrehen, doch ihre Schwester hebt warnend den Zeigefinger. »Unterstehe dich, du machst nichts kaputt.« Emilia ist gerade mal eine Woche alt, eigentlich müsste Mina noch im Bett liegen und sich ausruhen, doch ihre Schwester hat nicht im Traum daran gedacht, sie heute allein zu lassen.

Mina holt die Kleine und Mila beugt sich vorsichtig herunter, um das schönste Wesen dieser Erde zu küssen. Sie vergöttert Emilia. Noch in der Nacht der Verlobungsfeier sind Mila und ihr Vater zurückgeflogen, da es Mina schon nicht mehr so gut ging. Allerdings hat sich alles hingezogen, Rashid ist wieder nach Afrika geflogen, dafür sind Naima und Ranja gekommen. Da Mila nicht von der Seite ihrer Schwester weichen wollte, haben sie es sich alle bei ihrer Schwester im Haus gemütlich gemacht und sich stundenlang zwischen Küchen, Betten und Schränken entschieden. Die Schwestern von Rashid waren zwei Tage da. Es war schön, Mila und sie verstehen sich immer besser. Sie, Issam und der Vater sind auch die Einzigen, die Mila wirklich kennengelernt hat.

Auf der Verlobungsfeier hat Mila noch die beiden Brüder von Rashid kennengelernt, die von der ersten Frau des Vaters stammen, von der verstoßenen Frau. Sie hat sofort den Hass zwischen den Brüdern gespürt. Rashid hat Mila viel fester bei sich gehalten und auch wenn sie sich alle höflich begrüßt haben, hatte Mila nach diesem kurzen Gespräch eine Gänsehaut. Die beiden sehen den anderen Geschwistern und Rashid auch nicht ähnlich. Alle haben feine Gesichter, ähnliche Augen, die beiden Brüder haben sehr harte, markante Gesichter, lange Nasen und einen Blick, der Mila das Blut hat gefrieren lassen.

Rashid hat sie danach gebeten, niemals allein mit den beiden zu reden und ihnen so gut es geht aus dem Weg zu gehen.

Mila wollte unbedingt mehr über all das erfahren, doch bis heute hatte sie dazu keine Chance. Kurz nachdem die Schwestern zurück nach Westarabien geflogen sind, ist Emilia auf die Welt gekommen. Mila ist danach nicht mehr von der Seite ihrer Schwester und ihrer kleinen Nichte gewichen. Rashid ist für einige Stunden zu ihnen geflogen gekommen und hat für Emilia eine wunderschöne rosa Wiege als Geschenk mitgebracht, in der sie auch jetzt gerade gelegen und geschlafen hat. Mina hat sie mit einfliegen lassen. Rashid musste nach seinem kurzen Besuch gleich wieder weg. Mila und er hatten überhaupt keine Zeit mehr, miteinander zu reden, sie war auch damit beschäftigt, noch einmal alle Papiere zu prüfen.

Die höchste Vertreterin der westeuropäischen Adelsfamilien kam und hat ihr mit dem Kleid und allem anderen geholfen. Auch Adina, Elise und Elena sind nun seit gestern ständig bei ihr, weil alle zu spüren scheinen, dass es Mila immer schlechter geht.

»Ich glaube, ich muss mich übergeben!«

»Nein, das musst du nicht, atme tief ein, Mila, du hast mir doch gestern erst gesagt, dass du langsam anfängst, Rashid zu vermissen, jetzt siehst du ihn wieder.« Mila wendet sich wieder dem Spiegel zu. Sie ist selbst überrascht, was für Gefühle sich langsam in ihr ausbreiten, wenn sie an Rashid denkt, doch noch immer ist das kein Grund für sie zu heiraten. Sie mag Rashid, mehr als das bereits, sie ist verliebt in ihn. Er ist ein großartiger Mann, sie fühlt sich wohl bei ihm ... und ja, wenn sie so wenig Kontakt wie die letzten Tage hatten, beginnt sie ihn zu vermissen. Der Grund aber, warum sie jetzt hier steht, ist ihre Verantwortung, die sie wahrnehmen musste, weil sie so dumm war und sich auf diese Reise eingelassen hat.

Mila weiß ganz genau, wenn sie das nicht getan hätte, wäre sie vielleicht mit Rashid zusammen, sie würden aber nicht einfach mal so eben heiraten. Mila beißt sich auf die Lippen, sie hätte mit Rashid nicht einfach so zusammen sein können. Er hätte dann ja jemand anderes geheiratet und … sie verdrängt diese Gedanken alle wieder, es verwirrt sie immer noch zu sehr. Sie ist aber niemals so naiv, nicht genau zu wissen, wieso sie hier ist. Und auch wenn in ihrem Bauch Schmetterlinge zu flattern beginnen, wenn sie an Rashid denkt, ist nicht das der Grund, das wird sie nicht vergessen.

Die Tür geht auf, Elise und Elena kommen herein. »Wir haben gerade gesehen, wie Rashid mit seiner Familie angekommen ist, er sieht so gut aus, Mila. Ihr seid ein Traumpaar.« Elise hingegen verdreht die Augen. »Issam ist auch da. Ich hoffe nur, dass er so schlau ist, mir heute aus dem Weg zu gehen!« Nach und nach hat Mila erfahren, was genau zwischen Elise und Issam vorgefallen ist. Sie hatten noch weiter Kontakt nach Westarabien, ständig haben sie telefoniert oder sich geschrieben. Issam hat ihr gesagt, dass er bald zu ihr kommen wollte. Alles war in Ordnung, bis er eines Tages angerufen hat, um Elise mitzuteilen, dass er doch nicht kommen kann, da er heiraten wird.

Elise ist sauer, sie tut so, als würde es sie nicht verletzen, doch jeder, der sie besser kennt, merkt, dass es sie tief getroffen hat. Zwar waren sie nicht zusammen, doch Elise hatte die Hoffnung darauf und Issam hat auch alles dafür getan, in ihr diese Hoffnungen zu erwecken. Bei diesem Telefonat hat Elise ihn gefragt, wie es so plötzlich kommt, was los ist, sie hat die Welt nicht mehr verstanden, doch Issam hat sie nur schnell abgewürgt. Zwei Tage später hat er dann doch noch einmal angerufen, wollte ihr alles erklären, mit ihr reden, doch Elise hat aufgelegt. In dem Moment wollte sie dieses Gespräch nicht mehr. Seitdem haben sie nicht mehr miteinander geredet. Mila hofft, dass es heute nicht eskalieren wird.

Sobald Rashids Name gefallen ist, hat es noch mehr angefangen in Milas Bauch zu rumoren. »Ich muss mit ihm reden. Ich gehe kurz …« Elena stellt sich ihr in den Weg und nimmt gleichzeitig Emilia auf den Arm. »Vergiss es, Mila, versuch dich etwas zu beruhigen.« Mila würde am liebsten laut aufschreien, dann greift sie nach ihrem Handy und geht auf die Toilette. »Du hast drei Minuten!«

Mila lehnt sich an die kühle Wand und wählt Rashids Nummer. Es dauert, bis er ziemlich verwundert das Gespräch annimmt. »Mila? Ist alles in Ordnung?« Mila versucht sich etwas zu beruhigen, komischerweise hilft allein seine Stimme schon dabei. »Nein, Rashid, ich kann das nicht. Das wird eine Katastrophe, es … Verstehst du, ich bin für all das nicht gemacht. Ich …« Mila bildet sich ein, ein kleines Lächeln aus Rashids Stimme zu hören. »Ich weiß nicht, was du hast, auf der Verlobungsfeier von Issam warst du wundervoll, wieso traust du dir …« Mila schließt die Augen. Sie wird leiser, vielleicht, weil sie selbst erst da begreift, wie wahr ihre Worte sind. »Aber nur, weil du bei mir warst.« Rashid ist einen Moment ruhig, auch Mila öffnet ihre Augen noch nicht.

»Ich bin hier und warte auf dich, ich habe dich die letzten Tage richtig vermisst, also komm endlich wieder zu mir. Denk daran, Mila … alles andere um uns herum ist egal, was zählt ist das, was zwischen uns ist, okay?« Mila nickt. Auch wenn Rashid sie etwas beruhigt hat, zittert ihre Hand, als sie die Tür wieder aufschließt. Sie blickt auf ihre Cousinen und ihre Schwester in ihren hellrosa Kleidern. Sie alle sehen wunderschön aus. Sie sind seit heute morgen um sechs Uhr damit beschäftigt gewesen, sich fertig zu machen und es war knapp, es bis 16 Uhr zu schaffen. »Ziehst du das jetzt durch? Mila, wenn du wirklich nicht willst, hauen wir ab, wir helfen dir alle, aber ich habe nicht das Gefühl, dass du Rashid nicht heiraten möchtest.«

D i e höchste Vertreterin der westeuropäischen Adelsfamilien platzt herein. »Es ist …« Sie bleibt abrupt stehen, als sie Mila entdeckt. »Mila, ich bin … du siehst wunderschön aus.« Mila wendet sich noch einmal zum Spiegel um. Sie weiß nicht, ob sie jemals daran gedacht hat, sich so zu sehen. Sie war nie jemand, der sich seine Hochzeit vorgestellt hat, und sich jetzt so im Spiegel zu sehen, macht ihr noch mehr Angst, als sie ohnehin schon hat. Sie trägt ein Traum von einem Hochzeitskleid. Es ist trägerlos, oben enganliegend und ab den Hüften wird es fließend weiter. Es ist an der Taille bis hinunter auf den Rock mit weißen und goldenen

Applikationen von Blumen verziert, auch Perlen sind darin verarbeitet. Mila wurde gesagt, dass die goldenen Fäden auch bei Rashids Kleidung verarbeitet worden sind.

Sie liebt das Kleid, es ist wunderschön, es geht bis zum Boden. Mina und Adina werden die Schleppe halten. Minas Haare sind zu großen Wellen nach hinten gekämmt. Das Weiß lässt ihre Haut golden schimmern, sie ist nur leicht und doch genau passend geschminkt. Noch trägt sie keinen Schmuck, ihr Vater hat sie gebeten damit zu warten, ansonsten ist sie fertig. Sie ist eine Braut, sie sieht sich im Spiegel an, kann es aber nicht fassen, nicht begreifen, will es nicht glauben.

»Mila, nur damit du Bescheid weißt, es geht langsam los, es ist viel mehr Presse da als erwartet. Wir haben mit vielleicht dreißig Vertretern gerechnet, es sind allerdings weit über hundert. Vor dem Gebäude haben sich mehrere tausend Leute versammelt, sie wollen das Brautpaar sehen. Und es sind nicht nur Leute aus Westarabien da, sie sind von überall angereist. Diese Hochzeit ist, wie wir es erwartet haben, das größte Ereignis der letzten Jahre, wir werden live in alle Länder der Welt übertragen. Keiner hat mit soviel Aufmerksamkeit gerechnet, doch wir alle sind glücklich darüber. Und wenn ich dich jetzt so ansehe, weiß ich, dass du uns gut vertreten wirst.«

Mila greift nach einem Glas Wasser und Adina verdreht die Augen. »Super, sie war ja noch nicht aufgeregt genug!« Es klopft. Mila will sich gerade umdrehen und ihren Cousinen sagen, dass sie doch lieber flüchten möchte, da tritt ihr Vater ein. Auch er stockt beim Anblick von Mila, aber Mila und Mina sehen ebenso überrascht zu ihrem Vater. Auch wenn er sich in der letzten Zeit immer mehr zurecht gemacht hat und wieder als höchster Vertreter der südeuropäischen Adelsfamilien aufgetreten ist, sind sie diesen Anblick nicht gewöhnt.

Vor ihnen steht nicht nur ihr Vater, sondern wirklich auch der Vorsitzende des südeuropäischen Adels. Stolz trägt er seine Auszeichnungen und die alte Adelsschärpe über seinem Anzug. Mila hört erst auf ihn verblüfft anzusehen, als sie die Tränen in seinen Augen bemerkt.

»Du bist wunderschön, Mila!« Sie muss lächeln. »Und du bist der beste höchste Vertreter der Adelsfamilien der ganzen Welt!« So hat Mila ihn früher immer genannt, wenn sie sich alte Bilder angesehen hat. Ihr Vater räuspert sich und Mina wischt sich ein paar Tränen weg. »Wir müssen los, es warten bereits alle, aber vorher habe ich noch etwas ...« Er holt zwei Schachteln aus seiner Anzugtasche und tritt näher zu Mila.

»Deine Schwester hat damals zu ihrer Hochzeit das Perlenarmband deiner Mutter getragen, dasselbe, was sie bei unserer Hochzeit getragen hat, nun bist du soweit.« Er öffnet eine der Schachteln und darin liegen die Perlenohrringe ihrer Mutter, die diese damals auch bei ihrer Hochzeit getragen hat. Mila schluckt ihre Tränen herunter, als Mina ihr die Ohrringe anlegt.

Sie hört, wie Adina sich räuspert und sieht, wie Elena sich Tränen wegwischt. »Keiner weint jetzt hier, verstanden? Wir haben keine Zeit mehr, das Make-up zu verbessern.« Adina wedelt sich Luft zu. Man hört ihr an, dass sie ihre Tränen kaum zurückhalten kann.

»Weißt du, Mila, ich habe oft wachgelegen und darüber nachgedacht, ob das alles so gut ist, mit Rashid, den verschiedenen Religionen, dem Druck, der auf euch lastet, ihr kennt euch kaum ... doch dann hat mich Rashid ohne dein Wissen angerufen. Er hat mich gefragt, was er dir zur Hochzeit schenken kann, er möchte dir eine ganz besondere Freude machen. Ich habe ihm gesagt, dass er schon genug getan hat, dass all das viel zu viel ist, doch er hat sich davon nicht abbringen lassen. Ich habe ihm von den Ohrringen erzählt und wie stolz deine Mutter auf dich gewesen wäre. Sicherlich sieht sie gerade zu, wie ich mich hier um Kopf und Kragen rede ... Ich bin nicht besonders gut in so etwas.« Er nimmt Milas Hand in seine.

»Mila, ich liebe dich und bin sehr stolz auf dich. Nun bin ich mir auch sicher, dass egal was kommt, Rashid und du es schaffen werdet, weil du ihm sehr wichtig bist. Er hat so lange nachgeforscht und sich erkundigt, bis er von der Kette deiner Mutter erfahren hat. Erinnerst du dich? Sie war nur noch ein schwarzer Haufen, kaum mehr zu erkennen.« Mila nickt und spürt, dass sie nun den Kampf gegen die Tränen verlieren wird. »Sie hat sie immer getragen, jeden Tag, ich habe immer, wenn ich in ihren Armen war, damit gespielt.« Mila nickt, als Mina ihre Erinnerung an die Kette wiedergibt. »Ich auch.«

Ihr Vater reicht Mila die andere Schachtel. »Rashid hat aus dem, was von der Kette übrig war und was man auf Fotos erkennen kann, diese Kette nachbilden lassen. Es hat lange gedauert und war schwierig, doch es war ihm sehr wichtig, dass du sie heute bekommst.«

Er öffnet die Schachtel und darin liegt genau das gleiche kleine Medaillon, welches ihre Mutter immer getragen hat. Es hat außen ein eingraviertes Kreuz, in dessen Mitte damals ein echter Diamant eingeschweißt war. So wie der Stein in der Mitte des Kreuzes glänzt, wird auch hier ein echter Diamant eingearbeitet sein, die Ränder sind wunderschön mit Ranken und Blumen verziert. Mila öffnet das Medaillon und sieht auf der einen Seite ganz klein das Bild von ihrer Mutter und ihrem Vater bei deren Hochzeit, das Bild, welches ihre Mutter immer darin gehabt hat. Doch auf der anderen Seite ist noch ein Platz frei, für das Bild, das heute entstehen wird. Auf der Rückseite waren immer die Namen ihrer Eltern eingraviert, hier steht nun Rashid & Mila und das heutige Datum.

Mila hört es schniefen, als sie mit zittrigen Händen das kleine Medaillon aus der Schachtel holt und umlegt. »Keiner weint!« Die höchste Vertreterin der westeuropäischen Adelsfamilien gibt diese Anweisung und wischt sich selbst über die Augen. Mila sieht noch einmal in den Spiegel und umfasst das Medaillon. Rashid ist ein ganz besonderer Mensch. »Mila ...«

D i e höchste Vertreterin der westeuropäischen Adelsfamilien kommt und befestigt ihr den hauchzarten weißen Schleier mit den feinen Verzierungen am Rand wie auf ihrem Hochzeitskleid. Der Schleier und die Krone runden all das ab und Mila lächelt zufrieden in den Spiegel. Fast schon ehrfürchtig blicken sie alle noch einmal an, als sie sich umdreht und ihr Vater den leichten Schleier über ihr Gesicht zieht.

Keiner sagt mehr etwas, als sie dann nach so langer Zeit den Raum wieder verlassen, in dem Mila zurechtgemacht wurde. Sie alle sind gestern Abend in Westarabien angekommen und sofort in einem extra angemieteten Haus untergebracht worden. Der Rest der europäischen Adelsfamilien und auch einige Mitglieder der europäischen Parteien wurden auf Hotels verteilt. Mila konnte kaum schlafen und wurde schon am frühen Morgen ins Hamam gebracht, wo sie massiert, eingeschäumt und mal wieder enthaart wurde. Danach sind sie gleich in dieses Gebäude gebracht worden.

Es ist ein speziell konstruiertes Haus für große Feierlichkeiten der Königsfamilie, obwohl, Haus trifft es nicht ganz. Der untere Bereich besteht hauptsächlich aus zwei riesigen Räumen. In beide konnte Mila heute morgen schon kurz einen Blick werfen, da wurde alles gerade aufgebaut. In einem soll die Trauung vollzogen werden, von einem Priester und einem Imam zusammen. Allein das hat schon viele Neugierige angezogen. In dem anderen Raum wird danach gefeiert. Auch das riesige zugehörige Grundstück wird schon seit über einer Woche für den heutigen Tag vorbereitet.

Hier oben, wo sie schon früh hingebracht wurde, um sich fertig zu machen, gibt es mehrere kleine Räume. Sie hat seitdem den Raum nicht mehr verlassen, ihr wurden die Haare gemacht, das Kleid angezogen, sie hat auch darin gegessen. Zwar hat sie den Tumult draußen gehört, hatte aber gar nicht die Nerven, genauer nachzuforschen, was alles um sie herum passiert. Als sie jetzt aber auf den Flur tritt, ist es ruhig, sicherlich deshalb, weil alle in dem Raum versammelt sind, wo die Trauung stattfinden soll.

Adina hat vorhin mitbekommen, dass viele Leute sich vor dem Gebäude versammelt haben. Es sind immer mehr gekommen und der König hat zwei riesige Leinwände aufstellen lassen, damit die vielen Menschen die Hochzeit ihres zukünftigen Königs sehen können und live über die Leinwände alles miterleben können.

Aber Mila hört auch von dort nichts, sicherlich weil auch sie gespannt die Leinwände betrachten.

Die zwei jüngsten Cousinen von Mila, vier und sechs Jahre und aus den nordeuropäischen Region, kommen zu ihnen in ihren süßen rosafarbenen Kleidern, geschmückt mit zwei Minikronen auf ihren Locken. In ihren Händen tragen sie weiße Körbe, üppig gefüllt mit hellrosafarbenen und strahlend hellgoldenen Rosenblättern. Die ganze Hochzeit soll mit den Farben gold, weiß und hellrosa ausgestattet sein.

Als sie jetzt am Arm ihres Vaters die Treppe hinabsteigt und sich vor den zwei großen weißen Türen aufstellt, registriert Mila, dass sie sich so wenig mit den Gedanken der Hochzeit anfreunden konnte, dass sie bis zum jetzigen Zeitpunkt überhaupt nicht weiß, wie genau die Hochzeit ablaufen wird. Sie weiß nicht, was alles geplant ist, sie hat all das so weit von sich geschoben, dass sie nun völlig ahnungslos dasteht, plötzlich geht alles so schnell.

Die beiden Kleinen stellen sich vor sie. Die höchste Vertreterin der westeuropäischen Adelsfamilien drückt Mila noch ihren Brautstrauß in die Hand, dann geht sie zu einer Seitentür. Adina und Mina stellen sich hinter Mila auf und halten ihren Schleier, dahinter kommen Elena und Elise. Mila atmet tief ein und hält den Arm ihres Vaters. »Bist du bereit?« Nein, nein, nein, nein, nein, doch sie hat keine Chance mehr, also nickt Mila und in diesem Moment werden die weißen Türen geöffnet.

Kapitel 18

Mila stockt sofort, als sie auf das sich ihr bietende Bild blickt. Alles im Raum scheint einzuhalten, als sie am Arm ihres Vaters im Türrahmen erscheint. Ein Mann beginnt auf einem Klavier ein wunderschönes Stück zu spielen. Mila erkennt es sofort, es ist ein altes Lied, mit dem sie groß geworden sind. Ihre Mutter hat den Pianisten Yiruma verehrt und nun wird das Lied gespielt, was Mila immer am meisten geliebt hat: Kiss the Rain. Ihr Vater geht die ersten Schritte und Mila bleibt nichts weiter übrig, als sich auch vorwärts zu bewegen, auch wenn sich alles in ihr sträubt.

Unsicher sieht sie sich um. Der Raum ist riesig, er ist in weiß, gold und hellrosa eingeschmückt. Es stehen Hunderte von weißen Stühlen aufgereiht, nur der Gang in der Mitte, auf dem sie jetzt auf Rosenblättern laufen, ist frei. An den Seiten stehen vor jeder Reihe mit Stühlen große weiße Vasen mit langen Rosen in gold, rosa und weiß. Es wirkt fast wie in einer Kirche, nur dass dies hier natürlich nicht der Fall ist. Mila sieht in viele bekannte aber auch viele fremde Gesichter. An den Seiten stehen Kameras, alle lächeln sie an. Milas Herz schlägt immer schneller, sie spürt, wie wirklich jeder einzelne Blick hier im Raum auf sie gerichtet ist. Sie will sich gerade an ihren Vater wenden, da fällt ihr Blick das erste Mal nach vorne.

Es ist der Moment, wo sie begreift, dass sich einiges geändert hat, in ihr, in ihrer Sicht und ihrer Haltung zu dieser Hochzeit. Sie sieht nach vorne und somit zu Rashid. Er steht vor einem Priester und einem Iman, hinter ihm stehen Issam, sein Vater und Omar. Mila hat Rashid schon in allen möglichen Outfits gesehen, in Anzügen, den arabischen Gewändern, Jeans, in sportlicher Bekleidung. Doch so elegant und ehrfürchtig wie heute hat sie ihn noch nie gesehen.

Er trägt das traditionelle Gewand der arabischen Männer zur Hochzeit, ganz in weiß, aber darüber einen Mantel aus dem Gold, das auch in Milas Hochzeitskleid verarbeitet ist. Er sieht aus wie ein König.

Sie erinnert sich in diesem Augenblick, wie schön sie ihn vom ersten Moment an gefunden hat. Sie hätte sich jemand perfektes an seiner Seite vorstellen können, aber dass sie jetzt diejenige ist, der er so entgegen sieht, damit hat sie niemals gerechnet. Mila hat ihn seit einigen Tagen nicht gesehen, er ist etwas dunkler geworden, seine Augen strahlen ihr entgegen. Sie liebt seine Augen am allermeisten; sein Lächeln auch sehr, doch seine Augen sind immer voller Stolz und sein Blick ruht immer liebevoll auf ihr.

Er lächelt leicht, sicherlich ist auch er sehr nervös, für ihn ist all das ebenfalls neu. Auch wenn an der Königsfamilie in Westarabien immer großes Interesse bestand, wird das hier jetzt noch einmal alles andere in den Schatten stellen. Mila sieht weiter nur zu Rashid und bemerkt, dass sie alles um sich herum vergessen hat. Sie ist schon bei ihm angekommen und hat gar nichts anderes mehr mitbekommen. Rashid und sie, nur das ist wichtig.

Ihr Vater und sie bleiben vor Rashid stehen. »Ich übergebe dir hiermit einen meiner größten Schätze, pass gut auf sie auf.« Mila schluckt schwer und ein Kloß bildet sich in ihrem Hals, als sie die Worte ihres Vaters hört, auch Rashid ist plötzlich sehr ernst geworden. »Das werde ich!«

Rashid tritt noch näher zu Mila und hebt ihren Schleier hoch. Als er Mila ins Gesicht sieht, lächelt er und küsst ihre Stirn, es ist ihr so vertraut, in seiner Nähe zu sein, dass auch sie lächelt. Man hört hier und da aus der Menge der Leute, wie süß das alles ist oder was für ein Traumpaar sie sind, doch Mila sieht Rashid weiter in die Augen. Am liebsten würde sie ihn richtig küssen, sich an ihn kuscheln, die Augen schließen und von hier verschwinden, doch ihr Vater tritt wieder zu ihnen, dieses Mal nimmt er Milas Brautstrauß und reicht ihn an Adina weiter. Sie platzieren sich genau vor den beiden Geistlichen, die auf sie herabblicken, sie stehen auf einem kleinen Podest.

Milas Vater legt ihre Hand in die von Rashid. Dann legt er über ihre verschränkte Hand ein längliches Tuch mit der europäischen Fahne. Im selben Moment kommt auch Rashids Vater zu ihnen, küsst Milas Wange und legt dasselbe Tuch mit der Fahne Westarabiens auf ihre verschränkten Hände. Rashids Vater tritt zu seinem Sohn und küsst ihn auf beide Wangen. Mila lächelt zwar, als ihr Vater auch ihre Wange noch einmal küsst, doch gleichzeitig kommen ihr auch die Tränen, als er sie symbolisch an Rashid übergibt. Danach ziehen sich die Väter zurück. Mila hebt ihren Blick, sie spürt Rashids vertraute Wärme neben sich, seine Hand hält ihre fest. Sie weiß, dass er da ist, trotzdem wird sie immer nervöser.

Der Imam und der Priester beginnen beide abwechselnd von der Bedeutung der Ehe zu sprechen. Beide lesen dazu schöne Stellen aus der Bibel und dem Koran vor. Beide sprechen bewusst englisch, diese Hochzeit soll verbinden, niemand soll sich ausgeschlossen fühlen. Danach wird noch einmal darauf eingegangen, dass sie untereinander eine besondere Verantwortung tragen, respektvoll mit der Religion des anderen umzugehen.

Danach fragen beide Geistliche, ob sie diese Hochzeit wollen. Vielleicht ist das der letzte Moment, den Mila nutzen könnte, doch sie will all das nur hinter sich bringen und mit Rashid weg von hier. Beide antworten mit ja. Dann segnen erst der Imam und dann der Priester sie und symbolisch ihre verschränkten Hände. An dieser Stelle spricht der Imam auch auf arabisch. Mila hat sich nicht viel Gedanken über all das gemacht, doch jetzt berührt sie dieser Augenblick doch sehr. Der Priester und der Iman machen es wirklich wunderschön. Mila hat eine Gänsehaut, als sie ihre Ehe segnen und Rashid unter den beiden Tüchern ihre Hand noch fester hält. Obwohl so viele Menschen anwesend sind, ist es ganz still im Raum.

Als dann der Priester die beiden Tücher wegnimmt und sie anlächelt, ist es geschehen. Sie sind verheiratet.

Mila weiß, dass es nicht vorgesehen ist, dass sie sich küssen, es könnte vielleicht nicht so gern gesehen werden, doch nicht nur

Mila hat all das beeindruckt. Als der Imam ganz zum Schluss verkündet, das sie nun Mann und Frau wären und ihre Ehe vor Gott geschlossen wurde, küsst Rashid Mila erleichtert und glücklich auf den Mund. Erst klatschen nur ein paar Gäste, weil auch das auf einer Hochzeit im Königshaus nicht gern gesehen ist, doch dann stehen plötzlich alle und klatschen. Mila ist froh darüber, dass sie sich nicht an die Regeln halten.

Man hört auch die Menschen vor dem Gebäude. Rashid nimmt wieder ihre Hand. Die Trauung hat allen gefallen. Nun lautet ihr offizieller Name Mila Estelle Loth von Todos y los Santos Aziz.

Mila und Rashid werden beglückwünscht, doch nur von denen, die gleich bei ihnen stehen. Adina umarmt Mila lange und im selben Moment werden Rashid und sie schon von Omar hinter dem Podest zu einem weiteren kleineren Raum gebracht. Die Tür schließt sich hinter ihnen und das erste Mal sind Mila und er alleine. Rashid nimmt Mila sofort in den Arm und sie schließt die Augen. »Du bist so wunderschön … und jetzt bist du meine Frau.« Rashid lacht leise, Mila beugt sich zu ihm hoch und küsst ihn kurz auf den Mund. »Du siehst heute wirklich aus wie ein König, vielen Dank für die Kette, das bedeutet mir sehr viel.« Mila geht einen Schritt zurück und Rashid nimmt das Medaillon zwischen seine Finger, da klopft es und Rashids gesamte Familie tritt ein.

Es werden Fotos gemacht, zuerst mit Rashids engster Familie, also seiner Mutter, dem Vater und seinen richtigen Geschwistern, die Mila nun alle kennenlernt. Das erste Mal trifft sie auch auf seine Mutter, die immer wieder vor Freude zu weinen beginnt. Sie ist bildschön, viel schöner als die Frauen, die der König immer in der Öffentlichkeit präsentiert, doch Rashid flüstert Mila zu, dass seine Mutter kaum aus dem Haus geht, sie meidet die Öffentlichkeit. Umso mehr bedeutet es ihm, dass sie heute da ist.

Alle gratulieren ihnen, umarmen und küssen sie, danach kommen noch weitere Geschwister dazu, die anwesend sind, aber nicht von der gleichen Mutter wie Rashid abstammen. Die Brüder der erstgeborenen Frau sind auch da, Faris und Jabril. Als sie ihnen gratulieren, nimmt Rashid Milas Hand fest in seine, die beiden haben ein gehässiges Lächeln auf den Lippen.

Danach kommen weitere Mitglieder aus der Königsfamilie Westarabiens mit aufs Foto, es dauert ewig, bis die Adelsfamilien aus Europa dran sind. Es läuft gleich ab, ihnen wird gratuliert, sie machen ein Bild und die nächsten kommen herein, doch es zieht sich lange hin. Es folgen die Königsfamilien aus Ostarabien, Jordanien, Marokko. Irgendwann beginnt Milas Magen zu knurren und sie ist froh, als nur noch einige Fotos mit den Gästen gemacht werden, die nicht zu irgendwelchen Königsfamilien zählen. »Ich habe solchen Hunger.« Rashid nickt und nimmt ihre Hand. »Unsere Gäste warten schon.«

Doch Mila hört die Leute von draußen. Sie sieht aus dem Fenster über den vorgelagerten Balkon auf die große Menschenmenge, die sich eingefunden hat. Auch wenn die Übertragung der Feier schon längst beendet ist, stehen sie noch da. Einige haben Fahnen aus Westarabien dabei, viele Schilder mit Glückwünschen an sie, einige halten Bilder von Mila und Rashid hoch. »Komm.« Sie will die Balkontür öffnen und ihr Ehemann sieht sie verwirrt an. »Mila, die anderen warten, was hast du vor?«

Mila nimmt seine Hand und zeigt auf die Menschen. »Sie sind gekommen um dich ... um uns zu sehen. Wer weiß, was sie alles dafür tun mussten, um hier zu sein. Und die Menschen, die da auf uns warten ... nicht mal die Hälfte von denen meint ihre Glückwünsche ernst. Mir bedeuten diese Menschen hier viel mehr, komm lass sie nicht umsonst gekommen sein.« Rashid lächelt und öffnet die Tür. In dem Moment, wo sie beide auf den Balkon gehen, beginnt die Menge zu jubeln und zu klatschen. Ihnen werden Glückwünsche zugerufen und sie winken in die Menge.

Durch die lautstark jubelnde Menge müssen auch die andere Gäste etwas davon mitbekommen haben. Die höchste Vertreterin der westeuropäischen Adelsfamilien, Rashids und ihr Vater, Adina und Naima kommen zu ihnen, winken auch und Naima gibt Rashid ein Mikrofon. Er bedankt sich bei allen, auch Mila dankt ihnen danach dafür, dass sie sich die Mühe gemacht haben und zu der Feier gekommen sind. Es sind auch einige aus Europa da, aber überwiegend sind es Menschen aus Westarabien.

Mila fragt Rashid, was sie auf arabisch sagen muss. Als sie sich dann auch noch einmal auf arabisch bedankt, tobt die Menge erneut. Rashid lacht leise und gibt Mila einen Kuss auf den Mund, was noch einmal weiteren Jubel auslöst. »Die Menschen aus Westarabien lieben dich.«

Erst danach gehen sie zu dem Raum, in dem gefeiert und gegessen wird. Rashid spricht auf dem Weg mit einen Mann. Sie haben vier riesige Hochzeitstorten mit jeweils sechs Etagen, das ist viel zu viel, aber es soll Glück bringen, 4 Torten zu haben. Rashid gibt die Anweisung, eine Torte komplett in kleine Stücke zu schneiden und an die Menschen vor dem Gebäude zu verteilen, sobald sie die Torten angeschnitten haben. Rashid hält noch einmal ein, bevor sie die Türen zu dem anderen Raum öffnen lassen.

Mila streicht ihr Hochzeitskleid glatt. Rashid sagt etwas auf arabisch zu allen, die noch draußen mit ihnen stehen. Alle gehen schon in den Saal vor, nur sie stehen noch draußen. Rashid legt eine Hand an Milas Hüfte, die andere an Milas Wange und küsst sie liebevoll. Sie stehen vor einem Raum mit mehreren tausend Leuten, der Presse, doch als Mila Rashid wieder so nah ist, vergisst sie all das, alle Sorgen, Zweifel und die Ängste, die wegen dieser Hochzeit in ihr sind. Sie schmiegt sich enger an Rashid. Als er langsam seine Lippen von ihren löst, legt sie ihre Arme um seinen Nacken und seine Hände wandern beide an ihre Hüften.

»Wie sieht es aus? Bist du bereit?« Mila lacht und schüttelt den Kopf. »Also von mir aus können wir auch hier draußen bleiben, oder wir gehen mit den Leuten vor dem Gebäude feiern.« Rashid küsst ihre Nasenspitze. »Du weißt was wichtig ist, oder?« Mila nickt und zeigt zwischen ihnen beiden hin und her. »Das ist das Wichtigste!« Es wird unruhig hinter der Tür und Mila gibt nach.

Sie betreten den Raum, wieder stockt Mila. Der Raum, in dem sie getraut wurden, war schon wunderschön eingerichtet, aber das hier ist ein Traum. Sie gehen eine weiße Treppe hinab, die auch als Brücke dient. Rund um den Raum ist Wasser, darauf schwimmen zahlreiche Papierblumen mit Kerzen, die alle brennen. Der komplette Raum ist mit gedimmtem Licht beleuchtet. Man kann nur über kleine gebaute Brücken aus dem Raum kommen, die Brücken sind mit Blumen reichlich geschmückt.

Der Raum ist riesig, es stehen hunderte runder Tische darin mit riesigen Blumendekorationen in der Mitte, alles passt perfekt zueinander, die Deko, die Teller, die Gläser. Es sieht traumhaft aus, noch romantischer als in Milas schönsten Vorstellungen. An den Seiten stehen Schokoladenbrunnen, daneben Frauen, die das Obst am Stiel dafür bereithalten. Es gibt eine mit Fackeln abgetrennte Tanzfläche, draußen ist es genauso schön geschmückt. Mila kann sich gar nicht an diesem atemberaubenden Ambiente sattsehen, das merkt Rashid auch und bleibt mit ihr oben stehen, bevor sie die Treppe hinabschreiten.

»Erschreck dich nicht.« Mila ist noch so gebannt von dem Anblick, dass sie gar nicht den Mann bemerkt, der in die Mitte des Raumes tritt und in ein Mikrofon etwas auf arabisch sagt, dann wendet er sich auf englisch an alle. Er wünscht ihnen noch einmal alles Gute auch im Namen der Armee von Westarabien. Plötzlich wird draußen geschossen. Einige erschrecken sich, bis klar wird, dass dort eine Reihe von Soldaten steht, die einen Ehrensalut in die Luft schießen. Danach stehen auch einige der männlichen Gäste auf, gehen in den Garten und schießen einige Male in die Luft. Rashid beugt sich zu Mila und erklärt ihr, dass es Glück bringen soll, es vertreibt böse Gedanken, Neid und böse Wünsche.

Mila blickt nach unten und trifft auf die Blicke von Elisabeth und Samira und wünschte, diese Schüsse würden gar nicht mehr aufhören. Sie gehen diese wunderschöne Treppe hinab und setzen sich an einen Tisch in der Mitte, Rashids Eltern und Milas Vater sitzen bei ihnen. Erst als ihnen das Essen gebracht wird, spürt Mila ihren Hunger wieder. Rashid bittet um eine Schere und Mila muss lachen, als er ihr feierlich das Gesundheitsband abschneidet, bevor sie zu essen anfangen. Da sie nun erst einmal in Westarabien leben wird, braucht sie es nicht mehr, doch sofort fühlt sie sich auch merkwürdig, als würde sie etwas Wichtiges ihrer Identität aufgeben. Mila ermahnt sich selbst, etwas ruhiger zu werden, dieses Band macht ihre Identität nicht aus.

Das Essen ist lecker. Trotz ihrer noch immer vorhandenen Nervosität bei den vielen Blicke auf sich genießt sie das Essen und auch die ersten Gespräche mit Rashids Mutter, die Mila gern mit zur Universität in Westarabien begleiten möchte, wenn sie sich diese ansehen geht. Rashids Vater rät Milas Vater, sich hier einen Zweitwohnsitz zuzulegen. Während des Essens wird wieder am Piano gespielt, irgendwann tanzt eine Gruppe Männer einen traditionellen Tanz, dann kommen auch noch Kinder und präsentieren einen Tanz, danach gehen Mila und Rashid in die Mitte und eröffnen mit einem langsamen Tanz die Tanzfläche, die sich auch schnell füllt.

Mila verdrängt die Fotos, die ständig gemacht werden, die Blicke auf sich und genießt diese Minuten zwischen Rashid und ihr. Danach schneiden sie die Torten mit einem riesigen Säbel an. Es sind vier gigantische Torten, Mila probiert von allen etwas. Adina steht lachend neben ihnen, als ihr Armband ihr anzeigt, dass sie für heute genug zu sich genommen hat und Mila genüsslich ein weiteres Stück probiert. Das ist der schönste Teil, egal wie förmlich alles ist, alle haben ihren Spaß. Mila unterhält sich viel, lacht und spürt immer wieder Rashids Arme um sich.

Rashid zeigt ihr auch, wie Kuchen an die Leute draußen verteilt wird. Mittlerweile ist es schon dunkel und sie alle gehen in den Garten, als ein riesiges Feuerwerk den gesamten Himmel über Westarabien erhellt. Dazwischen fliegen kleine Flugzeuge mit Leinwänden, auf denen abwechselnd Bilder von Rashid und Mila und den feiernden Menschenmassen projiziert werden. Mila lehnt sich verträumt an Rashid, als groß am Himmel ihr Hochzeitsbild erscheint, das erst wenige Stunden alt ist. Es ist wunderschön, Mila liebt dieses Bild jetzt schon. Daneben knallen weiter bunte Feuerstrahlen in die Luft. »Gefällt es dir?« Rashid küsst ihre Wange. »Wunderschön, diese Hochzeit ist die schönste, die ich jemals erlebt habe.«

Rashid legt den Arm um sie. »Dabei war das nur der Anfang, wir müssen jetzt nämlich langsam los, um den zweiten Teil noch rechtzeitig zu erreichen.«

Kapitel 19

Mila sieht ihn verwirrt an. »Was ist mit den Gästen? Wo willst du hin?« Rashid reicht ihr die Hand. »Die feiern weiter. Komm, verabschiede dich noch schnell von deiner Familie.« Sie gehen wieder hinein. Mila weiß nicht was Rashid vorhat, ihre Familie aber offenbar schon. Mina, Adina, ihr Vater, keiner wirkt sehr überrascht und alle wünschen ihr viel Spaß. Mila küsst noch einmal Emilia, dann verlassen Rashid und sie auch schon ihre eigene Hochzeit ohne viel Aufmerksamkeit, da die Presse nichts mitbekommen soll. Direkt vor dem Gebäude steht eine abgedunkelte Limousine. Mit dem Hochzeitskleid ist es nicht ganz so einfach dort einzusteigen, aber mit Rashids Hilfe schafft Mila es.

Der Fahrer hat große Probleme, durch die Menschenmenge zu kommen. Wüssten die Leute, wer sich im Auto befindet, wäre es sicher noch schlimmer, doch letztlich schaffen sie es nach einer Weile hinaus. Mila sieht aus dem Fenster auf das Land, das nun ihr neues Zuhause sein wird. »Worüber grübelst du nach, Prinzessin?« Mila spürt Rashids Hand, die sich um ihre legt. Sie würde sich gerne an ihn kuscheln, aber der viele Stoff ihres Kleides hindert sie daran. »Ob ich mich hier wohlfühlen werde oder wie mein Leben sich ändern wird?« Mila will ehrlich zu ihm sein. »Mir macht das alles ziemlich viel Angst.«

»Das verstehe ich. Ich und auch alle anderen werden uns Mühe geben, dass du nicht zu viel Schwierigkeiten haben wirst.« Mila sieht, dass sie zum Flughafen fahren. Sie hatte damit gerechnet, dass sie in ihr neues Haus fahren werden. »Wohin fliegen wir? Ich habe nichts gepackt. Das Kleid ...« Sie fahren durch einen Seiteneingang des Flughafen. »Es ist für alles gesorgt. Du bist es nicht gewohnt, dass jemand etwas für dich übernimmt, oder?« Mila rafft ihr Kleid wieder zusammen, als sie halten. »Um ehrlich zu sein ... nein, meine Schwester und ich mussten uns früh um alles kümmern und ja, so ist es halt geblieben.« Rashid öffnet die Tür und hilft ihr. »Dann wirst du dich jetzt daran gewöhnen müssen.«

Sie werden zu dem Privatjet gebracht, mit dem sie mit Rashid nach Nordeuropa geflogen ist. Die Familie scheint mehrere davon zu haben. Sie ist mittlerweile schon mit drei verschiedenen Jets geflogen, der hier ist am größten und luxuriösesten. Im Jet wartet eine Frau, die vorhin dabei war, um sie fertig zu machen. Mila und sie ziehen sich in den Badbereich des Jets zurück. Es hat lange gedauert, das Kleid anzuziehen und sich zurechtzumachen, auch jetzt beim Ausziehen dauert es wieder seine Zeit. Sie müssen sehr vorsichtig sein, um das Kleid nicht zu beschädigen. Es ist hinten gebunden. Allein die vielen Perlen und Nadeln aus den Haaren zu bekommen, dauert eine gefühlte Ewigkeit. Nachdem alles geschafft ist, schminkt sich Mila auch gleich etwas ab. Die Frau hat ein weißes gehäkeltes Sommerkleid zum Wechseln für Mila dabei. Sie kommt gerade mal dazu, sich das Kleid überzuziehen, da landen sie nach einer Stunde Flug schon wieder.

Mila macht sich schnell zurecht, auch Rashid hat sich bereits umgezogen. Er trägt eine schwarze Shorts und ein weißes Polohemd. »Wir müssen umsteigen.« Mila versteht gar nichts mehr, auch hier ist kein Gepäck von ihnen, Mila hat nur ihre Handtasche, mehr nicht, doch Rashid schweigt weiter über ihr Ziel. Die Frau und das Hochzeitskleid bleiben im Jet zurück, als sie aussteigen und von ihrem Jet in ein kleines rotes Wasserflugzeug steigen.

Jetzt ist Mila wirklich neugierig, doch schon nach einigen Minuten in der Luft erkennt sie, wohin sie fliegen. »Willkommen auf den Malediven, wir wünschen ihnen schöne Flitterwochen.« Der Pilot wendet sich zu ihnen um, als sie auf das Meer und die malerischen Strände vor den vielen Inseln sehen. Trotz der Nacht sieht Mila, wie wunderschön die Insel ist, die sie nach ihrer Landung am Steg betreten.

Einige kleine Häuser wurden hier auf Stelzen halb im Wasser gebaut, mit ausreichend großem Abstand zueinander. Zu jedem Haus führt ein eigener Steg. Es ist traumhaft. Mila und Rashid ziehen beide ihre Schuhe aus und atmen den Duft des Meeres ein. Mehrere Angestellte begrüßen sie mit Fruchtcocktails, natürlich ohne Alkohol, und bringen sie direkt in eines der Häuschen.

Mila ist begeistert, das Haus steht mitten im Meer. Es hat ein großes Schlafzimmer mit einem Himmelbett, von dem aus man, wenn man die Terrassentüren öffnet, direkt aufs Meer sehen kann. Ein Bad, ein Wohnbereich, auch eine kleine Küche ist vorhanden. Rund um das Haus befindet sich eine Terrasse und vervollständigt das Ganze, es befindet sich darauf auch noch ein Pool, obwohl sie doch direkt ins Meer springen können. Überall stehen Liegen, es ist einfach perfekt, wunderschön und romantisch. Mila entdeckt, dass die Kleiderschränke schon gefüllt sind mit ihren Kleidungsstücken, selbst ihre Kosmetiksachen sind da.

»Es ist das Paradies auf Erden hier.« Rashid küsst Milas Schulter, als sie verträumt auf das dunkle Meer hinaussieht und auf den vollen Mond, der sich über ihnen erstreckt. »Warte mal morgen früh ab, wenn du die Farbe des Meeres richtig sehen kannst. Egal wie viele Bilder du schon davon gesehen hast, es ist nichts im Vergleich dazu, wie wenn du es mit eigenen Augen siehst.« Mila nickt und gähnt leise, sie bemerkt, dass ein Tisch auf der Terrasse eingedeckt ist.

Auch wenn sie beide müde und ziemlich satt sind, setzen sie sich noch an den Tisch und probieren von den kleinen Leckereien, die als Empfang für sie angerichtet wurden. Dabei sieht Mila, dass ihr Vater sie einige Male versucht hat anzurufen, sie wird ihn gleich zurückrufen, sie ist diese Aufmerksamkeit von ihm nicht gewöhnt. Zumindest nicht so viel wie zur Zeit. »Dein Vater liebt dich über alles.« Rashid fängt ihren verträumten Blick auf und hält ihr einen Shrimps hin, den sie probieren soll. »Meinst du wirklich?« Rashid legt seine Serviette weg und sieht sie über den Tisch hinweg an. »Natürlich Mila, wieso sollte er nicht?«

Milas Magen zieht sich sofort zusammen, sie verdrängt diese Zeit zu oft und zu sehr. Rashid sieht ihr ins Gesicht, durch den Mondschein und das Kerzenlicht sieht er noch hübscher aus, Mila kann nicht fassen, dass er jetzt ihr Ehemann ist. »Weißt du, Mila, an dem Tag, wo du mir am Handy deine Meinung gesagt hast, war ich kurz davor, alles sein zu lassen. Ich war wütend, hatte das Gefühl, es ist sinnlos, dass du all das eh niemals wollen wirst, doch eine Sache hat sich tief in mich gebrannt.«

Mila lehnt sich zurück. »Dass du mir gesagt hast, dass du einfach nur ehrlich zu mir sein möchtest, dass du mir nicht das gesagt hast, was ich hören wollte, sondern die Wahrheit, auch wenn mir eine Lüge angenehmer gewesen wäre. Ich bin nicht blöd. Wir wissen, dass sich fast alle Frauen einfach nähen lassen, doch du warst direkt ehrlich zu mir. Das bedeutet mir viel, Mila, ich kenne so etwas nicht, nicht in meiner Welt. Ich kann niemandem trauen, vielleicht meiner Mutter, Ranja, Naima ... aber eigentlich auch nicht wirklich. In unserer Welt geht es um Macht und Geld.

Jabriel und Faris würden mir, wenn sie könnten, sofort ein Messer in den Rücken rammen, auch wenn in uns das selbe Blut fließt. Ich bin durch dieses Leben sehr geprägt und vorsichtig, ich traue nur ganz wenigen Menschen, aber ... na ja, bei dir habe ich das erste Mal in meinem ganzen Leben das Gefühl, dass ich dir vertrauen kann und dass wir beide es schaffen, eine Basis aufzubauen und uns hundertprozentig zu vertrauen. Ich hoffe, dass du mir auch dieses Vertrauen schenken wirst und wir keine Geheimnisse voreinander haben werden.«

Mila legt ihr Hand auf seine. Es wird sicher noch einiges geben, was sie nach und nach über seine Familie erfahren wird. Es muss schrecklich sein, so eine große Familie zu haben und doch irgendwie ganz allein zu sein. Mila möchte das auch, dieses Vertrauen, diese Basis und sieht ihm in die Augen. »Ich habe darüber noch nie mit jemandem gesprochen, weil ich selbst finde, dass meine Gedanken schrecklich sind, ich wage es kaum sie auszusprechen.« Rashid sitzt auf einer kleinen Eckbank, während Mila ihm gegenüber auf einem Stuhl sitzt. Rashid deutet ihr, sich zu ihm zu setzen und Mila kuschelt sich neben ihn. Beide können sie so aufs Meer hinausschauen, während Mila in eine Zeit zurückkehrt, die sie immer verdrängt.

»Weißt du, wie meine Mutter gestorben ist?« Rashid küsst Milas Scheitel und legt den Arm um sie. »Ich habe gelesen, dass es ein Autounfall war, aber es ist kaum etwas darüber zu finden.« Mila nickt. »Weil die Adelsfamilien schon lange an Bedeutung verloren hatten zu der Zeit. Es ist nicht nur meine Mutter gestorben, ich hatte einen Bruder, Juan.« Mila spürt, wie ihr allein bei dem Namen die Tränen in die Augen steigen und sie schluckt sie herunter. »Er war älter als Mina und ich. Er war so stark für mich, er hat mich immer beschützt, mit uns gespielt. Manchmal, ganz heimlich, hat er sich auch an meinen Tisch gesetzt und mit mir Teetrinken gespielt, wenn niemand es mitbekommen hat. Er war ein toller Bruder.

An dem Tag mussten wir Juan vom Training abholen. Mina war noch beim Tanzen. Wir waren schon spät dran, weil es beim Arzt, wo wir zuvor waren, so lange gedauert hat. Ich saß hinten und hielt die ganze Zeit das Ultraschallbild meines kleinen Bruders in der Hand. Meine Mutter war mit ihrem vierten Kind schwanger, es war wieder ein Junge.

Wir sammelten Juan ein und er setzte sich nach vorn zu meiner Mutter. Ich weiß noch ganz genau, wie meine Mutter und Juan sich über ein Spiel unterhielten, was am Wochenende sein sollte. Ich wollte Juan gerade das Bild von unserem Bruder zeigen, da schrie meine Mutter auf einmal fürchterlich.

Ich werde diesen Schrei nie wieder vergessen. An was ich mich als nächstes erinnere, ist, dass ich aufwachte und von da an alles anders war. Ich musste noch einen Monat im Krankenhaus bleiben, ich hatte einige Schnitte, daher auch die Narbe an meinem Arm. Ein Mann konnte mich aus dem Auto ziehen. Sie haben versucht, meinen Bruder und meine Mutter rauszubekommen doch sie waren zu sehr eingequetscht. Unser Auto ist explodiert, nachdem ein betrunkener Mann auf unsere Fahrbahn gefahren ist.«

Rashid verschränkt ihre Finger. »Das wusste ich nicht, Mila, das war für euch alle sicherlich furchtbar.« Mila sieht zum Mond. »Mein Vater war nicht mehr ansprechbar, Mina und ich sind ein halbes Jahr in Nordeuropa bei Adina und ihrer Familie geblieben. Es war sehr schwer für uns. Ich habe viel geweint und gemerkt, dass Weinen nichts bringt, seit dieser Zeit habe ich nie wieder geweint.« Rashid nickt. »Das habe ich gemerkt, ich habe einige Male gesehen, wie Tränen in deine Augen gestiegen sind und du es aber nicht zugelassen hast, dass du weinst.« Mila ist überrascht, dass Rashid so eine Kleinigkeit bemerkt hat.

»Als wir dann zurückkamen, hat mein Vater sich viel Mühe gegeben, sich um uns zu kümmern, dass es so wie früher war, doch das war es nie wieder. Für mich war es auch so schlimm, weil ...«

Sie stockt, doch sie weiß, dass sie Rashid trauen kann. Er ist der allererste Mensch, dem sie von ihren Gefühlen erzählt. »Ich habe meinen Vater jeden Abend gehört. Wenn er getrunken hatte, hat er sich jede Nacht bei Gott beschwert, alles verflucht, sich beklagt, ihn gefragt, wieso er so ungerecht ist und ihm seine Söhne und die Frau, die er so geliebt hat, genommen hat. Mein Vater hat meine Mutter sehr geliebt, musst du wissen.«

Sie kann Rashids Lächeln an ihrem Kopf spüren. »Das kann ich mir vorstellen.« Mila schämt sich für ihre nächsten Worte und kann nicht glauben, dass sie diese wirklich vor jemandem ausspricht. »Ich habe jeden Tag so genau zugehört, weil ich darauf gewartet habe, dass er wenigstens einmal dafür dankbar war, dass ich überlebt habe. Er hat nicht einmal geäußert, froh zu sein, dass ich überlebt habe. Ich weiß nicht, ob mein Überleben eine Rolle gespielt hat. Es wäre, denke ich, das Gleiche gewesen, wenn ich auch im Auto verbrannt wäre. Als Kind hat mich das immer beschäftigt, jetzt verdränge ich all das oft. Mina und ich haben uns um Papa gekümmert, doch auch schnell unsere eigenen Leben angefangen zu leben. Wir mussten es tun.

Als ich aus dem Flugzeug gestiegen bin, nachdem unsere Verlobung bekannt wurde, war es das erste Mal, dass mein Vater mich so angesehen hat, so … als wäre er doch glücklich, dass es mich gibt, er war so stolz, ich habe lange darauf gewartet.« Mila ist klar, dass sie auch deswegen nachgegeben hat und sich auf all das eingelassen hat, es tat so gut, ihren Vater so zu sehen. »Ich bin mir absolut sicher, dass dein Vater sehr dankbar dafür ist, dass du überlebt hast und das auch ohne unsere Verlobung. Er hat einfach getrauert, Mila, aber ich verstehe, dass du als Kind das schwer einschätzen konntest und es sich falsch bei dir eingeprägt hat. Ich habe aber den Blick deines Vaters auf dir gesehen, er liebt dich.«

Mila lehnt sich so, dass sie ihn ansehen kann und gibt Rashid einen Kuss. Als sie ihm davon erzählt hat, hat es sich so angefühlt, als wäre ein kleiner Knoten, der sich in ihrem Herzen gebildet hat, geplatzt. »Es tut wirklich gut, mit jemandem darüber zu reden.« Rashid will etwas sagen, doch Milas Handy klingelt erneut und er reicht es ihr. »Siehst du, dein Vater, sprich mit ihm, ich gehe solange duschen.«

Mila nimmt gleich so ab, dass sie ihm anschließend per Kamera zeigen kann, wie es bei ihnen aussieht. Er freut sich für sie und erzählt, dass die Hochzeit gerade zu Ende gegangen ist, alle haben sich noch gut amüsiert. Die Presse hat einen Tipp bekommen, dass Mila und Rashid auf den Bahamas sind und somit werden sie hoffentlich in Ruhe gelassen. Mila verspricht, gut auf sich aufzupassen und sich zu melden. Rashid kommt aus dem Bad, Mila geht nun auch duschen. Als sie danach wieder ins Schlafzimmer kommt, liegt Rashid nur in einer Shorts auf dem Bett und schaltet gerade den riesigen Fernseher an. Mila hat sich rote Seidenunterwäsche angezogen, darüber aber noch ein Top und eine Shorts. Sie hat sich nicht getraut, so aus dem Bad zu kommen, ihre Haare fallen ihr feucht tief in den Rücken.

»Ich habe gerade gehört, dass es einen ersten Bericht zu unserer Hochzeit gibt, mal sehen, was die Presse denkt.« Mila legt sich zu ihm. Rashid hält Mila im Arm, seine Hand wandert unter ihr Top über ihren Rücken, während sie im abgedunkelten Raum in den Nachrichten einen Bericht über ihre Hochzeit sehen. Milas Herz schlägt schneller, als sie die Bilder sieht, die erst ein paar Stunden alt sind: Wie sie zu Rashid geführt wird, sein Lächeln, sein Kuss auf die Stirn, wie die Ehe geschlossen wird, wie sie auf dem Balkon stehen und winken, ihr Tanz ... Mila kann sich gar nicht sattsehen an den schönen Bildern und das erste Mal begreift Mila wirklich, dass Rashid und sie ein wunderschönes Paar sind.

Immer wieder sprechen irgendwelche Experten von neuen Chancen, Risiken und was das zu bedeuten hat. Rashid hört aufmerksam zu, während Milas Gedanken abdriften und sie selbst diese schönen Stunden noch einmal erlebt.

Es ist warm. Mila fühlt sich wohl, deswegen spürt sie es schnell, als diese Wärme ihr entzogen wird. Sie öffnet müde die Augen und blickt sich verschlafen um. Es ist dunkel, eine kleine Lampe neben dem Bett leuchtet, genau vor dem Bett sitzt Rashid auf einem Gebetsteppich, der auf dem weißen kuscheligen Teppich des Schlafzimmers ausgebreitet ist. Er betet genau vor der offenen Terrassentür und genau unter dem leuchtenden Mond der sich über dem Meer in voller Pracht erstreckt.

Mila wagt es kaum zu atmen, der Anblick fasziniert sie. Rashid ist so in sein Gebet vertieft, dass er sie nicht bemerkt. Der Mond strahlt ihn an. Mila hört, wie er das Gebet beendet, er legt den Teppich zur Seite, setzt sich aber wieder auf den weißen Schlafzimmerteppich und sieht weiter zum Mond. Mila schlüpft leise aus dem Bett, setzt sich hinter ihn und umschlingt ihn mit ihren Armen und Beinen. »Hab ich dich geweckt, Prinzessin?« Mila küsst seinen breiten Rücken. Sie hatte schon immer vermutet, dass er gut gebaut ist, doch nun sieht sie es mit eigenen Augen. Rashid hat einen wahnsinnig gut trainierten Körper, seine Arme haben den dreifachen Umfang von ihren. Sie liebt seine kräftigen Hände, die so sanft zu ihr sind, auch jetzt umfasst er ihre Waden, als sie ihr Kinn auf seine Schultern legt.

»Mir ist kalt geworden, weil du nicht mehr bei mir gelegen hast.« Rashid küsst ihren Arm, der ihn fest umschließt. »Heute konnte ich dich das erste Mal als meine Frau richtig in ein Gebet mit einschließen.« Mila liebt es, wie es sich anfühlt, wenn sich ihre Haut so berührt. »Was genau meinst du?« Rashid wendet sich so, dass er sie ansehen kann, dazu muss Mila ihn etwas loslassen. »Ich habe Allah dafür gedankt, dass er dich in mein Leben gebracht hat.« Mila muss lächeln, sie nähert sich wieder und sieht ihm in die Augen. Sie zieht sein Kinn zärtlich zu sich und küsst ihn, unterstreicht seine lieben Worten mit ihrer Zärtlichkeit.

Der Kuss aber ändert sich, nachdem sich ihre Lippen vereint haben. Es durchfährt sie ein Verlangen, dass keiner von beiden verheimlichen kann oder will. Rashid dreht sich und legt Mila auf den weichen Teppich. Durch den leichten Strahl der Lampe und dem Licht des Mond über ihnen kann sie seinen Blick genau auf sich sehen, erkennt, wie er sie betrachtet. Zärtlich berührt er ihr Gesicht. Er streicht ihr das Haar aus der Stirn, lässt die Hand langsam über ihre Wange gleiten, über ihr Kinn, bis zu ihrem Top, das er ihr über den Kopf zieht, ohne einmal den Blick von ihr zu nehmen. Er betrachtet die rote Unterwäsche kaum, erst als sie obenherum nackt vor ihm liegt, sieht er zufrieden auf sie hinab.

Mila seufzt leise auf, als er ihre Brüste streichelt. »Du bist so weich«, murmelt er, als seine Handfläche ihre nackte Haut entlang streichelt. Er beugt sich hinunter und küsst ihre Brüste, liebkost sie zärtlich. Mila bäumt sich auf, ihm entgegen und Rashid genießt ihre Zustimmung. Er trennt sich nur von ihren Brüsten, um ihre Lippen wieder zu vereinen, dabei gleitet seine Hand weiter, in ihre Shorts und dann kann er genau spüren, wie bereit Mila für ihn ist.

Milas Atem wird immer schneller mit seinen Bewegungen, ihr Kuss immer fordernder. Rashid unterbricht ihren Kontakt und entfernt ohne Scheu seine Shorts. Nun sieht Mila ihn komplett nackt. Sie lässt diesen Anblick auf sich wirken, greift nach ihm und dann ist auch Rashid dabei, immer schneller zu atmen.

Rashid lässt sich viel Zeit, Mila das letzte Stück Stoff auszuziehen, er küsst jeden Zentimeter Haut. Als er sich über sie beugt, hält er ein, sieht auf sie hinab. »Meine wunderschöne Frau.« Mila spürt, dass ihre Wangen vor Erregung gerötet sind, seine Lippen verschließen ihre, bevor sie antworten kann und er dringt in sie ein, vereint sie nun komplett als Mann und Frau. Mila krallt sich an seinem Rücken fest, sucht Halt und verliert sich in diesen Gefühlen. Kein Blatt passt mehr zwischen sie, als Rashid einen gemeinsamen Rhythmus findet. Mila küsst seine Schultern, atmet seinen Duft ein und weiß, dass sie noch nie etwas Schöneres gespürt hat, wie diese Verbindung, die gerade zwischen Mila und Rashid gefestigt wird.

Kapitel 20

Sie haben eine Woche im Paradies verbracht und Mila weiß genau, dass sie diese Tage niemals vergessen wird. Sie haben diese Zeit genossen, sich genossen, richtig kennengelernt. Rashid und Mila haben Stunden damit verbracht, auf ihrer Terrasse zu sitzen und sich zu unterhalten. Mila hat jetzt einen ganz anderen Einblick in Rashids Leben, seine Kindheit. Sie haben über die Beziehung geredet, die er hatte, während er in Amerika studiert hat und Mila hat ihm vieles von sich erzählt.

Sie sind sich in allen Beziehungen näher gekommen, sind dort mit Fischen getaucht und lange am Strand ausgeritten. Vor allem haben sie sich komplett von der Außenwelt abgeschottet. Nach dem ersten Abend haben sie keine Nachrichten mehr gesehen und nur hin und wieder ihren Familien Bescheid gegeben, dass es ihnen gut geht. Die Zeit ist verflogen, viel zu schnell vergangen. Nach einer Woche sind sie nach Westarabien geflogen, wo Mila und Rashid in ihr neues Zuhause gezogen sind.

Es ist schön, Mila fühlt sich wirklich wohl. Alle Möbel, die sie ausgewählt hatte, sind da. Sie haben ein riesiges Ehebett, große begehbare Kleiderschränke, eine traumhafte Küche, es ist alles so, wie Mila sich ein Traumhaus vorstellen würde. Rashid hat ihr einen Stall für die Pferde bauen lassen mit Auslaufgebiet und Durchgang zum eigenen Privatstrand, den Rashid und Mila nutzen. Es ist alles gut und doch … fühlt sich alles noch fremd an. Besonders als Rashid schon nach einem Tag, den sie zusammen in ihrem Haus verbracht haben, wieder weg musste. Er ist nach Asien geflogen, um einige neue Geschäfte für seine Familie aufzubauen und sich um Technikmessen zu kümmern, die bald in Westarabien stattfinden sollen.

Erst ist Mina mit Emilia eingeflogen worden, kurz danach war Adina da. Mila hat auch diese Zeit sehr genossen, sie alle fühlen sich wohl hier, lassen es sich gut gehen. Mila vermisste ihre kleine

Nichte sofort, als ihre Schwester wieder abgereist ist, denn als beide dann zurückgeflogen sind und sie hier in Westarabien geblieben ist, hat sich das nicht gut angefühlt. Diese Nacht hat Mila das erste Mal allein in Westarabien verbracht und sehr schlecht geschlafen. Sie haben Wachpersonal und auch Hauspersonal, die sich um alles kümmern, doch trotzdem fühlt sich Mila allein.

Sie hört das Plätschern des kleinen Wasserfalles, der an ihren Pool gebaut ist und steht langsam aus dem Bett auf. Wenigstens hat sie heute etwas vor. Seit sie nach Westarabien geflogen sind, hat Mila das Grundstück nicht verlassen. Wozu auch? Sie hat hier alles und was fehlt, wird ihr gebracht. Mina und Adina waren da, auch Ranja und Naima haben sie öfter besucht, doch Mila hat beschlossen, nun langsam damit anzufangen, nicht nur in Westarabien vor sich hinzuvegetieren, sondern dass sie anfangen muss, hier zu leben. »Guten Morgen, Madame, eine Kleinigkeit von Prinz Rashid.« Als Mila in die Küche kommt, steht schon Frühstück bereit und wie jeden Morgen ist ein Zettel auf ihrem Teller mit einer Blume. Rashid hat es sich angewöhnt, ihr jeden Morgen einen Zettel zu schreiben und ihn mit einer Blume für sie zu hinterlassen. Wenn sie zusammen wach geworden sind, bekam sie den Zettel später, doch bis jetzt hat sie jeden Tag einen bekommen.

Guten Morgen, meine Prinzessin,
ich hoffe, du hast gut geschlafen
und machst dir
einen schönen Tag.

Mila muss lächeln, hat sie diesen verrückten Kerl wirklich geheiratet? Er lässt sie jeden Tag wissen, dass sie ihm wichtig ist. Auch wenn er nicht da ist, bemüht er sich trotzdem, jeden Tag präsent zu sein.

Mila frühstückt etwas und geht dann hoch, um sich umzuziehen, dabei geht sie an dem direkt am Schlafzimmer grenzenden Gebetsraum von Rashid vorbei und betritt ihn barfuß. Er ist ganz schlicht gehalten, nur ein wunderschöner Teppich ist im ganzen Raum ausgelegt. Mila setzt sich an die Wand. Rashid betet mehrmals am Tag, mittlerweile hat Mila sich daran gewöhnt. Sie mag es, es hat etwas sehr beruhigendes, auch wenn Rashid nur einen Tag hier war, fühlt sich Mila ihm hier am nächsten. Außer dem Teppich schmückt diesen Raum lediglich ein kleiner runder Tisch mit den Koran darauf, einer sehr besonderen Ausgabe dieses heiligen Buches. Das Fenster Richtung Mekka ist fast immer offen.

Mila schließt die Augen. Durch Rashids intensives Ausleben seines Glaubens hat Mila beschlossen, sich auch wieder mehr ihrem Glauben zuzuwenden. In Europa ist es nicht gern gesehen, hier in Westarabien hat sie die Möglichkeit dazu. Hier gibt es sehr alte und schöne Kirchen, auch wenn es ein muslimisches Land ist. Rashid hat Mila erklärt, dass sie die anderen Religionen respektieren, es sehr viele Parallelen gibt und in Westarabien jeder seine Religion ausleben kann.

Mila sieht auf ihrer Armbanduhr, dass sie sich langsam beeilen muss. Unschlüssig lässt sie sich von ihrem Kleiderschrank einige Outfits vorschlagen, die etwas schlichter sind und nicht zu aufreizend. Auf den Malediven ist Mila nur in Shorts und Bikinioberteil unterwegs gewesen, hier in ihrem Haus arbeiten nur Frauen. Das Sicherheitspersonal ist sehr zurückhaltend und diskret, sodass sie sich hier auch frei bewegen kann. Doch wenn sie jetzt draußen auf der Straße unterwegs ist, muss sie bedenken, dass sie nun Rashids Frau ist, alle Blicke sind nun ganz besonders auf sie gerichtet und alles, was sie sagt, macht oder anzieht, wird bewertet werden. Einen Moment überlegt Mila alles abzusagen und auf ihrem Anwesen zu bleiben, doch sie will das jetzt durchziehen.

Sie entscheidet sich für einen schwarzen Sommerrock, der ihr bis zu den Knien geht und ein wenig an einen Strandrock erinnert, dazu ein schwarzes Shirt, das nicht ganz so eng anliegt. Sie zieht dazu einen türkisfarbenen schönen Gürtel an und türkisschwarze Sandalen, sodass sie nicht ganz so dunkel wirkt. Eigentlich hatte Mila sich überlegt, ihre Haare schneiden zu lassen, doch Rashid liebt ihre Haare und hat sie überredet, es sein zu lassen. Mila flechtet sie sich zur Seite und schminkt sich leicht. Sie sucht eine Sonnenbrille aus, nimmt eine Clutch und fragt nach, welches Auto sie benutzen kann.

Mila hat wirklich alles in ihrem Haus bereits betrachtet, bis auf die Garage, die jetzt für sie geöffnet wird. Mila weiß, dass Rashid Autos mag, schnelle Autos, doch als sie auf acht Luxusautos blickt, die sie sonst nicht einmal anfassen dürfte, wird ihr schon mulmiger. Porsche, Lamborghini, Maybach, Mercedes, Mila bleibt vor einem Audi-Geländewagen stehen, das Auto, dass hier vielleicht den wenigsten Wert hat. Sie spürt die unsicheren Blicke der Angestellten auf sich, doch niemand hier würde es wagen, ihr zu widersprechen.

Mila bemüht sich, sehr nett und ruhig zu den Angestellten zu sein. Sie hat das Gefühl, dass die Angestellten verwundert sind, wie sie behandelt werden und muss unbedingt mit Rashid sprechen und nachfragen, was genau sie falsch macht. Ein Mann kommt aus dem Bereich, wo die Sicherheitsleute sind, er trägt auch bei dieser Hitze einen Anzug. Er erklärt Mila, dass er sie die ersten Tage noch außer Haus fahren und begleiten soll, da sie überhaupt nicht einschätzen können, wie die Menschen draußen auf Mila reagieren. Im besten Fall bemerken sie Mila gar nicht oder erkennen sie nicht, dann kann Mila ohne Probleme das Haus ohne Sicherheitspersonal verlassen, wenn nicht, müssen sie sich etwas überlegen.

Er sagt zu den anderen Angestellten etwas auf arabisch und diese gehen schnell wieder zurück ins Haus. Nur das Sicherheitspersonal ist arabisch, alle anderen sind von den Philippinen, aus Indonesien oder aus Sri Lanka. Mila kann sich mit allen nur auf englisch verständigen. Sie hätte gerne verstanden, was der Mann gesagt hat, der ihr jetzt die hintere Tür einer der hier stehenden Limousinen aufhält, doch dazu muss sie erst richtig arabisch lernen.

Mila lässt sich zu der weltweit besten Universität fahren. Sie fahren fast eine halbe Stunde und als sie ankommen, warten Ranja und Rashid Mutter schon auf sie. Rashids Mutter hat sie bereits am ersten Tag nach ihrer Hochzeitsreise besucht, als Rashid noch da war. Mila mag sie, im Gegensatz zu den anderen Frauen von Rashids Vater ist sie ganz bodenständig, auch jetzt trägt sie nur das traditionelle Gewand. Sie hat sich von der Öffentlichkeit ferngehalten, studiert, die Kinder großgezogen und sich vielen Wohltätigkeitsveranstaltungen gewidmet.

Als sie jetzt zur Leitung der Universität gehen, ist dort auch eine alte Bekannte der Mutter und sie bleibt mit ihr im Büro, während Mila und Ranja sich das Unigelände und einige Vorlesungen ansehen. Mila macht einige Fotos und schickt sie Elena und Adina, die sie auch überreden möchte, hier weiter zu studieren. Elise will nichts mehr von Westarabien oder den Leuten hier wissen. Mila weiß, dass Issam sie sehr verletzt hat, auch wenn sie jetzt so tut, als wäre ihr all das egal. Mila lässt sie, sie fliegt bald nach Europa, um ihrem Vater bei der Einrichtung ihres Schlosses zu helfen, dass mittlerweile fast fertiggestellt ist. Dann wird sie sich nochmal richtig mit Elise unterhalten. Sie weiß nicht, was Issam denkt, aber als sie ihn nach ihrer Hochzeitsreise wieder gesehen hat, sah er nicht gerade glücklich aus.

Mila konzentriert sich wieder auf die Uni. Ranja ist bei ihr eingehakt und sie werden überall hingebracht und vorgestellt. Mila trägt sich gleich in die Kurse ein. Eigentlich hat diese Universität Wartezeiten von bis zu zwei Jahren, aber Mila kann morgen anfangen. Je schneller sie hier etwas zu tun hat, umso schneller lebt sie sich ein. Bevor sie gehen, stellt Rashids Mutter ihr noch eine Frau vor, die ab jetzt jeden Tag eine Stunde mit Mila arabisch lernen wird.

Im ersten Moment ist Mila etwas überrumpelt. Weder hat sie darum gebeten noch weiß sie, ob sie das so schnell machen möchte, doch da sie Rashids Mutter nicht vor den Kopf stoßen möchte und sie eh anfangen muss, arabisch zu lernen, willigt sie lächelnd ein. Rashids Mutter hat sie weiter verplant. Sie möchte mit ihr zu einer Messe für Wohltätigkeitsorganisationen, die gerade stattfindet. Zuvor halten sie aber noch in einem edlen Restaurant.

Während sie in einer ruhigen Ecke des italienischen Restaurants sehr leckere Pizzen serviert bekommen, können Mila und Rashids Mutter sich das erste Mal richtig unterhalten. Sie kommen sehr schnell auf die Königsfamilie aus Ostarabien zu sprechen. Mila erzählt genau, was mit Samira vorgefallen ist und die Mutter von Rashid erzählt, wie sie damals nur durch einen Zufall bemerkt hat, dass die erste Frau ihres Mannes sie versucht hat zu vergiften. Auch wenn sie schnell verstoßen wurde, hat sich das tief in Rashids Mutter eingebrannt.

Sie hatte lange Zeit Angst zu essen, hat niemandem mehr getraut. Es hat Jahre gedauert, bis sie diese Zeit wenigstens ein wenig überwunden hat. Mila vermutet, dass dies auch ein Grund dafür ist, dass die Mutter so zurückgezogen lebt. Rashids Mutter traut der Familie aus Ostarabien überhaupt nicht, sie befürchtet, dass Samira einen Fluch über Mila legen könnte, um sich zu rächen. Mila hat noch nie viel von solchen Dingen gehalten, doch sie kann die Angst von Rashids Mutter natürlich verstehen, nach allem, was sie erlebt hat.

Mila würde so gerne fragen, wie es ist, seinen Mann mit anderen Frauen zu teilen. Wie kann eine Frau damit leben, nicht die einzige Frau an der Seite des Mannes zu sein? Doch sie traut sich einfach nicht, dieses heikle Thema anzusprechen. Sie bemerkt aber, dass während der Zeit, die sie zusammen verbringen, Rashids Vater zweimal anruft. Mila sieht selbst auf ihr Handy. Eigentlich meldet sich Rashid auch einige Male, er ist ja nun bereits wieder seit zwei Wochen weg, doch heute hat er sich, außer durch den Zettel, den er ihr hat zukommen lassen, noch nicht gemeldet. Sie wird ihn anrufen, sobald sie bei der Messe waren, zu der sie nach dem Essen aufbrechen.

Unterwegs erklärt Rashids Mutter Mila, dass sich jede der Prinzessinnen hier für eine Wohltätigkeitsorganisation entscheidet, mit dieser zusammenarbeitet und sie unterstützt. Mila findet die Idee gut, sie liebt es, anderen Menschen zu helfen, doch als sie die kleine Messehalle betreten, werden sie fast überrannt. Es ist allen klar, dass sich Mila für eine Organisation entscheiden wird und alle stürmen auf sie ein. Eine Organisation für elternlose Kinder, eine zur Bekämpfung von Krebs, eine für Minenopfer, Tierorganisationen, es gibt mehrere für Flüchtlinge. Mila weiß nicht mehr, wie sie all das, was sie zu hören bekommt, verarbeiten soll. Ranja unterstützt herzkranke Kinder, die Königin gleich mehrere Vereine. Mila sieht sich Prospekte an, unterhält sich mit Kindern und versucht, überall gleichlange zu bleiben. Immer wieder werden Fotos von ihr geschossen.

Erst nach einer ganzen Weile entdeckt Mila einen kleinen Holztisch, der nicht so bunt ausstaffiert ist wie alle anderen. Nur zwei philippinische Frauen sitzen daran und wirken so, als hätte sie nicht einmal die Hoffnung, überhaupt von Mila wahrgenommen zu werden. »Hallo, worum geht es bei eurer Organisation?« Mila wird neugierig, besonders als sie sieht, wie alle sie am liebsten dort wieder wegdrängen möchten.

Erst trauen sich die Frauen kaum zu sprechen, doch nach und nach erfährt Mila, dass sich diese Organisation für die Dienstmädchen in Westarabien einsetzen, die hier manchmal schwer misshandelt werden, keinen Lohn bekommen und ausgebeutet werden. Es ist oft so, dass die Mädchen noch sehr jung von den Philippinen oder aus Sri Lanka nach Westarabien gehen, um für ihre Familien Geld zu verdienen. Einigen gelingt das auch, sie können ihre Familien unterstützen, werden gut bezahlt und behandelt, das ist aber eher die Ausnahme.

Meistens werden diesen Mädchen die Pässe weggenommen, sie werden unter sehr schlechten Bedienungen im Haus untergebracht und gehören von da an den Leuten, die für sie bezahlt haben. Sie werden oft schwer misshandelt, geschlagen, die Männer machen mit ihnen, was sie wollen, auch die Frauen behandeln sie nicht besser und viele haben keine Chance zu entkommen. Die Frauen erzählen davon, dass sie keine Unterstützung der Regierung haben, wie andere Vereine oder Organisationen, dass sie nur eine kleine Lagerhalle haben, in denen die Frauen, die entkommen konnten, jetzt leben, die teilweise sehr krank sind und viele auch schwanger, mit Babys, die niemals jemand haben möchte und mit wie viel Scham diese Frauen dann zurück zu ihren Familien müssen. Mila setzt sich zu den Frauen. Sie denkt an ihre Hausangestellten und wie verwundert diese sind, wie Mila sich ihnen gegenüber verhält. Mila zögert keine Sekunde und sagt den beiden Frauen zu, mit ihrem Mann Prinz Rashid zu sprechen und sie nächste Woche in der Halle besuchen zu kommen.

Als sie kurze Zeit später die Messe verlassen, rät ihr die Königin, sich das noch einmal sehr gut zu überlegen. Diese Organisation ist nicht das Richtige für Mila, sie wird mit Rashid darüber reden. Als sie sich verabschieden, weiß Mila, dass von ihr erwartet wird, sich für jemand anderes einzusetzen, nicht für die Hausmädchen, die ja wirklich jeder von ihnen hier im Haushalt hat.

Mila ist müde, irgendwie fühlt sie sich nach all diesen Bildern und Geschichten enttäuscht und … einsam. Eigentlich möchte sie nach Hause fahren, doch dann fragt sie den Fahrer, ob es eine Kirche in der Nähe gibt. Rashids starker Glaube hat auch bei ihr Spuren hinterlassen. Als der Fahrer sie zu einer schönen kleinen Kirche bringt, fühlt sie sich angenehm erleichtert. Während sie die Treppen hochgeht, kommt ein Priester heraus mit den schönen langen Gewändern, die auch immer die wenigen Geistlichen tragen, die in Europa noch aktiv sind. Sicherlich gab es gerade einen Gottesdienst, es kommen noch einige Menschen aus der Kirche. Sie alle sehen Mila erst etwas verwundert an, doch dann macht jeder einen kleinen Knicks vor ihr und Mila spürt, dass sie rot wird.

Natürlich kennen sie hier mehr Menschen, besonders nach ihrer großen Hochzeit, doch sie ist genau so ein Mensch wie jeder andere, der hier entlangläuft und hat nichts getan, um so eine Sonderbehandlung zu verdienen. »Guten Tag, Prinzessin Mila, es ist uns eine große Ehre, Sie in unserer Kirche begrüßen zu dürfen. Hätten wir gewusst, dass Sie kommen, hätten wir Ihnen einen besseren Empfang bereitet.« Mila lächelt den älteren Mann dankbar an. »Das ist gar nicht nötig. Um ehrlich zu sein, suche ich nur einen kurzen Augenblick einen Ort, an dem ich nachdenken kann.«

Der Pfarrer deutet ihr, die Kirche zu betreten. »Dann sind sie hier genau richtig.«

Mila ist etwas verwundert, als sie die kleine Kirche betritt. Zwar gibt es auch hier, wie bei ihnen in Europa, viele Holzbänke mit Kissen zum Knien und Bänken, auf denen man sich setzen kann, es gibt einen Beichtstuhl und auch ein Podest für den Priester, doch ist hier alles viel einfacher und spartanischer eingerichtet, als in den Kirchen, die Mila kennt. Sie bekreuzigt sich und setzt sich auf die vordere Bank, direkt vor ein großes Kreuz.

Mila merkt, dass nur der Priester bei ihr ist. Er verstaut einige Dinge, die er sicherlich bei der letzten Messe gebraucht hat. Mila schließt die Augen und atmet tief ein. Wie fast jedes Mal prasseln tausende von Bilder auf sie ein, sie hat in den letzten drei Monaten so viel erlebt, wie ihr ganzes restliches Leben nicht. Es hat sich alles auf den Kopf gestellt, alles passierte so schnell. Noch vor einigen Monaten hat sie in der Uni gesessen und über die Vergangenheit gegrübelt. Niemanden hat es interessiert, wer sie ist oder von wo sie abstammt und jetzt kniet sie hier in einer Kirche in Westarabien und die Leute verbeugen sich oder freuen sich, wenn sie zu ihnen blickt.

Mila bleibt eine ganze Weile sitzen. Sie dankt Gott dafür, dass er immer an ihrer Seite ist und bittet ihn um Kraft für alles weitere, was kommen mag. Es befreit sie, diese Minuten in der Kirche geben ihr wirklich Kraft und Mila weiß, dass sie wiederkommen wird, als sie sich erhebt und noch einmal bekreuzigt. Der Priester ruft sie noch einmal zu sich und nimmt ihre Hände in seine. Während er ein leises Gebet spricht, schießt er die Augen, dann lächelt er.

»Möge Gott Sie und Ihr gutes Herz schützen.« Mila bedankt sich und verspricht bald wiederzukommen. Sie entdeckt den Kollektenkorb, in dem nur ein paar Münzen liegen und holt ihr Portemonnaie heraus.

Als Rashid weggeflogen ist, hat er ihr ein Bündel Geld dagelassen. Sie hat eine Kreditkarte, doch bisher hat sie kein Geld ausgegeben, gar nichts. Selbst heute im Restaurant hat Rashids Mutter gezahlt. Sie nimmt das Bündel Geld und legt es in den Kollektenkorb. Als sie anschließend die Treppen der Kirche wieder hinuntergeht, stockt sie. »Rashid!«

Mila kann gar nicht beschreiben, was sie empfindet, als sie unten an ihrer Limousine Rashid angelehnt entdeckt. Er steckt sein Handy weg und lächelt sie an, als sie zu ihm hinunterblickt. »Hallo meine schöne Prinzessin.« Rashid lacht, als Mila ihm stürmisch in die Arme fällt und küsst sie erst auf den Mund, bevor er sie fest umarmt. »Was tust du hier? Ich dachte, du kommst erst in ein paar Tagen.«

Rashid vergräbt seine Nase an ihren Hals und atmet tief ein. »Ich habe dich vermisst.« Mila entfernt sich ein Stück von ihm, um ihm in seine schönen dunklen Augen sehen zu können und legt ihm die Arme um den Hals. »Ich dich auch.« Sie will ihn küssen, doch sie merken, dass sich am Straßenrand einige eingefunden haben, die sie erkannt haben und sie mit ihren Handykameras filmen, deswegen öffnet Rashid die hintere Tür und sie beide steigen ins Auto.

Die Trennscheibe ist heruntergefahren. Mila erkennt nicht, ob es noch ihre Limousine ist oder die, mit der Rashid sicherlich vom Flughafen gekommen ist. »Woher wusstest du, wo ich bin?« Mila legt ihren Kopf an seine Schulter und Rashid küsst ihre Haare. »Ich weiß immer wo du bist, Prinzessin.« Mila lächelt und Rashid fragt sie, wie ihr die Universität gefallen hat. Er ist zufrieden, dass sie sich dort eingetragen hat, auch wenn er ihr angeboten hat, in Europa zu leben, damit sie dort ihr Studium beenden kann. Er hätte das auch getan, doch Mila weiß, dass diese Universität hier die beste der Welt ist und sollte das auch nutzen.

»Ich war auch nach einer Wohltätigkeitsorganisation Ausschau halten, die ich unterstützen könnte.« Rashids Handy klingelt, doch er drückt es aus. »Ich habe davon gehört, hast du dich für eine entschieden?« Mila erzählt ihm von der Organisation, die sich um die Rechte der Hausangestellten kümmert und von was für Schicksalen sie gehört hat, aber auch, dass seine Mutter nicht begeistert davon ist.

»Was ist mit den Leuten, die bei uns arbeiten? Werden sie gut bezahlt? Haben sie auch so etwas mitgemacht?« Rashid lächelt mild. »Die Leute arbeiten erst seit einigen Wochen bei uns, davor waren sie bei meinen Eltern im Palast. Ich werde sicherlich nicht abstreiten, dass es solche Dinge bei uns gibt. Ich muss dir ehrlich gestehen, dass ich nicht weiß, wie die Leute bei uns im Haus behandelt werden, weil wir kaum mit ihnen zu tun haben. Sie bekommen ihre Anweisungen von anderen.

Das Problem ist, dass es Themen gibt, wie wenn es um Kinder geht oder ähnliches, wo du sofort alle Herzen mit erweichst. Wenn du eine Organisation unterstützt, die sich in die Privatsachen der allermeisten Haushalte Westarabiens einmischt, wird das sicher nicht jeden erfreuen.« Mila sieht aus dem Fenster. »Es sind Menschen wie du und ich, Rashid, keiner von ihnen sollte geschlagen, misshandelt oder vergewaltigt werden, nur weil sie herkommen, um ihre Familien zu unterstützen. Was passiert mit den vielen Kindern, die so zur Welt kommen? Ich bin dafür, dass wir genau überprüfen, wie die Hausangestellten bei uns und bei dem Rest deiner Familie leben. Sollte die Königsfamilie nicht mit gutem Beispiel vorangehen? Wenn du aber denkst, ich sollte eine andere Organ ...«

Rashid lacht und küsst Milas Wange, er öffnet ein Schubfach und holt ein Scheckbuch heraus. »Ich werde eine Überprüfung veranlassen und das Gehalt der Angestellten erhöhen. Es ist deine Entscheidung, Mila, wenn du diese Organisation gerne unterstützen möchtest, stehe ich hinter dir. Das werde ich immer tun. Das ist der Betrag, den wir normalerweise bezahlen, wenn wir eine Organisation unterstützen. Wenn du diese besuchst, werde ich veranlassen, dass Presse da sein wird, damit wir viel Aufmerksamkeit bekommen und noch mehr Menschen euch unterstützen, ich werde dich gerne begleiten. Hier unterschreibe du.« Er hält ihr den Stift und den Scheck hin, auf dem eine sehr hohe Summe eingetragen ist. »Ich schätze es wirklich sehr, dass du mir so einen Rückhalt bietest, von Anfang an.« Mila unterschreibt unsicher, es ist das erste Mal, dass sie mit ihrem neuen Namen unterschreibt:

Mila Estelle Loth von Todos y los Santos Aziz

Rashid hält den Scheck stolz hoch und sieht sich ihre Unterschrift an, als sie auf ihr Grundstück fahren. »Bleibst du jetzt oder musst du wieder weg?« Rashid küsst ihre Hand. »Eigentlich müsste ich nächste Woche wieder weg, aber ich habe alle Termine so gelegt, dass sie hier stattfinden. Ich bleibe erst einmal, das nächste Mal fliegen wir zusammen zu einer Hochzeit, zu der wir eingeladen sind.«

Mila ist zufrieden und glücklich, sobald Rashid um sie herum ist, fühlt sich alles leichter und besser an. Sie fühlt sich gut in seiner Nähe. Rashid war nur einen Tag hier im Haus und ist noch etwas orientierungslos, wogegen Mila sich schon an alles gewöhnt hat. Er geht schnell nach oben sich umziehen. Er trägt wieder das weiße Gewand und wollte aber mit Mila gleich auf Blacky ausreiten. Rashid wollte es schon die ganze Zeit tun und hat es nicht geschafft, den einen Tag, wo er zuhause war. Mila will schon hinausgehen und gucken, ob Butterblume bereit ist, dass sie auf ihr ausreiten kann, da klingelt Rashids Handy erneut. Er hat es auf dem Tisch im Esszimmer liegen gelassen. Mila sieht auf das Display. Stella.

Milas Herz schlägt sofort unruhig schneller, das ist doch Rashids Ex-Freundin. Sie hört, wie er wieder die Treppen herunterkommt, er hat sich sehr beeilt und nur eine Shorts und ein Shirt angezogen. Mila hält weiter sein Handy in der Hand.

»Stella hat dich angerufen. Was will sie?« Rashid zeigt keine Regung im Gesicht, doch er legt den Kopf etwas schief. »Kontrollierst du mich?« Mila verschränkt die Arme vor der Brust. »Nein. Gibt es denn Geheimnisse, die du vor mir hast?« Rashid lacht und öffnet Milas verschränkte Arme. »Oh nein, das wird nicht unser erster Ehestreit. Ich weiß nicht was sie will, es ist mir auch egal. Wie du siehst, gehe ich nicht ans Telefon, wenn sie anruft und nein, es gibt keine Geheimnisse. Komm Schatz, die Sonne geht gleich unter. Du weißt doch, das zwischen uns ist alles was zählt.«

Rashid gibt Mila die Hand und sie verschränkt ihre Finger. Er hat recht, sie sollten nicht schon so früh anfangen zu streiten. Mila glaubt Rashid, besonders als sie wieder seinen liebevollen Blick auf sich spürt, nachdem sie beim Stall ankommen und ihnen Blacky gebracht wird. »Welches Pferd soll ich nehmen?« Rashid hilft ihr auf Blacky herauf. »Er trägt uns beide!« Er steigt auch auf. Mila sitzt vor ihm und er nimmt die Zügel in die Hand. »Yallah!«

Blacky ist ein junges, wildes Pferd. Sie reiten im schnellen Galopp zu ihrem Privatstrand, danach einfach am Meer entlang. Mila liebt es, diesen Geruch des Meeres, die starken Arme von Rashid um sich, den Wind, der ihre Haare verweht. Immer wieder spürt sie Rashids Lippen auf ihrer Schulter, als sie sich zurücklehnt, küsst er ihre Wange. Sie reiten eine ganze Weile am Strand entlang, bis Rashid hält und sie absteigen.

Sie sind an ihrem Privatstrand, weit und breit ist niemand. Mila lacht, als Rashid sie nach dem Absteigen nicht aus seinen Armen entlässt, sie sieht in sein wunderschönes Gesicht, das durch die untergehende Sonne in ein atemberaubendes Licht getaucht ist. »Du hast mir wirklich gefehlt, Prinzessin.« Mila streift ihm das weiße Tuch, das er noch auf den Kopf trägt, ab. »Du mir auch, mein Prinz.«

Mila vereint ihre Lippen zärtlich und sofort spüren beide, wie ernst die Worte gemeint waren. Sie legen sich in den warmen Sand, genießen sich und stillen ihre Sehnsucht aufeinander in der untergehenden Sonne. Als Rashid auf Milas Bauch entlang Küsse verteilt, spürt sie, dass er es ist, der sie glücklich macht. Sie schließt die Augen und genießt diesen Augenblick, genießt die Zeit mit Rashid, der ihr in all dem Wirrwarr der letzten Zeit, Halt gibt.

Kapitel 21

»Ich habe das Gefühl, keine Luft zu bekommen.« Rashid lacht und hilft ihr. »Also Schatz, ich muss wirklich sagen, dass es dir steht.« Nachdem er den schwarzen Mantel geöffnet hat, steht Mila nur noch in Hotpants und Top vor ihm. »Das gefällt mir aber doch noch etwas besser.« Mila lacht, als er sie auf das Bett im Privatjet zieht und sie nach unten drückt. »Heute morgen hat dir am allermeisten mein Outfit unter der Dusche gefallen.«

Rashid hebt die Augenbrauen und küsst ihren Hals entlang. »Dir steht einfach alles.« Sie landen in zehn Minuten und Rashid hat schon den Thawb an, sein weißes Gewand. Deswegen hört er auch auf, atmet noch einmal tief Milas Geruch ein und küsst sie kurz auf die Brust, bevor er ihr wieder aufhilft.

Sie sind glücklich, ihre Hochzeit liegt jetzt etwas mehr als zwei Monate zurück. Rashid ist seitdem in Westarabien geblieben. Mila hat an der Uni angefangen und widmet sich der Hilfsorganisation. Sie haben ein neues Grundstück zugesprochen bekommen, mit Milas Spende konnte ein Extrahaus für die Frauen gebaut werden, wo sie bis zur Ausreise aus Westarabien unterkommen, auch für die Kinder wurde ein kleiner Spielplatz errichtet.

Mila hat zweimal eine Rede gehalten, die sehr gut angekommen ist. Am Anfang war der Aufschrei allerdings sehr groß. Kaum zieht Mila nach Westarabien, mischt sie sich in die Privatsachen jedes Haushaltes ein. Die Menschen hier mögen es gar nicht, wenn man sich in Dinge einmischt, die sie privat betreffen. Doch der Aufschrei ist sehr schnell verstummt, als alle gemerkt haben, dass Rashid voll und ganz hinter Mila steht. Er hat sie überallhin begleitet und war auch bei der Einweihung des neuen Hauses für die Hilfsorganisation dabei. Nachdem nun alle begriffen haben, dass der zukünftige König dieses Projekt auch unterstützt, ist der Aufschrei verklungen. Trotzdem weiß Mila, dass es noch viel Arbeit ist, bis es den Hausangestellten besser geht.

Die Angestellten in ihrem Haushalt profitieren sicherlich am meisten davon. Es passiert öfter, dass Rashid Mila lachend daran erinnert, dass diese auch beleidigt sind, wenn Mila alles allein erledigt und sie nichts mehr zu tun haben, so als würde sie ihnen das nicht zutrauen. Mittlerweile hat sich das aber eingespielt. Sonntags kommt niemand zu ihnen, Rashid und sie haben es eingeführt, dass sie die Sonntage alleine in ihrem Haus verbringen.

Sie haben beide die Woche über viel zu tun und Sonntags verlassen sie das Haus nicht, bleiben lange im Bett, genießen sich. Mila kocht und sie vertrödeln den gesamten Tag zusammen. Mila liebt die Sonntage mittlerweile am allermeisten. Es ist einiges, was sich in der kurzen Zeit schon eingeschlichen hat.

Rashid schreibt ihr jeden Tag, aber auch wirklich jeden Tag einen Zettel und lässt ihn mit einer Blume liegen, schon vom Tag ihrer Hochzeit an. Es ist immer nur eine kleine Nachricht, doch Mila liebt diese mittlerweile so sehr, dass sie schon ganz unruhig wird, wenn mittags noch kein Zettel daliegt.

Es sind Kleinigkeiten, die sie beide immer näher zusammenbringen. Rashid liebt es, wie sehr Mila sich bemüht arabisch zu lernen, es ist fast schon Tradition geworden, dass er freitags zum Beten in die Moschee geht und sie in die Kirche. Natürlich gibt es auch Sachen, die sie nerven. So hasst es Mila, fast jeden Morgen im Bad über Handtücher und Kleidungsstücke von Rashid zu fallen, und er sagt, dass, wenn sie sagt »Gut, schön, von mir aus ...« und dazu diesen bestimmten Blick hat, er genau weiß, dass es nicht gut und schön ist, sondern dass sie kurz davor ist auszurasten. Mila weiß bis heute nicht, welchen Blick er meint, doch er besteht darauf, dass sie solch einen Blick hat.

Sie kommen direkt aus Europa, wo sie eine Woche bei ihrem Vater verbracht haben. Ihr Schloss nimmt immer mehr Formen an. Auch wenn ihre Schwester weiter in ihrem Haus wohnen wird, haben sie alle dort mehrere Zimmer für sich zur Verfügung, worin man auch schon wohnen kann. Es war erst ungewohnt, wieder im Schloss zu schlafen, doch dann hat es sich herrlich angefühlt.

Gerade wird ein kleiner Spielplatz für Emilia errichtet im großen Garten und nicht nur Milas Vater sieht momentan ständig auf Milas Bauch und wartet, dass er runder wird.

Rashid und ihre Familie verstehen sich sehr gut. Die Woche haben alle genossen, Mila und Rashids engste Geschwister verstehen sich ebenfalls, besonders Ranja ist oft bei ihnen. Aber auch mit Rashids Mutter kommt sie gut aus. Issam und sie haben sich neulich lange bei ihnen im Garten über seine bald anstehende Hochzeit unterhalten.

Elise und er haben kein Wort mehr miteinander gewechselt, doch er hat Mila gestanden, dass er oft an sie denken muss. Trotzdem wird er Samra heiraten und die Beziehungen seiner Familie nach Ostarabien wieder verstärken. Mila fragt sich seitdem immer häufiger, ob man es lernen kann zu lieben? Ist es das, was zwischen Mila und Rashid passiert? Kann man es sich dann auch abgewöhnen zu lieben oder Gefühle für jemanden zu haben? Sind Gefühle nicht eigentlich doch Sachen, die wir nicht beeinflussen können oder ist es alles um einen herum, das diese steuert?

»Du musst das jetzt überziehen, ich passe schon auf, dass du nicht erstickst.« Rashid zieht sich den mit Gold bestickten Übermantel über, das macht er nur bei besonderen Anlässen. Sie landen gleich in Mittelarabien, morgen findet hier eine Hochzeit statt. In Westarabien gibt es viele Frauen, die die Abaya tragen, nur einen Schleier oder sich unverhüllt zeigen, es entscheidet letztlich jeder für sich alleine In Mittelarabien ist die Abaya und ein Schleier Pflicht, auch für Touristinnen wie Mila.

Hier leben alle nach der Scharia, auch wenn Mila noch nicht so ganz verstanden hat, was das bedeutet. Sie zieht den langen schwarzen Mantel wieder hoch und Rashid hilft ihr, diesen zu befestigen. Ihr Tuch muss sie als Touristin nicht streng geschlossen haben, also binden sie es sich locker um die Haare. Rashid lächelt und küsst ihre Stirn. Sie landen und Mila sieht schon den Empfangsbereich, der für sie vorbereitet wurde. Militär steht da, der König, viele Männer, sogar ein roter Teppich wurde für sie ausgebreitet. »Atme tief ein, Mila und sieh mich an.« Mila spürt selbst, wenn sie in Panik verfällt, doch auch Rashid hat mittlerweile ein gutes Gespür für sie. »Ich bin bei dir, okay?« Mila nickt, sie gehen beide zur Treppe aus dem Flugzeug. Mila ist es langsam gewohnt, dass ihr solch eine Hitze entgegenschlägt, doch mit diesem schwarzen Mantel fühlt sich alles noch viel schwerer an. Sie will an den Schleier greifen und ihn noch mehr lockern, doch Rashid nimmt ihre Hand und geht mit ihr die Treppen hinab. »Versuche es kurz auszuhalten.«

Mila spürt die Blicke auf sich. Sie hat sich schon länger über Mittelarabien informiert, Rashid hat ihr erklärt, was sie hier darf und was nicht und als mehrere Männer, darunter auch der König, auf sie zukommen, bleibt sie ein paar Schritte hinter Rashid, als er alle umarmt und begrüßt. Nicht nur sie ist dann allerdings verwundert, als der König sich an sie wendet, auch Rashid stockt einen Moment, das ist nicht üblich. »Mila, es ist mir eine ganz besondere Ehre, Rashids Ehefrau das erste Mal hier begrüßen zu dürfen. Meine jüngste Tochter ist ein großer Fan von euch beiden, sie möchte eine Prinzessin wie Mila werden und einen Prinzen wie Rashid heiraten.« Gerade war sie noch angespannt, doch das verfliegt schnell, als sie das ehrlich gemeinte Lächeln im Gesicht des Königs erkennt.

»Das freut mich, ich werde die Kleine bestimmt morgen kennenlernen.« Der König lacht und sie laufen in Richtung mehrerer Autos. Rashid begrüßt weiter viele Männer, die aufgereiht stehen. Mila nickt allen nur höflich zu. »Eigentlich ist das ja nicht geplant, aber vielleicht hätten Rashid und du Lust, heute Abend in meinem Haus mit meiner Familie zu Abend zu essen, meine Tochter Luana würde sich sehr freuen.« Rashid wendet sich um und sagt zu. Als sie kurze Zeit später ins Auto steigen, ist Rashid wirklich verwundert. Er sagt, dass es sehr selten ist, dass der König sich mit Frauen unterhält, die nicht direkt zu seiner Familie gehören.

Sie werden zu einer traumhaften Suite in einem Luxushotel gebracht. Sobald Mila und Rashid alleine sind, legt sie den Schleier ab und geht auf ihre große Terrasse. Rashid folgt ihr, er zeigt ihr, wo Mekka ist und erzählt ihr, dass er jedes Jahr zur Fastenzeit dorthin reist. Es ist wunderschön hier. Rashid betet und Mila nutzt die Zeit, um das Land auf sich wirken zu lassen. Es hat etwas ganz Besonderes an sich, dass kann man nicht abstreiten. Doch natürlich weiß Mila, dass hier Sachen passieren, die sich so gar nicht mit ihren europäischen Werten vereinbaren lassen.

Als sie mit Rashid darüber gesprochen hat, hat auch er zugegeben, dass er vieles, was in Mittelarabien passiert, nicht gutheißt. Doch auch hier findet ein Wandel statt, langsam, Schritt für Schritt, man muss dem Land diese Zeit geben. Niemand hat das Recht, da einzugreifen und diesen Wandel mit aller Gewalt beschleunigen zu wollen. Sie brauchen noch ihre Zeit, aber Rashid ist sich sicher, dass er kommen wird. Er akzeptiert, dass vieles für Mila hier schwer zu verstehen ist, doch er sagt, vielleicht muss sie das auch gar nicht, sondern einfach das Land und die Leute so nehmen wie sie sind, ohne Vergleiche, ohne Urteile, einfach akzeptieren, dass es etwas gibt, was so ganz anders ist, als alles, was sie kennt.

Mila würde gerne noch einmal mit Rashid darüber sprechen, doch es klopft und Rashids Mutter, Naima und Ranja kommen herein. Die drei und der Vater sind auch angereist, es heiraten zwei mittelarabische, sehr mächtige Familien untereinander. Rashids Mutter tadelt Rashid, dass er sich nicht richtig zum Gebet gekleidet hat und bekommt einen dicken Kuss von ihm auf die Wange, bevor er unter die Dusche geht und Mila sich mit der Mutter und den Schwestern auf die Terrasse setzt. Einige Minuten später kommt auch Rashids Vater. Mila und er reden oft miteinander, doch es ist immer noch eine Barriere da, es wird sicherlich niemals so herzlich zwischen ihnen werden wie mit der Mutter und den Schwestern.

Alle sind überrascht, dass sie beim König eingeladen sind und etwas später sucht Mila sich etwas Passendes zum Anziehen. Sie ist verdeckt und trägt auch den Schleier, doch trotzdem wirkt sie modern. Für Mila ist es komisch, wie alle anderen auszusehen, sie ist froh, dass Naima ihr hilft. Noch während sie sich umzieht, kommt auch Rashids Mutter herein. Mila schreckt zusammen, doch die Mutter sieht unbeirrt auf Milas Bauch. »Wann kommt euer Baby? Rashid wünscht sich viele Kinder.« Mila versucht zu lächeln, doch sie kann ihre Angespanntheit nicht verbergen. Seit ihrer Hochzeit hat sie das Gefühl, ihr Bauch ist zum wichtigsten Teil des gesamten westarabischen Königreiches geworden. Rashid sagt nichts, doch wenn er mitbekommt, dass Mila ihre Blutungen bekommen hat, sieht sie diesen veränderten Gesichtsausdruck. Ihre Hochzeit ist erst zwei Monate her, sie darf sich nicht unter Druck setzen lassen. Rashids Mutter murmelt etwas auf arabisch und verlässt das Zimmer wieder. Mila wendet sich enttäuscht wieder zum Spiegel, der Abend beginnt wirklich super.

Einige Stunden später werden Rashid und Mila durch einen pompösen Palast geführt. Mittlerweile hat Mila ja schon viel gesehen, doch hier sieht selbst Rashid zweimal hin. In einer Halle sind viele Bilder angebracht und Rashid nennt ihr die Namen aller bisherigen Könige Mittelarabiens. Es ist beeindruckend und Mila ist sich sicher, dass sie heute Abend keinen Ton herausbekommen wird. Als sie dann aber in einen Empfangssalon gebracht werden und ihnen ein kleines Mädchen in Milas Hochzeitskleid entgegenspringt, löst sich diese Beklemmtheit schnell auf. Auch wenn Mila das nicht erwartet hätte, es wird ein sehr schöner und entspannter Abend.

Luana ist zehn Jahre alt, für sie wurde von Milas Hochzeitskleid eine exakte Kopie geschneidert. Sie bleibt den ganzen Abend bei Mila, die die Hand des süßen Mädchens hält. Der König ist sicherlich über 60 Jahre, deswegen ist es merkwürdig, Luana mit ihm zu beobachten, doch er ist sehr herzlich und lieb zu seiner jüngsten Tochter. Sie essen zusammen mit seiner dritten Frau, Luanas Mutter, die ebenso wie Mila den Abend über den Schleier trägt, trotzdem ist eine sehr lockere Stimmung am Tisch. Vielleicht deshalb, weil sie unter sich bleiben.

244

Der König ist sehr an Europa interessiert. Mila erzählt ihm vom Wandel der letzten Jahre und einigen Dingen, die neu entstanden sind. Der Abend ist noch nicht einmal richtig um, da macht er mit Milas Vater ein Treffen aus, um sich von ihm Europa zeigen zu lassen. Mila weiß, dass die europäischen Parteien ihren Vater inzwischen sehr gut bezahlen, damit er diese Treffen für ganz Europa positiv nutzt.

Nach diesem gemütlichen Abend erwartet Mila am nächsten Tag freudig die anstehende Hochzeit, doch sie wird schnell eines Besseren belehrt, als sich Rashid von ihr verabschiedet. Frauen und Männer feiern hier komplett getrennt. Mila hatte das nicht erwartet. Wie immer hat sie sich zu wenig vorbereitet. Selbst in Westarabien feiern viele noch getrennt die Hochzeiten, ihre Hochzeit mit Rashid war ein Medienspektakel und darf nicht mit anderen Hochzeiten verglichen werden.

Mila lässt sich nichts anmerken. Sie macht sich fertig, zieht ein rosafarbenes Kleid an, das schön, aber nicht zu auffallend, nicht zu eng und mit nicht zu viel Ausschnitt ist. Als Mila allein in ihrer Suite sitzt und sich die Haare lockt, ruft sie Adina an. Sie hört vertrautes Lachen und die vertrauten Geräusche aus dem Campus ihrer Uni. Mila erzählt ihrer Cousine, was bei ihr passiert ist und Adina ihr, dass sie gestern den halben Tag shoppen war und den Rest in ihrem Lieblingspark in dem neu eröffneten Biergarten gesessen haben.

Mila schließt die Augen, wie sehr sie diese unbeschwerten Zeiten vermisst. »Mila, ist alles okay bei dir? Ich habe bei deinem Besuch schon dein Lachen vermisst, du wirkst nicht gerade glücklich auf mich, um ehrlich zu sein.« Adina kennt sie einfach zu gut, es klopft. »Doch, ich bin glücklich, es geht mir gut, ich rufe dich nachher an.« Mila legt schnell auf und öffnet Naima, Ranja und der Mutter die Tür. Sie alle haben schon die Abaya übergezogen. Mila kommt es merkwürdig vor, sich in ihrem Outfit die Abaya und einen Schleier überzuziehen, doch nur so dürfen sie ihr Hotelzimmer verlassen.

Sie fahren in ein anderes, noch größeres Hotel, wo sie in eine Halle gebracht werden, in der schon laute Trommelmusik zu hören ist. Mila kann ihren Blick kaum von dem abwenden, was sie in diesem Raum zu sehen bekommt. Der Raum ist gefüllt mit mehreren hundert Frauen, die in engen maßgeschneiderten Designerkleidern um die Wette strahlen. Sie sind von Kopf bis Fuß perfekt gestylt, jede Victoria-Secret-Topmodel-Feier würde hier verblassen. Als dann Rashids Mutter und seine Schwestern die Abaya ausziehen, sind auch sie darunter ähnlich toll zurechtgemacht. Mila würde am liebsten ihre Abaya anbehalten, neben all dem wirkt ihr Kleid wie ein Kartoffelsack.

Ranja bemerkt Milas Verblüffung und klärt sie auf. Da in Mittelarabien die Frauen eher seltener die Möglichkeit haben sich zu präsentieren, werden solche Anlässe immer ausgenutzt. Man sollte nie den Fehler machen, anzunehmen, unter den Abayas würden sich alle schlicht kleiden. Darunter verbergen sich meistens die modischsten und schönsten Frauen.

Wieder einmal könnte Mila sich selbst ohrfeigen, informiere dich doch einfach mehr. Es ist so viel neu, so viel zu lernen, sie kann es einfach nicht so schnell wie sie es gerne möchte. Rashids Mutter hakt sich bei ihr ein und stellt sie jedem Menschen in diesem Raum vor, zumindest kommt es Mila so vor. Dass die Mutter dabei ist, liegt nur daran, dass die Mutter der Braut eine ihrer besten Freundinnen ist, doch sie nutzt die Gelegenheit und präsentiert ihre neue Schwiegertochter.

Mila reißt sich zusammen, lächelt, nickt, grüßt, sie gibt sich wirklich Mühe. Doch immer wieder kehren ihre Gedanken an ihre alte Uni zurück, den Biergarten, wie gerne würde sie die Orte jetzt tauschen. Sie ist so in Gedanken, dass sie erschrickt, als die Frauen anfangen zu jubeln, sie machen Geräusche mit ihrem Mund, dabei verdecken sie ihn, es hört sich an wie 'Lilililili'. In dem Moment wird eine Braut von zwei Frauen hineingebracht.

Erst kann Mila sie nicht richtig erkennen, sie trägt ein traumhaftes Kleid, ihre Hände sind mit Henna bemalt, auch Mila hatte eine kleine Zeichnung auf ihrer Hand bei ihrer Hochzeit, bei dieser Braut sind aber die Hände komplett angemalt. Die Braut blickt auf sie alle, als sie auf einen goldenen Stuhl gesetzt wird. Sie ist wunderschön, doch höchstens achtzehn Jahre alt und hat einen extrem verängstigten Blick.

Mila schluckt schwer, als sie ihr in die Augen sieht. Sie erkennt darin die Panik, die auch sie so lange begleitet hat, die vielleicht bis heute nicht wirklich weg ist. »Die Glückliche.« Ranja steht neben ihr. Die Braut beginnt zu weinen, als sich einige Frauen zu ihr beugen und ihr Kleid richten. Eine der Frauen geht sie scharf auf arabisch an und sie hört auf zu weinen. »Sie sieht alles andere als glücklich aus.«

Ranja lacht leise. »Sie ist aufgeregt, sie lernt heute ihren Mann kennen, wird ihre Hochzeitsnacht haben, heute ändert sich alles in ihrem Leben.« Stimmt, Mila vergaß, dass sich manche vor ihrer Hochzeit kaum kennen. Ihr kommt es heute noch so vor, dass sie Rashid noch nicht gut genug kennt, doch sie hat Rashid einige Male vor der Hochzeit gesehen, sie sind sich nah gekommen, das ist hier eher selten der Fall.

»Mila, so etwas, ich hatte nicht erwartet, dich hier zu sehen.« Mila würde diese Stimme aus Hunderten wiedererkennen. Sie dreht sich um und blickt in Samiras Gesicht, Samiras wunderschönes Gesicht. Mila hatte vergessen wie hübsch die Frau ist, die ihr um jeden Preis den Mann ausspannen möchte. »Samira, hallo, natürlich bin ich hier, ich repräsentiere das westarabische Königreich und das von Westeuropa.« Samira beginnt gehässig zu lachen und sieht auf Milas Kleid. »Ich hätte Rashid wirklich mehr Geschmack zugetraut. Sage mal, darf man euch gratulieren? Mittlerweile werdet ihr sicherlich Nachwuchs erwarten.«

Ranja neben Samira sagt etwas auf arabisch und Mila kneift leicht die Augen zu. Diese falsche Schlange. »Nein, noch nicht, aber keine Sorge, wir werden eine glückliche Familie werden.« Samira lacht auf. »Na ja, ich möchte auch keinen Streit, Rashid hat mir gesagt, dass er mich versteht, als ich letztens mit ihm telefoniert habe. Wir haben uns gut verstanden und das soll sich nicht ändern. Nicht für so etwas.«

Mila wird etwas zurückgezogen und Rashids Mutter stellt sich zwischen sie und Samira. Sie werfen sich beide arabische Worte an den Kopf und bevor Mila überhaupt reagieren kann, zieht sie Rashids Mutter weg und verflucht dabei die Familie von Samira. Sie sieht Mila an und flüstert einige Worte, die sich wie ein Gebet anhören. Mila hat das Gefühl, ihr würde der Kopf platzen. »Ich hoffe, sie hat dich nicht verflucht oder ein böses Auge auf dich geworfen.« Mila massiert ihre Schläfen. »Ich bin mir absolut sicher, das hat sie.« Plötzlich fangen die meisten Frauen an zu tanzen. Mila flüchtet in eine etwas stillere Ecke, weg von der Familie, noch weiter weg von Samira.

Sie beginnt sich zu fragen, was sie da tut, was sie sich antut und wie das alles weitergehen soll. Mila ist enttäuscht, die Worte von Samira haben sie getroffen. Sie beobachtet, wie der Bräutigam hereinkommt. Er hat den Blick gesenkt, um den Frauen nicht ins Gesicht zu sehen. Mila wendet sich ab, sie will gar nichts weiter sehen. Danach lässt sie sich, unter dem Vorwand Kopfschmerzen zu haben, früher nach Hause fahren. Natürlich weiß sie, dass das keinen guten Eindruck hinterlässt, doch sie hätte es da keine Sekunde länger ausgehalten.

Den ganzen Weg zurück ins Hotel, nach dem Duschen und als sie im Bett liegt, versucht sie Rashid anzurufen, doch sein Handy ist aus. Wenn die Feier der Männer nur halb so laut wie ihre ist, ist es verständlich. Mila schließt die Augen, noch nie hat sie sich so einsam gefühlt wie in diesem Moment, in dem dunklen Hotelzimmer, mitten in Arabien.

Erst als Mila am nächsten Tag ihre Augen wieder öffnet, bemerkt sie, dass Rashid nicht gekommen ist, er ist nicht im Bett. Sie sieht überall in der Suite nach, auch auf ihrem Handy. Nichts, kein Lebenszeichen von Rashid. Mila versucht Ranja, Naima oder die Mutter anzurufen, doch alle Handys sind aus. Wer weiß, wie lange die Feier gestern noch ging.

Mila weiß nicht, ob sie sich Sorgen machen oder vor Wut schäumen soll. Sie tigert in der Suite herum, zwei Stunden lang, bis plötzlich die Tür aufgeht und Rashid mit einem Lächeln eintritt, als wäre er eben nur fünf Minuten weggewesen. »Hallo Prinzessin, wie ...« Mila schleudert ihr Handy mit so viel Wut und Frust gegen die Wand des Hotels, dass es in viele kleine Teile zerbricht. »Weißt du, wozu diese Dinger da sind? Ich mache mir Sorgen, wieso bist du nicht nach Hause gekommen?« Rashid bleibt verwundert stehen und zieht die Augenbrauen hoch. »Hier ist nicht unser Zuhause und ich war noch bei einem Falkenwettfliegen. Ich wusste nicht, dass du dir Sorgen machst, Mila, ich ... habe nicht darüber nachgedacht. Für mich ist es auch neu, jetzt jemandem Rechenschaft ablegen zu müssen.«

Mila kneift die Augen zu, als Rashid auch lauter wird. »Mitten in der Nacht lasst ihr irgendwelche Adler fliegen? Ist das dein Ernst? Ja klar, ein Anruf ist zu viel verlangt, du verbringst deine Zeit offenbar lieber damit, mit Samira zu telefonieren.«

Rashid will gerade ansetzen, noch etwas zu sagen und hebt nur seinen Finger. Er ist wütend, Mila hat ihn selten so gesehen, das letzte Mal, als er sie aus dem Laden in Ostarabien herausgeholt hat.

Rashid überlegt es sich aber in der letzten Sekunde doch noch anders und wendet sich ab. »Ich gehe jetzt, Mila. Ich bin müde, es war eine schöne Hochzeit, ich habe viele alte Freunde getroffen. Wir hatten viel Spaß und haben uns spontan dazu entschlossen, auf einen Falkenplatz zu gehen, der auch nachts in Betrieb ist. Ich habe mir nichts weiter dabei gedacht und mit Samira habe ich nur einmal kurz nach unserer Hochzeit gesprochen, als sie sich für ihr respektlosen Verhalten entschuldigt hat, mehr nicht. Ich ...« Er hebt die Hand, lässt sie wieder herunter, geht aus der Tür und knallt sie hinter sich zu.

Mila weint nicht, schon lange nicht mehr, doch jetzt ist sie so kurz davor. Wut vermischt sich mit Traurigkeit, immer noch nagt diese Einsamkeit an ihr. Erst jetzt sieht sie auf die Sachen, die Rashid auf das Sofa hat fallen lassen. Eine rote Rose ist dabei. Sie nimmt sie auf und ist schon auf dem Weg zum Mülleimer, da öffnet sie den kleinen Zettel, einen von diesen, die Mila jeden Tag von Rashid bekommt.

> Du bist zu meinem
> Herzen geworden

Mila schießt die Augen und tritt auf die Terrasse. Bisher war niemals zwischen ihnen die Rede von Liebe, noch nie hat einer etwas in dieser Richtung gesagt. Es ist merkwürdig, obwohl sie so eng verbunden sind, sagt keiner diese Worte, doch dieser Zettel ist der erste Schritt in diese Richtung.

Plötzlich spürt Mila seine Hände um ihre Hüften, sie atmet tief aus und dreht sich nur, um in seine Arme zu gelangen, er ist zurückgekommen. »Es tut mir leid, ich wollte dich nicht so anschreien … es war einfach alles zu … viel.« Rashid nimmt ihr Gesicht in seine Hände. »Ich hätte mich melden sollen, du hast recht. Außerdem ist es doch schön, wenn du dir Sorgen machst, dann bin ich dir ja doch nicht egal.« Rashid lächelt, seine Lippen fahren ihr Gesicht ab, erobern ihren Lippen und verwandeln ihr Lächeln in ein leises Keuchen. Mila hält den Zettel und den ersten Schritt in die richtige Richtung fest in ihrer Hand.

Kapitel 22

Mila klopft ungeduldig auf den Stuhllehnen herum, bis die Ärztin endlich wieder das Zimmer betritt. Bereits beim Blick in ihr Gesicht weiß sie, dass etwas nicht stimmt. Mila verschränkt ihre Hände ineinander. »Also, jetzt sind alle Ergebnisse da. Ich kann Sie in der Hinsicht beruhigen, dass alles an Ihnen in Ordnung ist. Sie sind absolut in der Lage, schwanger zu werden. Daran kann es nicht liegen, und da vor der Hochzeit immer alle Untersuchungen stattfinden, ist auch klar, dass der Prinz in der Lage ist, Kinder zu zeugen.«

Mila räuspert sich leicht. Sie hätte sich eine eigene Frauenärztin in Westarabien suchen und sich nicht von Rashids Mutter hierherbringen lassen sollen. Seitdem sie vor einem Monat auf der Hochzeit in Mittelarabien waren, lag sie ihr damit in den Ohren mal herzukommen, jetzt bereut Mila es, nachgegeben zu haben. Die Ärztin legt die Blätter vor sich zur Seite und sieht Mila in die Augen.

»Auch ich habe ihre Hochzeit verfolgt und gesehen, wie viel Arbeit sie die letzten Wochen in ihr Hilfsprojekt gesteckt haben. Ich habe mal etwas ausgedruckt.« Sie zeigt Mila ein Foto, das in den Zeitungen abgedruckt war. Es zeigt sie in Großaufnahme an dem Tag, als sie mit allen Prinzessinnen und Prinzen in Westarabien Fotos gemacht haben. Rashid steht neben Elisabeth und Mila lächelt glücklich neben Adina und dem Prinzen des ostarabischen Königreiches ins Bild. Dann legt sie ein Foto dazu, das bei der Eröffnung einer weiteren Anlaufstation für schlecht behandelte Hausangestellte in Westarabien gemacht wurde. Mila lächelt auch, doch ja, sie sieht auch, dass es nicht mehr so frei und glücklich ist.

»Sie haben mindestens fünf Kilo abgenommen. Ich denke, die Ursache, dass Sie nicht schwanger sind, ist rein psychischer Natur. Sind Sie überhaupt bereit, schwanger zu werden? Wollen Sie all das wirklich? Manchmal bestimmt unser psychischer Zustand einiges in unserem Körper. Ich habe das Gefühl, dass es Ihnen zur Zeit alles andere als gut geht.« Mila steht auf. »Mir geht es wunderbar, Sie brauchen sich keine Sorgen zu machen. Ich werde draußen einen neuen Termin vereinbaren.«

Mila verlässt das Gelände so schnell sie kann. Mittlerweile bewegt sie sich alleine in Westarabien umher, sie weiß aber, dass sie aufpassen muss und setzt sich schnell ihre Sonnenbrille auf. Solange sie nicht irgendwo herumläuft, wo größere Menschenmengen versammelt sind, kann sie sich frei bewegen. Mila braucht wenigstens noch dieses kleine Stück an Freiheit, um nicht durchzudrehen. Sobald sie in ihrem Auto sitzt, sieht sie mehrere Anrufe ihrer Schwiegermutter. Genau in dem Moment klingelt es wieder. Mila geht etwas genervt ans Handy und erklärt schnell, dass alles in Ordnung sei, manchmal dauert es halt etwas länger als drei Monate, zumindest ist Mila gesund und alle können sich entspannen.

Rashid hat noch nicht mit ihr über das Thema Kinder geredet. Sie verhüten nicht, von daher ist es klar, dass sie schwanger werden kann, doch wirklichen Druck macht nur seine Mutter. Die höchste Vertreterin der westeuropäischen Adelsfamilien fragt hin und wieder nach, auch ihr Vater hat schon das passende Zimmer im Schloss herausgesucht, doch bei ihnen hält es sich noch in Grenzen.

Mila legt auf und überlegt Rashid anzurufen. Er ist direkt nach ihrem Mittelarabien-Aufenthalt zwei Wochen weg gewesen, dann war er eine Woche da und ist nun schon seit einer Woche in New York. Er hat ihr erklärt, dass er einige Geschäfte dort auflösen und sie lieber mit Europa abschließen möchte. Es ist bei ihnen elf Uhr am Mittag und dort ist es mitten in der Nacht. Sie hatte gestern mit ihm geredet. Er war zu einem Geschäftsessen unterwegs, deswegen wird er jetzt sicherlich tief und fest schlafen.

Mila holt aus ihrer Leinenhose den Zettel, der heute Morgen auf ihrem Frühstückstisch mit einer Sonnenblume lag und ein Lächeln legt sich auf ihre Lippen.

> Guten Morgen Prinzessin,
> fühl dich geküsst und
> genieße deinen Tag.

Sie muss immer lächeln, wenn sie an Rashid denkt. Sie startet den Motor und streicht über ihre Arme. Die Ärztin hat recht, sie hat abgenommen und sollte mehr auf ihre Ernährung achten. Es ist unsinnig so zu tun, als würde sie der Druck hier nicht fertig machen. Jeden Tag steht etwas über sie in der Zeitung, wie sie aussieht, was sie anhat, was sie gesagt oder getan hat. Vor drei Tagen erst war ihre Schwester mit Emilia da und es wurde nur darüber spekuliert, wann es auch bei Mila mit dem Babybauch klappt. Davor waren Adina, Elena und Elisa sie besuchen und die Presse war außer sich, als die vier in einem Café beobachtet wurden und Milas Rock im Sitzen zu hoch gerutscht war. 'Wird es jetzt zu europäisch in Westarabien?' Im Grunde ist es egal, was Mila macht, manche lieben sie und manche hassen sie. Es ist eine Tatsache, mit der sie leben muss.

Mila hat erst am Nachmittag zwei Vorlesungen und fährt zurück zu ihrem Haus. Niemand ist da. Mila ist verwundert, stellt das Auto ab und geht ins Haus, wo sich einige Angestellte vor dem riesigen Fernseher im Wohnbereich versammelt haben und zuhören, wie eine Nachrichtensprecherin gerade etwas auf arabisch erzählt. Sie bemerken erst jetzt Mila, zucken zusammen und schalten den Fernseher wieder ab.

»Entschuldigung Ma'am, wir haben Sie nicht gehört ... Geht es Ihnen gut?« Die schwangere Köchin sieht Mila besorgt an. Sie mag es nicht, wenn ihre Angestellten vor ihr zusammenzucken, sie versucht ihr Bestes, um sie gut zu behandeln. »Natürlich Suri, wie geht es dir? Heute ist es sehr heiß, wenn du möchtest, kannst du auch frei machen, ich kann mir selbst etwas kochen.« Suri schüttelt den Kopf. »Nein, nein, ich bin schon dabei.« Alle verteilen sich wieder, dabei lassen sie Mila nicht aus den Augen.

Mila geht zu den Ställen und lässt sich Bonnie fertigmachen. Gestern ist sie mit Clyde ausgeritten, heute ist seine wunderschöne Frau dran. Mila liebt es. Es ist diese Beschäftigung, die ihr alles nimmt: Angst, Bedrücktheit, Sorgen, jegliches Zeitgefühl. Sie galoppiert mit Bonnie lange am Strand entlang. Als sie sie zurück zum Stall bringt, ist die hübsche Stute ganz müde und wieder begegnen Mila merkwürdige Blicke. »Ist alles bei Ihnen in Ordnung, Ma'am?« Der Mann, der sich mehrmals am Tag um die Pferde kümmert, sieht sie besorgt an.«

Mila legt verwundert den Kopf etwas schief. »Ja, natürlich, sollte ich mir wegen etwas Sorgen machen?« Der Mann sieht sie unsicher an. »Haben sie die … Nachrichten schon gesehen?« Mila streichelt noch kurz Butterblume. »Nein, wieso, was ist los?« Der Mann wendet den Blick beschämt ab. »Nichts, ich dachte, sie hätten es …« Mila geht zurück zum Haus, irgendetwas stimmt hier nicht. Wie auch vorhin stehen wieder einige vor dem Fernseher und schrecken zusammen, als Mila zu ihnen tritt, doch dieses Mal sieht sie es.

Es werden mehrere Fotos und Videos gezeigt, es ist Rashid und eine blonde Frau, sie essen zusammen in einem Restaurant. »Was ist das?« Eine Frau spricht dazu auf arabisch. Ein Video zeigt, wie erst die Frau, dann Rashid das Restaurant wieder verlassen. Rashid sieht zufrieden aus. Das Gesicht der Frau wird gezoomt und Mila erkennt Stella, die Frau, mit der Rashid eine längere Beziehung hatte. »Was sagen die?« Suri stellt sich zu ihr, ihre Angestellten verstehen alle perfekt arabisch. »Die Frau sagt, dass Prinz Rashid gestern Abend in New York mit seiner Ex-Freundin essen war. Es war alles sehr geheim, nur durch Zufall hat die Presse es mitbekommen.«

Mila schluckt schwer, sie kann das nicht glauben, immer wieder werden die Bilder gezeigt. »Sagen sie noch etwas?« Suri druckst erst einmal herum, doch Mila weiß, dass sie ehrlich sein wird. »Sie spekulieren, dass die beiden eine Affäre haben, dass Prinz Rashid schon jetzt gelangweilt ist ...« Es werden Bilder von Mila gezeigt, ähnlich denen, welche die Ärztin ihr gezeigt hat. Mila vor der Hochzeit und nach der Hochzeit. Mila setzt sich. Ja, sie hat etwas abgenommen, aber sonst ist sie doch ... Ist sie so schlimm geworden? Sie wusste ja von Anfang an, dass er eine bildschöne Ex-Freundin hat, doch ... das darf doch nicht wahr sein.

»Vielleicht war es doch keine gute Idee, Westarabien und Europa zu vereinen!« Den letzten Satz sagt die Moderatorin auf englisch und geht dann zum nächsten Thema über. Mila steht auf und sieht nicht einmal mehr einer der im Raum stehenden Personen ins Gesicht. »Lasst bitte sofort einen Jet startklar machen.«

Mila fliegt mehrere Stunden. Es ist genau zu erkennen, wann Rashid wach wird und die Nachrichten liest, sich selbst in den arabischen Nachrichten auf allen Titelblättern erkennt. Ihr Telefon steht nicht mehr still. Mila sitzt am Tisch in diesem riesigen Jet und starrt einfach nur auf ihr Display, ohne auf die Anrufe und Nachrichten zu reagieren. Sie hat ihr Personal gebeten, niemandem zu sagen, was sie vorhat. Sie ist sich sicher, dass sie sich auf sie verlassen kann.

Die Nachrichten sind offenbar erst später in Europa angekommen, doch dann rufen auch ihr Vater, ihre Schwester, die höchste Vertreterin der westeuropäischen Adelsfamilien, Adina, ihre Tante, Elena, Elise, alle abwechselnd mit Rashid an. Mila schaltet ihr Handy aus als sie landen. Ohne eine Minute zu warten, lässt sie sich zum Hotel fahren, in dem Rashid untergekommen ist. Merkwürdigerweise spürt Mila gar nichts, als sie mit den Fahrstuhl nach oben fährt. Einer ihrer Sicherheitsleute sitzt vor der Suite. Als er aufsteht, um Rashid Bescheid zu geben, hebt Mila die Hand und deutet ihm an, dass er warten soll.

Mila öffnet die Tür und geht ohne anzuklopfen in die Suite. Es ist ein kleines Chaos im ersten Raum, dem Wohnraum, anscheinend sind hier einige Dinge durch die Gegend geflogen. Rashid steht nur in einer Jeans gekleidet barfuß an der Terrassentür. Er steht mit dem Rücken zu ihr, reibt sich über den Kopf und hat sein Handy am Ohr. Erst als Mila die Tür zuschlagen lässt, dreht er sich um und Erleichterung ist auf seinem Gesicht zu erkennen.

»Mila … ich versuche dich seit Stunden zu erreichen.« Er wirft sein Handy auf die Couch und will zu ihr kommen, doch Mila deutet ihm an, das zu lassen und er stockt. Sie sieht auf Rashids geöffneten Laptop, der gerade die Bilder anzeigt, die um die Welt gehen, Mila vor und nach der Hochzeit. »Mila hör zu, das alles ist ein großes Missverständnis. Zwischen mir und Stella ist nichts mehr, gar nichts. Wir haben uns gestern nur zum Essen getroffen, weil ich ihr eine Erklärung schuldig war, aber das war es auch schon.« Mila verschränkt die Arme, sie ist erstaunlicherweise ganz ruhig. »Eine Erklärung? Solltest du die nicht mir geben, statt ihr? Ein Geschäftsessen? Du belügst mich für sie!« Rashid will wieder einen Schritt auf sie zukommen, doch ihr Blick stoppt ihn.

»Ich habe … also ich hätte dir von Anfang an sagen sollen, dass … Es ist kompliziert, Mila. Ich dachte, ich heirate Elisabeth, es war alles schwarz auf weiß festgehalten. Stella und ich haben uns nicht wirklich getrennt. Ich habe sie nie geliebt, dass weiß sie auch, aber wir haben uns gut verstanden und als ich ihr von der bevorstehenden Hochzeit erzählt habe, haben wir beschlossen, unsere Beziehung nicht zu beenden und uns trotzdem weiter zu treffen.« Mila hält sich am Tisch, neben dem sie steht, fest. »Was?« Rashid wird lauter.

»Damals sollte ich noch Elisabeth heiraten, für den Bund der Kontinente, für die Welt, das war nur eine Ehe zum Zweck. Doch dann kamst du und alles wurde anders. Ich habe mich einfach nicht mehr bei Stella gemeldet, was falsch war, du hast ja ihre Anrufe gesehen und jetzt hier habe ich beschlossen, ihr alles zu erklären und das habe ich gestern getan. Zu spät, es war nicht richtig, doch es ist überhaupt nichts mehr zwischen uns, Mila, das musst du mir glauben.«

Mila lässt seine Worte zu sich durchdringen. »Du hast dieser Ehe von Anfang an keine Chance gegeben.« Rashid sieht auf den

Boden. »Mit Elisabeth, dass du kamst, war nie geplant.« Mila lacht bitter. »Entschuldige bitte, dass ich den Plänen von Stella und dir im Weg gestanden habe. Ich habe mir all das hier auch nicht ausgesucht, Rashid. Dass die Presse jeden Scheiß an mir bewertet, dass ich nicht mehr ich selbst sein kann, all das hier.« Nun wird auch sie lauter.

»Denkst du, das ist leicht für mich? Ich lebe mit einer Frau zusammen, die nicht glücklich ist. Ich weiß auch nicht mehr, was ich machen soll, Mila. Ich tue was ich kann, aber die Presse hat doch recht. Ich sehe doch selbst, wie unglücklich du manchmal bist.« Mila schüttelt den Kopf. »Am besten, du fährst gleich wieder drei Wochen weg von mir und triffst dich mit deiner Ex, dann Rashid, kannst du wirklich behaupten, du hättest alles getan.« Mila reicht es, gleichzeitig trifft sie eine bittere Erkenntnis, als sie Rashid so ansieht.

Er ist so hübsch, zu hübsch, er ist total verschlafen, seine Jeans nicht einmal zugeknöpft, sein durchtrainierter brauner Oberkörper glänzt im Sonnenschein, der durch die Scheiben eindringt. Seine dunklen Augen funkeln wütend. Sie sieht auf das fertige Bild von ihr auf dem Laptop, sie wusste es doch von Anfang an. Vom ersten Moment an wusste sie, dass jemand wie Stella oder Elisabeth viel besser für Rashid wären. Sie wusste es und nun bestätigt es sich. »Willst du mir sagen, dass es nicht stimmt? Deine Frauenärztin sagt, dass du wegen deiner Psyche keine Kinder bekommst, weil es dir zur Zeit beschissen geht. Was denkst du, wie sich das für mich anfühlt? Und dann sagst du mir, dass ich dieser Ehe von Anfang an keine Chance gegeben habe? Du wolltest sie nie!«

»Meine Frauenärztin? Das ist doch … Kontrolliert ihr selbst das?« Mila dreht sich um und will gehen, doch sie hält noch einmal ein. »Das Einzige, Rashid, wo die Presse die Wahrheit gesagt hat, war damit, dass dieser Bund keine gute Idee war.«

Sie geht und rennt fast in Stella hinein, die aufgeregt und mit einer Zeitung in der Hand auf dem Weg zur Suite ist. Rashid öffnet genau in dem Moment die Tür. »Mila, warte!« Sie dreht sich wütend um. »Schichtwechsel, Rashid, die ungewollte Ehefrau geht und die liebe Ex ist da!« Unsanft rempelt sie die geschockte Stella zur Seite. Die fertigen Bilder von ihr, die um die Welt gehen und die Schönheit, die Stella selbst jetzt gerade ausstrahlt, trifft sie wie ein Messer in einer schon tief sitzenden Wunde.

Sie geht schnell in den Fahrstuhl und hört noch, wie Rashid Stella scharf angeht, was sie hier tut und ob sie nicht schon genug angerichtet hat. Genauso gefasst wie sie gekommen ist, fährt sie zurück zum Jet. Als er abgehoben ist, legt sie sich auf das Bett und starrt auf die Decke. Mila weiß nicht, was sie fühlen soll. Wut? Trauer? Vielleicht sich ertappt? Ertappt dabei, wie sie mit sich und allem was passiert hadert, dass es nun in der Öffentlichkeit bekannt ist, wie unsicher sich Mila in vielem ist? Sie lässt ihr Handy aus und versucht vergeblich zu schlafen, eine Lösung zu finden, was sie jetzt tun soll.

Am Flughafen wird sie dieses Mal von mehreren Paparazzi angehalten. Sie will gar nicht wissen, was für Bilder dieses Mal um die Welt gehen werden. Mila hat nicht geschlafen oder gegessen. Wenn sie nur halb so schlimm aussieht, wie sie sich fühlt, müssen die Bilder schrecklich werden. Sollte sie aber nicht gerade ganz andere Sorgen haben, als das, was die Öffentlichkeit von ihr denkt? Zeigt nicht genau das alles, wie durcheinander sie ist?

Mila fährt nach Hause, sie schickt alle Angestellten weg und geht duschen in der Hoffnung, wieder klar denken zu können, doch nichts hilft. Danach hüllt sie sich in eine weiche Decke und setzt sich auf eine Liege auf ihrer Terrasse. Es ist heiß, doch Mila ist bis auf ihre Knochen kalt. Sie macht ihr Handy wieder an und entdeckt hunderte Nachrichten und Anrufe. Auch Rashids Familie hat angerufen, Rashid selbst versucht sie immer noch zu erreichen. Genau in dem Moment ruft Adina an. Mila nimmt das Gespräch entgegen und spürt, dass es genau das ist, was sie jetzt braucht.

Bei Adina kann sie offen und ehrlich sein, sie ist vielleicht der einzige Mensch auf dieser gottverdammten Welt, der Mila ganz und gar kennt. Mila redet sich alles von der Seele, sie erzählt von den letzten Tagen, von dem Druck auf sie wegen des Babys, wie sie von der Sache mit Stella erfahren hat, ihrem kleinen Ausflug nach New York und dem Streit mit Rashid.

Mila kann gar nicht mehr aufhören, sich alles von der Seele zu reden und Adina hört einfach zu. Der Druck, den sie in sich verspürt, die perfekte Prinzessin zu sein, die ihre Familie jetzt braucht, die Rashid geheiratet hat, die die ganze arabische und europäische Welt sehen möchte, droht sie aufzufressen. Sie wollte doch verdammt nochmal niemals eine Prinzessin sein. Alle anderen lieben es, doch nicht sie. Sie hat es satt, sich nicht gut genug für Rashid zu fühlen, weil es mehrere perfekte Frauen gibt, die so viel besser zu ihm passen. Sie erinnert Adina, dass sie nie vorhatte zu heiraten, dass sie nur aus Spaß mit nach Westarabien geflogen sind und was nun daraus entstanden ist. Dass sie sich genau jetzt so sehr ihr altes Leben zurückwünscht und die letzten Monate ungeschehen machen möchte.

Mila macht nur kurz eine Pause, als Adina sie daran erinnert, dass Rashid ihr doch aber etwas bedeutet. Genau da hört Mila plötzlich laut die Tür zuschlagen. Sie wendet sich um und sieht niemanden. Mila geht zum Fenster im Eingangsbereich und sieht eine Limousine ihr Grundstück verlassen. Rashid war da, wer weiß, wie viel er mitgehört hat, dass er ohne ein Wort zu verlieren, wieder gegangen ist. Mila legt sich auf die Couch und schließt die Augen, während Adina auf sie einredet, im Grunde ändert all das doch eh nichts mehr.

Mila wacht auf, alles tut ihr weh. Es ist immer noch Tag, oder wieder? Sie weiß nicht einmal, wann sie eingeschlafen ist oder wie lange sie geschlafen hat, sie ist nur wach geworden, weil plötzlich Suri und eine andere ihrer Angestellten wieder ins Haus kommen und sie voller Mitleid ansehen. »Wir sind gekommen, um Ihnen beim Packen zu helfen.« Mila ist noch zu verschlafen. »Ich werde jetzt garantiert nicht verreisen, ich …« Suri und die andere Frau tauschen einen mitleidigen Blick aus. »Madame, Prinz Rashid hat die Scheidung eingereicht. Er hat die Schuld komplett auf sich genommen und wir dachten, dass Sie Hilfe brauchen.«

Mila setzt sich auf. »Die Scheidung? Das … er lässt sich scheiden?« Suri nickt traurig und deutet nach oben. »Wir fangen vielleicht langsam an, Sie können ja erst einmal wach werden.« Mila versteht nun gar nichts mehr. Scheidung? Die Ehe, die Kontinente verbinden soll? Sie nimmt ihr Handy. Weitere Anrufe sind eingegangen, alle haben sich gemeldet … außer Rashid.

Mila wählt seine Nummer. Erst ignoriert er es, doch als sie noch einmal anruft, nimmt er ab.

»Ist das dein Ernst, dass du dich scheiden lässt?«

»Natürlich. Wozu etwas aufrechterhalten, was du eh niemals wolltest und was dir die Luft zum Atmen nimmt?« Er hat ihrem Gespräch mit Adina offenbar wirklich zugehört.

»Es ist ja auch nicht so, als wärst du mit den besten Vorsätzen in diese Ehe gegangen.«

»Das kann sein, Mila, aber ich habe wirklich alles getan, um dich glücklich zu machen. Es ist das, was mich am meisten trifft, dass ich es nicht geschafft habe. Ich habe gestern und auch die Tage davor gemerkt, wie sehr du unter all dem leidest, und dein Glück ist mir wichtiger. Wichtiger als die Verträge, wichtiger als alles andere. Also geh, finde deinen Weg, finde dein Lachen wieder und lebe dein Leben, wie du es immer wolltest. Ich wünsche dir nur das Beste!«

Mila öffnet ihren Mund, will etwas sagen, doch ihr entfällt einfach alles. Sie schließt die Augen, als sie noch einmal seine raue Stimme hört. »Vielleicht haben die Leute wirklich recht und all das … dieses Band, diese Verbindung … war wirklich keine gute Idee.

Pass auf dich auf, Mila!«

Kapitel 23

»Früher war so vieles anders!« Der alte Mann mit den grauen Haaren und den vielen Falten im Gesicht sieht erschöpft auf sie alle herab. »Ich habe euch gesagt, dass ich nach einem halben Jahr wiederkomme und wir besprechen, wie schnell sich die Zeiten ändern. Wir wollten beobachten, was sich zwischen dem letzten und diesem Treffen alles verändert hat. Seid ihr bereit?« Mila muss müde lächeln. Der alte Mann war das letzte Mal vor etwas mehr als sieben Monaten da. Für Mila hat sich in dieser Zeit ihre komplette Welt geändert und doch sitzt sie nun wieder hier.

Jemand beginnt aufzuzählen, was sich getan hat, was in der Welt passiert ist, doch für Mila ist es unwichtig. Für die meisten hier hat sich politisch einiges getan, einige Gesetze wurden geändert, es gibt zwei neue Gebiete auf der Erde, wo es wieder einmal droht, zu einem Krieg zu kommen. Doch als der Mann nachfragt, was sich bei jedem persönlich getan hat, ist es nicht viel. Einer hatte Geburtstag, einer hat eine wichtige Prüfung geschafft, Mila steht auf und verlässt den Kurs.

Für sie hat sich ihr komplettes Leben geändert. Fast ist es so, als hätte man sie genommen, auf den Kopf gestellt, sie hängen lassen und dann blitzschnell wieder richtig hingestellt und wieder auf ihren alten Weg geschubst. Wenn sie die letzten Monate zusammenfassen muss, dann passt diese Beschreibung wohl am besten zu dem, wie sie die letzten Monate empfunden hat.

»Hey, alles in Ordnung?« Natürlich ist Adina ihr gefolgt. »Ja, alles bestens, ich brauchte bloß eine Pause.« Sie treten aus der Uni in die Sonne. »Lass uns etwas trinken gehen.« Ihre Cousine hakt sich bei ihr ein. Sie laufen hinunter zur Cafeteria, Adina erzählt ihr von der letzten Vorlesung, die sie nicht zusammen hatten und wie ein Typ vollkommen ausgeflippt ist, als es um das Thema ging, Religionsunterricht wieder einzuführen. Mila bestellt sich einen Kaffee,

Adina einen Cappuccino im Becher und sie setzen sich auf die Wiese vor dem Gebäude.

»Wolltest du dir nicht längst das Armband anfertigen lassen?« Adina deutet auf Milas Arm. »Ich bin noch nicht dazu gekommen.« Mila müsste mal langsam wieder das Gesundheitsarmband tragen, doch sie hat sich noch nicht darum gekümmert. »Ich habe das Gefühl, dass du wieder etwas zugenommen hast, du wirkst wie früher, zumindest äußerlich.« Mila wendet ihren Blick ab. »Das sollte ja so sein, oder? Jetzt müsste es mir ja wieder gut gehen, oder?«

Adina sieht sie herausfordernd an. »Ich weiß nicht, Mila, ist es denn so? Du lachst nicht mehr, du lebst vor dich hin, als ... Manchmal kommt es mir so vor, als wüsstest du nicht, wohin du gehörst, was dein Ziel ist. Du hast ... wie lange nicht mehr Zeitung gelesen? Nachrichten angesehen oder ins Internet geschaut?« Mila nimmt einen Schluck Kaffee. »Ich bin nächste Woche beurlaubt. Ich fliege Sonntag ins westarabische Königreich, die ersten drei Monate der Scheidung sind nächste Woche um und der erste Gerichtstermin steht an. Außerdem wollte ich auch unbedingt zu meiner Wohltätigkeitsveranstaltung gehen.«

Adina nimmt Milas Hand. »Wieso sagst du mir das nicht? Soll ich mitkommen?« Mila schüttelt den Kopf. »Nein, wozu? Ich bringe das hinter mich und gut ist. Jetzt habe ich doch das Leben wieder, was mir so gefehlt hat, also ist doch alles in Ordnung.« Adina schüttelt den Kopf. »Es ist nur die Frage, wie oft du diesen Satz noch wiederholen musst, um ihn irgendwann selbst zu glauben ... Rashi...« Mila unterbricht sie blitzschnell und umarmt ihre Knie. »Nein, bitte nicht, fang nicht davon an.« Adina sieht Mila besorgt an. »Du erträgst es nicht einmal, seinen Namen zu hören, Mila, ich bezweifle, dass dieses Thema für dich wirklich abgeschlossen ist.«

Mila lacht bitter auf. »Ich stehe in einigen Tagen dem Scheidungsrichter gegenüber, ich denke nicht, dass man es noch mehr abschließen könnte.«

Auch wenn Mila Adina über alles liebt, ist sie froh, als sie am nächsten Tag nach Hause fliegt. Sie lebt mittlerweile wieder mit ihrem Vater im Schloss. Mila kennt es hier, doch durch die Renovierungen fühlt es sich immer noch nicht wie zuhause an. Ihre Schwester lebt weiterhin mit ihrem Mann und Emilia in ihrem Haus, doch sind sie alle meistens im Schloss, wenn Mila am Wochenende von der Uni kommt.

Es stehen immer einige Leute vor dem Schloss, sie betrachten es. Einige Fotografen sind auch manchmal da, generell sind die Königsfamilien wieder sehr gefragt in Europa, es hält sich aber noch in angenehmen Grenzen. Momentan dreht sich alles um die bevorstehende Hochzeit zwischen Elisabeth und dem Prinzen des ostarabischen Königreiches, die bald stattfinden wird. Ihre Scheidung von Rashid hat kurze Zeit für viel Wirbel gesorgt, die ganze Welt hat sich auf Rashid gestürzt, er hat alles auf sich genommen.

Auch nachdem er sich getrennt hat, hat er sich schützend vor Mila gestellt, gesagt, dass er alles auflöst, weil er gemerkt hat, dass er auf einige Dinge, die im Ehevertrag stehen, nicht verzichten möchte. Mila weiß natürlich, dass das nicht stimmt, dass es einfach nicht funktioniert hat. Wahrscheinlich, weil es von Anfang an zum scheitern verurteilt war. Wer lässt sich schon darauf ein, jemanden zu heiraten, den er kaum kennt? Das ist Wahnsinn und sie haben dafür den Preis bezahlt.

Ihre Familie meidet dieses Thema komplett. Mila weiß nicht, ob Rashid und ihr Vater noch Kontakt haben, was genau ihr Vater jetzt alles noch mit den Geschäften für das europäische Königshaus zu tun hat, doch sie weiß, dass er gut beschäftigt ist und dass es ihnen finanziell wieder sehr gut geht. Die Scheidung hat nicht dazu geführt, dass die Beziehungen zwischen Europa und der arabischen Welt zu Bruch gegangen sind. Eine Prinzessin aus den Niederlanden hat einen Prinzen aus Marokko geheiratet, und nun heiratet auch Elisabeth in die arabischen Adelsfamilien ein.

»Prinzessin Mila, ihr Vater lässt sie rufen, sie haben Besuch.« Im Schloss gibt es jetzt auch einige Hausangestellte, sonst könnte man dieses große Anwesen gar nicht bewohnen. Mila ist direkt in ihre kleine Wohnung im Schloss gegangen. Sie wollte erst duschen und dann zum Essen nach unten gehen. Ihr Vater war bei ihrer Ankunft noch nicht da, jetzt geht sie hinter der Hausangestellten in den unteren Wohnbereich und stockt, als sie diesen betritt. Neben ihrem Vater steht der König aus Mittelarabien und zwei weitere Männer. »Prinzessin Mila, wie schön sie wiederzusehen.« Mila ist einen Moment wie versteinert, doch dann begrüßt sie die drei Männer, ohne ihnen die Hand zu geben, doch ehrlich erfreut, den König wiederzusehen.

Sie weiß, dass viele Menschen ihn nicht mögen, ihn verurteilen, weil sein Land nach der Sharia lebt, doch zu Mila waren er und seine Familie sehr nett. Hätte Mila gewusst, dass er da ist, hätte sie sich etwas über die Haare gezogen, doch dem König scheint es hier nichts auszumachen. Sie begeben sich ins Esszimmer, einige Minuten später kommen auch Mina und Emilia zu ihnen. Emilia bleibt eine ganze Weile beim König auf dem Schoß sitzen. Er trägt ein goldfarbenes Gewand und ein weißrot kariertes Tuch, was Emila hochinteressant findet und daran herumzieht. Der König erinnert Mila daran, dass er ja vorhatte, ihren Vater wegen einiger Geschäfte aufzusuchen, sie werden später zusammen mit ihm nach Westeuropa zur höchsten Vertreterin der westeuropäischen Adelsfamilien fliegen.

Mila lächelt, sie fragt nach der kleinen Luanda. Der König erzählt, dass, auch wenn sie jetzt gerade oft nach Bildern von Elisabeth im Internet sucht, noch immer Mila ihre Lieblingsprinzessin ist. Mila erinnert sich an den kleinen Wirbelwind. Es ist merkwürdig, Mila hat all das, diese Welt, in der sie mit Rashid gelebt hat, weit von sich geschoben, sehr weit. Sie hat alles, was mit ihm zu tun hat, weit verdrängt, so weit es nur geht.

Hin und wieder telefoniert sie mit Ranja oder Naima, die sich aber fast jedes Mal entschuldigen, auch sie denken alle, es ist Rashids Schuld. Genau das trifft Mila. Er hat keine Schuld, wenn, dann trägt sie diese Schuld, das hat sie mittlerweile begriffen. Jetzt ständig über den Kopf gestreichelt zu bekommen und von jedem bemitleidet zu werden, Entschuldigungen wegen dem 'bösen Rashid', fühlen sich mehr als falsch an.

Deswegen meidet Mila all das, alles. Sie hat nicht nach Rashid gesucht im Internet, hat seinen Namen nicht mehr in den Mund genommen, hat versucht, allem aus den Weg zu gehen. Doch als sie mit dem Essen fertig sind und nachdem der König und Mila ein Foto zusammen gemacht haben, welches er gleich seiner Tochter Luana schickt, bittet er sie, noch ein paar Schritte mit ihm zusammen im Garten zu gehen. Sie spürt, dass sie nun nicht mehr darum herumkommen wird, wieder etwas über Rashid zu hören.

Sie laufen ein Stück zusammen, Mila schließt ihre Strickjacke und schlendert neben dem König her, entlang den vielen neu gelegten Wegen ihres großen Grundstückes. »Wie geht es dir, Mila? Ich habe mir Sorgen gemacht, nachdem ich die Nachricht von eurer Scheidung bekommen habe, um euch beide.« Er ist der erste, der offenbar auch mal an Rashid gedacht hat. »Es geht mir ganz gut, mein Leben hier verläuft wieder wie ...«

Mila will gerade ihren Satz sagen, den sie so oft in letzter Zeit wiederholt hat, dass es sich schon so echt anfühlt, doch er unterbricht sie. »Das Lachen in deinen Augen ist verschwunden. Das ist das Erste, was mir aufgefallen ist, als ich dich gesehen habe.

Die Presse hat es so dargestellt, als würdest du leiden, doch ich habe es nie so gesehen. Sicherlich war ein enormer Druck auf dir, vielleicht hast du etwas abgenommen, und vor allem bei öffentlichen Auftritten hast du dich nicht wohl gefühlt, doch ich habe euch beide zusammen gesehen. Ich habe die Blicke von Rashid auf dir gesehen und wie du immer wieder seinen Blick gesucht hast. Das war nicht gespielt und da war auch dein echtes Lachen, was dir jetzt fehlt.

Weißt du, ich kenne Rashid, seit er ein kleiner Junge ist. Er ist ein wilder Mann, stur, stolz, er wird sein Land einmal sehr gut führen können. Er war schon immer der Liebling aller Frauen. Ich habe ihn als Teenager erlebt, er konnte kaum einer Frau widerstehen.

Nachdem er dich dann getroffen hatte, war ich erstaunt, als ich ihn wiedersah. Vor mir stand ein Mann. Ein Mann, der wollte, dass es seiner Frau gut geht, der Kompromisse eingegangen ist, die er sonst nicht einmal in Erwägung gezogen hätte, und ich war ernsthaft erschüttert, als ich von eurer Trennung erfahren habe.«

Mila verspürt das kindliche Verlangen, sich die Ohren zuzuhalten und wegzurennen, doch sie senkt nur ihren Blick. Sie darf es nicht zulassen, doch in diesem Moment flackern Bilder vor ihrem inneren Auge auf. Rashid, wie er versucht auf sie zuzukommen im Hotel in New York. Rashids liebevollen Blick auf sich, wenn sie sich vereint haben. Sein Lachen, was sie jedes Mal angesteckt hat.

Der König bleibt stehen und sieht zu ihr, er lächelt wissend. Mila sieht ihm in die Augen und erkennt darin Weisheit, die Weisheit eines älteren Mannes, der sicher schon sehr viel gesehen und erlebt hat.

»Ich sehe in deinen Augen den Schmerz, den ich auch in Rashids Augen gesehen habe, als er vor drei Tagen bei mir war. Ich wurde angehalten, mit ihm über die Bitte einer neuen Hochzeit zu reden. Mir wurde gesagt, dass ich ihn fragen soll, ob er bereit ist, eine neue Frau zu heiraten. Ich habe ihm in die Augen gesehen und genau diesen Schmerz gesehen, den du in dir trägst. Ich habe ihn trotzdem gefragt. Er hat geantwortet, es wäre ihm egal. Es ist ihm egal, was kommen wird, aber sicherlich nicht, was geschehen ist. Als ich erwähnt habe, dass ich dich besuchen werde, hat Rashid mich schnell wieder verlassen, deswegen erzähle ich dir das. Hätte ich bemerkt, dass es dir wirklich gut geht, dann hätte ich geschwiegen, doch ich sehe etwas anderes.«

Mila blickt auf einen neu angelegten kleinen Teich. »Ich fliege übermorgen nach Westarabien. Der erste Scheidungstermin steht an.« Der König lächelt mild. »Ich vertraue auf Gott, dass zwischen euch alles in Ordnung kommt. Das ist eine Sache, die Westarabien gut entschieden hat, sie haben die Scheidung nach islamischem Recht eingeführt, wenn auch nicht zu 100 %, aber immerhin etwas. Der Grundgedanke ist, dass so die Scheidung dreimal ausgesprochen werden muss. Einmal hat es Rashid bereits getan, dann nach drei Monaten noch einmal und dann noch einmal nach drei Monaten. Dann erst wird es rechtskräftig, das gibt die Zeit nachzudenken, sich über einige Sachen klar zu werden.«

Sie sehen beide auf den Teich. »Ich bezweifle, dass sich irgendetwas ändern wird. Es ist sicherlich so, wie es jetzt ist, am besten.« Der König lacht leise, aber wissend. »Nicht mit solch einem Schmerz in euren Augen.« Einen Moment schweigen sie beiden, doch dann atmet der König tief aus, es hört sich müde an.

»Weißt du, Mila, mir ist klar, dass viele Leute nicht verstehen, wie wir leben, einiges unmenschlich, ungerecht finden, doch wenn sie sich wirklich mit unserem Leben beschäftigen, erkennen sie auch Sachen, die ihnen gefallen, die sie befürworten. Wir können nicht alle gleich sein, nicht alle die selben Ideen und Werte haben, doch wir werden immer alle Gemeinsamkeiten haben. Ich muss nicht alles an dir richtig finden und du nicht alles an mir, aber solange wir wenigstens einige Dinge am anderen sehen, die wir schätzen und mögen, sollte man sich an diese Dinge halten.

Manchmal reicht es, wenn man, egal wie verschieden man ist, ein Stück zusammen geht, so wie wir es getan haben. Wir werden sicher nie den gesamten Weg zusammen gehen können, doch wenn man wenigstens ein Stück zusammen gegangen ist und den anderen wahrgenommen hat, so hilft es uns allen auf dem großen Weg, den wir alle, alle Menschen der Erde zu gehen haben.« Mila lächelt.

Ihr Vater kommt aus dem Haus mit den anderen Männern. Mila sieht den König fragend an. »Darf ich?« Er lächelt mild und Mila und er umarmen sich einen kurzen Augenblick, danach sieht er ihr in die Augen wie ein besorgter Vater. »Dein Schmerz wird vergehen, Inschallah!«

Einige Tage später hält Mila ihre Nase in den warmen Wind, was ihr am Anfang fremd vorkam, wirkt auf sie nun so vertraut. Sie ist gestern in Westarabien angekommen. Den ersten Tag hat sie einfach nur damit verbracht, durch die ihr vertrauten Straßen zu schlendern, obwohl sie gemerkt hat, dass sie viel zu selten auf den Straßen zu Fuß gegangen ist. Sie war aus Sicherheitsgründen fast immer im Auto unterwegs. Als Mila gestern durch die Straßen gelaufen ist, haben sie einige Leute erkannt, sie gegrüßt, sich gefreut sie zu sehen, niemand war unhöflich oder aufdringlich.

Mila hat den Tag sehr genossen, auch wenn sie immer mehr das Gefühl hat, eine Last auf ihrer Brust zu tragen, die sie zu erdrücken droht.

Sie öffnet die Augen wieder und geht zurück ins Hotelzimmer. Auf dem Tisch im Wohnzimmer öffnet sie auf der Tischplatte den eingebauten Computer und geht das erste Mal seit Langem ins Internet.

Erst einmal war sie seit dem Tag, an dem Rashid die Scheidung wollte, wieder im Netz. Adina hat sie dazu gedrängt, sich mal wieder bei Meetbook anzumelden, nachdem sich Mila mehr und mehr zurückgezogen hat. Es waren nicht nur einige Anfragen da, Meetbook hatte ihr auch einen Mann zugeordnet, der zu 98% zu ihrem Profil passt. Das ist so, als hätte das Internet dein zweites Ich gefunden, Seelengefährten. Es passiert selten und natürlich wurde gleich ein Treffen vereinbart, das Mila nach einer halben Stunde wieder verlassen hat. Nicht, weil der Mann nicht toll gewesen wäre, aber Mila kann das nicht, noch gar nicht, sie kann sich auf nichts Neues einlassen. Sie war nicht einmal in der Lage, dem Gespräch richtig zu folgen und wollte das dem Mann nicht antun, es wäre nicht fair gewesen. Danach hat Mila ihren Meetbook-Account endgültig gelöscht.

Sie klickt sich auf eine Suchseite und gibt Rashids Namen ein. Augenblicklich schlägt ihr Herz schneller, als sich die vielen Bilder vor ihr auftun. Viele sind mit ihr zusammen, viele von der Hochzeit. Mila berührt die schönen Bilder mit ihrem Finger, als könnte sie so diese Erinnerungen wieder näher an sich heranholen. Eine der Aufnahmen ist ihr absolutes Lieblingsbild. Es zeigt Rashid und sie auf dem Balkon, wie sie der Menge zujubeln und wie er sie küsst. Seine Hände halten behutsam ihr Gesicht, sein hübsches Lächeln, auf fast jedem Bild sieht er sie liebevoll an. In Mila beginnt es zu rumoren, als sie all diese Erinnerungen wieder mit voller Wucht einholen. Sie spürt, wie es ihr schwerer fällt zu atmen.

Schnell sucht sie nach neuen Bildern und wird fündig. Nicht nur das, es gibt ein Interview von vor drei Wochen auf einer Messe in Kenia. Mila sieht es sich an. Sobald sie seine Stimme wieder hört und ihn vor sich sieht, wird sie automatisch wieder ruhiger. Rashid antwortet erst auf allgemeine Fragen des Reporters, wie immer mit seinem charmanten aber geschäftlichen Lächeln.

Mila hält öfter das Video an, um sein Gesicht betrachten zu können. Dann, am Ende des Interviews, als Rashid schon aufstehen will, fragt der Reporter frech, wie es ihm mit der Entscheidung gehe, Mila verlassen zu haben. Rashids Blick ändert sich augenblicklich, wird dunkler. Ohne ein Wort zu sagen dreht er sich um und verlässt das Interview. Mila schließt die Bilder auf der Tischplatte. Sie spürt ihre zittrige Hand und wie ihr Blick immer unklarer wird.

Was passiert hier gerade mit ihr? Sie versteht sich selbst nicht mehr. Sie öffnet wieder den Bildschirm und lädt noch einmal die Bilder. Eigentlich weiß sie genau, was hier passiert. Er fehlt ihr, er fehlt ihr unheimlich. Dadurch, dass sie alle Gefühle und generell alles, was mit Rashid zu tun hat, so weit verdrängt, beginnt jetzt gerade alles aufzubrechen, was sie krampfhaft versucht verschlossen zu halten.

Sie geht schnell los zur Hilfsorganisation, auch wenn sie noch zu früh dran ist, aber wenn sie zuviel Zeit zum Nachdenken hat, wird alles nur schlimmer. Mila hat jeden Monat einen Betrag gespendet, es war immer nicht viel. Sie lebt genauso wie zu dem Zeitpunkt, bevor sie Rashid getroffen hat, manchmal hat sie noch etwas von ihrem Vater dazugetan, doch sie ist nicht mehr in der Lage, die Organisation so zu unterstützen, wie sie es gerne tun würde.

Kurz bevor sie wieder zur Uni in Westeuropa gegangen ist, hat sie Bescheid bekommen, dass ein Konto für sie eröffnet wurde, auf dem monatlich ein Betrag von Rashid überwiesen wird, eine Art Unterhaltszahlung. Mila hat den Brief mit der Kreditkarte zurückgeschickt und nie etwas von diesem Geld angenommen.

Nachdem sie freudig alle Mitarbeitet begrüßt hat, die sie noch kennt, wird ihr erklärt, dass die Organisation nun einen Teil dieses Geldes monatlich bekommt. Mila schließt die Augen. Natürlich, Rashid führt das Projekt weiter, was ihr so am Herzen liegt. Dann auf einmal trifft sie auf Suri, ihre Köchin. Verwundert erfährt sie, dass ihre Hausangstelle in Westarabien jetzt hin und wieder in der Organisation aushilft, da sie ja nicht mehr viel zu tun hat in ihrem Haus.

Suri hat ihr Baby bekommen. Mila hält es in ihren Armen, während Suri ihr erzählt, dass Rashid nicht noch einmal das Haus betreten hat. Nachdem Mila ihre Sachen gepackt hatte, ist er noch einmal gekommen, durch jeden Raum gegangen, aber danach hat er das Haus nie wieder betreten.

Sie haben die Anweisung, alles sauber zu halten, sie versorgen die Pferde, trainieren sie, reiten jeden Tag mit ihnen mehrmals aus, aber kein Mensch lebt mehr in diesem Haus. Mila kann all das kaum noch ertragen, es fällt ihr so schwer zu hören, was sie doch eigentlich genau weiß.

Nachdem sie in der Organisation war, fährt sie mit einem Taxi in die Kirche, die sie so regelmäßig besucht hat. Sie kommt genau richtig und macht einen Gottesdienst mit, doch auch als alle anderen schon gegangen sind, kniet Mila weiter nieder, schließt die Augen und bittet Gott um Hilfe, bittet ihn darum, ihr Herz wieder frei zu machen, sie wieder richtig atmen lassen zu können.

»Sie haben uns hier gefehlt.« Mila nickt nur leicht, nachdem sich der Priester an sie wendet, als sie die Kirche wieder verlassen will. »Ich habe Westarabien verlassen.« Der Priester lächelt mild. »Ich weiß, aber haben sie das wirklich? Sie sehen sehr traurig aus.« Mila atmet tief ein und dann … dort, mitten in einer Kirche in Westarabien, vor einem Menschen, den sie kaum kennt, lässt sie das erste Mal die Mauern fallen, die sie sich erbaut hat und das nicht erst seit der Scheidung, sondern auch schon vorher, schon da, als alles begonnen hat, zumindest einen Teil davon lässt sie bröckeln.

»Ich weiß nicht, was ich bin, ich weiß nicht mehr, was richtig oder falsch ist. Alles was ich weiß ist, dass ich das Gefühl habe, einen Teil von mir verloren zu haben und dieser Teil ... sollte eigentlich gar kein Teil von mir sein. Ich wusste es nicht, habe nicht begriffen, nicht bemerkt, wie wichtig mir dieser Teil geworden ist und jetzt habe ich das Gefühl ... ich weiß es nicht, Pater. Ich glaube, sie haben recht, ich bin einfach traurig.« Mila geht, ohne weiter auf eine Antwort zu warten, sie kann jetzt einfach nichts mehr ertragen.

»Gott wird sie schützen, Prinzessin Mila.«

Sie dreht sich noch einmal um und lächelt.

Mila setzt sich danach an einen kleinen Strandabschnitt, sieht der untergehenden Sonne zu und lässt sich den warmen Abendwind um die Nase wehen. Dass sie sich selbst heute so einiges eingestanden hat, fühlt sich nicht befreiend an. Sie fühlt sich immer schlimmer und ihr dreht sich komplett der Magen um, wenn sie daran denkt, dass sie morgen früh Rashid vor Gericht treffen wird.

Kapitel 24

Mila ist nicht nur nervös am nächsten Morgen, am liebsten würde sie sich wieder in ein Flugzeug setzen und flüchten. Ihr ist es schon schwergefallen, sich die Bilder von Rashid anzusehen. Wie wird es erst sein, ihm wieder gegenüberzustehen? Vielleicht sollte sie einfach etwas früher da sein und mit ihm reden. Sie hat die letzten drei Monate so oft das Handy in der Hand gehalten, war dabei, seine Nummer zu wählen und hat es doch nicht getan, weil ihr die Worte fehlten.

Es ist so schwer, ihr Gefühlschaos zu erklären. Wie soll sie für etwas die richtigen Worte finden, was sie selbst nicht genau einordnen kann? Doch gestern, als sie das erste Mal angefangen hat, diese Mauer bröckeln zu lassen, hat sich etwas in ihr getan und Mila spürt, dass sie so auf dem richtigen Weg ist. Sie muss anfangen, auf ihre Gefühle zu hören, deswegen macht sich sich fertig und geht viel früher zum Gericht, als sie dort sein sollte.

Mila trägt eine enge schwarze Hose, eine weiße Bluse, an der sie aber einige obere Knöpfe offen lässt, ein hellrosa Jacket dazu und die passenden rosa Pumps. Dieses Mal hat sie sich wirklich Zeit im Bad gelassen und leichtes Make-up aufgetragen. Ihre Haare, die wieder ein ganzes Stück gewachsen sind und in die sie erst letzte Woche ein paar hellere Strähnen hat einfärben lassen, behält sie offen. In dichten Locken fallen sie ihr bis unter die Brust. Mila lässt sich mit einem Taxi zum Gericht fahren.

Sie ist fast eine Stunde zu früh und trotzdem sind vor dem Gerichtssaal schon eine Menge Presseleute zu finden. Es wird sich herumgesprochen haben, dass heute der zweite Scheidungstermin von Rashid und ihr ist, somit stürzt sich die Presse auf Mila, als sie aussteigt. »Prinzessin Mila, wie fühlen sie sich heute? Sind sie erleichtert?« »Wann haben sie das letzte Mal mit Prinz Rashid gesprochen?« »Wieso waren sie nicht auf der Hochzeit von Prinz Issam?« Mila ignoriert die Fragen und geht schnell ins Gebäude, wenigstens darf die Presse das Gebäude nicht betreten. Sobald sie in das kühle Gebäude tritt, verstummen die Fragen. Mila war natürlich auf Issams Hochzeit eingeladen vor einigen Wochen, doch sie hat die Einladung abgelehnt, weil es ihr nicht gut ging, was nicht einmal gelogen war.

Mila zeigt ihren Ausweis vor und sucht dann den Gerichtssaal, in dem alles passieren soll. Ihr Vater und auch die höchste Vertreterin der westeuropäischen Adelsfamilien haben ihr geraten, mit einem Anwalt zum Termin zu gehen, doch Mila hat es abgelehnt. Wozu? Es geht um keinen Rechtsstreit. Rashid ist bereit, ihr Unterhalt zu zahlen, den Mila gar nicht möchte, es gibt nichts, worüber sie sich streiten, sie waren gerade mal drei Monate verheiratet. Nur drei Monate, die Presse hat das Thema in der ersten Zeit regelrecht ausgeschlachtet, auch ein Grund, weshalb sich Mila nichts davon angetan hat.

Es ist so kühl in dem Gebäude, dass Mila anfängt zu frieren, vielleicht ist es aber auch ihre immer weiter ansteigende Nervosität. Sie klammert sich an die Clutch. Irgendwann kommen einige Männer im weißen Thawb an ihr vorbei und sehen sie etwas verblüfft an. Sie erkennen sie und fragen, ob sie ohne Anwalt da ist. Als Mila das bestätigt, bitten sie sie schon in den Raum. Außer den Männern, die sich alle nach oben auf ein Podest setzen, kommen noch einige Sicherheitsleute in den Saal und postieren sich rundherum.

Die Männer deuten ihr an, sich an einen weißen Tisch vor dem Podest hinzusetzen, etwas weiter steht ein anderer Tisch. Mila sieht noch einige Menschen hereinkommen und sich nach hinten setzen. Sie blickt unruhig auf ihre Uhr. Die Minuten vergehen, doch keine Spur von Rashid. Dann, zwei Minuten bevor der Termin angesetzt ist, kommen mit schnellen Schritten vier Männer in den Saal, alle in den weißen Thawbs, drei von ihnen kennt Mila, es sind Berater des Könighauses und einer von Rashids Anwälten ist auch dabei.

Sofort werden die Türen geschlossen und in Mila breitet sich eine bittere Enttäuschung aus. Rashid ist nicht einmal selbst gekommen, er hat nur seine Anwälte geschickt. Es beginnt sofort die Verhandlung, zum Glück auf englisch. Sie müssen ihre Personalien bestätigen und der Richter wiederholt, dass Rashid vor exakt drei Monaten die Scheidung ausgesprochen hat und erklärt noch einmal, was für Folgen das hat. Mila sieht auf den weißen Tisch vor sich. Plötzlich wird es ihr zu heiß, wie kalt es hier drinnen auch sein mag, wieder hat sie das Gefühl, keine Luft mehr zu bekommen, als der Richter sie fragt, ob sie soweit alles verstanden hat.

Mila weiß nicht, was sie sich von heute erwartet hat, doch dass Rashid nicht einmal selbst gekommen ist, trifft sie hart und sie begreift immer mehr, wieso es sie so hart trifft. Als sich der Richter an Rashids Anwälte wendet, stehen sie auf und auch alle anderen. »Wir haben die Befugnis für Prinz Rashid bin Khalid el Aziz, den zukünftigen König Westarabiens zu sprechen.« Mila ist sich sicher, dass nicht alle einfach Gerichtsterminen fernbleiben dürfen, doch Rashid wird bald der König dieses Landes sein. Wer würde sich trauen, ihm etwas zu sagen?

»Prinz Rashid bin Khalid el Aziz, der zukünftige König des westarabischen Königreiches spricht ein weiteres Mal die Scheidung gegen Mila Estelle Loth von Todos y los Santos Aziz aus.« Mila schließt die Augen, sie atmet tief ein, dreht sich um und verlässt unter dem verwunderten Blick aller den Gerichtssaal. Es ist ihr egal, ob sie das darf oder nicht, es hält sie aber auch niemand auf. Sobald sie vor das Gerichtsgebäude tritt, leuchten die Blitze der Fotoapparate auf, Kameras werden ihr ins Gesicht gehalten, die Leute schreien ihr Fragen entgegen, und Mila schafft es nur mit der allergrößten Not, sich ein Taxi zu nehmen.

Mila lässt den Taxifahrer fast eine halbe Stunde einfach nur herumfahren, um wirklich alle abzuhängen und weil sie einfach nicht weiß, wohin sie soll. Ihr Telefon klingelt mehrmals, es sind Adina, die höchste Vertreterin der westeuropäischen Adelsfamilien, ihr Vater, sie reagiert nicht. Adina schreibt ihr eine Nachricht, 'Überall wird berichtet, dass du traurig den Gerichtssaal verlassen hast, als angekündigt wurde, dass Rashid weiter die Scheidung möchte. Als ich die Bilder gesehen habe, habe ich wirklich angefangen mir Sorgen zu machen, melde dich bitte!'

Mila nennt dem Taxifahrer ihre alte Adresse und keine zehn Minuten später fahren sie vor ihr großes Anwesen vor. Zwei Sicherheitsbeamte sitzen vor dem Grundstück. Als sie Mila entdecken, sind sie zwar sehr verwundert, doch keiner verwehrt ihr den Eintritt. Es ist seltsam, wieder hier zu sein. Mila zieht ihre Pumps aus, sie weiß ja, dass niemand mehr hier ist, außer einigen Angestellten, die ihr auch schnell entgegenkommen. Mila gibt ihnen für den Tag frei, sie möchte allein sein und versuchen zu begreifen, was mit ihr passiert. Erst nachdem alle weg sind und Mila kurz am Stall bei ihren Pferden war, geht sie in das Haus.

Sie schließt einen Augenblick die Augen, inhaliert den Geruch. Auch wenn sie beide drei Monate nicht mehr hier waren, liegt ihr Geruch noch in der Luft. Mila lächelt, als sie das ihr so vertraute Haus betritt. Jeder einzelne Raum hat tausende kleine Erinnerungen für sie. Wie sie die Sonntage herumgegammelt haben, es gibt kaum einen Platz, wo sie sich nicht geliebt haben. Rashids Lachen und seine liebevolle Aura sind für sie spürbar.

Mila schluckt schwer. Sie erinnert sich an den Tag, wo sie gepackt hat und gegangen ist, nachdem die Scheidung ausgesprochen wurde. Es war, als stände sie neben sich. Es war nicht sie, die so kalt und ohne Gefühle dieses Haus verlassen hat. Die sich einige Tage zurückgezogen und erst dann nach und nach wieder zu sich kam. Kleinigkeiten haben sie wachgemacht, wenn das Handy geklingelt, ihr Herz schneller geschlagen und sie auf das Display gesehen hat und diese Enttäuschung, die sich dann breit gemacht hat, wenn es nicht Rashid war.

Sie hat sich immer über seine Zettel gefreut, doch was sie ihr wirklich bedeuten, hat sie erst verstanden, als sie jeden Morgen nachgesehen hat, ob irgendwo ein Zettel mit einer Blume für sie liegt, doch da war keiner mehr, nirgendwo. Immer mehr hat sich diese bittere Traurigkeit weiter in sie hineingebohrt. Sie ist nachts wachgeworden, weil da keine Arme waren, die sie gehalten haben, niemand war, der ihre Stirn geküsst hat und an dessen Schulter sie ihren Kopf legen und weiterschlafen konnte.

Sie hat in diesen Momenten begriffen, dass sie viel mehr für Rashid empfindet, als sie es überhaupt wahrgenommen hat, dass all das eine viel größere Bedeutung für sie hatte, als irgendwelche Verträge oder Bänder zwischen den Ländern. Genau in dem Moment hat es so sehr wehgetan, dass sie all das abgeblockt hat, so stark und so vehement, dass ihr seitdem regelmäßig die Luft zum Atmen fehlt. Doch immerhin hat sie nichts mehr gefühlt, nichts mehr, die letzten zwei Monate ist sie vor sich hinvegetiert, doch hier und jetzt kann sie all das nicht mehr verdrängen.

Mila bekommt eine Nachricht und ihre Finger zittern, als sie sieht, dass sie von Rashid ist. Sicherlich hat er erfahren, dass sie hier ist und auch von ihrem Abgang bei Gericht.

'Es tut mir so leid, alles, besonders dass ich dich in diese Lage gebracht habe. Ich liebe dich mehr als alles andere, Mila und das Einzige was ich tun kann, egal wie sehr es mich quält das zu tun, ist es, dich gehen zu lassen.'

Mila schüttelt den Kopf. Rashid hat es ihr täglich gezeigt, doch nie hat er ihr gesagt, dass er sie liebt.

'Ich habe mich, als all das begann, gefragt, ob man es lernen kann zu lieben und es hat lange gedauert, bis ich begriffen habe, dass man es kann. Doch jetzt, wo ich es erkenne, ist es zu spät. Es ist meine Schuld, Rashid. Ich hätte nur mein Herz ein wenig weiter öffnen müssen und nicht darauf vertrauen sollen, dass all das eh niemals gutgehen kann, mir tut es leid.'

Es gibt nichts mehr dazu zu sagen, doch Mila wartet trotzdem noch einige Minuten auf eine Antwort. Als keine kommt, geht sie nach oben in ihr Schlafzimmer, schnell vorbei an ihrem Bett und zu den begehbaren Kleiderschränken. In beiden hängen noch vereinzelt Kleidungsstücke, es wirkt fast so, als seien sie nur auf einer größeren Reise. Mila riecht an einigen Sachen, die noch in Rashids Schrank hängen, sie muss hier schnell wieder weg, die Erinnerungen erdrücken sie. Mila holt den großen Karton hervor, in dem sie alle kleinen Nachrichten von Rashid an sie gesammelt hat.

Sie nimmt sie mit nach unten und liest sich einige davon durch, doch mit jeder Zeile begreift sie, was sie verloren hat und wie blind sie für all das war. Mila steht auf und öffnet die Terrassentür, um besser atmen zu können. Das erste Mal seit dem Tod ihrer Mutter und ihres Bruders kann sie die Tränen, die schwer in ihren Augen liegen, nicht mehr halten und sie fallen erlöst aus ihren Augen.

Sie sieht zum Pool, in diesem Moment hört sie, wie die Haustür zugeht und wendet sich um.

Rashid ist da. Er trägt nur eine graue Shorts, die ihm bis zu den Knien geht und ein weißes Shirt. Er legt einen Schlüssel auf die Ablage und sieht verblüfft zu ihr. Mila blickt ihm in seine schönen Augen, auf das Gesicht, das ihr jeden Tag so gefehlt hat und ihre Tränen werden stärker. Rashid ist wirklich überrascht und Mila spürt, dass es wegen ihrer Tränen ist. Er bleibt stehen, doch als er ansetzt etwas zu sagen, kommt Mila ihm zuvor, sie deutet auf den Pool.

»Als ich das erste Mal hier war mit meinen Cousinen Naima und den anderen Prinzessinnen, habe ich niemals damit gerechnet, dass ich hier drinnen wohnen würde. Ich habe mitbekommen, dass Elisabeth dich heiraten sollte, ich hatte nie vor zu heiraten, weder dich noch jemand anderen. Wir sind nur mitgekommen, um unseren Spaß zu haben, aber das weißt du ja mittlerweile. Ich habe an all das nicht geglaubt, nichts davon gehalten. Ja, ich habe dich sehr gemocht von Anfang an und wäre sicherlich auch eine Beziehung mit dir eingegangen, aber niemals wollte ich dich einfach so heiraten.

Ich war geschockt, als es hieß, dass du mich heiraten möchtest und ich habe nur darüber nachgedacht, wie ich all das schnell beenden kann. Doch dann war da mein Vater ... er war so stolz und alles ging so schnell ... Ich glaube, als das mit meiner Jungfräulichkeit begonnen hat, wollte ich eigentlich schon gar nicht mehr richtig aussteigen, doch Rashid, ich habe niemals daran geglaubt. Ich lese Bücher, kenne tausend Liebesgeschichten und weiß, dass man sich kennenlernt, Gefühle entstehen und man dann heiratet. Ich konnte mir nie vorstellen, dass man all das umdreht.

Es ist meine Schuld, dass alles so gekommen ist, weil ich uns niemals wirklich die Chance gegeben habe. Ich wusste, dass du mir etwas bedeutest, aber dass ich dich liebe, wirklich bereits von ganzem Herzen und wie sehr du mir fehlen wirst, habe ich erst ganz langsam begriffen, als wir jetzt getrennt waren.« Mila wischt sich einige Tränen weg und Rashid kommt näher, er hört ihr nur ganz ruhig zu.

»Ich vermisse all das hier, alles, selbst deine Nachrichten, und heute ist mir bewusst geworden, dass ich all das verloren habe, weil ich so fest daran geglaubt habe, dass es nicht klappen wird, dass ich überhaupt nicht gemerkt habe, dass ich dich bereits liebe und wie sehr du zu einem Teil von mir geworden bist ... Ich habe es einfach nicht gemerkt.«

Rashid stellt sich jetzt genau vor sie und lächelt matt. »Ich habe mir so oft gewünscht, dass du diese Mauer, die ich von Anfang an bei dir gespürt habe, fallen lässt, doch jetzt, wo du es tust, bereue ich diesen Wunsch fast schon, weil ich deine Tränen gar nicht sehen kann, jede einzelne ist wie ein kleiner Stich in meinem Herzen.« Rashid wischt ihr die Tränen weg und sieht ihr in die Augen.

»Es ist auch meine Schuld, Mila, ich habe von Anfang an gespürt, dass du es eigentlich nicht möchtest, dass du nicht bereit bist zu heiraten. Doch schon im ersten Moment, wo ich dir am Stall in die Augen gesehen habe, wusste ich, dass ich dich wollte, keine andere. Mein Egoismus hat mich dazu getrieben, dich in diese Situation zu bringen. Ich habe dich vom ersten Moment an geliebt und war überzeugt, dass ich dich auch dazu bringen kann, mich zu lieben, doch als ich gemerkt habe, wie unglücklich du hier bist, hat es mich fast um den Verstand gebracht, denn meine Liebe zu dir ist so groß, dass dein Glück für mich über allem steht. Das mit Stella war ein Fehler, ich war zu oft weg, es …«

Mila schüttelt den Kopf. »Nein, Rashid, das Problem ist, dass ich nie eine Prinzessin sein wollte, niemals. Alle anderen haben diese Veranstaltungen geliebt, es geliebt, ihre Kronen zu tragen, sich wie Prinzessinnen zu verhalten. Ich nie und ich wollte es auch nie, aber plötzlich bin ich eine und das auch noch vor den Augen der ganzen Welt. Das war nicht deine Schuld.« Rashid lächelt.

»Du bist aber eine tolle Prinzessin, Mila, die Menschen lieben dich. Auch das mit dem Baby war nicht richtig. Mittlerweile ist es mir egal, wenn es nicht geht, hätten wir auch Kinder adoptieren können, doch ich möchte Kinder mit dir und sonst mit niemandem, das wäre alles, was mir hätte wichtig sein sollen. Als ich gerade gelesen habe, dass du mich doch liebst, habe ich sofort die Hoffnung gehabt, dass es doch nicht vorbei ist.«

Mila kommen wieder die Tränen. »Ich habe es nur nie zugelassen, doch du fehlst mit so sehr, dass es gar nicht mehr zu verdrängen geht.« Rashid sieht sie erleichtert an. »Du fehlst mir auch, mehr als das. Du bist zu meinem Herzen geworden und ohne dich hätte ich ohne Herz weitergelebt. Und jetzt hör auf zu weinen, mein Schatz.« Rashid beugt sich langsam zu ihr hinunter und Milas Herz springt vor Freude fast aus ihrer Brust. »Ich liebe dich, Mila.« Rashid küsst sie und sofort lösen sich so viele Gefühle in Mila auf, dass sie nicht anders kann, als sich eng an ihn zu schmiegen und den Kuss sehnsüchtig zu erwidern.

»Du hast mir so gefehlt.« Rashid verlässt ihre Lippen, seine Lippen wandern über ihre Wange, ihre Stirn, bis Mila ungeduldig ihre Lippen wieder vereint. Als sie diesen Kuss beendet, hält Rashid Mila einfach nur im Arm. Immer wieder küsst sie seinen Hals und er ihre Haare. Man spürt, dass beiden Felsbrocken vom Herzen gefallen sind, doch dann fällt Mila wieder der Gerichtstermin ein.

»Du hast heute erneut die Scheidung gegen mich ausgesprochen.« Rashid umfasst sie liebevoll, als Mila zu ihm blickt. »Ja, das habe ich, aber nun liegen die Dinge anders und ich werde dich nie wieder gehen lassen, aber dieses Mal machen wir es richtig.« Mila lacht leise, als er seinen und ihren Ehering von den Fingern streift. Keiner von ihnen hat die Eheringe in ihrer Trennungszeit abgelegt, allein das hat schon mehr gesagt als tausend Worte.

Rashid kniet sich vor sie. »Mila, aus ganzem Herzen frage ich dich hiermit, ob du meine Frau bleiben möchtest. Ich werde dir mit all meiner Macht helfen, endlich akzeptieren zu können, dass du die beste und schönste Prinzessin der Welt bist.« Er hebt seine Augenbrauen und Mila lacht. Wie sehr sie diesen verrückten Kerl liebt und ihn vermisst hat. »Ich schwöre, das ich dich immer lieben und ehren werde, dass unsere Ehe für mich die oberste Priorität hat und dass ich dich täglich daran erinnern werde, dass du mein Herz bist.« Mila lacht und nickt. »Ja, ich will und dieses Mal von ganzem Herzen.« Rashid steht auf und steckt ihr den Ehering erneut an. Als Mila seinen ansteckt, sieht sie ihm in die Augen.

»Ich liebe dich, Prinz Rashid.« Er hebt sie hoch und sie sieht auf ihn hinunter. »Ich liebe dich, Prinzessin Mila, du bist mein Herz.« Mila vereint ihre Lippen und sie spürt tief in sich, dass es dieses Mal für immer ist und ja, sie spürt auch, dass man wirklich lernen kann zu lieben.

Nachwort

Sie öffnet ihre Augen und sieht in drei neugierige Kinderaugen-
paare und ein paar gelangweilte. »Das Oma, ist das allerschönste
Märchen der ganzen Welt.« Der kleine Junge mit den gleichen wilden Augen, wie sie auch sein Opa hat, steht genervt auf. »Jedes
Mal wollt ihr die gleiche Geschichte hören, da passiert gar nichts.
Voll langweilig.« Die jüngere Cousine des Jungen stößt ihn leicht
an, trotzdem rennen sie zusammen hinaus. »Da passiert ganz viel,
nur Jungs verstehen das nicht.«

Die Oma der Rasselbande muss lächeln, doch noch hat sie zwei
neugierige Mädchen an ihrem Bett sitzen, die sie schon mit der
Bitte geweckt haben, ihnen mal wieder die Geschichte von Prinzessin Mila und Prinz Rashid zu erzählen. »Und Oma, was ist mit
ihnen passiert? Was haben die Menschen denn gesagt, als sie sich
plötzlich wieder lieb hatten?« Die Oma steht langsam auf und zieht
sich einen leichten Morgenmantel über. »Am Anfang haben sie viel
darüber diskutiert, gesagt, dass es auch dieses Mal nicht lange halten wird. Doch mit den Jahren sind diese Stimmen verklungen, sie
haben fünf wundervolle Kinder bekommen. Mila ist sehr schnell
schwanger geworden, nachdem ihr Herz und ihr Verstand im Ein-
klang waren und sie wurden sehr glücklich.« Das jüngste von allen
Enkelkindern seufzt verträumt auf. »Ich finde fünf Kinder toll, das
ist eine schöne Zahl, ich werde auch fünf Kinder bekommen.«

Die Oma lacht mild. »Ja, ich fand auch, dass es eine tolle Zahl
ist.« Ihre jüngste Enkelin sieht sie aus den gleichen Augen an, die
auch sie hat. »Aber Oma, wieso ist dieses Märchen in keinem Buch
zu finden? Es ist das schönste Märchen der ganzen Welt.« Die
Oma lacht und hält ihr die Hand hin. »Vielleicht schreibt es eines
Tages mal jemand auf, Abelia, noch ist es vielleicht nicht die Zeit
dafür. Komm mein Engel, wir gucken mal, was dein Opa und die
anderen machen.«

Sie gehen zusammen die Treppen hinunter in den großen Wohnbereich. Dass hier der Palast des Königs und der Königin ist, erkennt man nicht. Nicht, wenn wie immer einmal im Monat Enkelwochenende ist und alle ihre Enkel bei ihnen sind. Dieses Mal sind nur neun von dreizehn Enkeln da, und trotzdem sieht es aus wie nach einem Erdbeben. Sie lächelt. Sie liebt es, alle um sich herum zu haben.

Dann entdeckt sie ihren Mann, die Liebe ihres Lebens, der sich streng vor drei Enkeln aufgebaut hat. Abelia löst sich sofort von der Hand ihrer Oma und rennt zu ihrem Opa, der sie auf den Arm nimmt. »Ihr sollt nicht über Sachen urteilen, die ihr nicht kennt. Ihr müsst es wenigstens probieren.« Die Jungs nicken zerknirscht. »Na gut, danach fliegen wir aber mit den Elektropferden, Opa, ja?« Sie rennen schon hinaus, ohne eine Antwort abzuwarten, sie wissen ja, dass ihr Opa ihnen selten etwas abschlägt. Der Opa lässt die Enkelin wieder hinunter, die schnell ihren Cousins folgt.

»Guten Morgen, meine Hübsche.« Noch immer kann sie nicht genug von ihrem Mann bekommen, auch er schmiegt sich enger an sie und gibt ihr einen zärtlichen Kuss. »Nach den Enkelwochenenden weiß man die freie Zeit zusammen erst einmal wieder richtig zu schätzen. Ich wollte heute Nacht mit dir kuscheln, bis ich bemerkt habe, dass Abelia und Amalia in der Mitte geschlafen haben.« Sie muss leise lachen. »Sie wollten heute morgen gleich wieder das Märchen hören.« Nun lacht ihr Mann liebevoll. »Das Märchen? Das Märchen, das hoffentlich niemals enden wird, Königin?« Er gibt ihr noch einen Kuss und sie lächelt. »Niemals!«

Abelia kommt zurück. »Opa, die haben die Elektropferde geholt, nicht die echten.« Ihr Mann sieht streng nach draußen. »Wie die Zeiten sich ändern, diese Kinder wissen richtige Pferde gar nicht mehr zu schätzen.« Er geht mit seiner Enkelin an der Hand nach draußen in ihren großen Garten. Sie genießt den Anblick, noch immer ist ihr Mann gut in Form. Es sieht so niedlich aus, wenn die Kleinste ihrer Familie an der großen, breiten Hand ihres Opas neben ihm her geht.

Erst als ihr Magen langsam knurrt, wendet sie sich zum Frühstückstisch um, an dem schon gegessen wurde. In allem Chaos ist ihr Platz unberührt und auf ihrem Teller liegt eine Rose und ein kleiner Zettel dazu, den sie lächelnd öffnet.

Ich danke Allah bei jedem Gebet dafür, dass er dich in mein Leben geführt hat und noch immer habe ich das Gefühl, dass ich ihm niemals genug dafür danken kann.

Du bist und bleibst mein Herz.

Für immer.

»Ich weiß, dass du eine Prinzessin bist, trotzdem wäre es nett, wenn du deinen hübschen Popo langsam mal nach unten bewegen könntest.« Abelia sieht ihrer besten Freundin freudig entgegen. »Ich bin fertig.«

Ihre Freundin sieht ihr über die Schulter. »Das Märchen aufzuschreiben, was deine Oma dir immer erzählt hat?« Sie nickt. »Ja, ich wollte es schon immer mal machen und jetzt habe ich es geschafft.« Die Freundin verdreht die Augen. »Du bist verrückt, wirklich, was soll das bringen?« Abelia zuckt die Schultern und steht auf. »Ich weiß nicht, vielleicht nicht viel, aber vielleicht liest dieses Märchen einmal ein Mädchen, das den Glauben an die Liebe verloren hat oder sich fragt, ob man lernen kann zu lieben und diese Geschichte schenkt ihr Hoffnung oder wieder den Glauben an die Liebe. Das würde doch schon reichen, oder?« Nun lächelt ihre beste Freundin. »Das stimmt.«

Abelia schnappt sich ihre Jacke, doch bevor sie das Zimmer verlässt, geht sie noch einmal an den Schreibtisch und drückt einen Kuss auf das Bild von ihrer Oma und ihrem Opa. In der Mitte steht ihr Vater, am Tag, als er zum König des westarabischen Königreiches und zum höchsten Vertreter der europäischen Adelsfamilien gekrönt wurde. Er ist der erste König und Vertreter zweier Länder und führt diese mit viel Liebe und Geduld, wie es nur ein Mann tun kann, der mit viel Liebe großgezogen wurde.

Sie will gehen, doch kehrt noch einmal zurück, um ihre Unterschrift unter das Märchen zu setzen, welches sie als erstes aufgeschrieben hat.

Abelia Estelle von Todos y los Santos Aziz

Ich hoffe, euch hat die Geschichte um Mila und Rashid gefallen. Wenn es noch jemanden gibt aus der Geschichte, über den ihr mehr erfahren möchtet, lasst es mich in den Bewertungen wissen.

Verliert niemals den Glauben an die Liebe.

Jaliah J.

Entdecken Sie die ergreifende Welt von Jaliah J.

Hope hat einen steinigen Lebensweg hinter sich, ihr großer Halt und Mittelpunkt ihres Lebens ist ihr kleiner Sohn Liam. Sie arbeitet in einem großen Münchener Autohaus, wo sie eines Tages auf Mitglieder der arabischen Königsfamilie trifft. Zwischen Hope und dem Prinzen Farhan besteht sofort eine starke Anziehungskraft und Hope wird in eine traumhafte Märchenwelt getaucht. Es dauert aber nicht lange und sie bemerkt, dass es neben der Märchenwelt eine ganz andere gibt. Sie spürt das erste Mal die Macht der Religionen und unterschiedlichen Kulturen. Die Liebe, die zwischen Farhan und Hope aufblüht, darf nicht sein und es beginnt ein Kampf um die Liebe, bis sich die Frage stellt:

Wie hoch ist der Preis für die Liebe?

Im Handel erhältlich

Das Schicksal hat viele Gesichter, es kann Gutes bringen oder sich deinen Plänen in den Weg stellen. Es ist kein Zufall, dass uns manche Menschen begegnen. Wir lernen und wachsen an unserem Schicksal. Es ist keine Frage, ob dich das Schicksal aufsuchen wird, sondern wie du dann damit umgehen wirst.
Für jeden Menschen stellt sich irgendwann die Frage ...

... Glaubst du an das Schicksal?

www.jaliahj.de

Startseite Deutsch   Die Bücher   Homepage English   Aktuelles und Kontakt zu Jaliah J.   Kontakt   Gästebuch

Jaliah J. ist eine junge Autorin, die mit ihrer Familie in Berlin lebt. Ihre Wurzeln sind in der ganzen Welt verstreut, doch ihr Herz schlägt für Puerto Rico.

Angefangen haben ihre ersten Schreibversuche in einigen Internetforen, wo sie schnell einige treue Leser ihrer Geschichten gefunden hat und es nicht mehr viele Schritte bis zum ersten Buch waren. Mittlerweile füllen viele Bücherregale die Werke der jungen Autorin und ihre Bücher sind regelmäßig in der Bestsellerliste von BOD vertreten.

Mit ihrer bekannten Llora por el amor - Reihe hat sie eine ganz neue Welt erschaffen, in die sich viele Hunderte junge Leser regelmäßig zurückziehen und alles um sich herum vergessen.

Es sind einige weitere Projekte geplant, so dass man auch in Zukunft noch viel von der jungen Autorin hören wird.

Tauchen auch sie ein in die faszinierende Bücherwelt.

"Diese junge Autorin schreibt mit ebenso viel Hemmungslosigkeit wie Konsequenz Liebesromane, ich wünsche ihr einen langen erzählerischen Atem für sprudelnde Phantasie und mitreißende Fantasy."
Vito von Eichborn
(Vorwort zur Sonderausgabe zu Werwölfen, Vampiren und den Töchtern des Mondes)

"Diese junge Autorin schreibt mit ebenso viel Hemmungslosigkeit wie Konsequenz Liebesromane, ich wünsche ihr einen langen erzählerischen Atem für sprudelnde Phantasie und mitreißende Fantasy."
Vito von Eichborn
(Vorwort zur Sonderausgabe zu Werwölfen, Vampiren und den Töchtern des Mondes)

follow me ...

Leserkommentare

„Jaliah schreibt leidenschaftlich und hingebungsvoll. Ich habe schon sehr viele Bücher gelesen, die ich richtig, richtig gut gefunden habe. Aber Jaliahs Story nehme ich ihr voll und ganz ab. Kaufe ihr das ab, was sie schreibt. Man hat bei der Lektüre das Gefühl, live dabei zu sein. Sich mitten im Geschehen zu befinden und man kann sich mit ihren Charakteren identifizieren. Man fiebert mit, will wissen wie es weiter geht und der „Süchttigkeitsfaktor" ist auf jeden Fall vorhanden! ;) Ich kann jedem der eine Reise nach Puerto Rico mit dem Kopf machen möchte, in eine neue Welt eintauchen will, den Zusammenhalt der Gangs und deren Familien spüren, das Buch weiter empfehlen!"

Hope
"Hope/Amal, die Geschichte zwischen einem christlichen Mädchen und einem arabischen Prinzen, war unglaublich mitreißend.
Die Persönlichkeit und das Handeln von Farhan (dem arabischen Prinzen) war mir völlig neu und extrem erfrischend.
Auch die liebenswerte Einführung in die Welt des Islam hat mich berührt.